O LUGAR DA BAGUNÇA

CHRISTINA HOPKINSON

O LUGAR DA BAGUNÇA

Tradução de
Yedda Araújo

EDITORA RECORD
RIO DE JANEIRO • SÃO PAULO
2013

CIP-Brasil. Catalogação na fonte
Sindicato Nacional dos Editores de Livros, RJ

H764p
Hopkinson, Christina
   O lugar da bagunça / Christina Hopkinson; tradução de
Yedda Araújo da Silva. – Rio de Janeiro: Record, 2013.

Tradução de: The Pile of Stuff at the Bottom of the Stairs
ISBN 978-85-01-09160-4

1. Ficção inglesa. I. Silva, Yedda Araújo da. II. Título.

12-4701
CDD: 823
CDU: 821.111-3

Título original em inglês:
The Pile of Stuff at the Bottom of the Stairs

Copyright © Christina Hopkinson 2011

O direito de Christina Hopkinson ser identificada como autora desta obra é garantido pela lei britânica de Direitos Autorais, Projetos e Patentes de 1988.

Publicado originalmente no Reino Unido em 2011 pela Hodder & Stoughton, uma divisão da Hachette UK.

Texto revisado segundo o novo Acordo Ortográfico da Língua Portuguesa.

Todos os direitos reservados. Proibida a reprodução, no todo ou em parte, através de quaisquer meios. Os direitos morais da autora foram assegurados.

Editoração eletrônica: Abreu's System

Direitos exclusivos de publicação em língua portuguesa somente para o Brasil adquiridos pela
EDITORA RECORD LTDA.
Rua Argentina, 171 – Rio de Janeiro, RJ – 20921-380 – Tel.: 2585-2000, que se reserva a propriedade literária desta tradução.

Impresso no Brasil

ISBN 978-85-01-09160-4

Seja um leitor preferencial Record.
Cadastre-se e receba informações sobre nossos lançamentos e nossas promoções.

Atendimento e venda direta ao leitor:
mdireto@record.com.br ou (21) 2585-2002.

EDITORA AFILIADA

Alex, você me dá inspiração constantemente,
embora *não* tenha sido a inspiração para a história
de uma mulher rabugenta casada com um homem bagunceiro.

1
A pilha de bagunça

A peça do quebra-cabeça está jogada no canto da sala, desafiando-me a ignorá-la. Trava-se uma luta entre nós. Eu tento, mas ela, que faz parte do quebra-cabeça de 32 peças de um cachorro pilotando um avião, vence, é claro.

— O que você está fazendo? — pergunta Joel enquanto define as configurações da nossa mais nova caixa de DVD, um clássico americano com diálogos impossíveis de entender.

Estou vasculhando as prateleiras em busca do jogo do qual a peça faz parte.

— Não consigo assistir à TV sabendo que tem uma peça jogada por aí. Já pensou em como será irritante jogar esse quebra-cabeça de novo e descobrir que está faltando uma peça?

— Fica relax, Mary.

— Fica relax? Quantos anos você tem? Doze? Você não acha que vampiros são, tipo assim, tudo de bom?

Ele ri e continua configurando os episódios.

O mundo é dividido entre aqueles que conseguem assistir à TV sabendo que existe uma peça de quebra-cabeça jogada no chão e os que não conseguem. Na busca, olho embaixo do sofá para ver se encontro alguma peça perdida e vejo outra coisa: uma caneca. Olho dentro dela e percebo que estava enterrada ali havia semanas e finalmente veio à tona. Acho que tinha café nela, mas é difícil dizer, agora que o mofo reveste seu interior como se fosse uma espuma verde de cappuccino. Como eu só bebo cafés com leite de soja caros, sei que ela era do meu marido.

— Olha isso — falo, esfregando a caneca na cara dele.

Ele não recua, mas olha interessado.

— Você não acha que parece uma daquelas espumas que colocam em volta da comida em restaurantes chiques? Tipo *confit* de codorna empilhado à mão sobre espuma de extrato de escargot.

Ele olha de perto.

— A gente devia mostrar pro Rufus. Ele ia gostar de ver como os esporos se formam.

— Você vai levar isso para a cozinha?

— Como você sabe que é minha?

— Porque esta é a caneca que você sempre usa, porque ela é grande. O que é ótimo, já que você sempre pode deixar um pouco no fundo pra alguém derrubar.

Ele dá de ombros e aperta o play no DVD.

— Então?

Um, dois, três, começo a contar devagar, como aprendi em um artigo que li recentemente sobre como controlar a raiva.

— Mais tarde.

— Quando?

Ele aumenta o volume da TV, eu aumento o volume do meu suspiro e o encaro incisivamente. Desisto primeiro, como sempre, e levo a caneca para a cozinha. Despejo seu conteúdo na pia e esmago com a mão os pedaços de mofo pelo ralo. A caneca do meu marido transborda de fungos. A minha, de fúria e irritação.

— Joel — berro ao voltar para a sala, desistindo tanto da caneca quanto de qualquer tentativa de não me aborrecer. — Estou de saco cheio de viver assim.

Nenhuma resposta.

— Se você arrumasse as coisas conforme...

Ele entrou em transe, tal como os nossos filhos quando estão vendo TV. Parece até que ele vai sentar com o rosto grudado na tela. Tento de novo, dessa vez batendo os pés como um duende enlouquecido.

— Você nunca faz nada aqui, é pior que criança. Minha vida seria muito mais fácil se eu tivesse apenas dois meninos para cuidar. Você, você — balbucio, procurando o melhor exemplo para ilustrar sua cegueira total à quantidade de bagunça que tiro do caminho dele. — Você não vê o quanto eu faço. E o pouco que você faz.

— Tipo o quê? — diz ele, finalmente.

— Não sei, eu não coloco tudo numa lista — respondo.

— Talvez devesse.

— Talvez eu coloque.

Uma lista, penso no dia seguinte. Talvez eu devesse montar uma lista com todas as coisas que ele faz ou deixa de fazer em casa. Não vejo outra maneira de conseguir que ele entenda a nossa situação. O que eu farei com essa lista? Será que preparar isso é mais uma responsabilidade para mim, enquanto ele não contribui com nada?

Acabo me distraindo com o Gabe, que recolheu-se ao canto da cozinha, com cara de matemático pensando no maior número primo do mundo.

— Gabe, o que você está fazendo? Espera, não, espera, espera, espera, deixa eu pegar o troninho. Aqui.

Tiro suas calças e sento seu bumbum na hora exata do acontecimento diário em torno do qual minha vida parece girar.

— Muito bem — digo alegremente, embora a vitória seja mais minha do que dele. — Você é um menino tão esperto.

Eu o abraço, embora isso não seja uma boa ideia, já que ainda não o limpei direito.

— E meninos espertos ganham adesivo.

Vou até o gráfico que está na geladeira e que proclama ao mundo todos os encontros bem-sucedidos do meu caçula com o troninho. E que não são muitos.

— Você quer adesivo de futebol ou dinossauro?

Em quatro meses tivemos mais cocô que uma fazenda de porcos, mas parecia que as coisas estavam melhorando. Eu sempre duvidei de gráficos de estrelas, mas esse novo parece eficaz. Ele ganha um adesivo ou uma estrela para cada vez que faz cocô no troninho, para cada vez sem dar problema ao sair de casa para levar o Rufus ao colégio e para cada vez que ele for dormir cedo. Não há anotações para mau comportamento, não que Gabe seja o tipo de criança que não peque, longe disso, mas porque nós somos o tipo de pais covardes que não conseguem repreender, doa a quem doer. E quando nos arriscamos a censurá-los, fazemos com ternura: "*Querido,* as pessoas no restaurante não querem ouvir você fazer barulho de pum"; "*Meu amor,* mamãe não gosta quando você bate nela."

— Gabe superestrela, você está no caminho certo para ganhar o livro de desenho do trem Thomas.

Se pelo menos Joel fosse fácil de treinar.

E é aí que eu tenho uma ideia. É claro. Já sei o que vou fazer com a lista das coisas que ele faz que me irritam. Vou montar o equivalente ao gráfico de estrelas para o marido. E por Joel ter 38 anos, e não 2 e meio, ele não vai ganhar uma estrela para cada coisa boa que faz, mas uma marca preta para cada coisa ruim.

Vou fazer uma lista com todas as coisas que ele faz que me irritam e vou registrar cada vez que ele cometer um desses pecados. Será uma prestação de contas de cada lenço amassado jogado pelos cantos, cada caixa de leite vazia colocada de volta na geladeira, cada pilha de roupa suja ignorada, cada vez que tive que enfiar a mão no ralo da pia para tirar os pedaços nojentos de sujeira que ele nunca repara. Será uma planilha eletrônica detalhando cada comportamento errado por um período de, digamos, seis meses.

Não me sinto tão animada há anos. Isso me lembra de como eu me sentia quando começava um novo projeto no trabalho. Tudo está se ajeitando. É uma ideia brilhante. Eu sou brilhante.

Minha lista será um exemplo de beleza e eficiência, uma obra de arte mesclando Excel e observação. Se fosse publicada, ela seria um sucesso. Mas não vou pendurá-la na cozinha como o gráfico do Gabe, em meio aos convites para festas, lembretes do colégio e listas de compras. Joel não é uma criança que está sendo treinada a usar o troninho, mas um homem adulto com mais do que duas semanas para se provar útil. E ele com certeza não vai ganhar um brinquedo do trenzinho Thomas como prêmio.

Se minha lista, o gráfico dele, provar que ele tem valor para esta casa, então ele poderá continuar aqui. Caso contrário, bem, acho que mostra que ele não tem valor e nós teremos que repensar o que achamos dessa união.

Então é isso, Joel: tudo que você tem a fazer é não me deixar com raiva.

O problema é que estou com raiva quase o tempo todo. Estou tão permanentemente irritada que sinto que minha vida deveria ser narrada em LETRAS MAIÚSCULAS.

Eu sei que não deveria estar assim. Eu deveria ser capaz de lidar com essa emoção, como lido com as pessoas e os orçamentos no trabalho. Raiva não está na moda nem é correto, não estamos constantemente nos defendendo do inimigo. É uma emoção inadequada.

Não é como se eu tivesse somente uma dimensão, meus estados de raiva variam. Posso ir do ligeiramente irritada à fúria incandescente, mas a raiva é como um guarda-chuva sob o qual essas variações se protegem das coisas que as provocam.

As coisas que me irritam incluem as frases "é pura frescura", "acho que ela reclama demais", "leitor, eu casei com ele" e "é uma verdade universalmente reconhecida", meninas com nomes de puta tipo Lola, Delilah, Jezebel, Lulu e Scarlett, qualquer uso da palavra "mamãe" que não seja dita por uma criança à sua mãe (mamãe perfeita, barriguinha de mamãe, mamãe largada); pessoas falando de tamanho PP e do auge da juventude.

Eu tenho raiva por trabalhar; teria mais ainda se não trabalhasse.

Mais do que tudo, tenho raiva de você, Joel. E se eu pudesse destilar essa raiva em sua essência mais pura, ela seria uma água de lavar pratos infestada de germes, com partículas de gordura de costela de carneiro boiando para representar sua incapacidade de ajudar em casa. Não muito pura na realidade, mais parecida com um óleo escorregadio de tanta sujeira poluindo meu lar e meu coração do que um óleo essencial.

Não é minha culpa que eu estou com raiva. Esse sempre foi o meu destino. Meus pais me diziam que eu nasci no Inverno do Descontentamento. E eu acreditava nisso, e acho que eles também. Cresci ouvindo histórias sobre como meus pais tiveram que desbravar ruas empilhadas de lixo que não fora coletado, tomadas pelo fedor, para chegar a um hospital sem eletricidade e sem parteiras. Tempos depois eu li que o Inverno do Descontentamento aconteceu na realidade vários anos depois e que eu simplesmente nasci numa frente fria. E era neve, não lixo, que se empilhava nas ruas. Mas o mito havia sido criado, que eu tinha nascido durante um ataque de raiva nacional, um descontrole coletivo. "Você é como um membro de sindicato", meus pais costumavam dizer, "sempre reclamando". Retrucavam que "A vida não é justa", sempre que eu falava "Não é justo".

Como eu seria mais radiante, era a piada da família, se em vez de ter nascido naquele inverno, eu tivesse nascido no Verão do Amor.

E só para piorar as coisas, me deram o nome de Mary. Desde pequena eu era do contra, como conta minha mãe. De dentro do útero, eu reagia mal a qualquer comida que não fosse pão e água, ela se sentira enjoada pelas manhãs, tardes e noites durante os nove meses da gravidez. Quando nasci, recusava-me a beber o leite de fórmula da marca mais barata. Eu não gostava de ser deitada de bruços, como os médicos incorretamente acreditavam que era certo naquela época, e berrava sem parar até ser deitada de costas. Eu franzia a testa até as rugas aparecerem, e não sorri até quase completar 3 meses. Eu me arranhava tanto que tinha que usar luvas apertadas o tempo todo. Meu choro devido à cólica não se limitava ao final da tarde, durava dia e noite. Meu bumbum, dizia minha mãe, era vermelho de raiva também — tinha tanta assadura que chegava a sangrar. (Pensando nisso, era óbvio que eu sofria de uma intolerância a lactose, que poderia ter sido corrigida se eu tivesse sido amamentada por uma mãe que não tivesse tomado leite de vaca. E, sim, também tenho um pouco de raiva disso.)

Essas coisas já seriam suficientes para garantir que eu tivesse um temperamento encolerizado, mas aí a penugem sem cor da minha cabeça de recém-nascida deu lugar a um cabelo ruivo brilhante. Não era castanho-avermelhado, nem loiro-avermelhado, mas realmente vermelho. As pessoas educadas se referiam a ele como "Pelo menos não é acaju", um tom de cor também conhecido por "Bom, em meninas não fica ruim" (esse último comentário é feito frequentemente na frente do meu filho mais velho, que tem o mesmo tom nos cabelos). Cabelo ruivo, tanto como seios grandes e madeixas superlisas, é uma dessas coisas que as pessoas tentam obter artificialmente mas criticam quando são naturais. Pense em todos os milhões gastos em hena e tintura de cabelo e, quando você tem aquela cor naturalmente, o que ouve é "Bom, pelo menos não é acaju". E quando a criança ruiva faz manha como todas as outras fazem depois do primeiro ano de idade, todo mundo diz "Ah, explosiva ela, né?" em vez de "Olha aquela criança fazendo manha como todas as outras". Até hoje não posso mostrar o menor sinal de irritação sem que alguém se refira à minha cor de cabelo. Sou uma "ruiva fogosa" se gostam de mim ou, caso contrário, uma "ruiva nervosa".

Então, veja você, não é minha culpa que eu tinha tanta raiva. Eu nasci assim.

Tenho 35 anos, mas por pouco tempo. Trinta e cinco: a idade em que a fertilidade aparentemente desaba em um precipício, e que conta muito no planejamento de qualquer mulher por volta dos 30. É a idade que nós mulheres devemos evitar e planejar. Trinta e cinco, a metade dos 30 anos, a década na qual devemos produzir crianças e nos destacar nas carreiras que escolhemos. A década crucial. Quando advogados tornam-se sócios, jornalistas tornam-se editores, doutores tornam-se consultores e professores tornam-se diretores. Uma década pequena, somente dez anos, como todas as outras. Que azar para as mulheres que esses sucessos indispensáveis, biológicos e profissionais, coincidam e colidam tão facilmente. Essa coincidência faz com que trabalhemos ainda mais.

Essa também é a época de pico para mortes em circunstâncias misteriosas. Sylvia Plath, princesa Diana, Marilyn Monroe, Paula Yates, Jill Dando, Anna Nicole Smith. É impressionante que algumas de nós sobrevivam a essa década.

Na verdade, não tenho certeza se existe algum mistério envolvendo a morte de Sylvia Plath. Ela não queria se matar, estava simplesmente examinando o interior do forno para ver se precisava ser limpo e, quando viu que estava imundo da gordura das linguiças que Ted Hughes tinha cozinhado antes de largá-la por outra mulher, ela decidiu ligá-lo e manter sua cabeça ali dentro.

Eu nunca me mataria. Embora talvez mate Joel. A lista é minha tentativa de não arruinar a vida dos meus filhos com um pai morto e uma mãe destruída por seu assassinato.

Pelo menos o Natal já passou. Nunca entendi por que falavam que a Primeira Guerra Mundial acabaria até o Natal, já que essa é a época do ano que mais gera conflitos e ódio. Diariamente acontecem uma dúzia de explosões e desentendimentos devido às festas: eu tenho que comprar todos os presentes para os seus inúmeros afilhados; como você não "acredita" em cartões de Natal, sobra para mim a tarefa de escrevê-los e ainda ajudar o Rufus a escreve cartões para os coleguinhas de turma dele; a sua mãe com aquele traseiro enorme confortalvemente sentada me lembrando que eu tive muita sorte por ela ter criado você para ser um pai tão envolvido e um cozinheiro fantástico.

— Sim — digo entre os dentes —, ele é tão *maravilhoso*, dei tanta *sorte*.

E esta casa tem mais papéis de embrulho rasgados e peças pequenas de brinquedo do que o mais recheado peru de Natal. Cada vez que se abria um presente (o que acontecia aproximadamente a cada três segundos), eu ficava arrepiada só de pensar onde colocar mais uma monstruosidade de plástico ou de ver as peças tão pequenas e tão fáceis de perder. Eu tentava ficar feliz com cada berro de alegria dos meus filhos, mas na verdade sentia pavor. Toda vez que brincávamos com aqueles jogos novos, eu interrompia, dizendo:

— Não perca essa peça, meu amor, senão não vai funcionar sem ela.

— Não, você só pode colocar um hotel depois que tiver três terrenos.

— Gabe, se você engasgar com isso eu não vou te levar pro hospital.

Faltam três semanas para o meu aniversário, que cai no último dia de janeiro. Está entendendo o que eu quero dizer com a minha vida ser destinada a reclamar? É ótimo fazer aniversário bem na época do ano em que as pessoas estão mais deprimidas. Quando metade delas na sua festa está em abstinência de álcool ou comida.

De presente, eu gostaria de clarear os dentes, de passar uma semana sem ter que limpar o bumbum de ninguém, e de uma assinatura da revista *Interiors*. Mas o que vou receber mesmo será um cartão feito em casa, um croissant na cama e um "beijo que dinheiro nenhum compra". Minhas primeiras palavras ao fazer 36 anos serão:

— Não deixe os farelos caírem na cama.

Durante essas três semanas eu vou pensar em cada coisa irritante que o Joel faz e colocá-las numa lista. A partir daí, vou organizar essas infrações em seções numa planilha. De fevereiro em diante vai começar o período de análise de seis meses, no qual vou anotar e comparar o comportamento dele em relação aos débitos na planilha. Esse sistema será rigoroso e capaz de aguentar uma vistoria, caso eu tenha que um dia mostrá-lo ao Joel, o que pode acontecer se um dia ele precisar de uma prova. Será tão perfeito quanto nossa casa e nosso casamento são imperfeitos. Será uma celebração de formatação de Excel e pontuação precisa. E será definitiva. Será totalmente justa, embora eu tenha ouvido que a vida não é assim.

Então vamos começar.

É assim que imagino um sábado perfeito. Os meninos dormem até tarde, eu tenho que acordá-los às 9 horas, eles comem todo o café da manhã e vão fazer alguma atividade recreativa, porém sem fazer bagunça. A sombra de uma faxineira, com toalhinhas úmidas no lugar de mãos, passa pela casa limpando sem parar, deixando-me livre para brincar com o Rufus e o Gabe, que adoram minhas sugestões e não se aborrecem quando eu tento dar um jeito nos seus desenhos amadores para que eles fiquem menos abstratos e com "mais cara de alguma coisa". Encontramos nossos amigos bonitos e seus filhos bonitos para almoçar e depois nossa mistura de babá e faxineira vai cuidar dos nossos filhos por tempo suficiente para que eu aproveite minha liberdade, mas não por tanto tempo que eu sinta falta deles. Talvez ir às compras para procurar um vestido para a festa daquela noite. Uma ida ao cinema. Uma ida ao cabeleireiro para fazer uma escova. Uma hora para me arrumar, passando hidratante, *primer*, base, iluminador e blush, três tipos de sombra nos olhos; delineador nos lábios, batom e brilho. A festa — brindes, risos, champanhe, coquetéis, um pouco tonta, mas não bêbada. De volta à meia-noite, segura de que meus queridos filhos não vão acordar cedo no domingo, quando nós quatro iremos deitar juntos na nossa cama enorme, feita sob encomenda, antes de brincarmos de guerra de travesseiros, com nossos travesseiros que têm fronhas de algodão egípcio de mil fios.

Ou, bem-vinda ao meu sábado real.

Depois de brincar com nosso jogo habitual de troca de camas, Joel está no chão do quarto dos meninos, enquanto Gabe ocupa o seu lugar na cama de casal. Só que ele espalhou seu corpinho de 2 anos de uma maneira que pelo menos dois dos meus membros estão do lado de fora da cama. Olho para o relógio e percebo que já passa das 6 da manhã, embora por pouco. A luz da rua entra pelo pedaço aberto da cortina e dá para ver mais do meu quarto do que gostaria.

Nosso quarto parece a Gap depois de sofrer um ataque terrorista.

> 1) *Larga as roupas em qualquer lugar menos no cesto de roupa suja. Em nenhum dos dois que eu comecei a usar para separar as roupas brancas das coloridas. Quando expliquei o novo sistema, ele me disse que não iria fazer apartheid com as roupas e foi embora rindo do próprio comentário. Ele fez um comentário parecido sobre o repatriamento de meias e a rendição extraordinária da sua última cueca limpa, que eu fiz refém em uma tentativa de forçá-lo a contribuir com mão de obra além de roupas para lavar. Ele ainda alega anistia do totalitarismo do meu regime impotente de lavar roupas.*
>
> *Embora eu devesse ficar feliz que ele é consistente ao largar as roupas no chão, sempre em um montinho*

aos seus pés. O marido da minha amiga Jill as coloca no cesto nos dias que eles trabalham, mas no único dia que ela trabalha de casa ou nos finais de semana ele larga as roupas no chão, como se fosse responsabilidade da esposa pegá-las.

É um tanto quanto simbólico que o Gabe tenha ocupado o lugar na minha cama que era do Joel, já que em várias maneiras ele se juntou ao espaço em meu coração onde ainda há um resto de paciência, generosidade e prazer. Eu e Gabe sempre saímos juntos para tomar um descafeinado e esfregar a espuma do leite de soja no nariz um do outro, passeamos por feirinhas e brincamos de esconder em museus, antes de relaxar e dormir na mesma cama. Agora ele está esparramado em cima de mim e qualquer desejo que eu tenha por contato físico está saciado pelo Gabe. Joel disse uma vez que parece que foi substituído por uma versão mais nova e mais bonita de si mesmo.

De repente sinto um cheiro. A versão mais nova e mais bonita do Joel também faz xixi na cama. Tenho dividido a cama com um homem que está com uma fralda transbordando de tão cheia.

— Meu amor, é só falar quando você fizer cocô que eu troco a sua fralda ou, melhor ainda, vamos ao troninho. Você sabe que ganha um adesivo por isso. — Ele olha feliz, como um menino de 10 anos que acabou de soltar um pum "silencioso, porém mortal" bem na cara da irmãzinha. Já era para ele ir ao banheiro sem problema, de dia e de noite. Os filhos da Mitzi não fazem mais xixi na cama com essa idade. — Ninguém te disse que é final de semana? — murmuro. Ele continua pulando na cama, balançando aquela fralda perigosa. — Isso dói. A mamãe não gosta quando você pula em cima dela, meu amor, por favor.

— Café da manhã, café da manhã, café da manhã — canta ele, no tom de uma canção de ninar indeterminada. Todas elas se parecem entre si, como hinos.

Hoje eu dei azar com esse menino, já que ele acorda uma hora antes do outro pelo qual Joel é responsável.

— Boa tarde — digo quando ele e Rufus finalmente saem do quarto para tomar café.

— É mesmo, que maravilha, 7h15.

— Uma hora a mais, mesmo assim.

— Dormindo na cama debaixo de um beliche feito para anões. Cada vez que sento, meu cabelo fica preso nas molas de cima.

Observo-o colocar comida para o Rufus. Ele abre a caixa como se estivesse com luvas de jardinagem e olhos vendados.

2) *Joga cereal por todo lado como se tivesse ligado um ventilador do lado de uma caixa de cereal.*
3) *Coloca os saquinhos usados de chá na pia. Por que as pessoas fazem isso? Às vezes elas colocam os saquinhos em umas tigelinhas, o que é menos irritante, mas mesmo assim, por que não as colocam direto na lixeira — ou, caso você seja tão engajado em questões ambientais (o que devemos ser, claro, mas às vezes não me dou ao trabalho de ir até a lixeira reciclável. E eu amo minha secadora de roupas, amo mesmo, acho que devo ter a custódia dela no divórcio), no recipiente para fazer adubo?*
4) *Coloca o saquinho de chá na pia depois de fazer chá para ele e nem perguntar se eu quero.*
5) *Nunca se lembra de como eu gosto do meu chá. Leite de soja, sem açúcar. Fácil, não?*
6) *Diz que chás de ervas são "plantas fervidas" porque, segundo ele, o gosto é o mesmo. Melhor que um cara com quem saí uma vez, que se referia a eles como "chá de lésbicas".*

— Eu não gosto dos pedacinhos do cereal — diz Rufus.

Gabe concorda com ele, mas expressa sua opinião tossindo os farelos na mesa.

— Isso é nojento — observa Rufus, corretamente.

— Conserta eles — fala Gabe, apontando para mim. — Faz eles grandes. Faz eles grandes de novo. Eu quero pedaços grandes.

— E o que se diz, Gabe? Eu quero cereal grande...

— AGORA — berra ele.

— Não, não é assim que se pede. Eu quero cereal grande...

— AQUI!

— Não, "por favor", "por favor" é que se diz. Você já comeu duas torradas, tem certeza que também quer cereal?

— A propósito, precisamos comprar cereal.— avisa Joel.

7) *Fala que precisamos comprar algo como se estivesse me acusando. E depois que já acabou. E não faz anotações na lista de compras, no canto da cozinha especialmente para isso, que eu copiei de uma revista de decoração que não consigo parar de comprar. Com a diferença que, nessas revistas, alguém sempre escreveu "Eu ♥ você" na foto, ao lado de uma lista que inclui frutas do campo e champanhe.*

— Eu vou ao supermercado e compro mais — falo.

— Não, eu vou.

— Não, na boa, eu vou.

— Não, eu insisto.

Olhamos um para o outro.

— O primeiro que chegar na porta ganha — berra ele e, como todo homem, já está com sua carteira no bolso, pronto para ir, e chega na frente.

Fico para trás para lidar com a birra do nosso filho mais novo, o príncipe, em volta do qual nossas vidas giram. Quando consegui acalmar sua fúria devido aos pedaços pequenos de cereal e distraí-lo com outra comida, ele exige que eu tire o iogurte do seu estômago e coloque de volta no pote. E sou repreendida por ter pegado a colher na gaveta para ele. Eu a coloco de volta e digo para ele vir buscar. Mas é tarde demais, claro, já estraguei tudo. Ele me transformou em um tipo de cavalheiro do rei Artur, que tem que fazer uma série de desafios impossíveis para conseguir um lugar na mesa do rei. Eu tenho que tirar os pedaços queimados das linguiças, fazer pedaços de frutas mais secos, grudar pedaços de unhas já cortadas, transformar dias cinzentos em ensolarados e mudar a cor das roupas nos desenhos dos seus livros. Na nossa casa, o diabo veste calça da Primark, tamanho 2-3 e uma blusa listrada da Baby Gap, de segunda mão.

A calma reina quando Joel volta com a caixa nova de cereal.

— O que vamos fazer hoje? — pergunta ele, porque obviamente eu sou sua assistente pessoal.

— Aula de natação do Rufus. Você o leva toda semana.

— Ah, é. E onde estão as coisas dele?

— Na bolsa dentro do armário, perto da porta. — Onde sempre estão. — E depois tem a festa da Mahalia à tarde. Você já comprou presente pra ela?

Ele faz cara de quem está confuso.

— Mahalia? Não lembro.

— A menina mais nova da Mitzi, um pouco mais nova que o Rufus.

— Não dá para saber de todos eles.

— Molyneux tem 6 ou 7 anos, depois vem Mahalia, e então os gêmeos, Merle e o outro menino. Qual o nome dele? Começa com M.

— Óbvio.

— Eu estava brincando sobre o brinquedo, não esquenta. Acho que tem algo na gaveta de presentes. — Gaveta de presentes. Eu tenho uma gaveta de presentes. Quando foi que me tornei uma pessoa que tem uma gaveta de presentes? — Milburn, esse é o nome do menino, Milburn.

8) *Coloca garrafas e embalagens tetra pak vazias de leite de volta na geladeira. Não, isso não é justo — normalmente*

ele deixa algumas gotas na embalagem só pra dizer que não está vazia. O que é estranho é que ele sempre larga as garrafas cheias de leite no balcão da pia, para que o leite azede.

9) *Tira os adesivos das bananas e das maçãs e gruda-os na mesa da cozinha.*

Eu dou uma volta pela cozinha, arrumando, esfregando, limpando o caminho. Confiro se as coisas da natação do Rufus, casaco e sapatos estão ao lado da porta enquanto tento ligar para Mitzi para conferir o horário da festa.

— Você viu a chave do carro? — pergunta Joel. A maioria das frases que dizemos um ao outro começam com "onde" ou algo parecido.

10) *Faz perguntas quando estou falando ao telefone.*

— Desculpa, Mitzi, tenho que desligar. Ela não está pendurada no gancho na cozinha, onde sempre fica?

— Não, é por isso que estou perguntando.

— Eu sempre a coloco de volta lá. Você deve ter largado em outro lugar.

— Tem séculos que eu não uso o carro.

Isso é verdade. Dou um pulo na cozinha, na esperança de encontrá-la no gancho como sempre. Ela está lá, embora meio que escondida por uma caneca.

11) *Pergunta onde algo está e, quando eu digo, ele não olha direito, então eu tenho que ir procurar para ele. Se eu digo que algo está na geladeira, ele não enxerga a não ser que esteja bem a vista, como se mover o pote de molho que está na frente, ocupando um lugar nobre na geladeira, fosse muito trabalho.*

— Ah, olha só, pendurada no gancho, bem onde eu disse que estaria.

Entrego a chave e volto logo para a sala a fim de fazer o que ele normalmente faz melhor do que eu: deixar as crianças e presumir que alguém (eu) vá tomar conta delas. Descubro o horário da festa da Mahalia e começo a procurar umas coisas.

— Joel!

Nenhuma resposta.

— Joe-EEELL! Qual dessas porcarias desses cabos é o do laptop?

— O preto — berra ele, depois de um tempo. Dou uma olhada no ninho de cobras aos meus pés, uma bagunça de cabos entrelaçados, quase todos pretos. Fios de carregadores de celular, da câmera e do computador se juntaram às chaves velhas, como coisas que não jogamos fora com medo de que, no momento em que o fizermos, vamos descobrir para que eles servem e ter consciência de que precisamos deles.

— Eu disse para marcar os novos com uma etiqueta e depois colocá-los de volta nas caixas originais, junto com seus companheiros eletrônicos.

— Bom — diz ele —, parece que eles estão se divorciando.

Vai brincando, eu penso, com uma satisfação esquisita ao ouvi-lo falar a palavra em voz alta.

— Parece que eu sou muito certinha, mas eu falo com razão. Agora não consigo encontrar o carregador do laptop. Ele é igual ao da filmadora, mas nós temos cinco carregadores diferentes de celular e eu não sei qual deles é o do telefone antigo. E o que é isto? — pergunto, ao pegar um cabo branco.

— Da sua escova de dentes antiga?

Saio batendo os pés, embora ele não perceba, já que está concentrado em um vídeo que ele gravou dos meninos no feriado.

— Saco — escuto ele gritar. — A bateria acabou. Onde você colocou o carregador?

12) A maneira como ele larga todos os carregadores de celular e cabos, e eu nunca consigo saber qual é qual.

Meu caminho até ele está bloqueado por sapatos, carrinho de bebê, patinetes, bicicletas, capacetes, a lixeira de reciclagem e o conteúdo espalhado de uma caixinha de passas, que eu amasso ainda mais em cima do nosso carpete tão clarinho.

As escadas são um desafio novo. Nos pés de cada patamar na nossa casa há montanhas de bugigangas: chinelos, livros e roupas limpas ao subir; jornais velhos, taças de vinho vazias e roupas sujas ao descer. Dizem que o topo do Everest está lotado de lixo. Eu aposto que se parece com os lances da nossa escada.

13) A maneira como ele ignora a bagunça nos patamares das escadas.

Como um motorista dando marcha a ré em um veículo com tração nas quatro rodas, Joel passa pelas escadas como se elas fossem um ponto cego. Isso o permite passar por elas sem sequer pensar em tirar as coisas do caminho, ignorando completamente o fato de os homens serem a esteira que leva a bagunça para o lugar certo. Uma vez resolvi deixar tudo empilhado numa tentativa desesperada de mostrá-lo o quanto eu faço para manter a casa limpa. Pouco a pouco, a bagunça começou a formar barricadas nas escadas. Ainda assim, ele a ignorava, chegando até a pular por cima de tudo. Até o dia em que o coitado do Rufus escorregou em um saco vazio de batatas fritas e bateu com a cabeça no corrimão. Acabamos no hospital. Claro que me senti culpada, mas a culpa foi do Joel.

Eu me tranco no banheiro, debruçada sobre o laptop com sua bateria que se acaba velozmente, e clico em um documento chamado "Adm casa" (uma aposta segura para que Joel nunca o abra). Digito furiosamente, nos mais diversos sentidos da palavra, e termino com um último floreio:

14) Nunca pendura os trajes de banho, deixa tudo na sacola para que mofem.

Apesar de eu ser obcecada com limpeza, minha casa não reflete essa obsessão. Uma pessoa descrita como obcecada por limpeza tem uma casa que brilha, com estofados aspirados e armários cheios de Tupperware em ordem alfabética com sua coleção de arroz. Não, eu sou obcecada com limpeza e vivo em uma casa imunda, o que é um mau negócio, da mesma maneira que é para a minha amiga Daisy, que reclama que nasceu com as curvas de uma cantora de ópera, mas com uma voz tão desafinada que ela tem que fingir que canta "Parabéns pra você", só para não estragar a festa de ninguém.

Ninguém conversa sobre limpeza. E por que fariam isso? É um saco fazer faxina, e falar disso é pior ainda, mas isso existe. É um segredo que não queremos confessar que temos. Mas eu vou falar. Eu gasto mais tempo varrendo, arrumando, gerenciando a casa e esfregando do que em qualquer outra coisa na minha vida. É o hobby que eu odeio, meu passatempo. Agora que só trabalho meio expediente, acho que gasto mais tempo com tarefas domésticas do que com tarefas pagas. Ninguém saberia a quantidade de limpeza que faço baseado em minhas conversas ou minha aparência, ou na aparência externa da minha casa. Ninguém nunca fala de limpeza ou deixa a entender que faz muito disso, embora suas casas sejam organizadas e brilhem. Parece que suas casas são limpas por osmose, ou que fadas vêm no meio da noite, ou que brasileiras entram mudas e saem caladas a 7 libras por hora.

Todo mundo conta vantagem no que diz respeito a sexo, mas eu gasto muito mais tempo limpando, lavando roupas, arrumando a casa e pagando contas do que jamais gastarei fazendo sexo. Provavelmente mais do que gastarei pensando nisso também.

Só minha mãe que fala sobre limpeza, e só eu sei o quanto eu e minha irmã a odiamos por isso. Jemima e eu não limpávamos nada, nós éramos feministas, entenda. O mais engraçado sobre o feminismo é que isso não fez diminuir a quantidade de coisas para lavar e superfícies para serem limpas, tampouco aumentou a quantidade de tempo que os homens gastam fazendo essas coisas.

Onde os outros colocam seus carregadores de telefone? Onde eles se escondem? Não entendo as casas das outras pessoas. Onde estão suas meias velhas e a correspondência que tem que ir para o lixo? Onde eles esconderam os brinquedos quebrados, os quebra-cabeças incompletos e os casacos extras? Parece que a casa deles está sempre esperando por corretores imobiliários e possíveis compradores, mesmo quando elas não estão à venda. Se algum dia quisermos vender a nossa casa, vamos precisar alugar outra casa só para esconder a nossa bagunça.

Talvez esse seja o segredo. Os donos dessas casas tão perfeitas devem ter outra propriedade por perto, que é uma bagunça gigante de roupas de bebê que já não servem mais, brinquedos quebrados, correspondência fechada, bolsas cheias pela metade e sapatos lamacentos. É o equivalente a *O retrato de Dorian Gray*, que permite aos seus donos mostrar somente suas vidas perfeitas enquanto escondem sua casa caindo aos pedaços.

Na realidade, quando falo de casas perfeitas, penso na casa da Mitzi. Lá existe um lugar para tudo, menos maçanetas feias. As portas da cozinha abrem-se ao serem tocadas e revelam um armazém de adubo feito sob medida ou uma área para recicláveis pré-dividida entre latas, papéis e garrafas. Desde que se casou com um endinheirado, Mitzi passou a acreditar que as janelas são as janelas da alma, especialmente quando elas têm cortinas feitas de jogos de cama galeses reformados.

A casa dela tem corredores e mais corredores e um cômodo somente para lavar roupas com espaço para pendurá-las para secar, para não precisar usar a secadora, compensando, de certa maneira, as emissões de carbono nas viagens para esquiar e nas excursões de férias.

Quando os ricos entram no avião, eles viram à esquerda para ir para a primeira classe. Quando você vai em casas como a da Mitzi, você não entra na cozinha simplesmente, você é levado para dar uma volta na casa para admirar sua última novidade, seja ela voltar às origens ou reinstalar os acessórios originais, depende do ano. Não existe nenhuma novidade em decoração interior que não tenha sido testada pela Mitzi.

Uma parede coberta por papel de parede caríssimo — confere; varanda de vidro reforçado — confere; fotos em preto e branco de vários tamanhos dos seus filhos na parede da escada — confere. Também há os detalhes que nos deixam como manteiga derretida, o que é prova de sua vida e amor perfeitos. Na mesa de centro, um mapa antigo da Sicília, onde ela e Michael passaram a lua de mel. Os desenhos discretos embaixo da sanca no hall de entrada compostos de Ms que se entrelaçam. O papel de parede do banheiro do andar de baixo, que é o convite de casamento deles, ampliado cem vezes. O chão daquele mesmo cômodo, de concreto, com o molde dos pés de cada membro da família imortalizados, incluindo os de quem era bebê na época (essas redecorações costumam coincidir com a chegada de um bebê, mas já que a Mitzi teve quatro bebês em três gestações, a maioria das coisas coincide com isso).

O projeto atual de Mitzi consiste em transformar sua casa de 370 metros quadrados em uma casa ambientalmente correta, com turbinas de vento e painéis solares, em vez de materiais isolantes antigos e feios como os das outras pessoas. A nova mania dela por materiais sustentáveis abriu um novo caminho para o consumo, e ela está indo nessa direção toda empolgada em seu carro híbrido.

Eu gosto de ir na casa de Mitzi e subir escondida até o segundo andar, enquanto as outras mulheres comem panquecas orgânicas feitas em casa, e dar uma olhada nos quartos, meio que na esperança de encontrá-los bagunçados só daquela vez. Eu ofereço para ajudar a fazer chá como uma desculpa para abrir seus armários e admirar a maneira como sua despensa é arrumada (uma despensa, imagina só!), com farinha armazenada em sacos antigos e jarras cheias de tipos exóticos de feijão.

Mais tarde no meu sábado, eu preparo o almoço. Ou almoços, já que todos na minha família têm gosto diferente. O Rufus desde bem pequeno decidiu que não ia comer nada que tivesse um rosto (que Deus o abençoe pela inteligência emocional, mas que saco o trabalho que dá); Joel não come nada que não tenha um rosto, o Gabe não come nada mesmo, sério, ele tem os hábitos alimentares de uma estrela de Hollywood, gosta de ervilhas congeladas e bolinhos de arroz. Eu como o que sobra. A não ser, claro, que tenha lactose, porque eu tenho intolerância a isso, diferente dos homens da minha família, que alegam sofrer de várias alergias inventadas.

— Joel, dá pra você limpar um pouco para que possamos comer?

15) *Coloca panos de pratos molhados na gaveta com os limpos. Quando algo é derramado no chão, ele usa um pano de prato para enxugar, em vez do esfregão.*
16) *Fala o tempo todo que é ele quem cozinha, o que não é verdade. Ele se ocupa da parte mais importante enquanto eu faço o que é menos importante — reaquecer, recriar, transformar em purê. Quando cozinha, ele acha que eu tenho que ser sua assistente, pegando os ingredientes, levando tudo para ele, cortando e lavando, conforme a necessidade dele. Quando eu cozinho, eu cozinho sozinha.*

17) Chama as panelas e frigideiras de "assustadoras" e não chega perto delas nem quando é sua vez de lavá-las.

— E como foi a natação?

— Bem, obrigado — diz Rufus. Acho que Gabe vai continuar agindo como um menino de 2 anos fazendo birra pelo resto de sua vida, mas às vezes Rufus parece que já é um velho de 80 anos. Ele é como o avô predileto de todo mundo e, por isso, eu sou apaixonada por ele (embora também gostaria que ele me contasse mais sobre seu dia na escola).

— Quem estava lá?

— Ninguém.

— Nem a professora?

Ele revira os olhos.

— A professora estava lá, boba.

— E mais umas seis crianças — acrescenta Joel. — Aquela mãe que usa biquíni.

— E os chinelos com salto? — pergunto. — E a barriga durinha?

— Ela mesmo. E aquela bem gorda com o cabelo descolorido.

— Com a namorada negra gostosona? Nunca entendi aquela lá.

— Posso falar uma coisa? — pergunta Rufus. — Não é correto — ele pronuncia a palavra como se fossem Ls e não Rs — falar da aparência das pessoas. Mesmo que elas sejam enormes de gordas. Por que você está me apertando, mamãe?

— Porque você é um amor e um menino tão sério.

Ele se solta de mim.

— Isso é sério. Nós não devemos falar palavras que magoam.

— Tipo o quê?

— Ai, meu Deus — ele suspira.

— É isso que se aprende na escola hoje em dia? — pergunta Joel. — Claro que eles estão certos.

Olho para Joel com o canto dos olhos e nós dois abafamos os risos antes de eu me distrair com um monte de pratos sujos empilhados no balcão da pia.

— Por que você não coloca isso na lavadora de louça?

— Ela já está cheia.

18) *Lavadora de louças — ele nunca a esvazia, embora ele retire algumas coisas dela quando precisa de algo limpo. Às vezes, ele retira algumas coisas somente para colocar outras sujas no meio das limpas. Ou então deixa as sujas no balcão da pia junto com uma nota dizendo "a lavadora está cheia". Em raras ocasiões, ele esvazia a máquina, e empilha tudo em um canto da pia para que eu guarde. E caso ele se dê ao trabalho de colocar algo no lugar, ele faz as pilhas na frente, e eu tenho que reorganizar tudo.*

Qualquer proximidade que eu sinta em relação ao Joel vai por água abaixo e uma exaustão tremenda toma seu lugar.

— Se eu levar os meninos à festa da Mahalia mais tarde para te dar uma folga, será que dá para eu descansar um pouco agora e tirar um cochilo? — Os finais de semana dos pais são repletos de acordos.

— Claro.

— Eu dormir com mamãe — fala Gabe. — Por favor, mamãe. Eu cansado. — Que injustiça, penso, a responsabilidade dele hoje será somente cuidar de Rufus, que não dá o menor trabalho, e, mesmo quando eu vou dormir, tenho que lidar com as exigências do nosso caçula. As horas de sono perdidas serão ganhas no quesito calor humano que meu pequeno proporciona.

19) *Fala que não é boa ideia deixar os meninos verem TV demais (claro que a mãe dele, Ursula, nem tinha uma TV em casa quando ele era criança, ele tinha que ficar olhan-*

do as vitrines das lojas que alugavam eletrodomésticos por horas para ver as imagens que por mágica se mexiam. Talvez seja esse o motivo de ele trabalhar com criação de programas de TV hoje em dia), mas quando ele está olhando as crianças, a TV fica ligada o tempo todo.

— Está bem, mas se você for dormir com a mamãe, você tem que dormir, ok? Sem brincadeiras. Estou falando sério.

Algum tempo depois e nada de dormir, estou me arrastando a caminho da casa da Mitzi. Sempre que você empurra um carrinho de bebê, você se arrasta, nunca é uma caminhada. A casa dela não é longe em termos de distância, porém está a anos-luz em termos de diferença social.

Constantemente tenho a impressão de que uma empregada vai abrir a porta, levando em consideração o tamanho da porta dupla da entrada, mas gente rica como ela gosta de manter seus empregados como um segredo. Não que ela não tenha nenhum. Mitzi tem uma equipe gigante para administrar aquela casa, é quase como administrar uma pequena empresa. Às vezes ela reclama discretamente de um ou de outro — babá, *au pair*, massagista, faxineira, acupunturista, do cara que corta a grama — e eu tento sentir pena dela, mas é muito difícil soar legal quando uma pessoa está reclamando dos seus empregados.

Michael abre a porta. Adoraria dizer que ele é baixinho, careca e gordo, mas além de ter dinheiro, ele é alto, tem cabelos escuros com alguns fios grisalhos nas têmporas, como os maquiadores de Hollywood deixam os atores para que pareçam distintos e mais velhos. Resumindo, ele é um coroa boa-pinta.

— Que bom ver você — diz ele. Não sei se é verdade ou não. Alguns dos maridos das minhas amigas nunca ficaram meus amigos. Ele ainda mantém aquela distância que os pais das suas amiguinhas no colégio mantinham. Mesmo sem perguntar, eu sei que ele tem uma cadeira especial só para ele na cozinha, com braços, que mais ninguém pode sentar, e que ele não gosta que mexam no jornal antes de ele ler.

Mitzi não precisa fazer o aniversário dos seus filhos no salão de festas local, os cômodos da sua casa são ótimos para isso. Sempre que ela oferece um jantar, ela fala que é somente um jantarzinho simples. Como se a cozinha dela de 12 por 6 metros, revestida de vidro, fosse somente uma cozinha, e não um templo à comida, à família e à vida boa. Tem eletrodomésticos como a nossa, o que nas lojas de departamentos são chamados de "produtos brancos", mas os dela são de aço escovado, e tudo é o dobro do tamanho: forno duplo, geladeira de duas portas, uma mesa de jantar estilo medieval para vinte pessoas, e área de serviço. Somos todos adeptos a comer em casa hoje em dia, mas não entupimos nossa cozinha com equipamento industrial.

Parece que as pessoas estão criando a necessidade de mais espaço dentro de casa, não é verdade? As crianças não dividem quartos. Seus quartos são uma mistura de quarto com escritório, com escrivaninha, TV, computador e um aparelho de DVD. Precisamos de um cômodo enorme para fazermos atividades em família, mas aí percebemos o quanto isso é deprimente, então desejamos os outros cômodos mais reclusos: a sala de TV, a biblioteca, a sala de exercícios. Com a diferença de que Mitzi não deseja — ela tem os outros cômodos.

~~20) Não ganha dinheiro suficiente para que eu tenha vários cômodos em casa e alguém os limpe para mim.~~

Apago o pensamento da minha mente e prometo que não vou incluir isso na lista, já que me envergonhei de pensar nisso. Eu detestaria ter um marido banqueiro, o dinheiro não compra tudo. Embora compre uma boa quantidade de coisas de boa qualidade.

Michael me leva até a cozinha palaciana, onde mulheres magras demais para menstruar ou dar à luz estão bebendo champanhe (champanhe! De verdade, não sidra), enquanto seus filhos, vestidos exatamente iguais, perambulam. Alguns rostos são familiares do clube do livro de que participo e de todas as festas de aniversário, batizados e outras celebrações da família da Mitzi e do Michael que aconteceram ao longo dos anos. Nós, as amigas da Mitzi, somos como leitoras de uma revista de celebridades, convidadas constantemente à sua casa para admirar recém-nascidos e novas reformas.

Mitzi vem na minha direção.

— Mary! Que esplêndido te ver.

Quando ela diz isso, você acredita que é realmente verdade. Esse é o problema — quero zoar com a cara dela, mas aí ela é assim, tão encantadora, sem fazer esforço, que me desarma. Ela está vestida informalmente, mas com a marca registrada do seu batom vermelho. Tudo no mundo dela é uma marca registrada. Da mesma maneira que ela não compra nada, ela "CRIA".

— Idem. Você comprou outro carro novo? — Odeio o fato de ter percebido o G-Wiz estacionado ao lado do Lexus e que me importo com que carro eles têm estacionado na garagem. Odeio que eles não precisem estacionar na rua.

— Uma graça, não é? É tão pequeno, as crianças adoram. E ótimo para o meio ambiente. Não preciso pagar o pedágio urbano e posso estacionar em qualquer lugar. Agora temos o Lexus híbrido e esse, estamos cortando nossas emissões de carbono.

— Uau, dois carros politicamente corretos. Então acho que isso faz de vocês duas vezes mais verde do que a gente com o nosso velho bebedor de gasolina.

— Bom, na verdade, já que vocês não têm sequer um carro ecologicamente correto, isso nos torna infinitamente mais verdes que vocês, se não me engano? — Ela sorri e acho que foi irônica. Estou tentando lembrar por que Joel me disse que é melhor dirigir um carro velho, mesmo que o motor seja uma porcaria. É algo sobre o custo de produção do carbono, mas a

Mitzi está com a corda toda. — Para ser sincera estamos tentando tanto economizar quanto salvar o planeta, então é um bônus o fato de não existir imposto sobre o carro ou termos que pagar pedágio urbano.

— Não imagino você em um carro simples.

— Tudo ajuda — diz ela. — As políticas austeras do país, essas coisas.

— E eu aqui, imaginando que você achava que políticas austeras eram sinônimo de legumes plantados em casa e lustres da época da Segunda Guerra Mundial.

— Eu sei, mas alguém tem que manter a calma e ir levando.

— Ir levando nas compras — continuei —, aparentemente para ajudar a economia.

— Eu gosto de fazer a minha parte — comenta ela e ri.

Gabe está grudado na minha perna como um cachorro no cio, enquanto Rufus também está conectado a mim por um cordão umbilical invisível. Tento livrar-me deles, mas não consigo.

Olho a dúzia de crianças.

— Que bom que você não se sente obrigada a convidar a turma toda da Mahalia.

— Mas eu convidei — responde ela alegremente.

— Sério? Nossa, esses colégios particulares têm turmas tão pequenas, não é? Vale a pena pagar 10 mil libras ao ano só para não ter trinta crianças nos aniversários.

— Não, boba — diz ela. — A Mahalia vai ter duas festas.

— Que nem a rainha? — Bom, ela é meio que uma princesa.

— Acho que sim — ela franze a testa, mas nenhuma ruga aparece. Eu tenho uma ruga permanente na minha testa. — Vou fazer uma festa só para os coleguinhas de turma dela. Eu achei que ia ficar meio caótico com todos os amiguinhos dela reunidos. Tem realmente trinta crianças na turma do Rufus? Tem quinze na turma da Mahalia. E duas professoras assistentes. E custa mais de 10 mil com todos os extras. Está mais para 12 mil.

Doze mil vezes quatro crianças em imposto de renda. Meu filho mais velho, tão talentoso com números, conseguiria fazer essa conta super-rápido, mas eu me conformo com "muito dinheiro". Muito dinheiro que parece que todas as outras pessoas na festa estão dispostas a pagar. Às vezes imagino o que será que os outros pais sabem que eu não sei, que se o Rufus estudar em escola pública ele estará condenado a ser viciado em crack e virar bandido. Fico preocupada que ele não consiga escrever seus cartões de aniversário com a caligrafia perfeita de um monge medieval de Lindisfarne, como os outros amigos educados em escolas particulares da Mahalia escreveram para ela. ("Que seu aniversário seja encantador", diz um. Encantador?)

> *21) Não se preocupa o suficiente. Eu tenho que me preocupar sozinha com o futuro dos nossos filhos e ele só diz que eles vão crescer na boa, e que, de qualquer maneira, não há muito o que possamos fazer quanto a isso.*

Agora que o Gabe largou a minha perna e está indo na direção do armário no qual ficam os materiais de arte, arrependo-me de ter desejado que ele me largasse.

— Ele é bem irrequieto, não é? — fala Jennifer, cujo filho parece estar sedado. — Você já pensou em testá-lo?

— Testá-lo para quê? Ele vai fazer testes o suficiente quando entrar na escola.

— Para ver se tem transtorno de déficit de atenção — diz ela. — Eu conheço um psicólogo ótimo.

— Nós fomos a um desses por causa do Oliver; você sabe; por ele ser superdotado — comenta Alison.

— Bom, é impossível que a hiperatividade dele venha do pai — diz Mitzi. — Ele é tão relaxado que chega a ser lerdo.

— Todo mundo ri. Mas espera aí. Você não tem o direito de criticar meu marido. Ou o meu filho, que não é hiperativo, e sim espirituoso. — Vocês conhecem o Joel — continua ela. — Ele é um amor de preguiça.

Menos preguiça. E menos amor, já que entrou nesse assunto.

— Na verdade — digo, uma expressão que peguei do Rufus —, o Joel é um produtor-executivo de TV muito bem-sucedido.

— Eu sei, minha querida. E você sabe que eu o amo. — Ela se vira para sua plateia e explica: — Tenho uma relação muito especial com o Joel.

É isso que nunca entendi. Não sei se a implicância entre os dois vem de uma antipatia ou de uma atração. Eles parecem personagens saídos de uma comédia dos anos 1930. Ele teve como escolher entre nós duas quando nos conhecemos anos atrás. Será que ele se arrependeu da escolha? Julgando pelo tamanho da casa e do terreno, tenho certeza de que Mitzi não se arrependeu da opção que fez.

Finalmente é hora de ir embora. Rufus e Gabe ganham uma sacolinha feita de pano com lembrancinhas, já a minha lembrancinha é aquela sensação familiar de desdém e inadequação. O que torna essa sensação pior é a descoberta de que uma das lembranças é exatamente o livro que demos de presente. Com a diferença de que o nosso estava embrulhado em jornal porque não tínhamos papel de presente, e esse está embrulhado em um papel reciclado lindo, feito à mão, com dobras perfeitas e um laço.

— Materialismo pavoroso — falo com o Joel mais tarde.

— Materialismo pavoroso — diz ele, apontando para os retalhos costurados de seda que formam a sacola de lembrancinhas.

Mais tarde, enquanto sento na cama dando uma olhada em um catálogo de artigos de casa, fico pensando na despensa da Mitzi. Só de olhar a seção de artigos para organização do catálogo já tenho a sensação do quanto seus produtos iriam revolucionar a minha casa e os meus armários. A vida em família é um desafio constante de organização em busca de uma solução.

22) *Tem uma coleção de copos ao lado da cama que só cresce. Cada um está com um nível de água parada diferente. Parece que ele quer ter o suficiente para fazer aquele truque de criar música com copos d'água.*

Fico encarando o Joel. Até na cama ele é largado, com seus membros todos espalhados por ela, mumificando-se no edredom e derrubando travesseiros. Seu rosto está deformado em uma carranca.

23) *Fica conferindo o BlackBerry mesmo na cama. Ele é importante o suficiente no trabalho para que tenha um, enquanto eu, desde que fiz a opção pela decadência da minha carreira em troca de um empreguinho de meio expediente, não ganho nem um celular comum pago pela empresa.*

Ele sente que estou olhando para ele. Só que confunde meu nojo por desejo e se vira para mim.

24) *Fica conferindo o BlackBerry na cama e espera que eu faça sexo com ele quando ele deixa o telefone de lado.*
25) *Às vezes confere o BlackBerry enquanto faz sexo comigo.*

— Sai daqui. Ele parece magoado.
— Estou cansada e você não pode me ligar e desligar como um celular.
— Mas é trabalho.
— É sábado à noite.
— Exatamente.
— Não é excitante usar seu telefone na cama.
— Mas ler sobre Tupperware deve ser o máximo do erotismo — diz ele, apontando para o meu catálogo.

— Também é trabalho. A diferença é que esse é um trabalho que eu tenho que fazer quando chego em casa do meu emprego.

Viro de costas para ele com tanta raiva que minha pele coça. Não sei como nem por que isso acontece.

A minha vida está indo ralo abaixo, e é um ralo entupido de cereal, partículas sólidas de gordura e pedaços endurecidos de massinha para modelar.

2
Ele coloca o lixo para fora

A caminho do trabalho, finjo que sou uma mulher solteira muito chique, com um café com leite de soja em uma das mãos, uma bolsa cara e de marca famosa na outra (só uma parte dessa imagem é factualmente correta, e é a que custa £1.90, pelo café).

Meu escritório é um espaço alugado em um armazém industrial enorme. Dividimos nosso andar com outras produtoras de baixo orçamento e quatro funcionários de televisão que estão fermentando na indústria. Parece que estamos em um acampamento de escritórios: deslocados, flutuantes, caóticos. Nas outras partes do prédio há uma agência de publicidade supermoderna e uns "consultores". A recepção não é muito aconchegante, toda de cimento, sem pintura e com móveis antigos, e a árvore de Natal preta decorada com cubos brancos que ainda está lá só ajuda a tornar o clima da área menos convidativo.

Entro no elevador com uma das publicitárias, que se veste com as últimas tendências, como se diz no mundo da moda.

— Qual andar? — pergunta ela.

Estou abrindo a boca para responder quando ela me olha de cima a baixo e pressiona o botão do terceiro andar, o certo, para mim, e aperta o botão da cobertura para ela.

— Obrigada — murmuro. Mas por quê? Por julgar que pelo meu uniforme de mãe (uma bata e uma calça larguinha), eu só poderia estar indo para o andar mais brega do prédio.

Chego no santuário do andar brega e me jogo aliviada ao lado da Lily, mesmo que ela seja a pessoa mais jovem e estilosa desta área do prédio. Até o nome dela parece o de uma modelo (ou uma criança pequena — florista nenhum conseguiria ter tantas Lilies, Irises e Poppies como existem na turma do Rufus). A publicitária nunca teria adivinhado que Lily trabalha neste andar. Ela se veste tão de acordo com as últimas tendências que se ela se virasse de cabeça para baixo, ia parecer o tipo de roupa que minha tia-avó que está senil vestiria para fugir da casa de repouso. Nenhuma moda é feia demais para ela vestir. Ela até passou por uma fase de automutilação, quando soube que todos estavam fazendo isso, embora depois tenha admitido que não teve coragem de furar os braços com canetas, para parecer que estava tatuando a si mesma.

— Adivinha — digo para ela. — Uma das vacas que trabalha na agência de publicidade acabou de presumir que eu trabalho neste andar.

— Mas é verdade — observa ela, enquanto me analisa de cima a baixo, de uma maneira mais doce que a olhada que ganhei no elevador.

— Certo. E como foi de Natal? — pergunto.

— Exaustivo — responde ela, parecendo um pouco cansada. Tenho que me conter para não dizer que ela não tem noção do que é exaustivo até que ela tenha filhos. A maior parte da minha conversa com Lily consiste em eu me segurar para não explicar que não será fácil para ela ter um casal de gêmeos, por inseminação artificial, quando lhe for mais conveniente, depois que ela tiver ganhado um Oscar e escrito um livro que fique na lista dos mais vendidos, ou "tiver se mudado para uma cidade pequena, e começar um negócio bem-sucedido pela internet com um marido lindo", quando ela estiver na casa dos 30. Ela não entende por que eu trabalho durante meio expediente. "Tipo assim, por que você não paga uma babá?", o que também é a sua resposta quando reclamo que não consigo sair mais hoje em dia.

Quando eu e Joel nos conhecemos, eu trabalhava como assistente de produção, e ele era pesquisador, tendo desperdiçado a maior parte dos seus 20 anos com sua banda, ou "a banda" como ele sempre se refere a ela, como se ela tivesse produzido alguns álbuns. Eu subi até aquele cargo da maneira que várias mulheres fazem, começando como secretária, recebendo salário mínimo, depois de enviar meu currículo para todas as produtoras de Londres. A primeira promoção dele na televisão foi por meio de um telefonema de sua mãe a um velho amigo que havia feito um documentário com ela nos anos 1970. Em seis meses, ele já era produtor. Eu me consolava com o fato de que eu era superior dele e não importava o que acontecesse, eu sempre teria uma posição de destaque. Logo depois, estávamos competindo para ver quem conseguiria ganhar crédito de produtor-diretor, aquela mistura incrível de criatividade e praticidade. Passávamos os dias trabalhando em *reality shows* e as noites planejando os documentários que faríamos juntos que mudariam o mundo.

E agora ele é produtor-executivo e eu sou... o quê? Um tipo de gerente do gerente de produção? Desenvolvimento barra coordenação barra recursos humanos? Quando temos que trabalhar um programa, o que não temos agora, levando em consideração o espacinho de escritório alugado, eu sou o último estágio na linha de produção de reclamações. Os gerentes de produção são como mães, no sentido que eles organizam, fazem orçamentos e apressam pessoas criativas com gênio difícil. Eu sou a pessoa para a qual até eles fazem reclamações e exigem que eu coloque ordem no caos deles. Falando de uma maneira profissional, eu sou a mãe de todas as mães.

Eu era criativa. Eu tinha ideias. Agora eu fico apenas atrás das câmeras. Como aquelas mulheres nos filmes da Segunda Guerra Mundial que olham os mapas, deixando os pilotos saírem em busca de aventuras. As oportunidades são limitadas no mundo jovem da TV para as mães que já passaram dos 35 anos e para pessoas que trabalham meio expediente, tal como no filme *Fuga no século 23*.

— Ninguém mais veio hoje? — pergunto a Lily.

— Não. Você quer ver a minha nova página no Facebook?

— Eu achava que você estava no MySpace.

— Também, estou nos dois. — Ela me olha da maneira que olho para minha mãe, como meus filhos olham para mim.

— Talvez eu entre no Facebook um dia desses — falo.

— É, você deveria. Hoje em dia está cheio de gente velha lá.

— É, acho que até criaram uma rede social para a gente, que tem mais de 50 anos.

Ela olha para mim com cara de "tanto faz" e começamos a trabalhar.

Em poucas semanas começa uma produção nova e eu fico ocupada com os gráficos codificados em cores de horários e agendas, tentando organizar a tropa, da mesma maneira que faço em casa com meus três homens. O tempo voa de uma maneira que não aconteceu no feriado eterno do Natal, quando eu estava com a minha família, e quando menos espero, já é meio-dia.

É uma tradição detestar as segundas-feiras. Já eu anseio por elas. Principalmente a cada duas semanas, quando almoço com minha amiga Becky. Um almoço de verdade, fora do escritório, é uma das coisas (como estatuto social, salário e opções futuras) que desapareceram no momento em que comecei a trabalhar meio expediente. Mas o trabalho continua o mesmo.

Nosso almoço não é exatamente um luxo, estamos comendo sanduíches sentadas no balcão de um bar, olhando a rua pela janela embaçada. Conversamos sobre nosso Natal, e ela me contou que ficou perambulando por Londres e teve alguns momentos em família. Se você não tem filhos, família é algo de que se entra e sai.

— Encontrar você duas vezes na mesma semana — diz Becky. — Que coisa rara.

— Ah, é, sexta — digo, como se eu tivesse me lembrado apenas agora do convite para a festa da Cara, uma data que está gravada na memória e anotada. Como se eu pudesse esquecer, não é como se eu recebesse vários convites para festas em apartamentos que parecem saídos de um filme. — Essa festa é para quê?

— Não é para arrecadar dinheiro — afirma ela.

— Não. Quero saber se é aniversário de alguém! É seu aniversário de namoro? Ah, vocês têm algo para contar? Vão registrar a união?

— Por que todo mundo pergunta isso? Que saco esses registros de união. Você sabe por que ninguém se importou com isso? Porque no que diz respeito às repercussões financeiras e separações não amigáveis, eles são tão ruins quanto qualquer casamento. Não entendo por que todo mundo está achando isso ótimo, os únicos que deveriam estar felizes somos nós, advogados. Oba! — Ela finge que brinda. A Becky é advogada de família, o que quer dizer que ela trabalha com divórcios. A palavra família normalmente é usada como um eufemismo, eu descubro, como em diversão em família, filme para a família, passeio de família. É simplesmente um adjetivo que quer dizer "bosta", na maioria dos casos — embora não deva ser o caso da Becky, ouvi falar que ela é fantástica no trabalho.

— Mesmo assim, é um ótimo negócio para mim — digo —, já que agora você vai ficar de saco cheio desse tipo de pergunta, como eu e Joel ficávamos antes de nos casar. A questão é se vocês não terão que ouvir os comentários sobre filhos e a idade dos seus óvulos.

Ela faz uma cara tensa e eu fico com medo de ter dito algo errado.

— É só uma festa, Mary. É meio que um evento profissional para a Cara ver se consegue outros clientes, aumentar o negócio. Não é a melhor época para se trabalhar como relações-públicas do setor financeiro.

— Provavelmente deve ser mais fácil vender neve aos esquimós do que melhorar a imagem dos banqueiros. Mas se alguém consegue isso, esse alguém é a Cara. Imagino que ela consiga persuadir qualquer um sobre qualquer coisa. — Faço uma pausa e vou direto ao assunto que tem me preocupado por algum tempo. — Na sua opinião profissional... — começo a falar.

Ela dá um suspiro.

— Vários amigos meus começam a falar dessa maneira hoje em dia. Acho que tem algo a ver com estar perto dos 40 anos.

— Desculpa — continuo. — Na sua experiência, qual a razão mais comum que as pessoas usam para pedir o divórcio?

— Os motivos mais comuns, obviamente: infidelidade, problemas financeiros, violência doméstica. Mas com frequência não são as coisas que as pessoas fizeram, e sim as que elas não conseguiram fazer. Negligência, falta de respeito, o fato de não terem nada em comum. Não tem como generalizar.

— E sobre as tarefas domésticas? — pergunto, concentrada nos desenhos que faço na janela embaçada.

— O que tem?

— Alguém se divorcia porque a casa deles é uma bagunça? Ela ri.

— Não exatamente, eu acho que talvez isso seja parte de algo maior. Por que você quer saber?

— Para um programa que talvez a gente faça — respondo.

— Eu sabia que você não podia estar falando de você e do Joel. Sua casa está sempre impecável.

— Até parece — digo. — É um desastre. — Mas sinto um pouco de orgulho ao perceber que conseguimos enganar alguém com a parca arrumação que fazemos antes de receber uma visita. — Você só está falando isso porque é como a minha sogra, que acredita que a limpeza é amiga da burrice.

— A Ursula é uma pessoa maravilhosa — diz Becky, franzindo o rosto. — Eu gostaria de morar com ela, em vez de morar com a Cara.

— E como as coisas estão?

— Bem, eu acho. Ela é tão organizada. Tudo tem que estar no lugar, perfeito. Tudo tem que ser *primoroso*, entende? Ela tem um daqueles aspiradores de pó minúsculos e fica limpando minha cadeira até antes de eu acabar de comer.

— Eu faço isso com as crianças.

— Sim. Com. As. Crianças. E não é só isso. É um aspirador muito caro. De cromo polido. Até o aspirador tem que ser chique. Tenho que manter as minhas coisas, meus vasos, ornamentos, presentes que me deram, no quarto extra. Ela tem um programa de computador só para dizer em qual parede pendurar cada quadro. Ela é como um homem gay preso no corpo de uma lésbica. — Ela franze de novo a testa e se contradiz. — Com a exceção de que ela não tem um corpo de lésbica, já que é toda torneada e sem pelo nenhum. É um corpo de um homem gay.

— Então é um homem gay preso no corpo de um homem gay?

— Que gosta de mulher — corrige Becky.

— Ou seja, um homem heterossexual — digo — que gosta de lésbicas.

— Não exatamente — fala Becky. — A Cara sempre gostou de converter mulheres heterossexuais, especialmente as casadas.

— Sério? — Me sinto um pouco excitada.

— É, você não reparou como eu estou mais feminina desde o ano passado?

É um pouco verdade. A Becky está menos masculina e de vez em quando até usa vestidos, mesmo que não fique muito à vontade.

— Então a Cara é um homem gay preso no corpo de um homem gay, mas com seios e o resto, porém é como um homem heterossexual que gosta de mulheres heterossexuais...

— Acho que tá bom — fala Becky.

— Certo. Você estava falando de divórcio e tarefas domésticas, existe uma relação?

— Não, a não ser que seja devido a outro problema. Se a relação é realmente inadequada. Eles vão mesmo fazer um programa sobre isso?

— Não — digo desanimadamente. — É o Joel. Ele está me levando à loucura.

— E você vai se divorciar dele — ri Becky.

— Estou falando sério.

Ela me encara.

— Ai, meu Deus, você não acha que está exagerando?

Balanço a cabeça.

— Não. Exagero seria matá-lo, o que já pensei em fazer.

— Ah, Mary, fala sério. Não é como se ele te batesse ou algo parecido.

— Cada vez que ele deixa a porcaria do leite do lado de fora, ou a droga das meias dele no chão, ou larga o casaco quando entra em casa, ou o saquinho de chá na pia — digo —, parece que estou levando pancadas na cabeça. Um soco bem dado no estômago.

— Então vale a pena pedir o divórcio. Talvez nós duas devêssemos trocar de casa: você vai morar no nosso palácio da limpeza e eu vou me esbaldar com o Joel na sua meleca de casa. Joel é ótimo, você deu sorte.

Olho para o lado onde três mulheres grávidas estão sentadas tomando café descafeinado. Têm cara de mães de primeira viagem. Vestem roupas de gestantes novinhas e parecem animadas e esperançosas. Crianças ainda são um acessório chique e a maneira que você dá à luz faz parte de um plano. Elas ainda moram na cidade, mas logo irão se mudar, irão dizer que "as escolas na cidade estão lotadas de crianças estrangeiras... sem falar que queríamos um jardim e uma rua principal decente".

Nunca fui tão otimista quanto na época que estava grávida do Rufus. Joel costumava acariciar minha barriga e conversar com ela, contando histórias engraçadas e cantando suas músicas favoritas. Nós sabíamos que não éramos os únicos no mundo a ter um bebê, uma ida à seção infantil de uma loja nos convenceu disso, mas isso não impediu que nos sentíssemos assim. Mergulhamos de cabeça em cada clichê, de certa forma acreditando que éramos os primeiros a passar por aquelas coisas.

Minha preparação foi repleta de leitura de discussões na internet sobre massagem do períneo, e eu me arrepiava ao ouvir a lista de músicas que Joel fez para o parto.

— Você quer músicas que falem de criança ou não? — perguntou Joel, enquanto eu estava deitada no sofá, grávida de oito meses do Rufus. Ele procurava os CDs com uma energia que eu não vejo nele hoje. Ele gostava de tocar várias delas para a barriga, como alguém que acredita que o feto vai ser mais inteligente se ouvir Mozart.

— Sei lá. Será que isso importa?

— É a introdução ao mundo da música do nosso rebento, então claro que importa. "Forever Young" do Bob Dylan, para abrir a seleção, perfeito. Aí colocamos umas músicas lentas, "At Last" da Etta James, e Primal Scream, mais quais? Já sei, "I'll Be There for You". "Kooks" do David Bowie é sobre crianças, mas não é tão boa assim, não é verdade? Que outras músicas falam de criança?

— "Thank Heavens for Little Girls" — sugeri.

Estava adorando a seriedade dele.

— É sempre bom ter uma música com um ar, ou eu deveria dizer pitada, de pedofilia, né? Que tal o dueto do Serge Gainsbourg com a filha dele, Lemon Incest?

— Não consigo pensar em outras que falam de crianças. Desculpa.

— Nem eu. A não ser a "Save All Your Kisses" do Brotherhood of Man.

— Nunca é cedo demais para conhecer as delícias de um festival de música. — Há seis anos o meu conhecimento musical podia competir com o dele.

— É verdade.

A paixão do Joel por música era tão profunda quanto abrangente. Ele adorava gêneros musicais a que os outros não davam atenção, shows da Broadway, música folclórica dos anos 1930, e música pop dos anos 1980.

— Sabe o que mais? Vou começar por músicas animadas mas não mamão com açúcar. "Hallelujah", "Mr. E's Beautiful Blues"...

— Quem? — Ok, talvez ele soubesse mais que eu.

— The Eels. "Perfect Day", é claro que alegraria a vida de qualquer um nascer ouvindo Lou Reed.

— Mas não é sobre heroína?

— O bebê não vai saber disso.

— O bebê não vai saber muita coisa.

— Nosso bebê será um gênio. — Ele me beija. — Com o seu cérebro e a minha, não, a sua aparência.

— Não, com o seu charme e a sua aparência também. — Naquela época eu ainda o achava atraente, como se desconhecidos fossem apontar para nós e se perguntar o que aquele deus estava fazendo com alguém como eu.

— Ai, não, por favor. Não com a minha circunferência.

E ele deu um tapa na barriguinha que tinha.

— Eu adoro a sua circunferência.

Comecei a rir pensando na outra interpretação dessa frase e de alguma maneira conseguimos manobrar nossas barrigas crescentes até o sofá e celebrar nossa esperança e adoração por algumas das músicas que escolhemos para tocar na hora do parto do Rufus (mas que nunca chegamos a tocá-las, devido ao pânico em relação aos batimentos cardíacos, o fórceps e as caras de preocupação dos médicos).

— Mary — chamou Becky, interrompendo meus pensamentos. — O Joel é maravilhoso, você sabe disso, não? Sabe, não sabe?

— Sim, claro que ele é — digo. — Ele é maravilhoso, eu dei sorte.

Quase que consigo ouvir as músicas na minha cabeça depois de todos esses anos, ao passar pelas mulheres grávidas na cafeteria quando nos levantamos para ir embora. Elas são três. Estatisticamente, uma delas vai se divorciar, outra vai se irritar tanto com o marido quanto eu me irrito com o Joel. Escolho a que usa óculos caros como aquela que ainda vai estar feliz daqui a cinco anos.

Chego em casa antes do Joel, apesar de ter que fazer compras. Todo dia, eu sou uma Cinderela que tem que chegar a tempo na casa da babá para pegar as crianças. À medida que ando pelas ruas saindo da estação, tenho a impressão de que o relógio marca 18h30, e Deena vai desaparecer sem deixar pistas, largando as crianças junto a um par de sapatos superaltos. Pagar uma babá é como pagar um estacionamento, você tenta pagar somente pelo tempo que vai precisar, até o último minuto, já que não quer pagar extra.

> 26) *O fato de o pagamento da babá ser feito com o meu salário. Como se o fato de eu pagar alguém me desse direito a trabalhar, quando na realidade dá direito a nós dois, não é? O que significa que tenho menos dinheiro que ele. Claro, o dinheiro é dos dois, mais precisamente a dívida é dos dois, mas nunca posso comprar roupas para mim sem antes falar com ele, já que nunca tem dinheiro na minha conta, enquanto ele está sempre baixando músicas que nunca escuta. Se ele fosse mulher e essas músicas fossem sapatos, ele as estaria escondendo no armário e dizendo "Essa velharia? Comprei há tempos".*
> 27) *Sempre que reclamo que só eu saio correndo para pegar as crianças, Joel diz "então paga hora extra para a Deena".*

> *28) Da mesma maneira quando reclamo que a casa está uma bagunça, ele diz "então paga alguém para limpá-la". Eu o lembro que nós fazemos isso, algumas horas por semana, e ele responde "então paga um pouco mais a ela". Mas precisamos de uma faxineira todos os dias para ir atrás dele recolhendo as trilhas de roupas, comida e copos vazios que ele deixa espalhados. A faxineira não vai estar lá à noite, depois que ele largou todas as roupas no chão. Nem todas as vezes que ele comer. Ela vai dar descarga para ele? Eu não quero pagar alguém para limpar a casa, eu quero que ele seja mais limpo.*

Meu pesadelo mais frequente era aquele em que você descobre que as provas no colégio ainda não acabaram e tem que fazer mais uma sem ter estudado nada. Agora ele se transformou naquele em que eu saí de casa, cheguei ao meu destino e percebi de repente que esqueci de contratar alguém para cuidar das crianças, que estão sozinhas em casa. Corro para casa, ligando para os vizinhos desesperadamente, mas algo sempre me impede de chegar.

— Oi, Deena, desculpa, estou um pouco atrasada — falo quase sem fôlego. Corro não só porque não quero me atrasar, mas também porque sinto falta dos meninos, como se estivesse indo encontrar um namorado.

— Não se preocupe. A gente estava se divertindo, não é? — A Deena irradia felicidade, com seu neto mais novo no colo. Dou uma olhada na sala e vejo as carinhas de Gabe e Rufus sujas de ketchup. Aposto que eles estão grudados na TV. Como sempre, Deena parece que vai se inscrever em um concurso de avós glamorosas de salto alto, maquiagem pesada, uma figura corpulenta. Depois da miscelânea desastrosa de babás que não deram certo ao longo dos anos, eu me sinto intimidada em sua presença. Tenho vontade de falar algo sobre a televisão, os nuggets de frango, os vegetais com aditivos, mas tenho medo de que qualquer coisa que eu diga possa ter uma legenda invisível abaixo piscando com as palavras "Será que você pode ser um pouquinho mais classe média, sabe, feito nós?" E levando em consideração o quanto ela lê para eles, brinca com eles e como os filhos dela cresceram e ficaram bem mais comportados que os filhos de alguns dos meus amigos, parece injusto dizer qualquer coisa.

Gabe está sentado no colo do Rufus enquanto eles leem um livro juntos. Rufus ignora o texto e inventa uma história com a menina dos desenhos, mas em vez de ela ter medo das sombras à noite, ela as está atacando com espadas invisíveis feitas dos seus pensamentos. Eles olham e me veem.

— Mamãe — diz Rufus —, sabe de uma coisa? Eu senti saudade de você.

— Eu também senti muita saudade, dos dois. — Por um breve momento, tudo é perfeito.

— Não quero ir carrinho. Eu querer andar — Gabe começa a reclamar.

— Não tenho tempo para isso — respondo, enquanto o coloco logo no carrinho, usando golpes de caratê.

— Você sempre diz isso — comenta Rufus. — Você diz isso 10 milhões de vezes no dia.

— Digo porque é verdade. Agora me conta, como foi na escola?

— Você também fala isso toda hora — diz Rufus.

— Dez milhões de vezes no dia?

— Não, nem tanto.

— Então, como foi?

— Foi bem.

— Com quem você conversou?

— Ninguém.

— Comeu alguma coisa?

Ele balança a cabeça. Eu desisto. Por um breve momento, tenho fantasias a respeito da minha filha que não nasceu. Willa,

Aphra ou Eudora é o nome dela, e ela ri e conta alguns segredos para mim sobre quem é a sua melhor amiga, enquanto sentamos na cama olhando livros recomendados para crianças com cinco anos a mais que ela. Mães que têm filhas estão sempre comentando comigo o quanto suas meninas leem e escrevem bem, enquanto eu tento em vão responder como Gabe sabe a diferença de tipos de rodas de um veículo. "Se você tem meninas", essas mães me contam orgulhosas e quase sem disfarçar a pena, "você pode comprar roupas de cama das princesas da Disney, meias-calças com desenhos e vestir sua filha com um tutu cor-de-rosa de bailarina". Nós coitadas, que temos meninos, mal aprendemos os truques de bicicleta, tipo uma guinada, enquanto queimamos calorias no parque jogando futebol. Nossa sabedoria sobre signos dá lugar à ordem e ao tamanho dos planetas no sistema solar. Curtimos suas diferenças e nos derretemos ao ver seus pintinhos, pequenos e nem um pouco assustadores.

Coloco os pensamentos sobre Eudora/Aphra/Willa de lado. Eu amo ser mãe de meninos, embora as mães que têm meninas não consigam acreditar. Quando penso no Rufus e no Gabe, como eu poderia querer que eles fossem outras pessoas?

Joel chega em casa uma hora depois de mim.

> 29) *Só volta para casa quando já está muito tarde para ajudar a dar banho nas crianças e colocá-las na cama, mas não tarde demais para que eu coma minhas torradas de jantar e assista aos programas que quero na TV, que normalmente são programas sobre casas.*
> 30) *Ri desses programas e fala que eles fazem parte de uma conspiração inglesa para que fiquemos obcecados com os preços dos imóveis e começa a falar mal da Margaret Thatcher e da década de 1980. Normalmente temos aquelas brigas bem típicas de casal por causa do controle remoto.*

Admito que ele é um homem raro, já que não gosta de futebol (eu desisti do pequeno interesse que tinha nisso quando nos conhecemos), mas ele está seguindo a linha de tantos outros homens que passam a gostar de história militar e assistir a documentários intermináveis sobre os nazistas. Todo homem é assim, não é? Depois de uma certa idade começa a ficar obcecado com o exército. O livro Stalingrado, de Antony Beevor, é porta de entrada para o mundo dessas chagas e, antes que você imagine, eles estão lendo livros com mapas mostrando frentes de batalha e planos de ataque. E decidem que garrafas de vinho de 5 libras não são mais tão boas assim — esses são os sinais de que um homem está ficando mais velho. Para as mulheres, isso acontece com o interesse em decoração de interiores. Assumo minha culpa. Os homens leem o caderno de negócios do jornal de domingo e as mulheres leem o caderno de viagens e jardinagem.

Quando ele chega, percebo que não está sozinho.

— Ursula, que surpresa — digo ao ver minha sogra, com uma saia longa de veludo, turbante de flores e brincos de papagaio. A Ursula é como uma personagem de desenho dos anos 1980, e que parece não perceber que se veste como uma feminista numa pantomima. Beijo as bochechas dela, que têm cheiro e toque de Vasenol, e me dirijo ao Joel. — Você não me disse que sua mãe viria aqui hoje.

— Não? Achei que tivesse dito.

31) Nunca anota nada no calendário de eventos de família, que eu criei e imprimi no computador do trabalho e pendurei na cozinha.

— Desculpa, Ursula.

Gesticulo em direção às botas horríveis dela, mas os pés da minha sogra estão plantados no chão. Ela olha sem entender, então aceno com a cabeça em direção aos meus sapatos no canto e meus pés com meia.

— Ah, é verdade, você faz com que as pessoas tirem os sapatos antes de entrar na sua casa. Sempre esqueço isso. Sabe o que Geoffrey Manley diz sobre isso? — pergunta ela ao Joel.
— Ele fala que se você vai a uma casa onde você tem que deixar os sapatos na entrada, você tem que deixar sua inteligência lá também. Não é mesmo?

— Na verdade — digo —, acho que é um sinal de inteligência fazer isso, já que assim você está evitando sujar o carpete e ter que limpá-lo depois. Você não diria que os japoneses são estúpidos, não é?

— Aqui, Ursa — chama Joel, mostrando meus chinelos novos de pele de carneiro e revirando os olhos como quem diz que não tem nada a ver com essa regra.

— Você vai ficar para jantar, Ursula? — pergunto. — Acho que não comprei o suficiente para três.

— Relaxa — diz Joel. — Vamos encomendar comida.

32) Quando é a vez dele de cozinhar qualquer coisa menos chique que a receita de um chef famoso, ele encomenda comida e acha que isso conta.

Ursula bate palmas, entusiasmada.
— Que maravilha!
Ela acha que pegar táxi e comer fora são luxos, enquanto morar em uma casa de cinco quartos, precisando de uma reforma, em uma das áreas mais caras de Londres, é o máximo em frugalidade.

— Você ainda nem experimentou — digo. — Se eu soubesse que você viria teria cozinhado mais alguma coisa.

— Querida, não se preocupe. Eu prefiro pedir comida.

Ela bate palmas com menos animação ao dizer.

— E onde estão meus netos lindos?

— Na cama. Desculpa, não sabia...

— Não são nem 8 horas — comenta ela. — Adoro crianças correndo pela casa até meia-noite, como eles fazem na Itália e na Espanha. É tão maravilhoso. Por que vocês nunca comem com eles? Às vezes me pergunto se você gosta mesmo deles.

— Eu amo meus filhos. — Tenho vontade de acordá-los ao dizer isso, só para provar que os amo com meus beijos. Ao mesmo tempo que não vejo a hora de eles irem dormir, sinto falta deles quando estão longe e até me sinto feliz quando um deles tem pesadelo e precisa de carinho. Mas não vou acordá-los porque somos uma casa com histórias para dormir e horário de dormir.

— As crianças precisam descansar. O coitado do Rufus já se cansa o suficiente com a escola e não precisa ter o sono interrompido. Há estudos que mostram que eles podem ficar doentes, com danos ao cérebro, e obesos se não dormirem 12 horas toda noite.

— Besteira — fala Ursula. — Quando o Joel era bebê, ele ficava acordado e se metia nas nossas conversas. Perdi a conta de quantas vezes ele se enroscou e dormiu numa pilha de afghans, aqueles casacos com pele de carneiro, claro, não pessoas do Afeganistão, embora também tivéssemos algumas pessoas de lá. Meu menino querido já foi a mais reuniões "cabeça" do que qualquer outro homem. Claro que algumas das irmãs deles diziam "ninguém com pênis entra", mas eu disse para elas não serem tão ridículas; meu herdeiro não é o inimigo, não é? É justamente o oposto e o pênis dele é tão pequeno que mal dá pra ver. Tenho certeza de que ter absorvido todas aquelas ideias foi o que o tornou tão inteligente. Você deveria pensar nas mulheres que vão casar com o Rufus e o Gabe, tenho certeza de que elas se beneficiarão do que vamos conversar essa noite.

— Então vamos, vamos acordá-los? — falo.

— Podemos fazer isso — concorda Joel. — Não tive chance de vê-los esta noite. Você é meio nazista com horário para dormir.

33) Fica do lado da mãe dele, sempre.

— Não, nós não vamos acordá-los. Eles precisam dormir e não seria justo com ninguém. — Coloco mais um pouco de vinho no meu copo, para que não haja dúvida.

— Na próxima vez, mãe — comenta Joel.

Ursula olha para mim como quem diz "que pena que você odeia tanto seus filhos". É exatamente assim que ela me olha toda vez que saímos de férias para algum lugar que tenha uma colônia de férias.

— Estou falando sério — digo. — Vamos deixá-los em paz, por favor. Eles tiveram um dia cansativo. Sem falar que eu também tive um dia cansativo.

Ela ri.

— O que foi isso, Ursula? — pergunto.

— Até parece que você estava trabalhando nas minas, não é? Ou criando uma família de quatro crianças sozinha como algumas das minhas amigas. Sinceramente, vocês não têm noção. — Joel sai da cozinha. — Vocês mulheres jovens são tão mal-humoradas.

Ah, não, de novo. Aquele papo de "vocês mulheres jovens têm muita sorte" e "você não teria como me agradecer o suficiente".

— Mais vinho, Ursula?

Mas não é fácil distraí-la.

— Com raiva o tempo todo, embora não tenha nada que te dê raiva, não é?

Tirando ter que ouvir você me dar bronca toda vez que vem aqui e bebe um pouco de vinho.

— Bem... — balbucio, mas ela já começou o discurso.

— Vocês têm de tudo: o direito a um emprego interessante e flexível, e ainda conseguem ficar com seus filhos; podem se vestir da maneira que querem, mesmo que seja uma roupa parecida com a de uma puta, tudo em nome do poder feminino; maridos maravilhosos que dão duro trabalhando e ainda fazem todas as tarefas domésticas; não que exista algo para fazer hoje em dia, com lava-louças e fornos de micro-ondas. Você tem muita sorte. Talvez esteja com tanta raiva de não ter do que ter raiva. — Ela dá gargalhadas, umas gargalhadas bem irritantes que o filho herdou dela.

— Eu não sei o que dizer — falo com sinceridade. — Você está certa sobre o feminismo ter trazido muitos benefícios para nós...

— Obrigada — fala ela, como se tivesse feito a revolução sozinha.

— É ótimo mesmo que nós possamos trabalhar. Mas parece que o mundo lá fora anda a um passo e aqui dentro, a outro — cutuco Ursula com meu dedo —, muito mais devagar. Existe uma desconexão...

— Desconexão? Que fala administrativa pavorosa.

— Tomar conta da casa e das crianças não é uma coisa que já se modernizou — continuo falando sem parar para que ela não interrompa de novo. — Isso não está certo. Parece que o desenvolvimento feminino moveu-se em uma velocidade e o masculino em outra. A revolução aconteceu, mas não percebemos que, obviamente, não iria funcionar se os homens não mudassem também.

— Alguns mudaram, não é verdade? Olha só pro Joel — fala Ursula.

Olho para o Joel mas ele não está ali, como sempre, toda vez que eu e a Ursula discutimos.

— Joel é maravilhoso, você tem muita sorte — continua ela.

— Sim, obviamente eu tenho sorte. Mas mesmo alguém tão maravilhoso quanto ele não colabora metade das vezes no que diz respeito a limpar as coisas, preocupar-se, comprar sapatos, escrever cartões de agradecimento, marcar encontros com os amiguinhos...

— Marcar encontro? — pergunta ela.

— Sim, quando você arranja um dia para ir na casa deles...

— Eu sei o que é isso. Só não gosto dessa maneira de falar. É como esse povo que fala "oi" no lugar de "bom dia". Você não acha isso horrível, Joel, falar que vai marcar encontro? — Ele aparece na hora, de uma maneira que nunca faz comigo.

— Sim — concorda ele, é claro. — Soa como se você estivesse marcando um encontro com uma coelhinha da *Playboy*, na casa do dono da *Playboy*, com duas delas vestindo algo cor-de-rosa e macio, se agarrando.

Ursula e eu estranhamente nos unimos nesse momento para olhar para ele de maneira desesperada. Às vezes, quando a mãe dele está aqui, ele age assim. Ele desaparece em direção ao quintal, sabe-se lá por quê. Penso na primeira vez em que Ursula me deu uma bronca. Concordei com tudo o que ela disse e me senti um pouco bajulada por ela achar que valia a pena gastar suas energias comigo.

— Falando sério, Ursula... — Cogito se vale a pena começar a falar do fato de que trabalhar meio expediente é uma fraude. Que dividir as tarefas entre pai e mãe é um mito. Que o feminismo dela me deu um emprego, mas não acabou com o meu trabalho dentro de casa. Que o filho dela é um bagunceiro nojento que cresceu acostumado a níveis pouco higiênicos de imundice. E foi ela quem o criou. — A batalha não foi vencida. Os homens não fazem muito em casa.

— As estatísticas mostram que eles estão tomando mais conta das crianças.

— Tomar conta talvez, as partes agradáveis, com certeza: ir ao zoológico e ao teatro, as coisas legais. Mas não fazem as coisas chatas, o dia a dia... — Nesse momento, Joel decide passar pela gente, com dificuldade para carregar o saco de lixo superlotado.

— Acho melhor eu fazer isso agora — comenta ele, com ninguém especificamente. — Antes que a gente acabe esquecendo.

Ursula olha para ele como eu olho para o Gabe quando ele faz cocô no troninho — transbordando de orgulho maternal.

> 34) Ele leva o lixo para fora. Parece um bom negócio, né? Mas não se isso for visto como o equivalente doméstico a lavar roupas. Roupas sujas de quatro pessoas, todos os dias — lavar, dobrar, arrumar as meias em pares — contra levar o lixo para fora uma vez por semana. Hmmm, como se fosse justo. Quando penso nisso, todas as tarefas dele são aquelas semanais, tipo o lixo, ou anuais, como a vistoria do carro, o seguro. Enquanto as minhas não têm começo nem fim. Limpar mais uma superfície ao mesmo tempo que outra está sendo suja. Arrumar as roupas na gaveta enquanto o cesto de roupa suja fica cheio. São trabalhos modernos de Hércules.

Na verdade eu só consigo me lembrar de um dos trabalhos de Hércules, aquele que quanto mais rápido ele limpava o estábulo de feno, mais sujeira aparecia, e um rio corria por ali, levando uma correnteza perpétua de sujeira. Temos um riacho aqui também.

— Merda — ouço ele dizer, seguido de um barulho de objetos sendo recolhidos e um som de ânsia de vomitar completamente exagerado.

> 35) Insiste que devemos usar somente um saco de lixo por semana. Eu bem que tento, reciclando e separando os restos de comida para virar adubo, e por um período bem curto, usando fraldas de pano, mas ele vai ter que aceitar que nós realmente somos contribuintes pródigos dos aterros sanitários.

— Sim, acho ótimo que ele tire o lixo. — Acabo me distraindo com a trilha de líquidos não identificáveis que ziguezagueiam do saco de lixo que está no chão da cozinha e agora provavelmente colore o carpete bege da entrada. — Mas também existem aquelas tarefas que não têm fim, que não podemos resolver marcando um X no quadradinho, nem clicando com o mouse. Coisinhas aqui e ali, pergunte a qualquer mulher.

— Eu realmente espero que nossa conversa não vá acabar numa discussão sobre quem limpa as coisas — diz ela. — Antigamente, quando tínhamos uma discussão sobre a guerra dos sexos, nós brincávamos uns com os outros: "Isso não vai virar uma briga sobre quem limpa as coisas." Mas frequentemente acabava assim. Você não acha que está se preocupando demais com tarefinhas domésticas quando existem coisas muito mais importantes, como a circuncisão feminina no mundo e a falta de igualdade financeira no mercado de trabalho?

Estou de joelhos, esfregando o chão para limpá-lo da sujeira que pingou do saco de lixo.

— Mas será que você não entende que nunca vai ter igualdade em lugar nenhum enquanto ela não existir em casa?

— A igualdade começa em casa — ela ri.

— Isso mesmo — falo.

— Querida, você está preocupada demais com a aparência exterior da sua casa. — Ela olha para mim e para o produto de limpar carpete nas minhas mãos, já que pretendo ir à luta na entrada. — Todas vocês estão. Obcecadas com cozinhas novinhas brilhando, banheiros parecidos com os de um hotel. Sabe, não teríamos pensado em reformar uma cozinha que não estivesse caindo aos pedaços, da mesma maneira que não pensaríamos em repor nossos corpos com pedaços de plástico. Mas a sua geração faz isso direto.

— Não vejo problema em tentar fazer com que a casa seja limpa.

— Não pense que não falávamos nisso. Nós nos matamos de fazer campanha para salários para as mulheres e greves domésticas. Mas mudamos de ideia, e você?

Ela com certeza já mudou de ideia, foi de mim para a sala, para dar uma olhada, feliz da vida, no cardápio do restaurante que o Joel mostrou para ela, arrastando um pouco da sujeira do saco de lixo. Ela acaricia as bochechas dele de uma maneira revoltante.

— Vamos comer comida tailandesa em vez de indiana? Toda aquela manteiga não me cai bem — pergunto, enquanto eles escolhem animadamente o que vão comer.

— É, tem que lembrar que a Mary tem intolerância — fala Joel, dando um bom exemplo daquela risada insuportável que eu mencionei.

— Intolerância a lactose — corrijo.

— É, intolerância — diz ele.

— Sei não — fala Ursula. — Ninguém tinha alergia a isso ou intolerância àquilo quando eu era criança. Acho que nós estávamos ocupados demais brigando com o governo para arranjar briga com o prato.

Eu consigo imaginá-la anotando essa frase mentalmente para usar em seu próximo livro.

— Eu fico com falta de ar — protesto. — Meu nariz fica escorrendo por semanas se me atrevo a tomar leite que não seja de soja. Não é, Joel?

Ele dá de ombros, indiferente, dando vez a Ursula para continuar a expor a sua mais nova teoria.

— Percebi que várias mulheres se dizem vegetarianas sem se importar com os animais, e intolerantes a, por coincidência, qualquer coisa que engorda.

— O Joel é que era vegetariano. Difícil de acreditar...

— Sim, mas ele era por motivos éticos, e não estéticos, não é mesmo? Tudo isso não é uma maneira socialmente aceitável de controlar a comida? Ao se livrar de grupos inteiros de comida, você acaba comendo menos, não é? Mas tudo isso não passa de transtorno alimentar.

— Eu não tenho transtorno alimentar — falo.

— E aquela fase que você teve com a sua irmã quando eram adolescentes? — pergunta Joel.

Mais uma vez, o crime número 33.

— Eu e Jemima competíamos um pouco com essa coisa de dieta, é só. E é perfeitamente normal. — Claro que a Jemima venceu, teve anorexia, ficou com as costelas à mostra e acabou no hospital, com nossos pais traumatizados e se culpando por isso.

— Para a sua geração é normal — diz Ursula. Ela se dirige a Joel. — É uma geração obcecada em controlar tudo.

— É mesmo.

Será que ela acabou de me chamar de obcecada por controle? Logo depois de me acusar de ser uma ingrata preguiçosa, cheia de silicone, obcecada por higiene? Tenho que ir embora daqui.

— Dá licença, acho que ouvi o Gabe — digo e saio de lá.

Sento na cama de casal. Imagino como ela será chamada depois do divórcio. Cama de ex-casal, provavelmente. Mas vou te dizer, vou ficar com ela depois do divórcio, só pelas vezes em que você ficou do lado da sua mãe. Olho para os meus seios e me pergunto se devo fazer uma cirurgia plástica, já que Ursula tem tanta certeza de que todas as mulheres da minha geração fazem.

Quando Ursula era só a mãe do meu namorado, não existia ninguém que eu gostasse e admirasse mais no mundo. Acho que eu me apaixonei por ela tanto quanto por Joel. Ter uma feminista famosa como mãe parecia a coisa mais chique do mundo, sem falar que ela não só estava certa como também vinha de uma família aristocrata e rica. O fato de ela ser mãe solteira a tornava incrivelmente exótica. E a casa dela! Velha, lotada de livros e decrépita, com móveis antigos manchados pelas doses de gim-tônica de Isaih Berlin, um carrinho de bebidas antigo melado pelas garrafas que ela ganhava em palestras que dava em lugares remotos. Era o tipo de vida que eu sonhava ter quando era adolescente, o tipo que eu lia nos livros da Margaret Drabble e do Iris Murdoch. Até li o trabalho dela *A agulha de Cleópatra não era para costurar* (seguido por *Ofélia deveria ter aprendido a nadar* — que teve menos sucesso —, *A túnica inflamável de Joana D'Arc etc.*) e tinha prometido a mim mesma viver minha vida de acordo com essas crenças.

A mãe do meu namorado era a pessoa que eu mais admirava, já a minha sogra é a pessoa de quem mais tenho mágoa. Algum tipo de alquimia reversa acontece quando você se casa e tem filhos, e todas as coisas que eu mais amava no Joel se tornaram as coisas que mais odeio.

Ao fingir que o Gabe tinha acordado, parece que fiz com que ele acordasse de verdade, já que o ouço chorar no quarto. Joel e Ursula vão até lá e começam a ler para ele.

— Thomas está coberto de lama — ouço Joel dizer. — Trens que trabalham muito têm que ser limpos. Ele precisa de um banho.

Ele pronuncia o *a* de banho de uma maneira diferente.

36) Inventa sotaques irritantes para o fiscal gordo do livro do trem Thomas. Suspeito de que essa caracterização tenha como inspiração meu pai. Eu não suporto o trem Thomas e seus incontáveis amigos. Tenho certeza de que minha filha que não nasceu Eudora/Willa/Aphra detestaria esses livros. Ela provavelmente estaria lendo clássicos da literatura como C.S. Lewis aos 3 anos.

Atualizo a lista e me sinto bem melhor.

Quando foi que as coisas que eu amava no Joel se transformaram em coisas que me fazem ter vontade de depilar o peito dele, e não porque eu goste de torsos sem pelo mas porque quero fazer com que ele sinta dor? A maneira como nos conhecemos e ficamos juntos foi como um romance que se tornou realidade, com ele no papel do protagonista meio distraído e que vivia atrasado e perdendo coisas, e eu como o herói, um tipo de Mr. Darcy. Nosso romance ficou completo com a adição de mal-entendidos e más impressões, com a vitória sobre a amiga mais bonita da heroína, e uma celebração de sexo e amor por alguns anos. Eu costumava olhar para ele e me perguntar como eu tinha dado tanta sorte. Eu pensava, "Não mereço você." Agora penso, "Não mereço isso."

A podridão entra quando a placenta saiu, quando tivemos nosso primeiro filho. Pensando bem, nós provavelmente tivemos pistas de como a vida seria quando fomos morar juntos, e mais ainda quando nos casamos, mas eu as ignorei. Quando saí de licença-maternidade é que nossos papéis empacaram. Quando me tornei uma mulher de novela — desarrumada, reclamona, preocupada em fazer com que as roupas brancas ficassem mais brancas —, ele virou um homem de comédias, evitando A Esposa ao se esconder atrás de uma latinha gelada de cerveja e, mais tarde, compensando o tempo que passa longe dos filhos sendo "o divertido" quando estava com eles.

É irônico que a gente tenha se tornado Homem e Mulher, porque quando nos conhecemos eu adorava o lado feminino dele. Quando choro, as lágrimas são de raiva ou frustração, não de alegria ou melancolia. Já ele chora ao ouvir falar do Joe Strummer ou quando ouve "So Long, Marianne" do Leonard Cohen. Ele presta atenção no pôr do sol e chama roxo de "lilás", "violeta" ou "malva". Ele era, e ainda é, um cozinheiro fantástico e adora debater quais são as ervas nos pratos que comemos em um restaurante. Ele passou a adolescência usando delineador para os olhos e até já beijou alguns homens. Ele gosta de meias finas e de estar perfumado. Eu achava que tudo isso era prova de que Ursula tinha feito um bom trabalho como mãe e que ele era um homem realmente emancipado, daqueles que não tinham medo do seu lado feminino. Para resumir, um homem bem diferente do meu pai, que precisa ter uma semana inteira de refeições prontas e etiquetadas na geladeira quando minha mãe escapa dele em alguma viagem a trabalho.

E ele amava o meu lado masculino. Eu leio mapas e ergo prateleiras. Ele implorava para eu tirar a roupa e ficar só com as minhas ferramentas, dizia que era muito sexy me ver com uma furadeira elétrica, ao mesmo tempo que era útil, já que eu fazia todos esses consertos na casa dele. Eu sabia mais sobre futebol e jogava tênis de mesa melhor. Ele adorava isso, e eu adorava o fato de ele adorar — ao contrário de outros namorados, ele nunca se sentiu ameaçado pelo meu espírito competitivo e minha alegria em vencer.

Aí veio o Rufus. Eu saí de licença-maternidade, ele ficou com inveja. Ele demonstrava ter ciúmes por causa disso e dizia estar triste, já que nunca saberia como é ter outro ser dentro de você, embora ele nunca tenha pensado em não ingerir álcool e comer queijo pasteurizado em solidariedade. Ele dizia que gostaria de sentir a ligação entre uma mãe que amamenta e seu filho, mas nunca se importou em me ajudar com os travesseiros necessários para essa manobra pouco romântica, ou me trouxe um copo d'água quando o Rufus finalmente, e dolorosamente, estava mamando.

Ele teve duas semanas de licença-paternidade, a qual ele se referia como "férias", e foi assim que se comportou. Toda manhã perguntava "o que vamos fazer hoje?", "quem vem visitar?". Eu só conseguia sentar em um assento inflável pouco digno, devido aos pontos dados nos meus países baixos, e parecia que o Rufus se alimentava o tempo todo e, mesmo assim, não ganhava peso. Eu escutava ele dizer a todo mundo o quanto ele nunca tinha imaginado que uma criaturinha tão pequena pudesse inspirar tanto amor, enquanto eu pensava que nunca tinha imaginado que uma criaturinha tão pequena pudesse sujar tanta roupa. Quando ele proclamava o quanto ele adorava ser pai, eu pensava que também adoraria ser pai. Ele dizia que nunca tinha amado assim, e eu também estava transbordando de amor, só que o meu estava me sobrecarregando. O amor que ele sentia pelo Rufus era divertido, como um caso amoroso, tonto e eufórico. O meu era ansioso e exaustivo, minha cabeça cheia de cálculos sobre as horas de amamentar e visões aterrorizantes sobre acidentes que poderiam acontecer com o meu menininho vulnerável. Ele ria de mim quando eu dizia que ficava apavorada em subir e descer escadas carregando o Rufus. "E se eu tropeçar e cair?" Ou pior, que eu nunca falei, e se algum espírito me fizesse derrubá-lo? "E se alguém tirar ele do carrinho quando eu for pegar algo na prateleira do supermercado?", perguntei. Eu não podia imaginar como Joel não tinha pensado que um bebê tão lindo e inteligente como o Rufus pudesse atrair sequestradores.

Depois que nosso filho nasceu, eu me perguntava sobre o que eu brigava ou me preocupava antes. Ter filho abriu caminhos para uma infinidade de brigas. Todo o amor que eu sentia pelo Joel foi transferido para essa criaturinha com penugem ruiva. Quanto eu mais achava Rufus encantador, mais irritante o Joel ficava. Ele, a quem eu tinha amado incondicionalmente, agora era quem eu odiava. Não suportava a maneira que ele trocava as fraldas, a maneira como nem se importava em abotoar toda a roupa do bebê, a maneira como colocava o Rufus de volta no meu colo no exato minuto em que começava a chorar, dizendo "eu acho que ele está com fome".

Se a licença-paternidade foi ruim, tudo piorou quando ele voltou a trabalhar. Ele estava no trabalho, eu em casa e, mesmo sem ninguém ter dito nada, isso queria dizer que eu era responsável por todas as tarefas domésticas. Ele não era mais capaz de lavar as próprias camisas, de ir ao supermercado — afinal de contas, o que eu fazia o dia todo? Eu tinha sorte de ter essas férias, essa lua de mel prolongada com o bebê, então eu não tinha direito de reclamar de umas tarefas a mais.

Eu tinha inveja dele por ir trabalhar, mas me apavorei quando chegou a hora de eu voltar a trabalhar. Eu só conseguiria confiar minha criança dourada a uma mistura de Mary Poppins e Mãe Coragem. Como ela não existia, tive que colocá-lo numa creche, o que foi o mesmo que colocá-lo em um orfanato, de tanta culpa que eu sentia. Voltei a trabalhar meio expediente, porque a lei dizia que era meu direito. A Mitzi falava que não entendia por que as pessoas tinham bebês, se não passavam tempo com eles, embora ela tenha tido tanta ajuda quanto eu, sem ter que sair para trabalhar. Vinte por cento a menos de salário e um dia a mais com o Rufus me pareceu uma boa troca, mas eu não tinha pensado que aquela diferença representava cerca de cem por cento do valor que eu tinha para gastar com coisas que não fossem hipoteca e comida. De alguma maneira, a porcentagem do salário que foi reduzida representava todas as partes que eu mais gostava naquele emprego, e não as partes mais chatas das quais eu adoraria ter escapado.

Trabalhar meio expediente parecia ser a solução, e todo mundo me dizia como eu era sortuda. Mas isso apenas solidificava os papéis que assumimos quando eu saí de licença. Eu estou em casa, ele está no trabalho. Trabalhar fora meio expediente para mim não queria dizer que ele iria trabalhar em casa meio expediente, e o meu dia de folga tão esperado com o Rufus logo se transformou em tarefas como consertar a máquina de lavar e ficar na fila nos correios. A legislação que garante trabalho durante meio expediente para as mães é considerada uma grande vitória para as mulheres, mas eu não me encaixava mais no escritório nem com aquelas mães que não trabalhavam. Eu precisava ser um anfíbio, mas, em vez disso, eu me sentia um peixe fora d'água. Pensei em voltar a trabalhar em tempo integral ou simplesmente não trabalhar mais. Acho que não teria feito diferença se eu tivesse voltado a trabalhar em tempo integral, já que a colaboração do Joel em casa não teria aumentado tanto quanto o meu ressentimento; se eu tivesse parado de trabalhar, estaria enterrada numa pilha maior ainda de roupa suja, sem falar no efeito desastroso para nossas finanças.

Então aqui estamos. Não tenho certeza de como chegamos aqui, embora eu suponha que eu devo ter contribuído para isso.

No café da manhã do dia seguinte eu pergunto a Joel:

— Você se lembra de algum dos trabalhos de Hércules?

— Humm — responde ele, sem se surpreender com a pergunta tão aleatória, e se animando ao pensar nisso. — Tem o leão, não é? Aquele cuja pele era impenetrável por flechas e punhais. A Ursula tinha um livro ilustrado incrível de mitos gregos e romanos. Qual era o nome?

Eu dou de ombros e ele continua.

— O melhor foi aquele que ele teve que capturar o cão de Hades, que tinha três cabeças. Era esse que tinha a Medusa? Acho que devíamos comprar um livro de mitologia grega para o Rufus, você não acha?

— Sim, era isso mesmo que eu estava pensando — digo.
— Isso mesmo.

3
Toalhas molhadas em cima da cama

Chega a sexta-feira e eu me livro das correntes que me prendem à vida doméstica para me arrumar para a festa. A festa no apartamento moderno com teto solar e chão de concreto industrial e esculturas que não são para crianças brincarem. A festa da Cara.

Cara e seu apartamento merecem atenção especial no que diz respeito a minha aparência. Coloco um vestido novo de chiffon vermelho-escuro, que cai como uma luva por cima da minha calcinha modeladora (ela tem a função de apertar a minha barriga pós-gravidez e causar repulsa a Joel. Bingo). O vestido pede que eu dê um jeito no meu decote, o que, com a ajuda de um sutiã *push-up*, em poucos segundos vai da revista *National Geographic* à *Sports Illustrated*. Eu acabei de perder os últimos quilos da gravidez e se eu apertar os olhos na frente do espelho, até que fico feliz com o resultado. Não tenho certeza se sou a mesma de antigamente, antes de ter filhos, ou uma nova versão, mas me sinto bem.

Minha bolsa de maquiagem está cheia de manchas, como o tronco de uma árvore contando as épocas passadas. Olhar seus pertences é como olhar a minha história: o conjunto de pincéis que comprei depois de uma sessão de maquiagem assustadora em uma loja de departamentos de Manhattan, onde fui com um ex-namorado; o antiquíssimo brilho labial que usei na primeira vez que saí com o Joel para ver se fazia com que meus lábios finos ficassem mais sensuais, mas que só serviu para grudar fios do meu cabelo e, mais tarde, missão cumprida, fios do cabelo dele;

o conjunto completo de sombras para olhos que comprei para o dia do meu casamento, e somente usei uma cor. Cada item fala de uma vida passada cheia de vaidade. Sinto falta da minha vaidade, ela me abandonou no dia em que o Rufus nasceu. Parece que o narcisismo é como uma daquelas amigas de escola que você tinha desde a adolescência, que você amava e odiava ao mesmo tempo e estava louca para se livrar dela mas, quando ela foi embora, você sentiu muita saudade. Ficar toda hora me olhando no espelho me lembrava de que eu existia. Hoje em dia nem sei se tenho um reflexo — talvez eu seja que nem um vampiro, que não tem nenhum. Parece que a única vez que me olho no espelho é quando estou segurando uma criança para que ela veja seu próprio reflexo, fazendo um contraste entre sua pele nova e sem danos e a minha.

Depois de me arrumar, ressurjo o mais glamorosa possível no banheiro, onde sou recebida por um marido e duas crianças chorando, a mais velha delas em uma fase mais consciente em relação à nudez. Os dois estão de pé na banheira, tremendo de frio, e Rufus está com a mão protegendo sua virilha como um jogador de futebol que vai defender um chute.

37) *Nunca esvazia a banheira, e eu tenho que enfiar o braço até o cotovelo na água para fazer isso, o que acaba deixando uma mancha de sujeira na banheira.*
38) *O chão do banheiro está sempre alagado quando ele está lá. Não importa se ele tomou banho ou não. É como se ele tivesse um ecossistema único ali dentro, que está sempre em maré alta.*
39) *Ignora as toalhas penduradas dos meninos e pega toalhas limpinhas, macias, para ocasiões especiais, de dentro do armário que fica logo acima do aquecedor.*
40) *Deixa as toalhas usadas marinando nas poças d'água.*
41) *Ou as joga na cama.*

Joel sabe passar uma cantada como um pedreiro. Um dos talentos que me impressionou quando nos conhecemos.

— Vestido bonito. Corpo bonito também.

Logo, logo Rufus vai chegar na idade de fazer caras e bocas ao ouvir um comentário desses, mas, em vez disso, ele diz:

— Você está muito bonita, mamãe.

Sinto uma corrente de amor ao mesmo tempo que percebo assustada que não vai demorar muito para ele decidir que não quer se casar comigo no final das contas.

— É chiffon? — pergunta Joel. — Tem um caimento lindo.

— Obrigada. — Não posso reclamar que ele não nota um corte de cabelo ou uma roupa nova. Ele está assustadoramente sintonizado com esse lado feminino também, o lado que aprecia um armário de roupas mas não o arruma. — Você está elegante também. — Ele colocou um terno como se fosse o tipo de homem que não precisa usar um no trabalho, então gosta de se arrumar no final de semana.

Vamos até o apartamento da Cara, que é uma fábrica antiga em uma área da cidade que antigamente era povoada por jovens artistas, mas que agora está lotada de propagandas de imóveis para "morar e trabalhar" ao mesmo tempo. Conheço bem essa área, já que está cheia de pequenas produtoras de televisão, como a minha.

Um casal carregando um presente toca o interfone da Cara antes de nós. Entramos com eles e acabamos tendo uma daquelas conversas constrangedoras no estilo "parece que vamos para o mesmo lugar", torcendo para chegar ao apartamento rápido o suficiente para evitar o próximo estágio da conversa que é "mas como vocês conheceram a Cara?". Será que eu tinha que ter comprado algo? Mas o quê? Algum tipo de azeite de oliva fino?

Becky abre a porta e o casal sorri educadamente e a entregam seus casacos enquanto entram.

— Meu Deus, quem são eles? — sussurro para ela.

— Não sei e obviamente eles também não sabem quem eu sou. Estou parecendo que fui contratada para a festa?

— Com certeza — digo, dando uma olhada na tentativa frustrada dela de se vestir melhor, o que não ajuda em nada para achatar a altura ou os seios grandes dela, aqueles que ela vive falando em operar para reduzir.

— Ainda bem que você está aqui — diz Becky, e percebo que ela já está um pouco bêbada, também pela maneira que ela pega uma taça de champanhe da mão de uma mulher; uma que, na realidade, foi contratada para estar ali. — A casa está cheia dos contatos profissionais da Cara. Você tinha me perguntado qual o objetivo da festa e posso te dizer: aumentar a lista de clientes da Cara. Tantos jornalistas financeiros entediantes e empresários que é difícil de imaginar. Você tem que ir ao banheiro comigo.

Largo Joel, que vai cheio de confiança à procura de algum desconhecido para conversar, e sigo Becky até o banheiro.

— O que foi?

— Fiz um ultrassom ontem.

— Hã? "Ela está grávida? Ai, meu Deus, câncer?"

— Meu médico recomendou. Ele queria ver se eu tenho ovários policísticos.

Analiso a informação.

— Ah, tá. Graças a Deus. Pensei que você ia dizer fibrose policística. Aquela é nos pulmões, não é? A que você tem é nos ovários, não é?

— Muito bem, Sherlock Holmes.

Vou pesquisando mentalmente uma enciclopédia de páginas sobre saúde em revistas.

— Síndrome de ovários policísticos, não é? Afeta a sua fertilidade. O que mais? Não é aquela em que você ganha peso e fica cabeluda? — Já pensou que horrível?

— Essa mesmo. Ficar cabeluda é um dos sintomas, marquei logo horário no salão. Ovários policísticos e lesbianismo, não ser cabeluda nunca foi uma opção.

— Sinto muito, Becky. — E sinto mesmo porque ela não merece sofrer nunca. — E o que isso significa na prática? — Odeio quando tenho um diagnóstico médico e estou longe da internet. Estou me coçando para uma consulta com o Dr. Google.

— Engravidar vai ser mais difícil ou impossível. Eu não ovulo todo mês. E eu achava que eu tinha sorte de ter uma menstruação tão leve e irregular. — Ela ri um pouco. — Significa que tenho que tentar logo.

— Tentar o quê?

— Engravidar.

— Eu nunca soube que você queria filhos. A gente nunca falou sobre isso.

— Ah, então se a gente nunca falou sobre algo quer dizer que eu não posso pensar a respeito? Ou será que você acha que eu não tenho direito a ter filhos?

— Ai, Deus, não foi isso que eu quis dizer. Eu só não sabia, só isso. Você será uma ótima mãe. — Será que é falta de sensibilidade perguntar quem vai ser o pai? — Mas então você vai engravidar sozinha? Inseminação artificial caseira, ou o quê?

— Espero que não — suspira ela. — Não sei o que vou fazer com a Cara. Só estamos juntas há um ano, parece cedo demais para discutir filhos, mas ao mesmo tempo não quero esperar à toa.

— Você precisa da permissão dela? Será que não dá pra você se virar e conseguir esperma e encarar isso?

— Sozinha? É isso que você teria feito na nossa idade se não tivesse conhecido o Joel?

— Sei lá. Acho que sempre pensei em filhos dentro de um relacionamento...

— E por que você acha que eu sou diferente? — grita Becky. — Por que eu não iria gostar que meus filhos nascessem dentro de um relacionamento amoroso?

— Eu não quis dizer isso. — Embora talvez eu tenha. Bom, ela teria que ir conseguir esperma mesmo, fiquei na dúvida se o papel da Cara nisso era tão importante quanto o do Joel. — E o que a Cara acha de crianças?

— Ela não pensa nelas. — Olhei em volta do banheiro com duas pias de vidro transparente e prateleiras abertas como as de uma farmácia chique. — Embora ela tenha dito uma vez — continua Becky — que ela nunca conheceu ninguém que se tornou uma pessoa melhor por ter filhos. Palavras dela, se tornou melhor.

— Ai. O que ela queria dizer com isso?

— Eu acho que quero ter filho. Não tenho certeza. Vamos pensar que eu quero e ela não. Só que provavelmente eu não vou poder ter e vou arriscar que ela se afaste de mim à toa. Eu tenho que tentar, mas, ao mesmo tempo, tenho medo de tentar e descobrir que não posso, então é mais fácil não fazer nada. Mas aí eu vou ter mágoa dela por ter me desencorajado a tentar quando talvez ela ficasse feliz por me ver tentar. O que eu faço?

— A gente pode fazer uma lista. De todas as opções. Vamos pensar, eu te ajudo. Vamos conseguir. Eu escrevo tudo direitinho para você e tudo vai se encaixar. Primeira decisão: ter filho ou não. Segunda: quais dúvidas de saúde precisam ser esclarecidas. Terceira: quando. Quarta: ficar ou não com a Cara. Quinta: quem será o pai. Vai por mim, não tem nada na vida que não possa se beneficiar de uma lista.

— Você e suas listas — reclama Becky. — Ainda guardo aquela que você fez pra mim quando eu tentava decidir se me assumia como lésbica. Você tem seus marcadores de texto prontos?

— Hoje em dia eu faço as minhas listas no computador. Você pode rir disso, mas vai te ajudar de verdade. Pelo menos vamos organizar as ideias na sua cabeça para que possa conversar com a Cara. Você vai precisar conversar com ela, assim que souber o que tem a dizer.

— Você é um ótimo exemplo. Ou não, dependendo do caso.

— O que você quer dizer com isso?

— Você estava me falando no outro dia que queria se divorciar do Joel porque ele não desinfeta as meias dele.

— Não estava. É que tem várias coisas que ele faz que me irritam. Estou fazendo uma lista.

— Eu sei que está, se eu devo ter filho ou não.

— Sim, mas também estou escrevendo outra. Uma sobre o Joel. — Acho que Becky está bêbada o suficiente para que eu comece a explicar A Lista. Tenho que contar isso para alguém. — Uma lista de todas as coisas que ele faz sem pensar e, depois de seis meses, vou analisá-la e ver se as minhas críticas têm fundamento. Ele faz um bando de coisas que me deixam triste.

— E também várias que te deixam feliz — comenta Becky, sentada na privada, cutucando sua barriga. — Ovários estúpidos cheios de grãos. Diz uma coisa que ele faz que te irrita.

— Não sei... — digo, fingindo ser vaga, mas pensando nas transgressões mais claras que anotei até agora. — Ele larga fraldas sujas no chão. — Isso com certeza vai apavorar uma pessoa sem filhos.

— Depois de ter trocado a fralda. O que vários homens nem fazem. Ele ganha ponto por isso? Um ponto a mais por ser o tipo de homem que troca fralda?

— O quê? E por que ele merece uma medalha por isso? Eu troco centenas de fraldas para cada uma que ele troca. É subentendido que ele deve trocar fralda.

— Sim, mas você não pode ver só o lado negativo de um relacionamento sem pensar no positivo. Só Deus sabe o que a Cara iria inventar sobre mim se ela fizesse uma lista.

Batem na porta. Becky cobre a barriga e abre a porta.

— Cara — diz ela. — Há quanto tempo você está aí?

— Tempo suficiente para saber.

— Saber o quê?

— Que quem está aí não está simplesmente usando o banheiro.

Acho que a Cara tem as roupas mais bonitas de todas as pessoas que conheço. Se Armani tivesse feito roupas nos anos 1940, sem racionamento, as roupas seriam assim.

— Eu pensei que era aquele cara esquisito usando drogas, estou aliviada de ver que são vocês — diz ela, levantando uma das sobrancelhas. Eu adoraria conseguir fazer isso.

Becky está arrumando a calça. Cara levanta ainda mais a sobrancelha.

— Devo ficar com ciúme?

— Deus, não — gaguejo. Sempre gaguejo e fico envergonhada na frente de Cara.

— Eu estava brincando. — Cara ri. Claro, ninguém com a sorte de estar com a Cara iria traí-la.

— Estávamos só conversando — diz Becky, de mau humor. — Por quê? Tem alguma lei contra isso?

— Você está bêbada.

— Não estou.

— Você vai perceber que está.

— Não estou, não estou e não estou.

Se a Becky continuar se comportando assim, elas realmente não vão precisar de filhos, já que esta casa já tem uma adolescente.

— Desculpa, Cara — balbucio. — Vamos sair do banheiro.

— Não se preocupe com isso. Adorei seu vestido. — Ela passa a mão no meu braço e me olha de cima a baixo. Graças à minha calcinha modeladora e minha perda de peso, acho que serei aprovada. — É uma graça mesmo — diz Cara.

Tenho certeza de que me arrepiei, mas pode ter sido a estática criada quando ela passou a mão no, para ser sincera, tecido barato de viscose do meu vestido. Ela se inclina na minha direção e sussurra em meu ouvido. O hálito dela é fresco, como se ela tivesse acabado de fazer uma limpeza no dentista.

— Você toma conta dela? — pergunta Cara. — Parece que ela atacou o champanhe um pouco cedo.

Eu concordo.

— Obrigada — diz ela, passando a mão no meu braço de novo.

Como se eu tivesse alternativa.

Não consigo imaginar ninguém negando qualquer coisa à Cara.

Arrasto Becky para fora do banheiro e vou procurar o Joel, que conversa com uma mulher que está jogando charme para ele e que recua rapidamente quando é apresentada à esposa dele.

> 42) ~~Estranhamente as outras mulheres o acham atraente. Acho que deve ser o charme largado dele. Embora eu devesse saber, caí nessa também.~~

Está bem, está bem. Não é como se ele pudesse evitar. Embora eu ache que ele não tem que prestar tanta atenção ao que essas desconhecidas têm para falar.

— Você é ótimo, Joel — fala Becky. — De verdade. Eu espero que Mary te dê valor.

— Ela dá — diz ele. — De uma maneira especial.

— Diz para ela se lembrar das coisas boas também, não só das ruins.

— Eu dou valor — interrompo. — Dou sim, Becky.

— Promete que vai dar crédito para ele, não só tirar pontos.

— Do que você está falando? — pergunta Joel.

— Nada. Eu prometo, Becky — olho ao redor procurando uma distração. — Não sabia que você tinha convidado a Mitzi.

— Mas eu não convidei, a Cara que convidou. Ela acha que a Mitzi é uma das poucas pessoas aceitáveis que ela conheceu por meu intermédio. Mas não foi por meu intermédio, não é? Foi por vocês dois. Elas se dão muito bem, ligam uma pra outra e tal.

— Que coisa — digo. Claro que se dariam bem, são farinha do mesmo saco, um saco caro, feito à mão. A loira Mitzi e a morena Cara, como duas irmãs em uma história infantil. Cara vai receber Mitzi com um entusiasmo extravagante, as duas ainda de mãos dadas, admirando-se a uma certa distância e trocando elogios.

Sinto uma pontada de ciúmes. Ver duas pessoas que se conheceram por mim tornarem-se amigas é sempre um pouco enervante. Quando elas acabam de admirar seus sapatos, Mitzi vem até onde estamos.

— Mitzi, conte — diz Joel —, como você está?
— Bom, ocupada, quase enlouquecendo.
— É mesmo — diz ele. — Fazendo o quê?
— Criando quatro crianças em um mundo complicado, Joel, para começo de conversa.
— É, mas quando é que você vai voltar a trabalhar?

43) Insiste que só se trabalha em um escritório, fábrica ou terreno de obras.

— É, deve ser porque trabalhar na televisão é uma contribuição tão grande para a sociedade, não é? — diz Mitzi, dando um sorriso atravessado.

— Melhor que ficar fazendo compras.
— Eu não faço muitas compras.
— É mesmo — diz ele.
— Não, eu não compro mais nada. Eu crio ou tricoto hoje em dia.
— A Mary me mostrou a sacolinha de lembranças. Você está uma Maria Von Trapp com a máquina de costurar.
— Eu gosto de imaginar que tenho o espírito dela preso no corpo da baronesa. — Mitzi ajeita seu vestido ao falar isso

Percebo que o corpo dela é todo torneado. Joel também percebe isso, acho que esse era o propósito.

— E a mente do carteiro jovem de Hitler — acrescenta ele.

— Você é tão engraçado. — A conversa deles termina com um olhar que eu já vi entre eles antes. Um olhar que sugere que eles sabem de algo que nós não sabemos.

— Então, o que está te ocupando tanto? — pergunto isso para mudar de assunto. Joel vai embora, talvez à procura da garota de cabelos esvoaçantes que conversava com ele antes.

— A casa em Norfolk. Ela é um pesadelo. Temos um arquiteto brilhante, mesmo, você vai ouvir falar dele no futuro. Mas nem todo mundo entende a nossa visão, uma visão sem precedentes, fantástica, que será a base para conversas no futuro. Já estão nos ligando das revistas. As autoridades locais estão dando inúmeros chiliques por causa da turbina de vento. Você imaginaria que eles iriam gostar que ajudássemos o meio ambiente, levando em consideração que Norfolk vai ser a primeira área inundada se tivermos enchentes.

— Qual o problema deles?

— Tem algo a ver com os tijolos e as pedras originais que não podem ficar ocultos, é o que eles dizem. Mas acho que é ressentimento porque será nossa segunda casa.

— Talvez eles tenham razão. — Pessoas que têm duas casas é um dos itens na minha lista de "coisas que me irritam", e olha que eu não sou uma pessoa pobre que teve que mudar de bairro devido aos preços dos imóveis.

— Você acha? Então isso quer dizer que vocês não vão aceitar o convite para ir pra lá para a inauguração na semana de férias do final de maio. Para comemorar o término da construção. — O tom de voz dela sugere que ela não irá tolerar mais nenhum atraso por parte dos burocratas desagradáveis ou dos construtores. — Em maio fará um ano que ela começou a ser construída.

— E isso foi um convite?

— Bom, se você achar que consegue perdoar aqueles que possuem duas casas, eu e o Michael adoraríamos hospedar vocês lá — diz Mitzi.

— Claro, por favor. Adoraria ir. Acho que segundas casas são algo maravilhoso, contanto que possam ser divididas com os amigos pobres.

— Claro. Ela é linda mesmo. Temos uma vista para o mar, passando pelo pântano. As crianças terão a oportunidade de fazer todo tipo de brincadeira antiga, como se sujar na lama, aprender a velejar e caçar caranguejo.

Parece que um catálogo de roupas caras para crianças ganhou vida. Já consigo até ver: "Molyneux, 6 anos, adora pular nas dunas e comer sanduíches de caranguejo, está vestindo Joãozinho e Maria, na cor azul-turquesa."

— Vamos adorar.

— E sem ter que pegar voo nenhum.

— Pode parar por aqui. Eu já tinha me convencido quando você disse "férias de graça com os amigos". Muito obrigada.
— Olhamos ao redor da sala. — Ouvi dizer que você está amicíssima da Cara ultimamente

— Ela é o máximo, não? Espero que sua amiga Becky não estrague esse relacionamento. — Olhamos para Becky, que gesticula sem parar enquanto conversa com alguns clientes da Cara.

— Ou vice-versa.

— Não acredito que a Cara estrague nada na vida — diz Mitzi.

Acordo às 3 da manhã com o cheiro de bacon e não consigo voltar a dormir.

> *44) Levanta no meio da noite quando está bêbado e vai comer algo, mas nunca uma torrada ou biscoitos como uma pessoa normal.*

45) Obviamente não lava as panelas cheias de gordura ou o que sujou na cozinha depois desses banquetes noturnos.

Minha cabeça está dando voltas graças à mistura de algumas taças de champanhe, inveja e do cheiro de derivados de porco. Continuo pensando na minha conversa com a Becky no banheiro. Muita estupidez minha achar que ela não gostaria de ter filhos. Ela seria uma mãe brilhante, firme mas justa, que se envolve porém não interfere. Ela também é generosa, e tem mais amor para dar do que a fria da Cara conseguiria absorver. Com um pouquinho de ressaca, começo a pensar como seria não ter filhos, mas já que eu os tenho, isso só seria possível se algum acidente trágico acontecesse ou se algum juiz determinasse que não sou capacitada como mãe. Talvez eu seja incapacitada. Tenho enjoo só de pensar nisso e sei que agora não vou conseguir voltar a dormir a não ser que eu vá ao quarto deles para ver se estão respirando.

Abro a porta e olho para eles, curtindo o quanto são angelicais quando dormem. Gabe está sempre resfriado e ronca muito alto para um corpinho tão pequeno. Rufus está encostado na parede, sempre com medo de cair da cama de cima do beliche, pensa tanto nas consequências de "se" que não se desliga disso nem na hora de dormir. Eles são a minha vida. Vou dizer isso a eles hoje, acho, em vez de dizer para me deixarem em paz. Eu gostaria de amar passar tempo com eles tanto quanto eu os amo, mas o dia a dia é tão difícil.

Quando olho para eles percebo que Becky deve ter filhos. Ela será amorosa e não perderá a paciência. Ela vai conseguir trabalhar fora com eficiência e sem sentir culpa, e voltar para uma casa cheia de amor e sem brigas. Ela não vai se estressar com a bagunça. Devo encorajá-la, não importa o que a Cara diga. E se eu disser o quanto é bom ter filhos e ela não puder tê-los? Vou piorar tanto as coisas. Que falta de sensibilidade a minha, pensar nisso. Será que devo dizer que as crianças são horríveis para que ela não fique muito triste se não puder tê-las? Isso seria uma ingratidão vinda de alguém que teve essa bênção.

Desisto de pensar nisso e penso sobre o que ela falou da outra lista, a minha lista. Apesar de bêbada, talvez ela estivesse certa. Talvez eu também tenha que marcar os pontos positivos do Joel. Tenho certeza de que não vai levar muito tempo. Isso seria a primeira coisa que ele iria reclamar se visse A Lista — ele está sempre dizendo que eu não dou valor às coisas que ele faz por mim. Talvez A Lista possa ser como um extrato bancário, com créditos e débitos — ou, caso seja como o gráfico das crianças, com adesivos de carinhas sorridentes e tristes. Começo a desenhar mentalmente A Lista; quantas colunas, quantos pontos, como funcionaria? Ela tem que ser escrupulosamente justa.

Acordo, ou sou acordada, de manhã, respiro fundo e prometo que só verei as coisas boas no dia de hoje. Joel está gemendo e ouço o barulho de dois comprimidos sendo retirados de uma cartela. Depois dos 18 meses das minhas duas gestações, eu nunca voltei a beber realmente, sem falar que minhas ressacas agora são mais assassinas do que antes, e crianças não combinam com ressaca. Quase não bebo mais, mas tento não julgar quem bebe.

— Não olha para mim com essa cara — diz Joel.

— Não estou olhando. Era um olhar de carinho.

— Até parece. Só não diz nada.

— Não vou dizer. — E não devo dizer nada. A respeito de ele deixar embalagens de analgésicos ao alcance das crianças, ou de colocar as cartelas vazias de volta na gaveta, o que faz com que eu nunca ache um remédio quando tenho uma dor de dente. Não vou mencionar os barulhos nojentos que ele faz no banheiro quando está de ressaca, nem a trilha das roupas que ele vestiu ontem à noite que começa no banheiro. Essas ressacas dele me aborrecem. Sabe como os homens têm um resfriado e já acham que estão gripados? É a mesma coisa com as malditas ressacas. Segundo Joel, é uma dor quase igual à do parto, que ele afirma aceitar de forma impassível, e não percebe que trata-se de algo inconveniente que foi culpa dele mesmo. Se dói tanto assim, por que ele simplesmente não para de beber?

— Tadinho — digo, ao passar a mão na testa suada dele. — Posso fazer algo por você?

Ele não parece chocado com essa resposta tão incomum, mas aliviado porque vai finalmente receber o carinho que merece.

— Uma latinha de Coca-Cola, por favor — geme ele.

Se eu for mesmo anotar algo positivo nessa lista, é melhor que ele se recupere logo.

Em um ato de sacrifício extraordinário, trago os meninos para baixo, dou um jeito na frigideira toda suja de bacon e no pão deixado do lado de fora de madrugada que ficou duro e pego a latinha de Coca, que ele aceita debilitadamente.

46) Tira folga quando está doente. Só os homens e as babás podem fazer isso. As mães têm que se virar.

Perdão, hoje era para ser o dia das coisas positivas, não é mesmo? Estou quase jogando a latinha vazia de Coca no lixo quando penso no Joel e decido me esforçar um pouco e colocá-la na lixeira de reciclados.

1. Está tentando fazer sua parte para ajudar o meio ambiente. Ele vai trabalhar de bicicleta, aproveita toda a comida e faz sopas com os restos, mesmo quando nós não queremos comer, levanta para desligar a TV em vez de desligá-la pelo controle remoto. Critica os esforços da Mitzi para ser verde, embora, como ele mesmo diz, ser verde é não fazer coisas — voar, dirigir, comprar — e não ficar só com coisas caras de que ela gosta: carros

novos, painéis solares, roupas de cooperativa éticas etc. Ele afirma, por exemplo, que ela deveria comprar menos roupas, e não ficar comprando mais roupas ainda de etiquetas politicamente corretas.

Passo pelo banheiro, que está com um acentuado odor de urina, o que me lembra de quando eu tinha que passar pelo banheiro dos homens no parque. Expiro para me livrar do cheiro e me acalmar.

> 2. É tão apreensivo a respeito das reservas naturais do mundo e com o futuro dos nossos filhos que iniciou uma campanha de só dar descarga quando for o número 2. Dessa maneira, economiza, hummm, água suficiente todo ano para encher uma banheira/piscina/lagoa/área do tamanho do país de Gales.

Ai, meu Deus, é revoltante. Passo a vida dando descarga e abaixando tampas de privadas. É tão constrangedor quando alguém vem visitar e dá de cara com aquele vaso de água amarela. E é contraproducente, também, uma vez que as manchas me obrigam a usar produtos de limpeza mais agressivos.

> 47) *Não dá descarga. Tá vendo, é um ponto positivo e negativo.*

E já que estamos falando sobre isso...

> 48) *Acredita que seus 15 minutos fazendo força no vaso são sagrados, que ele tem direito a ficar longe do caos do café da manhã por causa disso, enquanto eu tenho que arranjar tempo, quando der, minutos — segundos até — para as minhas necessidades, ao contrário desse*

tempo prolongado sentado no trono diariamente para o intestino dele funcionar.

O fato de que as pessoas casadas trocam desaforos como crianças a respeito do funcionamento dos seus corpos é o fim do romance, não é mesmo? Eu e Joel gastamos muito tempo discutindo merda, literalmente. "Do tamanho de um braço de bebê", ele dirá orgulhoso, ou "podia ter afundado um navio". "Você é nojento", vou responder, de uma maneira burguesa, segundo ele, que irá retrucar "pelo menos o meu não flutua na água", vou insistir que "esse é o sinal de um sistema digestivo saudável", ao mesmo tempo que estou desesperadamente tentando dar descarga. "O seu sistema digestivo está custando caro para o planeta", ele vai comentar. "Abaixe a arma", ele dirá ao apontar para o desinfetante. Isso sem contar como ficamos surpresos ao ver a cor da lama cheia de pedaços de Lego não digeridos que achamos na fralda do Gabe.

Uma vez Mitzi me disse que o Michael nunca a viu ir ao banheiro.

— Nem para fazer pipi? — perguntei e ela balançou a cabeça negando. — E soltar pum?

— Tenho minhas dúvidas de que eu já tenha feito isso conscientemente — disse ela e pensei em todas as vezes que o Joel disse que era melhor "esvaziar a casa", ao soltar um particularmente fedorento, ou nas vezes em que eu coloquei a culpa no Rufus por causa de qualquer cheiro que veio da minha direção.

Ele se arrasta para o andar de baixo meia hora depois. A esse ponto acho que os berros dos meninos vão me colocar de ressaca. Ele me beija com a boca cheirando a cerveja.

— Você está linda — diz ele. — Como você pode estar tão bem, e eu me sentindo tão mal? Você roubou minha juventude, colocou numa garrafa e a bebeu.

— Acho que foi o que você bebeu numa garrafa que te deixou assim, querido.

3. Faz elogios. Não tanto como fazia no começo, mas, mesmo assim, ainda acha maneiras de me dizer que me acha bonita.

— O que vamos fazer hoje?
De novo.
— Natação e tentar sobreviver. Acho. O tempo não está bom e não temos nenhuma festinha de criança para ir ou qualquer coisa parecida. Talvez seja suficiente para você uma festa por final de semana?
Ele se afunda na segunda lata de Coca.

49) *Bebe refrigerante e come salgadinhos na frente das crianças. Normalmente faz isso antes das refeições. Eu sempre coloco minha Coca diet em uma caneca e me escondo em um armário para comer chocolate, como uma bulímica.*

Eu sei, eu sei, coisas positivas. Mas quando ele faz essas coisas é muito difícil.
— Não, Rufus, você não pode tomar Coca.
— Mas...
— Eu sei que o papai está bebendo mas é porque ele está se sentindo mal. Você está bem — digo e me viro em direção ao Joel. — Você se divertiu ontem?
— Não foi ruim. Não entendo o porquê dessas festas onde todo mundo fica em pé o tempo todo para conversar.
— Comparado a quê? Festas onde todos se deitam e não falam?

— Você me entendeu.

— Com quem você conversou? — Meu Deus, eu falo com ele da mesma maneira que falo com os meninos. Será que ele vai responder "com ninguém" e "nada" também?

— Com a Becky...

— Que estava um pouco bêbada.

— Que nada, ela estava se divertindo. Ela é ótima.

— É sua fã número um.

— Alguém tem que ser.

— Quem mais?

— Michael, embora a gente tenha ficado sem assunto quando acabamos de falar do campeonato.

— Mas você nem gosta de futebol.

— Eu nem sei o que ele faz. Tenho vontade é de perguntar como ele ainda é tão rico.

— Não vejo nada que prove o contrário.

— Pior ainda.

— A Mitzi está com uma aparência ótima, não é?

— Ai, não, aconteceu alguma coisa com o rosto dela. Eu acho que ela fez algum tratamento.

— O quê?

— Botox, claro.

— Sabe do que mais, você tem razão. Deve ser o motivo da testa dela estar brilhando tanto, como as das atrizes. Eu pensei que elas usavam o mesmo hidratante.

— E ela é magra demais.

4. Vive falando que as outras mulheres são magras demais. Não sei se é verdade, mas dou os parabéns a ele pela tentativa. É muito importante para mim que ele fale assim da Mitzi, devido ao que aconteceu quando nós trabalhávamos juntos, quando nós três nos conhecemos.

— A propósito — digo. — A Mitzi nos convidou para passar a semana de férias com eles, aquela semana em maio, na casa nova em Norfolk.

— E você conseguiu pensar numa boa desculpa?

— Não, claro que não. Nem tentei. Vai ser ótimo ter algo para fazer nessa época. Tudo é muito caro nas férias e vai ser fantástico para os meninos. Cheio de veleiros e baldes e pás e vários tipos de gaivota para identificar.

Ele ri. Tirando Londres, o resto da Inglaterra ele só conhece do avião, a caminho de outros lugares. A Ursula às vezes o levava para a casa de campo da família, mas, na maioria das vezes, eles viajavam para o exterior por alguns meses para ir a São Francisco, Roma ou Hong Kong.

— Bom, eu vou. Se você quiser, pode ficar aqui e tentar encontrar alguma maneira de divertir duas crianças ferozes de graça em museus superlotados durante uma semana.

— E por que você acha que ser hóspede deles vai sair de graça? Vamos ter que pagar por isso, pelo menos proporcionando diversão para eles. É pra isso que nós servimos, não é? Para ser diversão para os amigos banqueiros chatos deles.

— Bem, que sorte a nossa que você não acha um problema ser a diversão da festa, não é? — É verdade. Parece que eu trabalho pesado para cultivar amigos e Joel faz amizades sem o menor esforço. Outra coisa que eu achava atraente a respeito dele, mas que agora detesto.

— O Michael é esquisito.

— Eu sei que você não gosta dele. Você está sempre falando que não gosta dele, e acaba parecendo que você é o esquisito. Não sei por que, ele não é tão ruim assim.

— É sim. Tem algo estranho nele.

— Tipo o quê?

— Não sei. Não o conheço bem o suficiente, mas ele parece um robô. Ele é o tipo de homem dominante, com o emprego bom na cidade, que pratica *kitesurf* e esportes radicais, mas nunca o vi agir de uma maneira humana.

— Talvez a Mitzi tenha mandado fazê-lo em um laboratório. Ele é exatamente o tipo que ela queria. Lembra como ela falava que você não ama o dinheiro, você ama o lugar onde o dinheiro está?

— Naqueles bares horríveis na cidade, como se viu.

Chego a me arrepiar.

— Lembra daquele lugar todo prateado com as meninas russas? Era tão barulhento.

— Mas será que elas eram mais putas que a Mitzi?

Perco a cor, e Rufus percebe que algo está errado.

— O papai disse algum palavrão?

— Sim.

— Qual?

— Eu não vou dizer.

— Eu não falaria mesmo. Tem alguns meninos na escola que falam "foda" e eu não gosto disso.

— Muito bem, meu amor — dirijo-me ao Joel. — Por que você não pensa nessas férias como uma oportunidade para analisar o Michael? Pode ser um projeto interessante.

5. É muito perceptivo em relação às pessoas. Gosta de observar e de dividir suas observações, e eu adoro isso, mas gostaria que ele largasse do pé do Michael. Isso não está funcionando bem, né? Não é o equivalente moral de deixar um saquinho de chá na pia. Os pontos positivos dele são vagos e não têm muita estrutura, os negativos são bem específicos. Será que estou cometendo um erro com A Lista ou é ele que está errando com seu comportamento? Provavelmente a última opção. Ele não faz nada bom que seja específico o suficiente. E é isso que me enlouquece. E é por causa disso que vamos acabar nos divorciando.

Eu bocejo. Aí bocejo de novo, caso ele não tenha percebido. Por favor, digo a mim mesma, eu cancelo A Lista, nunca mais reclamo, só me diga "querida, você está com cara de quem está cansada, por que não volta pra cama que eu levo o Gabe junto para a aula de natação do Rufus?". Olho para ele ansiosa.

— Eu acho que você quer que eu leve o Rufus pra natação — diz ele.

Dou de ombros, sem coragem para falar.

— É só que eu acho que o cheiro de cloro vai me fazer passar mal. Você sabe como meu estômago é sensível — diz ele.

— Ok, eu levo ele.

— Dá pra levar o Gabe também?

A Lista vai continuar.

Continuo fazendo promessas para mim mesma na natação. Se ele não tiver arrumado nada das coisas do café da manhã até a hora de eu voltar, nem vou me estressar com A Lista e os seis meses de análise dela. Vai ser o fim. E mesmo que ele tenha arrumado, se eu descobrir que ele já leu o jornal inteiro e fez aquela coisa em que parece que ele espalhou tudo sobre a cama e rolou por cima, aí não vou me incomodar em anotar seus pontos positivos.

— Será que não dá para você vestir as próprias calças, Rufus? Você já tem 5 anos.

— Mas, mãe, eu estou cansado de fazer tudo. O Gabe não faz nada.

— Mas ele é mais novo. — E incompetente. Mas tem mais charme que o irmão mais velho. — Eu também estou cansada de fazer tudo.

Ele olha para mim com uma cara que nem é para dizer "mas é a sua obrigação", e sim "Você? Você tem sentimentos?"

— Anda logo — eu o apresso. — Vamos logo. Não tenho tempo para isto.

Ando para casa quase que tremendo com tanta ansiedade. As decisões sobre o nosso casamento não precisam esperar seis meses, vamos decidir agora. Vamos apostar se ele guardou o cereal no lugar.

Volto e encontro a cozinha limpa. Não à minha maneira, já que ele nunca passa um pano nas superfícies, mas a comida do café da manhã foi limpa e existe um caminho entre os brinquedos espalhados pelo chão.

6. Até que se anima a fazer uma limpeza de vez em quando. Ele diz que limpa tanto quanto eu, o que de qualquer maneira não é verdade, mas mesmo que fosse, não leva em consideração tudo o que eu faço para não termos que fazer tanta limpeza — lavo as panelas à medida que sujo, dou comida e vou limpando a boca dos meninos, o acordo é de só poder pegar um brinquedo quando tiver guardado o outro. Mas tenho que admitir que quando ele limpa, ele faz um bom trabalho. Até ele achar algo que o distraia como um jornal ou um brinquedo. E não se importa se algo ficou limpo pela metade, porque alguém vai acabar o serviço para ele; aquela pessoa transparente que funciona como empregada-mãe-esposa, aquela que o Rufus olhou com uma cara tão estranha, porque ela teve a ousadia de dizer que não gostava de alguma coisa.

— Obrigada por ter limpado as coisas — digo, e logo me censuro. Por que tenho que agradecer, quando ele nunca pensou em me agradecer por fazer isso? Estou perpetuando a ideia de que é meu trabalho fazer essas coisas e que ele está me fazendo um favor quando me ajuda.

— Foi um prazer — diz ele. — Bom, na verdade não foi. Limpar é um saco, né?

— É mesmo.

— A gente precisa contratar uma empregada.
— Nós temos uma.
— Não estou falando de você. Uma de verdade.
— Nós temos. Kasia. Ela vem às terças por três horas. Eu fico toda nervosa porque a casa está uma bagunça e você me diz que eu tenho que parar com isso de limpar a casa para a empregada, nós brigamos a respeito do porquê dela estar aqui, e você reclama que ela coloca as suas camisas na minha gaveta porque evidentemente ela não imagina que um homem vista algo assim.
— Ah, é, ela. Ela precisa vir mais vezes. Será que estamos explorando uma pessoa de um país mais pobre para que a gente não tenha que fazer trabalho braçal? Será que é correto fazer alguém ficar de quatro no chão da nossa própria casa?
— Concordo que existe algo meio que, não sei, suplicante, a respeito da limpeza de chãos e vasos sanitários. — Tenho que me controlar para não falar que a única vez que ele fica de quatro é quando está fingindo ser um hipopótamo para os meninos. Vejo um biscoito comido pela metade no chão e me abaixo para pegá-lo. Acabo tirando uns farelos que estavam embaixo da geladeira.
— Não é a Kasia que está sempre jogando papel na lixeira comum em vez de jogar na dos reciclados? — pergunta ele.
— E limpando a casa com toalha de papel, e aspirando o chão da cozinha em vez de esfregá-lo, e pedindo para que eu compre uns produtos de limpeza bem fortes, e ligando a máquina de lavar roupa com apenas alguns panos de prato dentro.
— Sério? Por que você nunca me disse isso? — pergunta ele.
— Eu nunca conheci uma faxineira consciente em relação ao meio ambiente.
— Isso é um absurdo da parte dela. Você já conversou com ela sobre isso?
— Não, Deus. Não, imagina. Se nós somos tão largados que precisamos de alguém para limpar nossas privadas, a última coisa que vou fazer é colocar regras nisso.

— É uma vergonha nós precisarmos de alguém para fazer isso, né? Quero dizer, nós somos jovens e saudáveis, deveríamos fazer isso sozinhos.

— E por que é aceitável contratar serviços tradicionalmente masculinos, como pintor e jardineiro, mas eu deveria ter vergonha de ter uma faxineira por três horas por semana? A Ursula nunca se sentiu envergonhada disso, não é?

— É mesmo — diz ele. — E sempre tivemos uma diarista. A gente a chamava assim porque ela ia diariamente.

— Não que tenha ajudado muito.

— É verdade — diz ele. — Ok, nós precisamos de uma faxineira, mas será que seria difícil achar uma mais consciente sobre essas coisas ecológicas? Não existe uma agência para isso?

— Como eu disse, não acredito que quem limpa pode se dar ao luxo de ser consciente com o meio ambiente.

— Mas ser consciente não é um luxo, é uma...

— Deixa pra lá, Joel. Deixa esse papo para a Mitzi. Vocês dois estão com muita coisa em comum ultimamente.

Na tentativa de arredondar para uma dúzia o número de pontos positivos dele, eu deixo que Joel decida as atividades do dia. Embora na realidade isso queira dizer que eu tenho que dar opções para ele escolher e deixar tudo arrumado para que ele as execute.

> 50) *Parece que me usa como se eu fosse uma assistente pessoal de assuntos de família. Uma conversa típica de fim de semana é assim:*
>
> *Ele: — O que vamos fazer hoje?*
>
> *Eu respondo com um itinerário detalhado ou, então, quando estou com vontade: — Não sei, o que você acha que devemos fazer?*
>
> *Ele: — Qualquer coisa.*

> Eu: — Bom, podemos ir no Museu de Ciência para ver a exposição nova, ou podemos ir para a floresta. Vai fazer um dia bonito.
> Ele: — Qualquer coisa.
> Eu: — Então vamos ao museu.
> E se a exposição for horrível, a culpa é minha.

Dou três opções, como se ele fosse uma criança e, como uma criança, ele inevitavelmente escolhe a última opção: fazer bolo. Fico quieta para não dar uma alternativa, já que a opção dele envolve farinha, que ficará espalhada pela cozinha como cocaína no camarim de um roqueiro.

— Coloca quatro colheres de sopa de açúcar, Gabe; uma... isso, mais ou menos... duas, continua. — Ele dá as ordens e eu observo o nosso caçula, que lida com a tigela como se ela fosse um buraco de areia, sem conseguir colocar as colheres de sopa de açúcar necessárias lá dentro.

7. Faz bolos com as crianças. Se há uma atividade que parece definir tudo de mais importante na criação dos filhos hoje em dia, é assar bolos. Como se o tempo que você passa na cozinha com eles fosse determinar se você é uma boa mãe. Fazer bolo combina a nossa obsessão com comida caseira mais saudável e atividades tradicionais para fazer com as crianças. É uma receita para pais presunçosos. As mães que eu conheço jamais fazem uma sessão dessas sem anunciar ao mundo que vão fazer bolo com os filhos. "Meu amor, vamos para casa fazer um bolo"; "Trouxemos uns bolinhos para você — nós que fizemos, não é, Felix?"; "Estamos um pouco cansados hoje, fizemos o bolo para o Natal."

No entanto, Joel é diferente. Ele não anuncia isso para o mundo como se fosse algo tão importante. Ele simplesmente faz e passa a impressão de que realmente gosta disso.

Eu gosto um pouco disso também, mas nunca tanto quanto eu imagino. Eu acabo não deixando as crianças medirem nada por temer que as medidas fiquem erradas. Não gosto que eles lambam a vasilha, já que a massa é feita com ovos crus, e aprendi quando estava grávida que isso é ruim. Joel deixa eles fazerem o que querem e, de alguma maneira, a receita dele sempre acaba melhor do que a minha.

Sinto uma inesperada onda de amor direcionada tanto ao Joel quanto ao Rufus e ao Gabe. Eles parecem que saíram de um anúncio sobre pai e filhos perfeitos, fazendo gracinhas sujos de cobertura para bolos nos narizes e aprendendo sobre medidas e pesos no processo.

— Você quer colocar corante na massa, Rufus? — pergunta Joel. — Você está misturando vermelho e verde, o que vai acontecer?

— Parece cor de cocô — diz Rufus, dando uma olhada na massa.

— Isso mesmo, é marrom. Vamos fazer biscoitos de cocô?

Ele pega uma parte da massa e começa a modelá-la como uma salsicha. Os meninos rolam de rir com isso e o copiam.

— Vamos colocar essa cobertura linda, cor de cocô, quando tudo estiver pronto, certo?

8. Faz nossos filhos rirem. Ele é o engraçado de nós dois. Eu sou a chata.

Não tem como um homem do tamanho dele não ficar absurdamente bonito com luvas de cozinha nas mãos, colocando uma bandeja de biscoitos em forma de cocô para assar. Que Deus o abençoe, penso. Mas aí ele sai da cozinha com os meninos a segui-lo como se ele fosse um super-herói e não limpa nada. Ele larga tudo para eu limpar, conscientemente ou não. Para cada coisa boa que ele faz, apronta também uma ruim. Inspiro pelo nariz e expiro pela boca, como me ensinaram nas aulas de ioga. (Se algum dia existiu um tipo de exercício físico menos compatível com a mulher que era chamada de "Scary Mary", esse exercício era ioga. Toda aquela paz e meditação me levou à loucura. Eu ficava esperando a hora em que começaria a suar. Qual é o propósito de fazer exercício se você não vai suar? Logo desisti daquilo e fui para aulas que se chamavam Combate Corporal e Brigar com Bumbum, Barriga e Braços.)

Mais tarde, Joel estende seus dotes culinários à comida não escatológica para adultos quando ele assa um frango delicioso, que ele não recheia com manteiga, devido à minha intolerância. O repertório dele é bem francês e italiano, mas até que ele não reclama muito de não poder colocar manteiga e afins em tudo que cozinha.

9. É um bom cozinheiro. Faz bagunça, mas às vezes é uma maravilha ter alguém para cozinhar para você. Só por isso, já me sinto cuidada e bem-tratada. Ele cozinha com entusiasmo e amor, eu cozinho com molhos prontos e praticidade.

Tomo duas taças de vinho a mais que o normal. Vemos aquela programação porcaria de televisão nos sábados à noite deitados no sofá. Ele fuma um baseado, e a bebida faz com que eu não me irrite tanto assim com isso, então simplesmente peço que ele vá fumar numa janela, em vez de ir para fora da casa. Nem fico particularmente enojada por ele ser todo agitado no trabalho (estimulado, muito zeloso, frenético) e maconheiro (um drogado inútil e preguiçoso) em casa. Até dou uns tapas e nisso experimento um momento proustiano, me levando ao passado, à época em que nos conhecemos e às tardes passadas rindo e vendo filmes em preto e branco na TV.

Deitamos no sofá em um estado raro de contentamento. Ele tira minhas meias e eu fico um tanto sem graça por ter um pouco de chulé, mas não me importo muito já que a) estou bêbada, b) é o Joel.

10. Ele faz uma massagem nos pés maravilhosa. Maravilhosa mesmo.

Tomara que ele não fale nada. Ele não fala. Sinto como se eu estivesse perdendo a consciência. Ele vai subindo até as minhas coxas por cima do meu jeans. A dureza do material cria um atrito gostoso, mas não tão gostoso quanto o que sinto quando ele tira minha calça e começa a passar a língua nessa área. Não sei se é porque estou tentando pensar nos pontos positivos dele ou simplesmente porque eu bebi e fumei, mas eu decido que não vou mandar ele parar. "Decido"? Palavra errada, nem que eu quisesse eu poderia pará-lo. Já faz tempo.

11. Tem uma língua incrivelmente ágil.

Ele passa a língua na parte de dentro das minhas coxas enquanto tira minha calcinha (uma calcinha de grávida, de cintura alta, devido à pilha de roupas para lavar), e vai por baixo do meu sutiã até os meus seios. A língua dele agora se move na direção da minha virilha, que não está depilada, passa pela cicatriz do parto e acha sem problema o lugar para se concentrar. Uma mão acaricia meus mamilos e a outra é usada para suavemente colocar um dedo dentro e fora de mim, enquanto sua língua toca o meu corpo como as cordas de um violino.

Agora estou deitada no sofá, ele está de joelhos com a cabeça no lugar certo, não quero que demore muito mas também não quero que pare.

Não aguento mais e o agarro na minha direção e para dentro de mim e sua cabeça está agora na altura da minha. Movo a cabeça para beijar seu pescoço.

— Eu te amo — diz ele.

Chego a ficar sem graça por tentar evitar seu olhar. É como se fosse muito íntimo e pessoal para mim, parece que preciso fantasiar que ele é um desconhecido. Não interessa o que falam em revistas femininas, às vezes é mais fácil fazer sexo com um desconhecido. Todo aquele papo de se entregar e olhar nos olhos um do outro deveria ser mais fácil com alguém que você conhece bem, como nós nos conhecemos, mas agora preciso que ele seja ou o homem que eu conheci no passado ou o homem que ainda vou conhecer. Movo meu olhar para o peito dele e acho que isso faz com que ele pareça novidade para mim.

Sinto-me encaixada nele. Já tinha esquecido como isso me completa. Acho que ouço uma criança chorar, mas é um gato miando ou uma sirene de polícia, todos têm esse tom de desespero. Volto a me esforçar para chegar lá, estou quase lá. "Ainda não", suspiro, "quase". Ele para e recomeça de novo. Eu me esforço para voltar ao ritmo, me recusando a ser distraída por barulhos externos que minha imaginação já transforma em choro de crianças. Tento não pensar em rostos aleatórios que estão me impedindo de chegar até o fim. Eu tenho que me entregar. Um último rosto surge em minha consciência. É a Cara. Eu finalmente me entrego e gozo, ele me segue segundos depois.

> 12. Ele não é ruim na cama. Nem um pouco. O que estou dizendo? Ele é incrível. O único homem na minha lista, não tão grande assim, que consegue me dar um orgasmo sempre. Claro que não ajuda o fato de os outros terem sido escolhidos somente por serem bonitos — um tipo de competição que eu tinha com a Jemima, eu acho, para ver quem conseguia pegar o cara mais parecido

com um dos integrantes do Take That. Como consequência disso, já era prazer o suficiente dormir com eles, não é?

Deito toda esticada no sofá, fazendo promessas mentais de novo. Digo a mim mesma que se ele levantar e pegar uma toalhinha molhada para limpar a mancha no sofá, eu vou destruir a lista. Você terá passado no meu teste antes mesmo de ele ter começado. Continuamos deitados. Fico inquieta com o líquido escorrendo pelas minhas coxas na direção do sofá, que já está manchado e imundo. Ele se vira e deixa uma marca na forma do pênis dele em uma das almofadas caras. Ele se levanta e o escuto se arrastar até o banheiro, chapado pela droga e pelo sexo. Um barulho de descarga.

— Pega papel higiênico ou uma toalhinha, pega papel ou uma toalhinha — imploro silenciosamente, cheia de esperança. — Pega papel ou uma toalhinha.

Quando ele volta, está de mãos vazias.

4
Um cozinheiro fantástico

— Meu amor, se você quiser, dorme mais um pouco; esse é meu presente pra você — diz Joel, beijando-me na manhã do meu aniversário de 36 anos, enquanto os meninos pulam na nossa cama.

— Ah, obrigada.

— Espera aqui que eu vou no banheiro.

Ai, Deus, aqui vamos nós: crime número 48, o tempo que ele passa no banheiro. A minha boa vontade no dia de hoje dissolve-se como um tablete de vitamina C. Vinte minutos passam e eu e os meninos, que estavam pulando na cama, perdemos a paciência e vamos até o banheiro.

— É um milagre que você não se asfixia — digo ao cambalear.

— Ah, é, e a sua merda não cheira mal? — pergunta ele, e olhamos de esguelha como em um reflexo na direção de nosso filho mais velho, devido ao palavrão que Joel disse.

— Mas não fico sentada aí por três horas como um príncipe no trono. Eu pensei que podia dormir até mais tarde.

— E você vai.

— Nossa, que relaxante — digo ao gesticular na direção dos meninos.

— Você só precisar tomar conta deles enquanto eu faço um café da manhã especial para você.

— Mas isso não é exatamente dormir até tarde, né?

— Está bem, mas você sabe o quanto é difícil cozinhar e tomar conta deles — suspira ele.

— Nossa, que coisa.

— Feliz aniversário, querida. Você não parece ter envelhecido nem um dia desde que nos conhecemos.

— A não ser que eu estivesse caindo aos pedaços com 27 anos, tenho certeza de que envelheci. Ai, Deus, estou com 36, bem mais perto da casa dos 40 que da casa dos 20 — digo, ao me examinar no espelho. Como nenhum de nós trocou a lâmpada que queimou há duas semanas, o espelho está emitindo um brilho não tão desvantajoso. Talvez ele tenha razão, e eu esteja envelhecendo bem apesar de toda a raiva e amargura que sinto. Isso deveria estar na minha cara. Em algum lugar deve ter uma foto minha com cara de quem está cheia de ressentimento e má vontade, e isso faz com que agora eu pareça estar bem.

— Não, estou falando sério — diz ele. — Eu estava vendo você conversar com a Becky e a Mitzi e ninguém diria que vocês têm a mesma idade.

Dou graças a Deus pela minha franja que age como um Botox, e resolvo aproveitar meu dia. Convido minha irmã Jemima para vir aqui, numa tentativa de equilibrar mais essa leva do cromossomos XY. Ela é a única da minha família mais próxima que mora aqui no sul do país, e a presença dela traz recordações da minha cidade natal, tais como uma obsessão compulsiva por comida e calçados pouco práticos.

A minha decisão de ser feliz no meu aniversário é posta à prova vinte minutos mais tarde, quando desço e encontro a cozinha imunda depois do preparo das panquecas, com melado e compota de frutas. Vejo um buquê enorme de um florista famoso e caro, as flores são lindas, sem sombra de dúvida. Joel sabe fazer essas coisas.

— Flores de mostarda e tulipas — fala ele.

Mas eu não quero essas porcarias de flores. Eu quero balcões limpos e crianças vestidas. Olho de novo para as flores.

Elas são tão perfeitas e esculturais que até parece que a nossa cozinha não merece tê-las; elas merecem um lugar como a casa da Mitzi para que admirem sua beleza. Mas estou errada. Não é que eu não queira as flores, eu só quero o estilo de vida que combina com elas.

— Obrigada, elas são lindas.
— Lindas como você.

São palavras desse tipo que ele sempre me disse, desde que começamos a sair. Essas palavras me deixavam embriagada de amor, mas agora esse amor está de ressaca. Os elogios dele tornaram-se comuns.

Ele me dá flores mas não as coloca em um vaso. Mostra as flores para as visitas mas não troca a água nem quando ela está toda suja.

Eu tiro do congelador uma torta de carne para o almoço. Joel diz que é "só" uma torta, embora dê um tremendo trabalho para fazer, e eu sempre fique acordada até tarde por causa disso. Eu sou boa para fazer receitas simples — macarrão à bolonhesa, macarrão com queijo, bolos simples —, já o Joel é ótimo para fazer receitas do tipo "Nossa, que maravilha". Embora algumas delas sejam feitas facilmente como vieiras com molho balsâmico ou filé com molho Béarnaise.

Jemima chega, usando óculos escuros em pleno inverno. Nós nos abraçamos e fico feliz que ela seja da minha altura, e não gigante feito um urso como o meu marido, ou pequena feito um pequinês como meus filhos. Ela está com um cheiro delicioso de limpeza e cara de quem está descansada.

— Você se importa? — pergunto, ao gesticular na direção dos sapatos dela e da pilha de sapatos perto da porta.
— Um pouco. Você já deu uma olhada neles?

Os sapatos dela são altos, de bico fino, e cheios de tiras.

— São fabulosos — digo, de volta ao vocabulário antigo que eu usava para me referir a sapatos.

Hoje em dia eu só uso palavras como "fabuloso", "fino" e "deslumbrante" para descrever as cozinhas reformadas dos outros.

— São de parar o trânsito. Lindos demais para ficar naquela pilha de sapatos. Por que não os colocamos aqui em cima dessa estante para que eles possam ser venerados?

Ela aceita minha sugestão e os transporta cuidadosamente até a cozinha.

— Você está magra — diz ela. — Perdeu peso?

— Um pouco, eu acho — respondo.

— Uns 3 quilos, talvez, um pouco menos.

— Tá bem, uns 4 quilos. Meu Deus, você é boa nisso — digo. — Você é como aqueles homens que conseguem adivinhar o número de sutiã das mulheres só de olhar.

— Eu tento. Será que tem alguma maneira de fazer dinheiro com esse talento? — Jemima ri.

— Você pode colocar isso como talentos e áreas de interesse no seu currículo. Mas não pode falar de mim. Você está ótima, toda torneada. Tem ido muito à academia?

— Três ou quatro vezes por semana.

— Sorte sua. Eu nunca mais tive oportunidade de ir. Mas mesmo assim eu não estou magra de verdade, estou magra mas flácida, entende?

— Mas é um preço pequeno a se pagar — diz ela. — Por tudo isso aqui. — Ela gesticula em direção à cozinha, que ainda parece ser uma versão ruim de um programa de TV, e não uma cozinha de verdade. Tem todas as características de uma cozinha de TV: todas as manchas feitas pelas crianças, convites para festas pendurados na geladeira, pilhas de livros ilustrados em cima de um gaveteiro antigo, louças de barro penduradas em ganchos. E eu. Parece que completo o cenário, não posso ser a mãe de verdade no meio disso tudo, sou apenas uma atriz muito ruim, que finge ser adulta. Sou uma mãe de família falsa, talvez uma mártir de família.

Jemima está com a expressão pensativa, como sempre fica quando a solteirice dela vem à tona. Eu não vou nem reclamar da minha vida nem descrevê-la como imperfeita. Joel entra na cozinha e ela se anima.

— Querida — diz ele, ao abraçá-la. — Óculos escuros bonitos.

— Hoje em dia falamos óculos de sol.

— Ai, vocês, jovens. Vem cá e me conta como a vida é lá fora — suspira Joel, com exagero. — Você ainda está nesses sites de namoro pela internet?

Eu estremeço e imagino que ela vai fazer cara de solteira coitadinha, mas ela entra no espírito da brincadeira.

— Estou em três sites. Sou o sétimo perfil mais visitado em um deles. É muito cansativo ler todos os e-mails. Nossa, como tem louco nesse mundo.

— Mas também tem alguns que não são loucos? — pergunto.

— Ah, tem. Tem esse surfista gostosão que quer sair comigo.

— Quantos anos ele tem? — pergunto. Como sou previsível.

— Vinte e tantos. Quase 30, eu acho.

— Não me surpreende que você esteja cheia de candidatos — diz Joel. — É uma ideia brilhante. Um buffet de possibilidades sem se preocupar com os estigmas das agências de namoro do passado. Pensa bem, se alguém como você vai procurar uma pessoa on-line... Se eu fosse solteiro e entrasse em um site de namoro e visse mulheres como você... bom, esse é o tipo de coisa com a qual eu sonhava quando era adolescente.

Fico imaginando se ele ainda sonha.

— Você está ótima, Jemima — digo, caindo de volta na rotina familiar, onde ela é o centro das atenções, mesmo no meu aniversário. É sempre um alívio ceder a atenção na direção dela. Ela tem as sobrancelhas feitas, a pele esfoliada, as roupas da moda. — A gente podia ser aquelas fotos de "antes e depois" que mostram nesses programas de cirurgia plástica. Você é a descrição perfeita de como eu seria se não tivesse tido filhos.

— Ou se não tivesse nascido ruiva — completa ela. — Não que isso não seja adorável, eu sempre gostei do seu cabelo.

— Fogo — digo. — Uma sedutora com cabelos cor de fogo.

Joel ri um tanto quanto demais.

— Por que você não vai ver se os meninos não estão se matando?

— Eles estão bem.

Olho para ele de uma maneira que não deixa dúvida de que aquilo não foi uma sugestão e ele vai embora.

Jemima literalmente afunda quando ele sai.

— Não é tão bom assim.

— O quê?

— Esses sites de namoro pela internet. Parece ótimo ter opções ilimitadas, mas a questão é que você não quer que seja assim para sempre, não é? O objetivo é encontrar alguém legal, tipo, eu encontrar alguém legal.

— Mas encontrar alguém não é o fim. Não é o fim dos seus problemas e a solução para tudo. É o começo de vários problemas novos. — Como posso fazê-la entender que existe uma vida inteira depois do final perfeito de filme, sem que pareça que estou bancando a superior?

— Mas você pelo menos tem a opção de ter todos esses problemas novos. Estou começando a me preocupar que talvez os anos 30 sejam basicamente uma dança das cadeiras e, de alguma maneira, eu fiquei de pé.

— Jemima, eu tenho certeza de que você vai encontrar alguém quando decidir que é isso que você quer. Além do mais, você ainda é jovem. Sempre vai ser minha irmã caçula.

— Estou com quase 35.

— E você é linda. Você sempre foi a mais bonita. Uma vez ouvi a mamãe falar com alguém ao telefone: "Incrível, quem ia imaginar que a Jemima é que estaria solteira."

— Ai, nossa, ela é terrível. — Abafamos os risos. Ficar contra a nossa mãe sempre nos uniu. Eu e Joel nunca conseguimos ser exemplo de uma divisão perfeita entre as obrigações maternais e paternais, porém eu e Jemima somos um ótimo exemplo da divisão entre as obrigações de filhas. Embora ultimamente eu ande pensando se não fomos um pouco injustas com a mamãe. Não fazíamos nada em casa para ajudá-la. Ela tentou de tudo: tabelas, listas, suborno, mas nada adiantou. O erro dela foi fazer tudo bem demais. Com tanta perfeição, e sem fazer alarde, que eu nunca prestei atenção se ela fazia algo e o quanto tinha para ser feito.

— Falando sério, aproveite essa época — digo. — O que vem em seguida não é uma lua de mel eterna e perfeita. Sempre achei que ser solteiro é como estar desempregado: se você soubesse quanto tempo iria durar, teria se divertido mais.

— Mas não é mais divertido — diz Jemima. — Estou de saco cheio disso. De saco cheio desses encontros onde falamos da nossa infância e fazemos perguntas do tipo "Você tinha algum bicho de estimação quando era criança?", e dos telefonemas ou da falta deles. Hoje em dia tem milhares de maneiras de não receber ligações: por e-mail, Facebook, telefone fixo, celular, torpedo, telefone de trabalho. Porra, estou de saco cheio. Você sabe por que eu vou tanto aos salões de beleza?

— Para ter essa aparência ótima?

— Para que alguém me toque. Ai, Deus, pareço uma tarada falando assim. Quando você está solteira, você sente falta de sentir o toque de alguém, então acaba pagando por esses tratamentos. Você sente falta de um toque humano, e é melhor pagar por essas coisas do que ir para a cama com homens que você não vai ver de novo, de quem você nem gosta, mas mesmo assim se sente horrível no dia seguinte quando eles não te ligam. E você se sente culpada se eles ligam, já que não tem a menor intenção de vê-los de novo.

— Sempre tem alguém me tocando, estou sempre me livrando deles como se fossem insetos.

— Quem, Joel ou os meninos?

— Ambos. Urgh. — Ela sorri. Meu plano para melhorar o astral dela funcionou. Claro que é mentira, pelo menos em parte. Eu adoro que meus filhos grudem em mim como velcro. Eu os agarro quando eles passam por mim para apertar os corpinhos deles no meu peito, os aperto tanto que até parece que quero que eles voltem ao meu útero. Acho incrível que eu tenha essa fonte de conforto físico constante e tenho medo do dia que isso vai acabar, e que não deve estar longe. Já em relação ao Joel e os seus braços pegajosos, e como eu o classifico bem diferentemente dos meninos, eu estava falando a verdade.

— Sinto muito que você se sinta assim, Jem. Talvez surfistas de 20 e poucos anos não sejam a solução. — Ela ainda tem uma quedinha pelos tipos bonitinhos que poderiam ser integrantes de banda, o que era tranquilo quando ela era novinha, mas não são para se levar a sério.

— Você acha melhor eu diminuir os meus padrões?

— Não diminuir tanto, mas mudar. Um advogado, não um ator. Lembra do que o papai falava sobre o gordo que assobia, o tipo de homem que ele queria para nós?

— Ele é gordo porque adora comer.

— E assobia porque é jovial e feliz.

Jemima afunda a cabeça nas mãos.

— Ai, Deus, eu não quero um assim. Eu quero um magro angustiado.

— E eu quero que você seja feliz.

Eu quero mesmo que ela seja feliz. Apesar de todas as brigas e das dietas e das roupas roubadas, isso foi o que sempre quisemos uma para a outra. Eu quero que ela tenha o que eu tenho, acho — o casamento e as crianças —, mas não será arrogância minha achar que é isso que vai fazer ela feliz? Não está exatamente funcionando muito para mim, não é? Tenho receio de querer que ela encontre alguém, não para que ela seja feliz como eu, mas para que ela seja *infeliz* como eu.

Ela se anima um pouco quando Joel volta. Isso sempre acontece — ele consegue fazer todo mundo se animar, menos eu. Ele está a caminho da obesidade, embora recentemente eu não o tenha escutado assobiar.

— Joel, dá para você limpar as coisas do café da manhã para que eu possa arrumar a mesa?

Jemima faz um som de "uuuu", como as crianças fazem quando a professora se irrita, tipo "Uuuu, a tia se irritou."

— Mary — fala ela. — Ninguém poderia imaginar que um dia o seu lado do quarto já foi uma bagunça tão grande que tinha bichos crescendo nele.

— Eu sei, ela era incrivelmente bagunceira — diz Joel. — Isso foi uma das coisas que me atraíram nela, esse jeito fantasticamente relaxado dela.

— É, só que você tem que ser um pouco mais organizado quando tem filhos, Joel.

— Você se lembra — diz Jemima — como você fazia uma linha de meias-calças no meio do quarto. Aquelas meias bem grossas que a mamãe tentava fazer a gente remendar?

— Se vira e remenda, ela dizia. Não me lembro quando foi a última vez que remendei uma meia.

— Eu tenho algumas se você quiser — diz Joel.

— Muito engraçado — comento. — Eu lembro da linha divisória de meias-calças. Você não tinha permissão de atravessar nem de colocar nada seu no meu lado.

— Você costumava mover a linha todo dia um pouquinho a mais para o meu lado, e achava que eu não percebia.

— Imagino que você gostaria de fazer isso no nosso quarto também. — Joel ri.

— É estranho — digo — que você passa a infância inteira querendo um quarto só para você e os anos 20 inteiros tentando dividir um quarto de novo.

— Mas mesmo quando éramos pequenas — continua Jemima —, você costumava contar o número de azulejos na parede do banheiro para garantir que cada uma tinha o mesmo espaço dentro da banheira. Era um número ímpar de azulejos e você ficava com um a mais porque dizia que era mais velha.

— Você era tão ruim quanto eu. — Essas histórias são tão velhas que o tempo já transformou as brigas em memórias. — Teve uma vez que você não me deixou sair do carro no "seu" lado e como estávamos estacionados do lado de uma parede, eu tive que sair pela parte de trás.

— Você reclamava se eu olhava pela "sua" janela. E contava os granulados nos meus bolinhos só para ter certeza de que eu não tinha mais do que você.

— E as embalagens de balas? A gente sempre as esvaziava para ter certeza de que tinham o mesmo número.

— É isso que você dizia, mas pegava todas as minhas balas laranja.

— Eu adoro essas histórias — diz Joel, dando uma daquelas gargalhadas irritantes, igual à mãe dele. — Continuem. — Como ele é filho único, acha que essas briguinhas de irmãos são como uma dança típica de um país do leste europeu: hilárias para ver, mas uma vergonha se você é parte delas. Quando nossos filhos brigam, o que acontece constantemente, ele acha que eles herdaram isso de mim, tal como o cabelo ruivo.

— Você já cansou de ouvi-las — digo.

— Mas eu nunca me canso delas.

Uma coisa é a Jemima e eu rirmos dessas histórias, outra completamente diferente é ele fazer isso.

— Você falou recentemente com a mamãe? — pergunto a ela.

— Aos domingos à noite. Bem quando eu estou mais deprimida e com menos vontade de falar.

— Mesma coisa aqui — concordo. — Ela sempre liga quando estou ocupada colocando as crianças pra dormir. Ela está preocupada com o papai.

— Mas tem que estar. Ele deveria parar de comer como um porco.

— Ele está gordo, né? Tomara que eu não tenha herdado esse gene dele.

— Nem eu.

Nós duas olhamos para nossos respectivos estômagos para nos certificar disso.

O almoço não é aquela festa italiana que eu sempre sonhei. Gabe cospe a sua torta, e seu intérprete Rufus diz que é porque "tem gosto de doença". Jemima e eu competimos para ver quem come menos. Se não fosse pelo apetite do Joel, teríamos sobras por semanas.

Joel traz o bolo que ele fez ontem. É de chocolate e todo mole e delicioso.

— Ai, meu Deus — diz Jemima —, isso é ma-ra-vi-lho-so. Não me diga que não tem leite. — Ela chupa o dedo depois de passá-lo pela cobertura de chocolate, o que me dá vontade de colocar meu dedo na garganta. Ah, as memórias felizes da nossa fase bulímica.

— Tem leite de soja e margarina. E chocolate meio amargo da melhor qualidade — conta ele. — E vinagre branco, soa estranho mas funciona.

— É tão legal da sua parte fazer isso para a Mary.

— É meu aniversário — protesto. — Não é minha culpa que eu seja intolerante a lactose. — Eles levantam as sobrancelhas. — Por que todo mundo faz essa cara? Se eu tivesse asma ninguém diria nada. É um problema real.

— Você cozinha tão bem, Joel — diz Jemima. — Você deu tanta sorte, Mary. Por que eu não acho um homem como ele? Como você conseguiu pegar um tesouro desses?

Como eu fiz isso? Já pensei nisso várias vezes no começo da nossa história, há muitos anos e crianças atrás. Eu me lembro perfeitamente dele entrando no escritório; ele vestia um suéter polo cinza que estava meio rasgado nos punhos, calça de veludo cinza e tênis All Star, bem antes de eles estarem na moda de novo. Não sei por que essa visão ficou tão clara na minha mente, já que eu não vi nada de interessante nele no começo. Ser imune ao charme de Joel Tennant fez com que eu me tornasse minoria no escritório. Todas as outras mulheres, inclusive a Mitzi, ficavam cercando ele. Eu me orgulhava de não ser assim; mas acabei me rendendo, tal como o último dos irmãos numa família em que todos tiveram catapora; quando eu me rendi, foi completamente.

Meu bolo tem nove velas. Dois grupos, um com três, outro com seis. Quando eu fiz 9 anos, Jemima tirou a roupa toda e tentou ficar de cabeça para baixo, e todo mundo achou isso uma graça. Mamãe tinha feito um bolo todo elaborado em formato de um pônei pequeno e achou uma boneca ruiva para colocar em cima dele. Foi na época em que ela não trabalhava, então ela podia se dedicar às duas filhas ingratas e ao marido preguiçoso. Quando nós estávamos no ensino médio, ela voltou a trabalhar, mas a devoção que ela tinha à casa continuou a mesma. As tarefas domésticas do papai não aumentaram nem um pouco para compensar o trabalho dela fora de casa e, quando ele fazia alguma coisa mínima, como botar a mesa ou fritar um ovo, ele dizia "Estava ajudando a sua mãe." Se ela pedisse ajuda para mim ou para Jemima, nós berrávamos "Por que você não pede pro papai? Você é tão machista, mãe. Para de contribuir para essa sociedade patriarcal." Ela não conseguia disfarçar a alegria ao sair de casa para ir trabalhar e até carregava uma pasta de documentos sem precisar, atendia a telefonemas "urgentes" da administração da universidade onde trabalhava, falava alto demais sobre "estratégias de pessoal" e ficava com a expressão toda orgulhosa quando voltava à mesa, sentindo-se importante.

Fico pensando nas outras vezes em que os números da minha idade somaram nove. Meus 18 anos, quando fiquei com o David Parsons, que era lindo, mas galinha. Ele deu em cima da Jemima alguns meses depois, mas ela não quis nada com ele, e quando eu perguntei por que, ela disse que achava ele "nojento", o que me fez sentir mal, já que eu o havia beijado. Não tive festa quando completei 27 anos, eu achava que estava em direção a uma colisão de frente com os 30 anos, o que parecia assustador naquela época. Foi um alívio quando eu finalmente cheguei lá depois de ter ficado com medo daquilo por tanto tempo. Por que não aproveitei mais os meus 20 anos? Por que não festejei mais a minha beleza e o poder que eu poderia ter aproveitado? Eu não era linda de morrer, mas, meu Deus, estava no auge da minha beleza e não dei valor a isso. Se eu ao menos soubesse no meu aniversário de 27 anos que algum tempo mais tarde, naquele mesmo ano, eu iria conhecer o Joel e experimentar o auge da felicidade, ser mais feliz do que jamais seria outra vez.

— Nove velas — anuncio. Não tenho mais nada a acrescentar.

Joel mexe no meu cabelo como um tio mexendo no cabelo da sobrinha.

— Quais são seus planos para o seu 37º ano?

— Eu vou encontrar um homem pra casar — diz Jemima. — E vou ter um filho. Mas talvez eu não vá fazer tudo nesse ano.

— Os meus planos são... — digo, sem concluir.

Se você quer saber, Joel, os meus planos são estes: hoje é o último dia de janeiro e é o último dia da fase de Coleta de Dados da Lista. Amanhã é o primeiro dia de fevereiro e o primeiro dia da Implantação da Lista. Em vez de passar a noite do meu aniversário em uma boate, ou em um restaurante com os amigos, vou passá-la dando os toques finais na minha planilha de Excel de investigação conjugal.

A cada mês você tem direito a dois débitos por dia. São seus brindes. Qualquer coisa acima disso não será compensada com pontos positivos, vai entrar no seu total mensal. Graças à Becky, vou contrabalancear pontos negativos que têm equivalentes positivos, está entendendo? Quer dizer que se você trocar uma fralda, não vou tirar pontos se você não jogá-la na lixeira, ou se você cozinhar uma refeição deliciosa, não será punido por não limpar a cozinha.

Quaisquer débitos acima do permitido (por exemplo: 60 em setembro, abril, junho e novembro, 62 nos outros meses e 56 em fevereiro), vão entrar no seu total de infrações. Se, depois de seis meses, esse total for superior a cem, já era; essa será a prova concreta de que você é um egoísta, preguiçoso, que não respeita a mim, a nossa casa ou a nossa família.

A Lista precisa de uns ajustes, mas está quase lá. Estou louca para voltar para o computador e finalizar essa maravilha. Cada mês tem a própria planilha. Na parte de cima estão escritas as datas. Em cada coluna, vou escrever um número que pode ser citado em um guia separado, no qual os cem maiores crimes dele estarão divididos em subseções como cozinha, banheiro, lavanderia e inaptidões gerais. Tem outro guia com uma dezena de créditos que podem compensar os débitos.

— Dá para vocês esvaziarem a máquina de lavar louça? — pergunto a Joel e Jemima. Eles fazem isso bem devagar e Joel, como sempre, deixa algumas coisas para que eu coloque no lugar. Uma vez, deixei a tigela de sopa do Rufus lá dentro, só para vez se ele iria perceber e ela ficou lá por cinco lavagens, até eu notar que o desenho de dinossauro estava sendo destruído e acabei resgatando-a. Ele faz a mesma coisa quando esvazia os sacos plásticos da entrega em domicílio dos supermercados on-line. Se ele não sabe onde colocar o fermento, deixa-o no saco. Larga as ervilhas no balcão enquanto canta *"Where Is the Love?"*

Esfrego as superfícies sem parar, cato comida do chão e percebo como eles moveram os pratos para perto da máquina de lavar louças, mas não para *dentro* dela. Joel já está sentado de novo e olha para mim com cara de quem está estupefato.

— Relaxa, Ma — diz ele. — Por que a gente não faz isso mais tarde?

— Por que mais tarde a gente não vai fazer, eu é que vou fazer. Eu odeio quando você fala isso.

Jemima olha para mim com surpresa. Nós compartilhávamos tudo, de piolhos a roupas, mas eu nunca falei com ela sobre as coisas que me aborrecem na minha vida. O fato de que Rufus acredita no coelhinho da páscoa e Jemima acredita em ser feliz para sempre são dois restinhos de inocência que ainda existem neste mundo corrupto.

— Está bem — digo. — Vamos limpar mais tarde. Por que você não liga a TV naquele canal que as crianças gostam e eu vou fazer um chá para a gente?

Mais tarde, Jemima e Joel estão brincando com Rufus e Gabe de comer pistache e jogar as cascas de volta no pote. Eu sou a única que não acha isso hilário e resolvo não dizer que eles devem jogar as cascas no lixo.

— Jemima — digo. — Você lembra que a mamãe também te dava um presente no meu aniversário para que você não se sentisse abandonada?

— Você me lembrava disso a toda hora.

— Mas aí no seu aniversário eu não ganhava nada, e eles me diziam que eu não precisava porque eu era mais velha?

Ela e Joel falam ao mesmo tempo "Não é justo", como se estivessem me imitando. Morrem de rir com isso.

— Mas não era...

— A vida não é justa — dizem os dois.

— É, acho que não. — Olho para eles. Ele é grande e moreno, ela é magra e loira, mas são os mesmos. Os dois são os favoritos, os abençoados pelo amor, as pessoas gravitam na direção deles, os nomes que todos lembram. Hoje em dia somos

"Joelemary", assim como antes éramos "Jemimaemary". Eu sou uma idiota. Passei minha infância toda tentando ser popular à sombra de uma irmã dominante e acabei me casando com alguém que me faz sentir da mesma forma. Quando eu era criança, vivia com pais que preferiam a outra filha. Agora que sou mãe, vivo com filhos que preferem o pai. Estou no meio de duas gerações que me desprezam.

Paro de esfregar a pia e agarro o Rufus, abraçando-o bem apertado, passando a mão pelo cabelo dele e me deliciando no cheirinho meio sujo dele. Tadinho, é tão apertado por mim e tão parecido comigo. Beijo o cabelo que ele herdou, o qual sempre odiei ter, mas que é tão bonito nele — com tantas nuances diferentes em cada mecha, todas elas com nomes vindos da natureza — gengibre, castanha-da-índia, nozes. É o cabelo do Gabe que sempre é admirado nos lugares, com seus cachos escuros e as mechas loiras ("São de verdade?", as pessoas sempre perguntam, como se eu fosse levar meu filho de 2 anos ao salão de beleza para fazer luzes no cabelo). É o Gabe que sorri para estranhos, o Rufus não é tão bom assim em olhar as pessoas nos olhos e, como qualquer mãe de classe média, eu tive uma fase em que pensava que ele era autista. Nós dois somos minoria, mas eu vou fazer de tudo para que ele não se sinta assim.

— Feliz aniversário, desculpa, estou uma semana atrasada — diz Becky ao me dar a biografia muito bem-recomendada de uma escritora que já morreu. Almoçamos juntas duas segundas por mês, e estou feliz em vê-la hoje.

— Nossa, é bem grande levando em consideração que ela morreu jovem, não é? — digo, ao olhar o livro gigante.

— Sabia que ela só tinha 38?

— Ela pode se juntar ao meu clube de "mulheres talentosas que morreram quando tinham 30 e tantos anos". A Jemima sempre fala que gosta de olhar com quantos anos os famosos tiveram filhos, já os meus pais gostam de calcular a idade nos obituários. Em qual categoria eu me encaixo?

— Idade de morte, claro — diz Becky.

— Obrigada. — Dou uma olhada no encarte do livro, fotos de uma mulher fazendo todas as coisas que eu já fiz e mais ainda. — Trinta e oito? Só dois anos a mais, que deprimente.

— Que ela se matou?

— Não — digo —, que ela pôde ter realizado tantas coisas em tão pouco tempo. A minha biografia aos 38 anos seria um panfleto. — A não ser que eu consiga tornar popular a minha lista para calcular o valor de um casamento e consiga fama e fortuna.

— Quais objetivos você gostaria de alcançar? — pergunta Becky. Adoro a maneira que ela faz perguntas. Parece que ela é a única pessoa com quem falo sobre coisas além dos meus filhos e das minhas tarefas diárias e expectativas. Mesmo no trabalho, nunca vamos além das conversas sobre o que assistimos à noite na televisão na véspera e aonde vamos aquela noite.

— Eu não sei. — Adoro a maneira que ela faz perguntas, mas às vezes não sei como respondê-las.

— Ah, qual é — diz Becky firmemente. — Não me diga que você já alcançou todos os seus objetivos na vida?

— Ok. Eu me estresso pensando em qual escola o Rufus irá cursar o ensino médio, então acho que eu quero que ele vá para uma escola boa, ou pelo menos que seja a melhor para ele. Quero que o Gabe aprenda a ir ao banheiro.

Parece que ela vai vomitar o sanduíche de frutos do mar.

— Fala sério, Ma, e sobre você? E sobre a sua carreira? Seus objetivos?

— Eu não sei se ainda tenho uma carreira. Eu tenho um emprego. Não estou querendo arrumar desculpas, mas é muito difícil ter uma carreira quando você trabalha só meio expediente.

— Então passe a trabalhar em tempo integral.

— De novo, não estou querendo...

— Arrumar desculpa...

— Mas é muito difícil trabalhar em tempo integral quando se tem duas crianças pequenas.

— É mesmo? Porque eu vejo várias policiais, advogadas, cientistas e outras mulheres que trabalham em tempo integral, e algumas têm mais filhos do que você.

— Mas é difícil na TV. As horas de filmagem são irregulares, em locação, à noite, e mesmo que eu volte a fazer parte desse trabalho de que tanto gosto, eu provavelmente teria que ter contratos curtos, o que é um pesadelo no que diz respeito a cuidar das crianças. Talvez se eu tivesse um só, mas com dois filhos é mais difícil. Se eu tiver que pagar uma babá para trabalhar as noites também, vou ficar sem dinheiro. Eu já passei por situações assim quando o Joel viaja fazendo filmagens e tenho algum evento do trabalho à noite, e isso acaba me custando 50 libras. Nem o trabalho dele nem o meu paga, e, ao mesmo tempo, por que nós vamos sair no prejuízo pelo prazer de trabalhar fora do nosso horário?

— Ok, mas quando você estiver com 38, os dois estarão no colégio, não é? Isso vai diminuir os seus gastos. E então?

— Não sei, não sei. Para de me pressionar.

Ela sorri como se pedisse desculpas.

— Não estou te pressionando, minha querida. Não quando estamos comemorando o seu aniversário. Não é nada com você, é uma coisa que tenho percebido e que me deixa deprimida.

— O quê?

— O potencial das mulheres jogado fora — diz ela. — Até parece algo saído dos anos 1950, quando eu pensei que já estaríamos muito além disso. Tenho clientes ou esposas de clientes que não trabalham.

— Elas têm filhos pequenos?

— Algumas têm. Mas o que me frustra é que não existe expectativa de elas voltarem a trabalhar. Parece que se casar com um homem rico e ter filhos com ele é como se tornar inválido em um acidente de trabalho, então elas devem receber ajuda para o resto da vida. Quando os governantes tentam fazer com que as mães solteiras voltem a trabalhar para parar de receber o benefício, eles falam que não é por razões econômicas, que eles querem ajudar a autoestima delas. E por que é diferente com essas mulheres ricas e divorciadas? A autoestima delas vem de fazer as mãos e os pés? É um comportamento incrivelmente misógino e favorecedor, mas já que os benefícios delas são pagos pelos maridos, ninguém se importa com isso.

Não tem como não pensar na Mitzi, que tem uma pedicure tão "divina" no bairro de West End, tão especializada, que só faz os pés. Ela também tem outro grande achado que só faz sobrancelhas, uma esteticista, outra depiladora.

— Homens ricos que sustentam suas mulheres — digo. — E você está surpresa que ninguém está correndo para defendê-los?

— Nem sempre são tão ricos assim. Mesmo assim, não estou preocupada com eles, e sim com as mulheres, as ex-mulheres, esses... — Ela procura uma palavra arrogante. — ... objetos. Elas acham que ganharam na loto, mas estão erradas, porque elas nunca vão saber o que é o valor do trabalho.

— Mas que você saiba o valor do trabalho, tudo bem. Você tem um emprego interessante. Mas vários empregos não fazem as pessoas se sentirem importantes — argumento, sabendo que a mente de advogada dela torna inútil a resistência. Eu sei que de alguma forma ela está certa: se eu não fugisse de casa para trabalhar eu me sentiria ainda mais sufocada pela maré de sujeira. — Eu sei que parece uma coisa esquisita e antifeminista para se dizer mas, se essas esposas não trabalhassem quando os filhos eram pequenos e cuidassem da casa para que os maridos estivessem livres para fazer muito dinheiro...

Becky perde a paciência. Ninguém consegue fazer isso como ela.

— Cuidar da casa? Desculpa, mas eu não sabia que a gente estava se encontrando para almoçar no começo do século XX. Sim, eu entendo, deve dar muito trabalho organizar os serventes, escrever cartões de agradecimento e planejar o menu dos jantares.

— Você quer café? Eu vou comprar.

Enquanto espero na fila, brinco com a pulseira feita de massa pintada de *penne* que o Rufus fez para mim no colégio, e que se tornou uma espécie de rosário enquanto faço uma oração pedindo um bom argumento para usar na discussão. Amo a Becky, mas às vezes ela faz com que eu pareça uma pessoa inapta.

— Becky, você nunca pensou que deve ser legal ter uma esposa — digo ao retornar à mesa com nossos cafés. — Uma bem tradicional, que pega seus tailleurs na lavanderia?

— Eu nunca sonhei em ter uma esposa da maneira que sonhei ser competente no meu trabalho. Não sei bem se é coincidência que, de todas nós que fizemos faculdade juntas, a mais bem-sucedida no trabalho é gay. Sempre soube que eu iria me sustentar, mesmo quando eu achava que era heterossexual.

— O que você quer dizer? Nem todas nós casamos e tivemos filhos. Temos várias amigas daquela época que são solteiras.

— Mas elas teriam escolhido suas carreiras na expectativa que teriam como sair delas com o passar do tempo — diz ela. — Só porque elas não se casaram com um homem que pudesse sustentá-las não significa nada. Elas, todas vocês, subconscientemente, acharam que teriam a opção de largar a carreira por alguns anos e repensar o que queriam fazer e até estudar de novo.

— E se tornar professora, acupunturista ou psicóloga — digo, ao pensar nas segundas carreiras das mães na escola do Rufus. — Ou abrindo uma loja de roupas para criança feitas à mão ou uma lanchonete para uma clientela cheia de filhos.

— Exatamente — exclama Becky ao bater na mesa, fazendo a espuma do meu café balançar. — O desperdício que vejo na minha profissão, tanto nos homens quanto nas mulheres, me deprime muito. E sabe o que é o culpado disso?

Eu dou de ombros.

— Os novos direitos da maternidade são os culpados. Sua licença-maternidade estendida e seus direitos a ter um horário flexível, seus empregos de meio expediente e eu tendo que sair do escritório só às 5 da tarde.

— O quê? — exclamo, chocada. — Becky, isso chega a ser uma heresia. Você fala da luta das mulheres para trabalhar, mas nós lutamos da mesma maneira pra ter uma licença-maternidade remunerada. Você não pode estar falando sério ao culpá-las de... do que é que você as culpa?

— Você sabe que quase todos os melhores advogados de família hoje em dia são mulheres?

— Ótimo...

— E você sabe quem serão os melhores daqui a dez ou 15 anos? Homens, todos serão homens.

— E você.

— É, e eu, obrigada. Eu não deveria reclamar por ver a concorrência ser eliminada, mas é frustrante ver todo esse talento ser jogado fora.

— Mas com certeza as melhorias nos direitos de maternidade ajudam a manter gente talentosa trabalhando, não é? Se as mães não tivessem a oportunidade de tirar um ano de licença e ter horários flexíveis, provavelmente elas não voltariam a trabalhar.

— As mais fracas sim, e é o que várias delas fazem. Mas as outras teriam trabalhado em tempo integral depois de três meses de licença e claro que teria sido difícil nos primeiros anos, mas aí elas teriam uma carreira fantástica e interessante para continuar trabalhando quando as crianças fossem pro colégio.

— Mas as crianças só ficam no colégio por seis horas por dia... — interrompo.

— Esse é o tipo de argumento de defesa que ouço o tempo todo das minhas colegas. O feminismo defende pagamento igual pelo mesmo trabalho, mas se você não está trabalhando tanto quanto os outros, não deve receber a mesma coisa.

— Talvez quem precise mudar seja o sistema, não as mães. Essa estrutura foi criada pelos homens. E por que todo mundo deveria trabalhar igual?

— Não seja tola, Mary. Eu não posso cobrar quase 300 libras a hora e tirar um final de semana prolongado para viajar.

— A gente não tira um final de semana prolongado. Quem me dera. Jesus, Becky, qual o motivo dessa conversa?

— Nenhum. A razão política não é pessoal — suspira ela. — Acho que ando pensando muito em crianças, por causa dos ovários policísticos, o que eu devo fazer em relação ao trabalho se eu tiver filhos. Eu iria trabalhar em tempo integral, sabe, e voltaria a trabalhar depois de uma licença-maternidade curta. De maneira alguma eu vou deixar esses homens presunçosos que trabalham comigo ficarem na minha frente.

— Eu tenho pensado nisso. Olha aqui — falo ao abrir minha bolsa e pegar uma folha de papel. — Eu sei que você é um pouco cética, mas eu fiz um gráfico das suas decisões e analisei como uma afeta as outras. Talvez te ajude um pouco.

— Deus te abençoe. Obrigada, Mary, eu acho. — Becky sorri.

— Até onde você foi com a ideia do bebê?

— Não sei. — Ela pressiona as têmporas com os dedos e assume um ar indeciso de uma maneira que eu nunca tinha visto.

— Você quer um bebê ou não?

— Se eu quero, se eu posso ter um caso eu queira, se quero ter um com a Cara, se quero ter um bebê mais do que quero ficar com a Cara, se quero ficar mesmo com a Cara, se a Cara quer mesmo ficar comigo?

— Foi isso que eu tentei representar — digo, apontando o papel. Ele parece pateticamente inadequado em vista dessas decisões tão importantes, mas eu queria ajudar, e essa era a única maneira que eu conhecia para fazê-lo.

Ela olha para o papel.

— Isso é ótimo, sabe, todas essas questões dependem uma da outra. Não tem como responder uma delas sem responder às outras, e isso assim vai. E como anda o seu plano de se divorciar do Joel por ele não dar um brilho na prataria?

— Ha, ha.

— O seu casamento também me deprime. Vocês dois poderiam estar fazendo perguntas realmente interessantes a respeito do que significa o casamento heterossexual do século XXI, vocês poderiam estar reinventando essa instituição. Mas estão se estressando em relação à limpeza da casa. Que coisa mais antiga.

— Você parece a Ursula.

— Obrigada, vou aceitar como um elogio.

De volta ao escritório, que está lotado devido à nova produção que estamos fazendo. Antes era só eu e a Lily, agora tem uma galera de pesquisadores, agenciadores de celebridades e diretores.

— Mazza, quando é que o pesquisador de documentos vai começar? — pergunta um deles, enquanto mexe no seu iPhone. O nome dele é Jude e veste uma camiseta com um decote em V bem acentuado, mostrando um peitoral sem pelos. Só não sei se é por que ele depila ou porque ainda não tem idade suficiente para ter pelos.

— No começo de março, se encontrarmos um.

— Mas estou fazendo uma boa parte dessa pesquisa agora.

— Bom, então fala com o executivo responsável.

— Mas ele não está aqui. Por que o pesquisador não começa a trabalhar agora? Realmente precisamos de um ou vamos nos atrasar. Por que ele ainda não começou? Por quê?

Conto até três e respiro.

— Porque é isso que dá pra fazer com o nosso orçamento.

— Por quê?

— Porque sim — digo, dando ênfase ao final da minha frase.

— Mas por quê? Por que é que você já tem um diretor trabalhando e nenhum pesquisador? Por quê?

Estou sendo arrastada até o final da linha, até onde evito chegar com os meninos: o fundo do poço do por quê.

— Porque sim — grito. Vou para o banheiro e me tranco em uma das cabines na esperança de que aquele bando de empregados novos e (ainda bem) antigos e temporários não vá fazer bagunça nem brincar com tesouras na minha ausência. Pela parte de baixo da porta, vejo passar um par de botas assustadoramente altas. Sem sombra de dúvida, essa tem estilo, não sei como, já que ninguém ali ganha muito.

— Mary, que horas começa a reunião de desenvolvimento? — pergunta a voz acima dos pés bem-calçados, pés embaixo de pernas mais magras ainda com jeans *skinny*.

— Por que você não olha o calendário? — berro pela porta. Sei exatamente a hora em que a reunião começa.

— Ah, é. Boa ideia — diz Poppy ou Posy, ou Rosie.

Como ela sabia que era eu? Olho para os meus pés e vejo o velho par de botas sem salto, que dá para ver por debaixo da porta. Junto os papéis e dou uma volta pelas mesas dos meus empregados.

— Pessoal, a reunião é em cinco minutos, estão todos prontos?

— Ai — diz Jude —, estou tão ocupado.

— Você tem caneta e papel? Se não, pega no armário de materiais. Você também — digo para a menina cujo nome não lembro. — Onde está a Lily?

— Eu acho que ela ia a algum lugar depois do almoço.

— Ah, é, vou mandar um torpedo pra ela. Ela tinha que imprimir e distribuir a pauta. Eu faço. Dá para você chamar os outros? Eu quero começar isso na hora, para variar um pouco.

Eu os apresso para a sala de reunião, onde esperamos pelo nosso diretor de criação, Matt. Ele é do tipo que dá muita ênfase à parte criativa da sua posição e acha que isso lhe garante o direito de chegar atrasado sempre. Quando ele chega finalmente, nenhum sinal da Lily ainda, e eu acabo fazendo as anotações e brincando com abreviações mais do que o necessário.

— Certo — diz Matt, quase no final do nosso tempo. — Nós precisamos de mais ideias.

Todos suspiram ao mesmo tempo. Sempre precisamos de mais ideias.

— Eu tenho umas reuniões de vendas no mês que vem e preciso de todas as ideias para formatos básicos de programas que conseguirmos.

— Eu acho que devemos fazer algo que necessite de filmagens no Caribe — diz Jude, e todos se controlam para não rir.

— Sabe o que mais? Não há programas de moda o suficiente na TV — diz uma moça bonita que não tem um nome importante o suficiente para que eu me lembre dele.

— Quase nenhum programa de moda fez sucesso — digo. — Acho que TV não combina com moda. É como se fosse nossos pais dançando música eletrônica.

— Não há nada de errado com um pai que dance — diz Matt, tentando ser engraçado e fazendo com que nossas funcionárias riam.

Às vezes Joel e ele saem para beber e falar de trabalho e, segundo Joel, Matt descreve em detalhes o que ele gostaria de fazer com cada uma das mulheres do escritório, antes de começar a ficar todo sentimental, dizendo o quanto ele adora ser pai.

— Eu acho que o problema é que os programas não decidiram se querem ser de alta-costura ou informal ou um meio-termo — digo, ao perceber que temos que dar continuidade a essa reunião se eu quiser sair daqui a tempo. — Se desse para produzir um programa sem gastar muito, meio alternativo, para um dos canais digitais, então ele poderia dar certo.

— E, boa. Flo, por que você não pensa nisso? Alguma outra ideia?

— Sim. — Fico surpresa comigo mesma. As coisas que a Becky falou no almoço me fizeram pensar tanto profissionalmente quanto na área pessoal. — Eu sempre vejo programas sobre a história do feminismo, mas nada sobre o seu futuro e onde estamos hoje em dia com a referência sexual.

Jude abafa uma risada.

— As diferenças entre os sexos. Não o que se refere a pagamentos e cotas para membros da diretoria e políticos, algo mais no sentido doméstico. — Alguém boceja. — Outro dia estava lendo que mesmo quando uma mulher trabalha fora, o seu parceiro não ajuda mais nas tarefas domésticas. Deve existir uma maneira de colocar isso em um documentário, mas de um jeito interessante.

— Uma maneira divertida de analisar as tarefas domésticas? — pergunta Matt.

— Eu sei. Mas todo mundo faz isso, mesmo que ninguém fale sobre o assunto. Podemos pegar uma variedade de famílias diferentes: mãe solteira, mãe que trabalha, mãe que não trabalha, marido que não trabalha, e acompanhar o que eles pensam que fazem e contrastar com o que eles realmente fazem. Aí poderíamos questioná-los e ver se existe uma relação entre o quanto as pessoas estão felizes dentro de seus relacionamentos e a divisão das tarefas domésticas. Até mesmo se existe uma relação entre isso e a vida sexual deles. Poderíamos fazer testes que serviriam para todos eles, como por exemplo uma caneca largada na pia, quanto tempo ela vai ficar lá até ser limpa ou se alguém vai perceber que a caneca está lá ou não. Lembro que uma vez teve um documentário sobre atração sexual. Tinham câmeras para ver para onde os homens e as mulheres estavam olhando, algo assim. Poderíamos fazer pegadinhas cada vez mais complicadas para ver quem faria algo.

— Isso — diz Lily, que finalmente chegou depois de 15 minutos de atraso e cujo entusiasmo eu agradeço silenciosamente. — Podemos fazer esse programa numa casa como a do Big Brother, que no final vai estar toda suja, e podemos enchê-la de estudantes atraentes.

— Uma mistura de Big Brother com How Clean Is Your Home? Ótimo — diz Matt. — Por que você não desenvolve mais essa ideia, Lily, e vamos pensar em vendê-la para a Factual Entertainment.

— Pera aí — digo. — Essa ideia é minha. E é para ser um documentário.

— Precisamos de você para coordenar as produções, você é ótima nisso.

— É a mesma coisa que dizer que alguém é bom de limpeza.

— Você deve ser boa nisso também.

— Eu posso fazer as duas coisas. Desenvolver o formato e coordenar. Eu posso fazer uma proposta de venda baseada em um ângulo mais sério do assunto.

— Acho que não — diz Matt. — Não vai dar, com todo o seu tempo de folga.

— Não é tempo de folga. Eu trabalho meio expediente. — Tenho certeza que você também poderia trabalhar meio expediente, eu penso, era só sacrificar uma parte grande do seu salário para atender telefonemas e responder e-mails no dia em que não vai ao escritório.

— Isso mesmo — diz ele, dispensando a mim e a reunião.

O dia dos namorados nunca foi uma data importante na minha agenda. Somente algumas semanas depois do meu aniversário, era mais uma coisa para me decepcionar devido à falta de cartões e à fartura de presentes já rejeitados no meu aniversário. Quando eu era adolescente, fingia que detestava esse dia, dizia que era só uma invenção consumista da sociedade. Quando cheguei à casa dos 20, não fingia mais, era verdade.

Tudo isso mudou quando eu conheci o Joel. Aqueles sentimentos fabricados que eram tão insossos de repente passaram a ter sal devido ao meu amor por ele e a capacidade dele de tornar especial a situação mais banal. Eu o amava tanto que me permiti ser a metade de um casal que fazia um mito da sua importância, da exclusividade do seu amor, e que então se permitia envolver nas atividades mais bobas.

No nosso primeiro dia dos namorados, ele fez com que um funcionário de um café entregasse no escritório um *espresso* duplo com leite de soja e uma fita amarrada nele. Ele decorou a caneca com desenhos de corações e flores, no estilo Keith Harring, com tintas especiais para cerâmica que ele comprou. Meu namorado é um artista, pensei, tão lindo, tão apaixonado por mim e eu por ele. Guardei a caneca e só a usava em ocasiões especiais, e a lavava com um sabão caro, à mão, com cuidado. Ela ainda está no nosso armário de louças de barro, só que agora as cores já desbotaram, depois de várias lavagens na máquina de lavar pratos.

No nosso segundo dia dos namorados, meu amor fez uma busca ao tesouro para mim, que começou com uma pista na coleira do gato da minha companheira de apartamento e acabou com uma foto que tiramos no topo de uma montanha, e que ele ampliou no tamanho 60 centímetros por 1,20 metro e conseguiu colocar no vidro da frente das máquinas de refrigerante lá do escritório. Fiquei morrendo de vergonha, mas já que todo mundo lá adorava o Joel, no fundo eu fiquei feliz da vida. E aliviada também, já que tínhamos ido para a Escócia naquele ano, e não para algum lugar que exigisse o uso de um biquíni.

Lá pelo terceiro dia dos namorados juntos, as apostas já estavam sérias e nada menos que um pedido de casamento iria me satisfazer. Era uma coisa ridícula, e eu me odiava por pensar assim, mas o nosso relacionamento começou de uma maneira tão séria que eu queria manter esse nível. Acabei ganhando um lenço de pescoço com as minhas iniciais. Tentei não me sentir desapontada e, logo depois, quando ficamos noivos, me senti um pouco boba por isso, embora as circunstâncias do noivado não tenham sido como nas histórias românticas que eu esperava do Joel.

Já estávamos casados no nosso quarto dia dos namorados e eu estava grávida. Mesmo assim, ele ainda se esforçou. Ele pôs a mesa no quarto vazio do primeiro apartamento que moramos juntos, fechou as cortinas e apagou as luzes. Tudo isso para fingir que estávamos em um restaurante novo que era famoso por servir comida na escuridão total. Ele me serviu uma refeição de cinco pratos que impressionaria a um chefe de cozinha famoso. Para falar a verdade, isso de comer no escuro me deixou um pouco enjoada e preocupada também com as ostras (que tive que cuspir por estar grávida) que podiam aterrissar no carpete novo. A refeição acabou com uma sessão louca de sexo e algumas manchas esquisitas nas paredes que ficaram bem evidentes para mim quando os corretores foram ver o apartamento.

Os anos seguintes foram muito parecidos. Os gestos foram menos dramáticos, mas ainda apresentavam pequenas surpresas: pistas para caça ao tesouro pela casa, mensagens de amor escritas em bolos, a primeira edição de um livro. Mesmo no ano passado, quando já éramos pais estressados e teimosos de dois meninos, ele fez um cartaz com a ajuda dos meninos.

E agora é o nosso nono dia dos namorados. Estou esfregando o chão embaixo das cadeiras dos meninos.

Ele abre uma caixa de cereal. Tenho que me controlar para não dizer que a) já existe uma caixa aberta e b) por que ele não corta a embalagem em vez de arrebentá-la toda (o que faz com que o cereal se espalhe pela mesa ou se acumule no fundo da caixa, ou caia quando eu for recolher as caixas para levar para o colégio do Rufus, para que eles usem na aula de arte). Não, respiro fundo, vou apenas colocar esses pontos na Lista, que está bem segura no meu computador. E embora o dia dos namorados seja mais uma desculpa consumista, vou deixar de hostilidade com ele. Se eu estiver me sentindo bem generosa, posso dar uns pontos extras para contrabalançar o comportamento dele com o cereal.

Continuo observando-o e aí não resisto mais.

— Você sabe que dia é hoje? — pergunto.

— Segunda.

— É, mas que dia do ano?

— Dia dos namorados.

— Isso, então você sabe — digo.

— Mas você não acredita em dia dos namorados, não é? — pergunta ele. — Ou em romance, ou em flores ou em ser legal com o seu amado, não é? Ou até mesmo em ser educada e dizer bom dia?

— Sim, obviamente eu acho dia dos namorados uma besteira. É você quem sempre se importa com isso.

Ele começa a cantarolar "The Times They Are A-Changing" e vai para o banheiro, me largando com as birras de depois do café da manhã e antes do colégio, com as mochilas que desapareceram e o cereal grudado nas paredes.

Passo o dia pensando no subterfúgio elaborado por ele e em qual será a surpresa que Joel vai fazer para mim naquela noite. Em um ano, depois de termos o Rufus, mas antes do Gabe, ele contratou uma babá para que saíssemos, embora esses arranjos fossem meu departamento, tanto que até teve que olhar no meu celular para descobrir o número da babá. O fato de que ele acabou ligando para a Maria, que foi minha amiga no colégio, e não para a Maria, a senhora polonesa que cuidava do nosso bebê, não importa. E a Maria foi um amor de não ter se incomodado de olhar nosso bebê e ver TV por algum tempo, embora, como contadora, ela devesse ganhar mais do que as 6 libras por hora que pagamos.

A intriga me ocupa o dia todo e me arrumo toda em homenagem à cara de surpresa que vou fazer. Pego as crianças na casa da Deena e fico esperando. E esperando. Joel chega depois que os meninos já foram dormir, depois de uma briga que envolveu a mim e eles dois, o oposto de um abraço em família.

Agora são 10 da noite e continuo esperando. Pela primeira vez em nove dias dos namorados, a surpresa é que não tem surpresa. Ligo meu computador na cama e acrescento mais umas coisas à Lista.

Lista de Tarefas Domésticas de Fevereiro

Arquivo Editar Exibir Inserir Formatar Ferramentas Janela

	A	B
1	Débitos permitidos em fevereiro	2 por dia, total de 56
2	Número total de débitos em fevereiro	73
3	Descrição das infrações	22 cozinha; 13 banheiro; 5 lavanderia; 4 quarto; 9 mulher invisível; 9 responsabilidades de pai; 11 incompetências gerais.
4	Infração do mês	Largar a fralda suja do Gabe no meu lado da cama como se fosse aqueles chocolates que deixam no seu travesseiro nos hotéis. Tipo isso.
5	Pontos positivos	5: três elogios; foi ao peixeiro; limpou o carro sem que eu precisasse pedir.
6	Débito de fevereiro	12 (73 descontando o limite de 56 em fevereiro e 5 pontos positivos)
7	Total restante	88 nos próximos 5 meses (100 menos 12)

5
As chaves perdidas

— Lembre-se que eu vou ao encontro do grupo de leitura hoje à noite — digo ao Joel.

— Mas eu tenho que sair com o pessoal do trabalho. Para festejar a comissão.

— Eu te disse séculos atrás.

— Não disse não.

— Olha aqui, está anotado no calendário — aponto com triunfo e alívio, porque até aquele momento eu não tinha certeza de que estava marcado lá.

— Merda.

— Não fale palavrão.

— Você nem gosta desse grupo de leitura.

É verdade, penso, já foram derramadas lágrimas uma vez, quando alguém questionou a opinião de outra pessoa sobre *A mulher do viajante no tempo* ser o melhor livro que já foi escrito.

— Essa não é a questão — retruco.

— E qual é a questão?

— A questão é que você nunca respeita os meus planos mesmo que eu os tenha feito primeiro, o que é o caso. É como se os meus planos viessem depois dos seus, ou como se fosse minha obrigação exclusiva cuidar das crianças e eu tivesse que pedir sua permissão para fazer outra coisa, enquanto você simplesmente presume que eu estarei aqui para arrumar a bagunça e vai para a rua curtir a noite. Mesmo que eu tenha um compromisso de trabalho, isso também é secundário, e eu acabo não indo ou pagando pelo prazer de trabalhar às noites, já que não podemos colocar despesas com babá nas nossas despesas pagas pelo escritório, mas uma grande quantidade de bebidas, sim.

— Ai, acabou?

— Sim.

— Essa saída não quer dizer que eu vou me divertir. É trabalho — diz ele.

— Ah, é, joga a carta do trabalho. Cruzes, espadas, seu trabalho, meu trabalho, as crianças. Mesmo quando eu tenho um compromisso de trabalho na mesma noite, eu é que tenho que encontrar uma babá e pagar por ela ou tenho que cancelar. O seu trabalho vence sempre, né?

— Ele paga a hipoteca.

— E o meu não? E refresque a minha memória, como é que sair pra beber depois do trabalho paga a hipoteca?

— É importante para o moral.

— Importante que você fique bêbado?

— É — diz ele, bem tranquilamente. — Eu não posso ter a imagem de um estraga prazer.

— Ah, então quando eu não bebo porque estou grávida, amamentando ou dirigindo eu sou uma desmancha-prazeres, é isso?

— Eu não disse isso — suspira ele. — Será que não dá para você arrumar uma babá?

Ai, Deus, ele é imprestável com dinheiro. A razão de sairmos separados é para que um fique tomando conta das crianças e não precisemos pagar babá. É um saco ter que gastar aquele dinheiro todo antes mesmo de tomar um drinque. E eu é que tenho que encontrar a babá — e tenho que pagar também, já que esse tipo de despesa é minha, e é por isso que ele fala que a hipoteca é paga por ele.

O mais irritante é que, embora eu não deteste o clube de leitura, eu não gosto de ir lá o suficiente para gastar 30 libras com babá só para ter o privilégio de ouvir os pensamentos literários das amigas da Mitzi. Digo a mim mesma para respirar fundo.

— Está bem, vou tentar arrumar uma babá — digo. Penso com certa alegria no acúmulo gigantesco de pontos negativos que essa conversa gerou para A Lista. Um ponto por não ter se preocupado em me perguntar se tinha problema ele sair, um ponto por achar que sua saída é mais importante que a minha, um ponto pelo fato de que somente eu pago pelas babás, um ponto pela sua inutilidade geral com dinheiro.

— Obrigado, querida.

Ele parece surpreso com a minha submissão. Ele me dá um beijo na testa de uma maneira complacente e vai pro trabalho sem nem olhar para trás.

Estamos reunidas na casa da Alison, que é a versão sem charme e senso de humor da Mitzi. Sem beleza, carisma ou generosidade. Bom, na verdade, ela é a Mitzi, só que cheia de ressentimento e amargura. E, pelo visto, nada a ver com a Mitzi, com a exceção de que a casa dela é incrivelmente arrumada, porém sem aqueles toques pessoais, aqueles detalhes chiques que salvam Mitzi da chatice total. Alison está dando sua opinião sobre a protagonista do livro desse mês.

— Ela reclamava de tudo, ela tinha sorte de ter uma casa com um jardim.

— Quintal — fala Daisy, querendo ajudar. — Eles chamam de quintal nos Estados Unidos.

— Mas ela tinha tudo: um marido, dois filhos, um de cada sexo; por que ela tinha que ficar reclamando sobre Paris — comenta Alison, com uma voz que só pode ser descrita como a de uma criança fazendo birra. — Por que ela não foi para lá só para ter uma folga?

— Eu acho que essa é a questão toda — digo, embora não me importe muito. — Eles realizaram *o sonho americano*, mas isso não era o sonho dela. Não tem como ficar feliz por realizar o sonho dos outros, não é?

— Mas é um sonho ótimo. Ela poderia calar a boca e se considerar uma sortuda.

— Ela tinha sorte de vestir tantas roupas lindas — diz Daisy. — E tomar tantos martínis.

— E você não leu o livro, né? — pergunto a Daisy. — Só assistiu ao DVD, não foi?

Ela ri. A Daisy é a pessoa mais preguiçosa que eu já conheci. Parece uma das senhoras de um livro da Jane Austen, que não fazem nada sem seus serventes. Isso inclui desde inscrever seus filhos em escolas boas ou procurar um emprego, a limpar os rostos deles ou trocar um macaquinho encardido em ocasiões especiais.

— O filme foi bom — diz ela, desculpando-se.

— Insuportável — digo. — Um exemplo de *cinéma vérité*. Parecia que eu estava presa dentro do meu próprio documentário. Da próxima vez, vou alugar um DVD de ficção científica para me distrair.

— Mas falando sério — diz Alison. — Vocês não acharam que ela tinha sorte? Não precisava trabalhar. Ela só ficava em casa cuidando dos filhos. — Alison trabalha na cidade, com algo que ninguém ainda entendeu bem, não porque isso não gere milhões em salário, mas porque ela está sempre estressada com a sua importância lá. Tem algo a ver com análise de riscos, o que é irônico, já que parece que ela faz de tudo para eliminar qualquer tipo de risco da vida dos seus filhos, como chutar uma bola no parque com medo que algum pedaço de cocô de cachorro possa voar nos olhos deles e cegá-los.

— *Só* fica em casa? — pergunta Mitzi, ao trazer uma cesta de docinhos, que, junto com a garrafa cara de vinho, é a sua contribuição para o lanche dessa noite.

Eu visto uma armadura invisível e me preparo para as granadas que serão atiradas.

— Você tem quatro filhos e duas casas, Mitzi — diz Alison. — Você não se encaixa no perfil de uma mãe que só fica em casa cuidando dos filhos.

— Eu só tenho duas crianças e uma casa — diz Daisy. — E mal saio. Sou uma mãe que fica em casa e vê TV durante o dia.

— Eu trabalho — diz Henrietta, soando orgulhosa como uma criança que começou no colégio. — Mas trabalho de casa. Sou o quê então?

Uma mulher que faz joias de segunda mão para vender em um site de artesanato.

— E eu só ensino duas vezes por semana — diz Beth —, e em uma escola particular, para que eu tenha desconto na mensalidade.

— Isso — aprova Henrietta.

— E a minha terapia é parte do meu treinamento, então conta como trabalho — diz Jennifer. — Estou sempre analisando meu passado para que eu me torne uma psicóloga melhor. É mais exaustivo que trabalhar em um escritório.

As outras cinco mulheres olham Alison com expectativa e eu olho de uma para a outra como se estivesse em um jogo de tênis.

— Ser mãe e trabalhar fora é muito difícil — diz Alison, já sem o ar de quem quer briga, desde que a Mitzi derrubou seus argumentos. — Quer dizer, é difícil para qualquer tipo de mãe, mas ter que sair, ir até um escritório, e ter que trabalhar além de tudo mais...

— Ser mãe é o trabalho mais difícil — comenta Beth.

— As minhas amigas que trabalham falam que vão trabalhar para ter uma folga — diz Daisy. — É mais fácil que ficar em casa.

Deus, me dê forças. Quando que esses clichês vão parar?

— Não existe uma mãe que não trabalhe — fala Henrietta. — O trabalho de uma mãe nunca acaba.

Eu vou intervir quando alguém começar a falar de bolo. Alguém sempre fala de bolo.

— É verdade — diz Alison. — Mas eu tenho que fazer todas as coisas que vocês fazem e também me virar nas negociações financeiras complexas. Se eu cometer um erro, a empresa perde milhões. Se vocês cometerem um erro, o bolo vai solar.

Bingo!

— Mas vocês não acham que a realidade de trabalhar e ser mãe é menos preto no branco do que mães que trabalham contra mães que não trabalham? — falo. — Quer dizer, a maneira que a mídia coloca isso é como se, de um lado, tivessem mulheres de tailleur armadas com pastas e, do outro, mulheres de aventais jogando bolos nas outras. Na realidade, isso é engraçado, porque quanto mais importante é o emprego da mulher, mais ela faz bolos, para compensar.

— E por falar nisso — diz Alison — tchan, tchan, tchan, tchan! — Ela mostra uma bandeja cheia de *cupcakes* com cobertura rosa. Será que as pessoas realmente preferem *cupcakes* à velha e boa barra de chocolate? Parece que tudo que as mulheres almejam e ambicionam se resume a bolos e sapatos. — Eu peguei a Grace no colégio, fiz o dever de matemática dela, trabalhei pelo BlackBerry e assei duas dúzias desses *cupcakes*.

— Ai, Alison, eu fico cansada só de ver as coisas que você faz — diz Daisy.

Eu não vou deixar que desviem a conversa.

— Bom, mesmo assim, na realidade a maioria de nós só trabalha meio expediente, seja em casa ou no escritório, isso não é uma carreira, é só um trabalho. Acho que são uns 75 por cento das mães que têm filhos menores de 5 anos. A maioria de nós apenas vai levando essas coisas, me entendem?

Elas olham com cara de que não entenderam. A Henrietta está mexendo enlouquecidamente em um dos brincos da sua coleção de crochê. Até parece que é um transmissor através do qual, a qualquer momento, ela vai receber instruções do que fazer.

— Vamos lá — diz Alison, ao agitar as mãos, me encorajando.

— Obrigada — digo. — Por exemplo, eu trabalho quatro vezes por semana, dependendo do que estamos produzindo.

— Eu quis dizer "vamos lá pessoal, vamos comer os bolos, eu sei que vocês estão com vontade".

Eu continuo a falar, tropeçando nas palavras devido ao vinho branco.

— A Henrietta trabalha em casa, a Alison trabalha quatro dias fora e um em casa, não é? Mitzi está pensando em abrir o próprio negócio. Todas nós estamos meio que trabalhando, meio que não trabalhando, isso sem falar que nem vamos discutir se cuidar das crianças pode ser chamado de "não trabalhar".

— Nossa, meu Deus — comenta Beth — Eles são uma delícia, Alison. Ai, danadinha você, não resisti.

— Não sei — falo —, essa coisa de guerra entre as mães me parece mais um mito, só isso. A briga não é entre as que trabalham e as que ficam em casa, e sim entre quem tem ajuda para cuidar das crianças ou não. A mãe que não trabalha e que não tem tempo nenhum livre é tão estressada quanto a que trabalha. Só quem tem ajuda para cuidar das crianças é que pode relaxar, como aquelas que trabalham três dias e mesmo assim têm babá em tempo integral. — Estou pensando na Mitzi quando falo isso, mas fico quieta. — A guerra deveria ser entre aquelas que não têm tempo extra e as que têm. Ou ninguém contra ninguém mesmo, na realidade; isso não nos une, só nos divide, vocês não acham? Vamos brigar com os homens, isso sim! — O tom animado da minha voz se dissolve no ar. Há uma pausa.

— Mais *macarrons*? — pergunta a Mitzi.

É sempre assim, sempre fofoquinhas, mas nunca uma conversa de verdade. Quando eu estava na universidade, tinha aquelas discussões filosóficas de bêbados sobre os limites do universo, ou como sabíamos que não éramos robôs, ou se poderíamos estar vivendo na imaginação de outro ser gigante. Hoje em dia, dificilmente eu passo das conversinhas de alguma festa. Quando eu estava na casa dos 20, as bebidas eram fortes, as drogas eram suaves e as conversas conseguiam fluir. Hoje em dia, o vinho é que flui, não há drogas e é difícil de conversar. Quando nos encontramos em festas ou no parque, nossas conversas estão sempre no limite entre um interesse e uma revelação, mas sempre são interrompidas num momento crítico por alguma criança. Tenho a impressão de que nossas frases são ditas por partes, como aqueles ímãs de geladeira de palavras aleatórias os quais temos para ajudar nossos filhos a formar frases, e que, se tivéssemos mais tempo, poderíamos formar frases interessantes juntando essas partes. Entretanto, quando a gente se reúne sem ter as crianças por perto, percebo que essas frases largadas pela metade são mais interessantes do que as completas, já que fica a fascinação pelo que nós teríamos dito. Nossas mentes não param de girar, tentando fazer mil e uma coisas ao mesmo tempo.

Sexo: outra coisa da qual eu e minhas amigas costumávamos falar antes de termos filhos. Essas conversas eram até melhores do que o sexo em si. Uma visão lubrificada dos quartos dos outros, competições para ver quem conseguia colocar uma banana toda na boca, discussões detalhadas sobre o que faz uma pessoa boa de cama. Quando nos conhecemos, eu a Mitzi éramos jovens e solteiras. Olhando para ela hoje, a mesma graciosa anfitriã de sempre, mesmo na casa dos outros, é difícil de imaginar como era caótica e hilária a juventude promíscua dela. Ninguém consegue contar uma história sobre o dia seguinte de um encontro como a Mitzi. Naquela época, ela era pobre e largada e, mesmo assim, ainda com o vestido da noite anterior e a maquiagem borrada, ela tinha estilo. Você tinha vontade de ir trabalhar com a maquiagem da noite anterior e vestindo roupas de dois dias antes só de vê-la assim. Sua risada era tão suja quanto suas roupas. E suas histórias... "O pequeno polegar" que nunca cresceu o suficiente, o cantor popular que gostava de chupar bonecas, o comediante que fazia com que ela assistisse aos vídeos dos concorrentes dele e dissesse que ele era mais engraçado enquanto eles transavam, as metáforas sobre carne usadas para descrever a anatomia de um chefe de cozinha que hoje em dia é famoso. As piadas sobre como nossos filhos leem nunca serão tão engraçadas.

Todas nós estamos brincando de dança das cadeiras para ver se conseguimos não ficar ao lado da Alison, já que ela tem o dom de reclamar sobre o quanto trabalha e consegue estressar qualquer um. Ela tem um talento especial para denegrir a imagem do seu marido e dos seus filhos, ao mesmo tempo em que ela os elogia.

— Estou de saco cheio do Oliver — diz ela sobre seu menino de 6 anos — sempre me torrando a paciência para saber qual o tipo de nuvem é aquela no céu. Aí eu comprei a versão completa do livro O *hobbit*, e ele leu tudo em dois dias. Ele pensa o quê? Que dinheiro dá em árvore? E a Grace — ela suspira ao pensar na filha de 4 anos. — Acho que as pessoas não entendem que ser um gênio é tão difícil quanto ter autismo ou transtorno do déficit de atenção.

— Você lembra — pergunto a Mitzi — de quando nós falávamos sobre sexo? — A Daisy me escuta e começa a rir. — Você lembra de quando nós fazíamos sexo? No cu que isso acontece hoje em dia.

Mitzi segura uma risada.

— No cu? Bom, será que isso quer dizer que é lá que acontece hoje em dia? — pergunto. — Escolha infeliz de palavras.

Ela dá uma risadinha. Será? Bom, acho que é uma maneira de evitar engravidar.

— Deixa de mistério, Mitzi, conta.

— Não acho que precisamos saber sobre a vida sexual dos outros — diz Alison, mas todas a ignoram.

— Ah, precisamos sim — digo. — Mitzi contava as melhores histórias quando nós éramos mais jovens. Lembra daquela vez com aquele chefe e o cogumelo gigante? Um que foi achado na floresta mesmo.

— Acho que não precisamos lembrar disso — diz ela. Claro, tudo isso está no passado e essas mulheres só a conhecem no presente, como uma dona de casa e esposa elegante. — Apenas digamos que — comenta ela com Daisy e comigo — a idade não tem atrapalhado minhas atividades com Michael no leito. — Leito é a palavra certa. O quarto dela é cheio de cortinas de luxo, uma cadeira de veludo e uma cama tamanho gigante daquelas que você vê nos melhores hotéis.

— Mas você tem quatro filhos — fala Daisy — e dois são gêmeos. Como você tem energia?

— Prioridades.

— E ajuda de uma equipe de funcionários — comenta Alison, juntando-se ao grupo.

— E dormir? Não tem como os seus funcionários descansarem por você. Não tem como dar um jeito em tudo — diz Daisy.

— Sem falar de sexo com seu marido — falo —, embora eu realmente ache que você deve conseguir dar um jeito nisso.

— Talvez eu devesse — diz Daisy.

— Ai, por favor, será que a gente tem que falar disso? — pergunta Alison, e nós continuamos ignorando-a.

— Fala sério, Mitzi, que tipo de atividades você faz no quarto, desculpe, no leito? — pergunto. — Por favor, nos inspire.

Ela ri enigmaticamente. Nos velhos tempos, ela começaria a contar detalhes, mas desde que eu me envolvi com o Joel, ela ficou cheia de segredos. Ela faz aquela cara, a mesma de quando ela fala sobre o meu marido, que dá a entender que há coisas que nós nunca saberemos.

— Vocês têm que usar a imaginação.

A imagem do Michael, todo homem alfa, cabeludo e grande me vem à cabeça.

— Prefiro não usar a imaginação.

— Eu quis dizer que vocês têm que usar a imaginação com os seus maridos — diz ela. — Você não faz isso com o Joel, Mary? Sinceramente, não vejo por que o sexo não pode melhorar com a idade.

— Existem vários motivos — digo.

— Ou dois motivos, no meu caso — diz Daisy. — Três, se você incluir meu marido.

— Só se vocês deixarem. Como eu disse, é uma questão de prioridade, e eu escolhi dar prioridade à minha vida sexual. O Michael é um homem muito poderoso, e eu tenho que garantir que esse poder todo seja saciado, e que eu ainda sou atraente sexualmente para ele tanto quanto no dia em que nos conhecemos.

É, quando ele ainda era casado com outra mulher, penso.

— Continue — digo.

— Eu faço o possível para que minha aparência e meu comportamento não sejam largados.

Aposto que até as calcinhas da Mitzi são supercaras. As minhas ainda incluem algumas da época do pós-parto e alguns sutiãs de quando amamentava. A Becky gosta daqueles sutiãs, diz que parecem esportivos, sustentam. Qual será o tipo de lingerie que a Cara veste? Sensual ou comum? Talvez seja bem antiquado e sensual, tipo Rita Hayworth.

— Sei não, viu, Mitzi? Isso me parece um tanto quanto mulher submissa — digo. — Essa história de servir às necessidades do marido.

— Acredite — ela diz com aquele sorrisinho de novo —, não sou eu quem se entrega sempre.

Isso é prova do quanto aqueles dias de troca de ideias sobre sexo estão no meu passado. Não tenho a menor ideia do que ela está falando.

Mas eu e Mitzi não falávamos só sobre sexo quando nos conhecemos, falávamos de tudo. Era uma daquelas amizades parecidas com se apaixonar por alguém, passávamos as noites em claro trocando ideias e eu pensava em coisas legais para contar a ela.

Era meu primeiro dia de trabalho no meu primeiro emprego de verdade. Eu imaginava que trabalhar na televisão seria superchique, uma imagem que foi por água abaixo nas minhas entrevistas quando vi como as pessoas se vestiam. Meu trabalho consistia em digitar coisas, nada mais, mas eu me achava super poderosa só por estar naquele prédio.

Essa animação toda foi diminuindo logo na primeira hora de trabalho. Minhas bochechas doíam de tanto sorrir e meu cérebro estava enlouquecendo de tantos nomes novos para guardar. Hoje em dia eu sei que sempre tem os mesmos tipos de gente nos escritórios, que o palhaço do grupo sempre será meu amiguinho, mas naquela época tudo era novo e cansativo para mim.

As pessoas chegavam perto de mim e eu sorria de novo, mas eles sempre perguntavam pela Mitzi. E eu nem sabia quem ela era.

Aí ela apareceu e eu soube que era ela. Parece besteira, mas é como se ela estivesse acompanhada de um coro e de uma luz especial. Eu queria tanto ser sua amiga que mal conseguia olhar para ela.

Nem acreditava que ela poderia gostar de mim e só de ser convidada para almoçar com ela já era suficiente para eu mostrar o melhor de mim. Pensando nisso, acho que devo ter me tornado um tanto quanto obcecada com ela, me vestindo de forma parecida e passando a me interessar por sapatos. A primeira vez que perguntou se eu queria ir fazer compras com ela no final de semana foi como ser pedida em casamento. Nosso passeio pelas lojas foi uma versão modesta daquela cena de *Uma linda mulher*, com ela me vestindo com estilo.

Um dia, ela estava fora e eu atendi a uma ligação na sua mesa. As ligações pessoais que ela recebia eram de homens, mas essa era uma mulher, com uma voz mais velha e um sotaque que eu não sabia de onde vinha. Ela foi educada, mas parecia que estava implorando um favor.

— Você dá um recado para a Mitzi? — perguntou ela.

— Sim, claro.

— Mas se assegure de que ela vai receber o recado mesmo. Eu acho que ela não tem recebido meus recados.

— Tenho papel e caneta bem na minha frente.

— Diz para ela ligar para a mãe dela. Anota o número, caso ela não tenha.

Desliguei o telefone e me senti envergonhada, parecia que eu tinha me intrometido em algo muito íntimo. Quando ela voltou, eu dei o recado e ela ficou visivelmente nervosa.

— Merda — disse ela, com uma daquelas vozes de veludo que podem dizer qualquer coisa. — Ela voltou. Sabe do que mais? Em homenagem à minha mãe, acho que a gente deve sair hoje à noite e encher a cara.

Mais tarde, depois de gastar o dinheiro que não tínhamos com bebidas, ela me contou:

— Eu não gosto de falar sobre isso, então você tem que guardar segredo.

— Claro — disse, entusiasmada.

— Minha mãe é viciada em amor.

Hoje em dia os famosos vivem dizendo que são viciados em sexo, mas naquela época ninguém falava disso. Soava muito chique. Era difícil imaginar os meus pais viciados em qualquer coisa, embora eles ficassem um pouco nervosos se perdessem dois capítulos da novela.

Eu assenti, sem querer admitir a minha ignorância.

— E como se manifesta o vício dela?

— Homens, claro.

— Sei.

— Não sabe. Ela teve cinco filhos com quatro homens.

— Sério? Deve ser legal ter tantos irmãos.

— Todos são meio-irmãos. Eu sou o única fruto de um pai bonito.

Claro que a Mitzi tem pais bonitos.

— E quem é ele?

— Um construtor local. Ela largou o pai do meu irmão e da minha irmã por ele. Eu sou o fruto de sua primeira transgressão. Mas claro que não durou. O seguinte foi um velho rico. Vários depois dele. Esse de agora já dura uns dez anos, mas se ela me ligou é porque deve estar mal com ele.

— Você se dá bem com o restante da sua família?

— Você tem ideia do que é ter irmãos muito, muito mais ricos que você?

— O quanto mais ricos?

— Muito mesmo. O primeiro marido da minha mãe não tem queixo mas é dono de uma grande parte da área de Somerset. Os filhos dele não gostam de mim porque minha mãe largou o pai deles pelo meu e, sinceramente, eles não são lá grande coisa. O pai da minha irmã mais nova já morreu e deixou dinheiro suficiente para ela comprar um apartamento quando acabar a faculdade. O Jake é pobre como eu, mas tem os cílios mais lindos que eu já vi.

Fiquei imaginando como eu me sentia quando a Jemima ganhava um presente de Natal melhor do que o meu e multipliquei por cem, para imaginar o que seria ter irmãos bem mais ricos.

— Que complicado.

— Você não tem ideia. Sinceramente, Mary, a minha infância foi como a de um romance da Catherine Cookson. Eles chegavam, tinham um filho com ela e iam embora. Entre um e outro, sempre havia alguns homens. Ela sempre tinha que estar "apaixonada", sempre de quatro por um homem, como se eles fossem os mocinhos dos livros. Tão imaturo. O amor não é assim.

— Não, não é — digo, sem saber, já que não tinha me apaixonado até então. — E como você lidou com isso?

— Eu sou esperta — disse ela, como se eu não soubesse.
— Em qualquer lugar que nós morássemos, eu sempre ficava amiga da menina que tinha uma família estável. Aquelas donas de casa me adoravam. Elas assavam bolos e faziam sobremesas todos os dias. É um milagre que eu não tenha engordado. Então eu basicamente morava com eles, até a gente se mudar de novo.

— Nossa, Mitzi, eu não imaginava isso. Você parece tão confiante.

— Eu saí de casa o mais cedo que pude. Fui embora quando tinha 18 anos e tenho me virado sozinha desde então. Vou te dizer uma coisa: os meus filhos nunca serão pobres.

— Então você vai tentar ganhar muito dinheiro?

— Ou me casar com alguém com muito dinheiro — disse ela, levantando o copo como se fizesse um brinde.

No dia seguinte, no trabalho, Lily está na sua mesa, suspirando bem alto. Eu a ignoro. Ela continua suspirando, de uma maneira que começa a parecer que está gemendo.

— O que foi?

— Ai, a minha ideia, sabe, aquela sobre casa suja. Eu já devia ter acabado de escrever sobre ela.

— Aquela que veio da minha ideia sobre o desequilíbrio entre os sexos dentro de casa?

— Foi mesmo?

— Sim, eu disse que deveríamos fazer algo de forma que o relacionamento entre os casais se concentrasse nas divisões das tarefas domésticas. E de alguma forma isso virou o seu reality show sobre casa suja.

— Ah, é. Bom, então você pode me ajudar com a ideia.

— Mas não com o formato. Talvez com a base do programa. Olha só — digo ao abrir um arquivo na minha tela. — Tenho coletado alguns dados a esse respeito e informações sobre os níveis atuais de participação das partes.

Ela dá uma olhada.

— Mas as pessoas realmente brigam mais por causa disso do que por dinheiro?

— Com certeza. É mais importante do que sexo.

Ela faz cara de quem não acredita.

— Faz o seguinte, eu escrevo a introdução e você se concentra no formato do programa.

— Obrigada, Mary, você é o máximo. Dá para você fazer até amanhã, né?

Claro, já que eu não vou sair hoje à noite.

— Sem problema.

O mês do Joel não está sendo bom. Ela já usou toda a sua cota de março e o mês nem está pela metade. O fiasco do grupo de leitura naquela noite acrescentou cinco débitos. Ele não chegou em casa a tempo de dar banho nos meninos nem uma vez e, quando foi ensinar nosso filho mais velho a jogar videogame, ele perdeu o cabo que liga o aparelho de DVD à televisão, ou seja, não posso mais assistir aos meus DVDs. Ele já usou a palavra "hormônios" três vezes em frases do tipo "Não são os seus hormônios?", seguida de uma virada de olhos.

Dou uma olhada em sua gaveta: três lenços sujos enrolados (um deles tem uma crosta que parece ser muco seco), dois recibos de almoços — que custam muito mais do que os meus com a Becky —, algumas moedas estrangeiras e um pacote de papel para embrulhar tabaco. Esses recibos nunca serão convertidos em despesas, o que é mais um débito na Lista. Talvez ele não se preocupasse com dinheiro porque, até ter filhos, isso nunca foi um problema. Ele recebia uma espécie de pequena mesada graças a um fundo de investimentos criado pelos antepassados da Ursula. Somando isso ao jeito largado dele, Joel nunca precisou se inquietar com dinheiro. Sorte dele, pôde ficar tocando com a banda durante vários anos e arranjar um emprego apenas quando precisava.

Meu Deus, a banda. Tem uma seção inteira na Lista dedicada ao The Spitz (em homenagem ao nadador Mark Spitz, aquele que tinha o recorde de medalhas em uma olimpíada até o Michael Phelps aparecer). Cada vez que um dos antigos membros faz 40 anos, eles se encontram de novo em Londres, o que exige várias sessões de ensaio. Claro que esses acontecem nos finais de semana e à noite, e eu fico sozinha para cuidar das crianças. Não consigo imaginar nenhuma atividade que uma mulher possa fazer que lhe dê chance de sair de casa sem ser questionada. "A mamãe vai sair para ir ao curso de escrita criativa de novo"; "mamãe vai sair para tricotar de novo".

— Poxa, cara, você está bloqueando minha criatividade — diz Joel, já debochando dele mesmo, sempre que eu decido dar um fim às suas saídas com a banda, quase como se reconhecesse o quanto é ridículo um bando de homens de meia-idade tocando músicas new age-punk-indie.

Música é uma coisa que não só invade as suas obrigações com as crianças mas também os meus sentidos, já que estou me sentindo delicada neste sábado pela manhã. Troco a estação do rádio e só ouço estática.

— Que saco, você mexeu no rádio de novo — pergunto, ao mudar de volta para a música suave da BBC Radio 4.

— E desde quando você virou uma velha?

— Sempre serei mais jovem que você.

— Tecnicamente.

— Ouvir rock — digo, ao fingir que toco guitarra — não vai te fazer jovem.

— Ouvir isso também não.

— Sabe do que mais? Eu acho que você deveria deixar o cabelo e a barba crescerem e vestir uma camiseta de banda. Os meninos iriam achar que o pai deles é, tipo assim, supermaneiro.

— Sabe, meu amor — diz ele —, acho que o momento em que me apaixonei por você foi quando estávamos no carro e você aumentou o volume do rádio. Você foi a primeira mulher que conheci que aumentou o volume, em vez de abaixar. E eu lembro que pensei que você era o tipo de mulher com quem eu pudesse passar o resto da vida ao lado. — Ele suspira.

— Pois é, as coisas mudam. Embora não muito. Já que estamos falando de música, por que não falamos daquelas caixas cheias de discos na sala? Você não os escuta mais, por que ainda estão ali?

— Eu gosto de olhar as capas. Eu me excito ouvindo o barulho que elas fazem quando eu mexo nelas. Tenho que me excitar com alguma coisa. — Ele olha na minha direção.

— E não dá para você se excitar colocando elas em caixas de plástico e levando-as para o sótão? — O sótão é o purgatório onde as nossas coisas vão para passarem alguns anos no limbo antes de serem doadas.

— Não faz isso.

— Mas você está vendo todas as coisas que temos hoje em dia. Os meninos precisam de mais espaço para brinquedos e livros. E não são só os discos. São os programas das peças, os ingressos, as edições antigas de revistas. — Como posso fazê-lo entender que não faz sentido ter caixas cheias de discos que não são tocados e revistas velhas que não são lidas? Sem falar no armário repleto de blusas com golas rasgadas e estampas extravagantes que ele se recusa a jogar fora. — Nossa casa não é grande como a da sua mãe. Por falar nisso, por que você não leva tudo isso para lá? Seria perfeito.

— Mas o problema não é o tamanho da casa — diz ele com ressentimento. — Mesmo que morássemos em um palácio, você pediria a mesma coisa.

— Por favor.

— Está bem.

— Isso quer dizer sim? Você vai levar essas coisas para lá?

— É.

— Quando?

— Depois. Relaxa, Mary.

Ele não vai fazer isso. Abro a boca para pedir de novo. Ou para "encher o saco", essa é a expressão usada quando uma mulher pede uma coisa mais de uma vez. Em vez disso, digo que está bem. Mais um débito para A Lista.

Meu humor não melhora muito depois do almoço, quando a campainha toca. Isso me deixa em pânico, como antigamente, quando o menino de que você gostava te via na banca de jornal sem maquiagem e de calça de pijama. Se as casas fossem pessoas, nesse momento, a minha seria aquela senhora louca de cabelo bagunçado empurrando um carrinho de supermercado cheio de jornais. A lixeira dos recicláveis já foi esvaziada e todo o seu conteúdo está espalhado pelo corrimão e pela escada, na tentativa de criar uma pista de escorrega até o hall.

— Gabe — diz Joel para seu filho caçula. — Não inventa, isso não vai dar certo.

O Gabe continua a mexer em uma parte da pista, formada por um tubo de papelão que veio dentro de um papel de embrulho e algumas garrafas d'água.

Eu fico parada tentando decidir qual parte da casa limpar e se devo ignorar a campainha. Mas ela toca de novo.

— Já vou — berro —, só um momento.

— Por que você estraga tudo, Gabe? — reclama o Rufus. — Você estragou tudo. — Ele sai da sala batendo os pés e se joga na cama por uns dez segundos até voltar com uma bolinha de gude gigantesca, que desce ricocheteando pela escada até parar na esquina da entrada da casa, junto com as botas e cachecóis.

— Funcionou?

Joel afirma que sim antes de subir as escadas pulando os degraus.

Dou uma olhada na cozinha ao ouvir a campainha mais uma vez. No chão, há arroz nos pés das cadeiras dos meninos, embora sejam montinhos menores que o montinho da cadeira do Joel. Uma cueca de criança (limpa, graças a Deus) está perto do fogão. Tem cereal no chão e roupas secando em cima dos aquecedores. Chuto para o lado o que dá e vou até a porta, na esperança de que seja alguém tocando a campainha errada ou alguém vendendo produtos de limpeza.

Não é, e quase não consigo esconder a surpresa ao ver a visitante.

— Olá, Alison.

— Meu Deus, mas o que você estava fazendo? Achei que não ia atender. Estou interrompendo algo? — pergunta ela, ao tentar espiar pela porta.

— Não, imagina, não mesmo. — Será que ela acha que eu me inspirei nas coisas que a Mitzi falou e estava tentando dar uma apimentada na minha vida sexual durante o dia? Quando ela vir que não é roupa de baixo e sim uma cartela de ovos largada no chão, ela vai mudar de ideia. — O que você está fazendo aqui? — Nós nos conhecemos, mas não somos realmente amigas, não o tipo de amiga que aparece na sua casa sem avisar. Estou quase dizendo "não que não seja um prazer te ver" quando percebo que seria uma mentira, então fico quieta.

— Acabei de deixar o Oliver numa festa de aniversário aqui perto e o Chris, pelo menos uma vez, está cuidando da filha dele.

— Que bom.

Ela está sempre furiosa com alguma coisa. Perto dela, eu sou a Poliana. Bom, às vezes.

Ouço gritos e bolinhas de gude rolando. Tento abrir a porta mais um pouco, mais uma patinete está no caminho. Tenho que olhar pelo espacinho que me sobra ao abrir a porta, como uma senhora que não tirou a correntinha. Embora seja assim mesmo que eu me sinta, já que a Alison tem sempre um olhar zangado e consegue fazer com que a gente sinta pena dela ao mesmo tempo que quer competir com ela.

— Na realidade, eu trouxe uns presentes — diz ela, ao sacudir uma sacola na minha cara. — Você comentou como o Rufus estava com dificuldades ao ler...

— Não, não é que ele não seja bom nisso, ele só tem receio...

— Então eu trouxe todos os nossos livros de iniciantes.

— Mas a Grace não vai precisar deles? Ela é um ano mais nova que o Rufus.

— Não, ela aprendeu a ler sozinha aos 3 anos. Agora ela está lendo os livros da *My Naughty Little Sister*. Até o final desse ano ela vai querer ler os livros do *Harry Potter*.

Coloco minha mão para fora para alcançar a sacola, mas ela está tão cheia que percebo que não vai passar pela porta se esta não for aberta um pouco mais. Eu a puxo com força para abrir e Alison acha que isso é um convite para entrar.

— Uau — digo —, algumas horas sem as crianças. Você deve ter tantas coisas que gostaria de fazer.

— Com certeza. — E ao dizer isso ela entra de vez na minha casa. Lembro que a Mitzi dizia que a Alison ligava para ela e ficava horas no telefone e nós pensávamos em quem seriam os amigos de verdade dela, até Mitzi entender um dia que Alison a considerava uma amiga de verdade.

— Meu Deus — diz Alison ao ver o carpete na entrada, cheio de gorros, luvas e até um traje de banho. — Você foi roubada?

Esse é o tipo de humor dela.

— É o final de semana. Se eu soubesse que você passaria aqui...

Ouço um berro do alto da escada.

— Um, dois, aí vou eu... — berra Joel, seguido de um barulhão à medida que Rufus desce escorregando dois lances de escada em um saco de dormir do filme *Carros*, tentando ser mais rápido que a bolinha de gude. Ele e a bolinha de gude caem aos pés da Alison.

Joel e Gabe vêm descendo logo atrás dele.

— Cuidado nas escadas — digo.

— Eu sei.

— Não você, Joel, o Gabe. Desliza sentado, meu amor.

— Funcionou? — pergunta Joel ao Rufus.

— Sim, vim até o pé da escada, e não tive que empurrar nenhuma vez e ganhei, ganhei da bolinha de gude, ela estava indo bem rápido e eu também.

— Você se lembra da Alison, não é? — pergunto, embora a gente só se refira a ela como Hulk.

— Claro, já fomos apresentados — diz ele. — Você quer experimentar o nosso escorrega? Vai do topo da casa até o chão do térreo e passamos duas horas montando ele. Olha só, todo feito de coisas recicláveis.

Imagino que ela não vai se impressionar, já que parece que a lixeira dos recicláveis está completamente espalhada pela casa, mas ela dá risadas. Umas risadas bem faceiras.

— Parece um barato. Você é um amor, Joel. Que pai incrível que você é. Você tem sorte, Mary. Quem me dera que o Chris fizesse algo assim, embora eu ache que nesse momento ele está tão ocupado tentando conseguir mais clientes que não tem tempo para se ocupar construindo um escorrega tão legal quanto esse. Eu disse que o bônus que ele vai ganhar no final do ano vai ser um recorde? Incrível, mesmo com toda essa crise.

Ela anda na direção da cozinha, parando apenas para tirar um pedaço de maçã que ficou preso no seu sapato.

— Fazer o quê? É o final de semana — digo de novo.

— Sabe que eu admiro o quanto você não se estressa com arrumação? Eu nunca conseguiria deixar minha casa ficar assim.

— Bom, para ser sincera, eu também não gosto. Adoraria que não fosse assim.

— Você já tentou ir arrumando à medida que as coisas ficam bagunçadas?

— Mas esse estado é depois de fazer isso. Se eu não tivesse arrumado algumas coisas, você não teria conseguido entrar aqui. Bom, na verdade, você mal conseguiu.

— Coitada de você, não deve ser fácil.

— Não é tão difícil assim, a minha casa só não é tão imaculada quanto a sua.

— Quer saber o segredo?

— Tem um segredo?

— Claro. Quer que eu conte?

E nós duas nos aproximamos.

— Claro — sussurro.

— Você está preparada?

Aceno com a cabeça.

— Vai mudar a sua vida.

E pode até salvar o meu casamento, penso.

Não sei o que eu esperava que ela fosse revelar. Talvez algum tipo de vodu, algum tipo de feitiço que reunisse fadas para limpar a minha casa. Ou que a família dela não come comida comum, eles se alimentam via intravenosa, o que ajuda muito na hora de comprar e fazer comida. Ou que as roupas que eles usam são feitas pela NASA, e repelem sujeira e germes. Talvez que eles sejam alienígenas e não precisem fazer bagunça ou limpar nada. Ou que ela tem um robô que faz tudo isso para ela, ou última hipótese, que ela tem um imigrante ilegal que mora escondido debaixo da escada e faz tudo isso.

Mas o que ela faz é escrever um nome em um pedaço de papel.

— O que é isso? — Talvez o nome de um guru. Uma deusa que possa vir aqui e, ao mexer a varinha de condão, arrume todos os cabos largados pela sala e todas as roupas velhas em uma caixa para serem doadas.

— É um site. Para gente como você. Eu também era assim, Mary, mas eu consegui mudar. E você pode também, e vai ter uma casa arrumada. E vai ser mais feliz também. — Ela falou como o pessoal dos Alcoólicos Anônimos, o problema é que ela ainda é uma das pessoas mais ranzinzas que eu conheço.

— E esse site te deixou mais feliz?

— Com certeza. Eu sou tão calma hoje em dia, pergunte a qualquer um. Você não acreditaria, mas eu berrava com a minha família o tempo todo. Mas, agora, nós vivemos na paz.

— Às vezes — digo —, parece que essa casa é a manifestação física da minha mente, e tudo é irregular e confuso, e se a minha casa fosse esse espaço branco e vazio, aí a minha mente seria isso também. Mas vazia no bom sentido.

O celular dela toca.

— Ai, pelo amor de Deus, Chris — berra ela. — Eu estou pedindo que você tome conta da Grace por duas horas. Será que é pedir tanto assim? Está no armário perto da porta, claro, onde sempre esteve... o que você saberia se alguma vez tivesse levado sua filha ao parque. Eu volto às 6, será que você dá conta até lá? Ah? É muito para você? E como você acha que eu me viro quando você viaja nos finais de semana? Engraçado isso, né? Eu que ganho mais e mesmo assim ainda tenho que fazer mais dentro de casa.

Ela coloca o telefone no bolso e olha para mim com aquela cara de quem entende bem o que estou passando.

— Dá uma olhada — repetiu ela. — Eu acho que você realmente precisa.

Pego o computador praticamente tremendo de tanta ansiedade. Entro na página que a Alison me indicou. Me diga alguma coisa boa, falo silenciosamente com o computador, por favor, me diga alguma coisa boa.

Em vez da mágica que eu estava esperando, me deparo com uma das páginas mais bagunçadas que já vi, com exclamações do tipo "Arrume a bagunça", "Um programa novo para executivas do lar" e "Pias brilhantes e felizes". Tudo isso me confunde. Será que é esse mesmo o grande segredo que a Alison disse que tinha?

Embora eu esteja louca para voltar para A Lista e anotar as transgressões de hoje, continuo lendo. Navego por um mar de exclamações tentando entender o que elas querem dizer. Finalmente descubro que o site fala de um sistema pelo qual a sua casa estará sempre arrumada, como se estivesse esperando visitas, e você só tem que passar 15 minutos por dia trabalhando nisso. Eles descrevem várias histórias de pessoas que tentaram esse método e mudaram suas vidas e suas casas, simplesmente fazendo a "dança da limpeza", na qual os executivos do lar vão jogar fora o máximo de coisas durante os três minutos de uma música. Outros falam de eliminar suas "áreas tóxicas", algo que eu não faço desde que era adolescente e tinha espinhas. Todos escrevem como a criação do "carnê dourado", um fichário com listas de coisas a serem feitas e zonas da sua casa, cujo nome foi inspirado em um livro da Doris Lessing, mudou suas vidas.

Continuo lendo, na esperança de descobrir como posso inspirar as outras pessoas que moram na minha casa a se interessarem por se livrar da bagunça, mas ao mesmo tempo me questiono como as mulheres que criaram essa página não pensaram em se livrar do excesso de pontos de exclamação em tudo que escrevem. Dou uma olhada nas sugestões para limpar privadas e para se divertir ao jogar coisas fora e fico com saudades da simplicidade da Lista. A minha Lista.

Mas será que todas essas mulheres (e são todas mulheres) estão enganadas? A Alison disse que mudou a vida dela. Ela foi de Hulk a Mulher Maravilha. Quem sabe eu também não mudo? Acabo me inscrevendo para receber os e-mails sobre como "fazer o sistema funcionar" e resolvo dar uma chance para "dizer adeus à bagunça" por uma semana.

Dia 1. Assim que acabei de ouvir minhas mensagens no trabalho na segunda de manhã, percebo que tenho 39 e-mails das minhas novas amigas do "Adeus bagunça". Antes de lê-los, já estou sem entender nada. Como é que eu posso ter tempo para arrumar a casa se tenho que passar tanto tempo lendo esses e-mails?

E logo descubro que já estou atrasada. Eu deveria ter acordado meia hora antes das outras pessoas da minha família para deixar a privada brilhando e ter tempo de me maquiar.

Estou franzindo a testa olhando para a tela quando sou interrompida pela Lily.

— O Matt pediu para eu te dizer que ele quer todos os custos adicionados ao calendário até o final do dia. Algo assim.

Ao mesmo tempo em que ela fala, estou lendo que tenho que "esvaziar a máquina de lavar louça agora! Sem corpo mole, querida!"

— O que você disse, Lily?

— Sei lá. O Matt disse algo sobre custos e calendário, que ele precisa deles.

— Eu vou fazer. Caso você o veja, pode dizer que está tudo sob controle. — Ao ler o 14º e-mail delas, percebo que não tenho meus armários organizados. Pelo visto, minha vida jamais será organizada se eu não organizar meus armários primeiro. Elas falam até de um "armário para casacos", imagino que deva ser o que as outras pessoas têm perto da porta de casa, no lugar de um armário que tem todo o tipo de roupas e acessórios para frio, chuva e neve, como eu tenho. Sem falar em tirar o pó da parte de baixo das cadeiras da mesa de jantar. Eu mal tenho uma sala de jantar. E será que eu realmente tenho que fazer o meu próprio purificador de ar, com folhas de menta e de rosas?

Passo o dia todo tentando ser duplamente eficiente. Como uma executiva do lar e como uma gerente de produção de uma empresa independente de televisão. Mal olho meus e-mails com medo de me deparar com mais exclamações dizendo para limpar a gaiola dos meus passarinhos ou que eu tenho que me amar. Ai, Jesus, elas estão certas, eu realmente devia limpar os brinquedos que os meninos levam para a banheira com mais frequência, para evitar que fique uma gosma estranha dentro deles. E se eu tivesse uma área de serviço eu iria lá e olharia atrás das máquinas de lavar e de secar roupa para ver se achava meias perdidas.

Bom, já que eu ainda não tive tempo de comprar o fichário para fazer o meu "carnê dourado", rabisco uma listinha de coisas e vou para casa cheia de vontade de experimentar esse sistema.

Mal tenho tempo de falar com as minhas crianças, de tão entusiasmada que estou para começar a fazer as minhas tarefas. Na tentativa de limpar a bagunça, me vi obrigada a jogar fora o desenho que Gabe trouxe para mim. Ele não gostou, mas essa coleção de desenhos e afins é às vezes mais para dar paz aos pais que para estimular o lado artístico da criança. E, para ser sincera, os desenhos não eram lá grande coisa.

Durante o jantar, coloco jornal embaixo das cadeiras deles e os mando jogar as folhas sujas de jornal fora quando acabarem de comer. Também jogo fora os lencinhos úmidos que usei para deixar a privada brilhando e a planta que a Ursula me deu no Natal, que já está morrendo. Aí percebo que tenho que tirar o lixo, já que a lixeira está lotada dos frutos do meu trabalho. Fico com vontade de jogar o Joel fora também quando ele chega em casa e me manda "ficar relax". Meu querido marido, falar que nem adolescente não é legal.

Dia 2. A casa não está com uma cara melhor. Estou perdendo tanto tempo fazendo um "carnê dourado" que fico sem nenhum minuto para me embelezar. Passo o dia no trabalho tentando balancear o orçamento que já foi reduzido de novo e revisando a lista da equipe, antes de chegar em casa e tentar purificar uma das zonas do meu lar. Caio exausta na cama depois de arrumar a sala, a cozinha, colocar a mesa para o café da manhã e planejar o que será servido naquela refeição. Escolhi cereal. Mas o meu trabalho ainda não acabou. Ainda devo refletir sobre as minhas conquistas e escrever uma lista das coisas pelas quais sou grata, além de arranjar tempo para o meu "mq", ou marido querido. Mas esse último é eufemismo. Portanto não faço isso. Também não durmo com "um sorriso no rosto".

Dia 3. Preciso: colocar fertilizante nas plantas, escrever cartões de agradecimento, comprar comida, organizar as finanças e trocar as lâmpadas queimadas. Tenho que dizer a todas as pessoas da minha família que eu as amo, e uma coisa a respeito delas que eu adoro. Tenho que dizer a mim mesma que me amo, e achar cinco coisas a meu respeito que eu adoro.

Mas o que eu faço de verdade? Berro.

Parem, parem, parem, suas mulheres idiotas! Larguem do meu pé, parem de encher o meu saco! Por que ficam em cima de mim o dia todo? Pelo amor de Deus, parem. Será que realmente importa que eu não lavei o tapete na quinta-feira? Vocês são loucas. Que se foda isso tudo (tenho certeza de que o pessoal do "Adeus bagunça" odiaria que sua executiva do lar tivesse uma boca tão suja).

Levo as mãos à cabeça. Ainda bem que eu não fiz a "escova perfeita", então não tem problema se meu cabelo ficar bagunçado. Ao mesmo tempo que admiro a Alison, tenho pena dela. Não é à toa que ela está sempre tão mal-humorada. Estão enchendo o saco dela eletronicamente o dia inteiro. E ela está concordando com tudo. Se eu continuar com isso, vou ficar mais louca do que antes.

Resolvo abandonar esse site e limpo a minha caixa de entrada de todos os e-mails delas, 103 no total, desse povo que parece que está nos anos 1950. Respiro fundo. Bom, elas estão certas a respeito de uma coisa, faz bem se livrar de lixo.

Abro o arquivo da Lista, que tem sido ignorada há três dias. É tão organizado e bonitinho que me dá vontade de beijar a tela. Uma coisa que as mulheres do "Adeus bagunça" esqueceram de sugerir é que os maridos, ou os "queridos", também se envolvessem na limpeza. A Lista faz isso. Acho que devo patenteá-la e fazer um site para que todas as pessoas em situações semelhantes à minha possam organizar suas vidas. E quem sabe A Lista não vai acabar me ajudando a jogar fora o maior de todos os pedaços de lixo.

Lista de Tarefas Domésticas de Março

<u>A</u>rquivo <u>E</u>ditar E<u>x</u>ibir <u>I</u>nserir <u>F</u>ormatar Fe<u>r</u>ramentas <u>J</u>anela

	A	B
1	Débitos permitidos em março	2 por dia, total de 62
2	Número total de débitos em março	99
3	Descrição das infrações	19 cozinha; 19 banheiro; 7 lavanderia; 11 quarto; 23 sala; 8 responsabilidades de pai; 5 incompetências gerais; 7 finanças
4	Infração do mês	Perguntar aos berros em uma manhã: "O que você fez com as minhas chaves?" "Nada". "Tem certeza? Você está sempre arrumando a casa. Eu não posso me atrasar hoje, onde elas estão? Eu vou levar as suas." E foi embora, me deixando enlouquecida pela casa, tentando, sem sucesso, encontrar as chaves dele, tendo que pegar as chaves extras com o vizinho. Quando ele chegou em casa, descobriu que as suas chaves estavam esse tempo todo no seu bolso, o que ele achou hilário.
5	Pontos positivos	7. Fez jogos criativos com as crianças e alguns elogios. E é só.
6	Débito de março	30 (99 descontando o limite de 62 em março e 7 pontos positivos)
7	Débito total de fevereiro e março	42
8	Total restante	58 nos próximos 4 meses (100 menos 42)

6
A escova de dentes amarela

— Merda.

— Mamãe, você não pode falar isso — comenta Rufus, me repreendendo.

— Bom, na verdade, posso sim porque não é um palavrão, e sim uma descrição da situação. — Ele me olha confuso. — Por que, me diz, por que as pessoas deixam os desgraçados dos seus cachorros fazerem cocô nas ruas? É nojento — berro com ninguém em especial, mas para ver se encontro algum dono de cachorro por aqui. — Ai, Deus, sujou a roda toda do carrinho. E os seus sapatos, Rufus, por que você não olhou onde pisava?

— Não é culpa minha.

— Eu sei que não. É culpa desses infelizes que têm cachorro. — Levanto a minha voz mais um pouco. — E deve ser culpa minha também, que estava tão apressada para que você chegasse no horário no colégio que não vi por onde andávamos. — Joel diz que eu sou obcecada por cocô de cachorro. Na realidade, todas as mães são obcecadas com isso. Nós temos um radar interno quando andamos na rua que está soando constantemente, nos deixando prontas a berrar com nossos filhos para que parem exatamente onde estão, e os empurramos para o meio da rua, perto dos carros, só para evitar de sujar as rodas do carrinho com cocô de cachorro. Se o Joel tivesse que usar um lápis para tirar todo o resto do cocô das rodas do carrinho ou dos seus eixos, ele também seria obcecado com cocô.

De alguma forma, o meu radar de excrementos de cachorro falhou nessa manhã.

— Merda, merda, merda — resmungo.

Como se não bastasse o cachorro ter feito cocô bem no meio da calçada, também foi bem no meio do nosso caminho para o colégio. Fico sem saber o que fazer por um segundo, aí viro o carrinho em 180 graus e arrasto o Rufus até em casa para deixar o par de sapatos sujos na pia, onde ficarão até eu chegar do trabalho.

— Mas eu não quero calçar esses tênis — choraminga ele.

— Por que não? Eu achava que você adorava eles. São aqueles que acendem as luzes quando você anda.

— Eles são para bebês. Tipo o Gabe.

O Gabe responde com um arranhão de tirar sangue.

— Ai, Deus, eu tenho que cortar as suas unhas. — Rufus reage como se tivesse sido atacado com uma machete.

— Sinto muito, querido, mas coloca esses tênis. É isso ou chinelo. Ou ir descalço.

Ele resmunga mais ainda.

— Por favor, eu não tenho tempo para isso agora — digo ao segurar a respiração e usar uma escova de dentes amarela velha para limpar as rodas do carrinho.

Ele resmunga mais ainda quando ganha um aviso de que chegou atrasado no colégio. Eles têm tolerância zero com atrasos, mas parece que o fato de que algum idiota amarrou a coleira do seu cachorro gigante no portão do colégio não tem problema. Fico com vontade de fazer um exame de DNA para ver se o cocô que está nos sapatos jogados na minha pia, aquele cocô que está ficando mais duro ao passar das horas, pertence a esse cachorro. Aposto que é. Tenho vontade de descobrir onde o seu dono mora e esfregar a cara dele no asfalto sujo. Ou jogar uma das fraldas sujas do Gabe na caixa de correio deles. Quando ele estiver com diarreia.

Encontro a Kylie, da associação de pais e mestres, sempre sorridente.

— Não se esqueça de que os alunos do primeiro ano estão vendendo bolo hoje. Você pode deixar a sua contribuição no armário da associação.

— Alguns de nós trabalham — resmungo para ela, e posso jurar que ouvi ela falar "vaca" entre os dentes.

— Sem problema — diz ela, animadamente.

Saio correndo, usando o carrinho para abrir caminho e tentando não prestar atenção nos pedidos do Gabe para andar. Ele começa a chorar. As pessoas me olham como se estivessem prestes a chamar a polícia. Nem entro na casa da Deena, simplesmente largo o Gabe nos degraus de entrada. Como os carteiros, me sinto tentada a tocar a campainha e não esperar para que alguém abra a porta, e apenas largar o Gabe e um cartão dizendo que passei por ali.

— Aqui está ele — digo, e jogo uma sacola de calças limpas na casa sempre rica em odores da Deena e saio correndo para o trabalho.

Claro que não há ônibus. Se o meu trabalho distribuísse avisos quando chegamos atrasados, eu ganharia um. Embora eu ainda chegue mais cedo do que a maioria dos meus colegas, isso não os impede de ficarem furiosos porque eu saio às 17h30.

Mesmo estando em pé em um ônibus cheio, parece que é a primeira vez desde as 6 da manhã que consigo respirar. Começo a pensar no que tenho que fazer hoje e chego até 11 da manhã quando tenho que saltar do ônibus e sair correndo para chegar no trabalho. Mal entro e já sou bombardeada com perguntas.

— Mary, a gente tem que se livrar de mais 5 por cento desse orçamento. Não me importa de onde venha, eu mesmo posso filmar se for necessário.

— Por que não ganhamos uma cota de despesas quando viajamos? Não é justo. A gente vai ter que pagar pelos nossos cafés e almoços com nosso próprio dinheiro?

— Ei, ruiva, esse horário é um pesadelo, a gente nunca vai conseguir fazer tudo a tempo. Parece ficção científica. E eu que vou ser culpado por isso.

Não, não vai, penso. Eu que vou ser culpada. Eu atraio culpa.

— Não é o máximo? — pergunta Lily.

— O quê?

— As gravações começam esta semana. Tão legal.

O começo das gravações é legal, e é um alívio ter uma comissão nesses tempos difíceis. Tento me esforçar para sentir orgulho da produção, mesmo que ela seja de um programa banal de jogos baseado em uma revista de fofoca, que irá ao ar em uma emissora pequena. O começo das filmagens é como uma peça que está finalmente sendo apresentada ao público, como o processo de decorar uma casa depois de construí-la, é a maratona corrida depois de horas de treino. Infelizmente, já que agora eu faço parte da equipe de retaguarda, meio expediente, participo da antecipação mas não da adrenalina dos frutos do trabalho. Fico pensando pela milésima vez se não tem uma maneira de eu voltar ao meu cargo de produtora-diretora, e se isso não significaria mais tempo longe dos meus filhos e, uma vez que eu estivesse em casa, mais tempo ainda gasto com a administração da casa em vez de brincando com eles.

— Parece que todos os meus bebês cresceram — digo, em relação aos produtores de set, secretários, diretores e produtores-executivos. — E agora eles têm que sair do ninho e enfrentar o mundo. Rumo à liberdade, meus bebês. — Já amparei metaforicamente todos na minha equipe, já desmamei e treinei, e agora eles vão para a universidade de vida que é a produção. Eles já me deixaram para trás e agora, como todos os calouros, vão encher as caras, ficar doidões e sair se pegando. E espero que também trabalhem. Senão, eu que serei culpada por isso.

— Você não vai na gravação na sexta? — pergunta Lily.
— Vai, a gente vai encher a cara depois.

— Não vão, não. Pelo menos não com o orçamento que eu fiz.

— Desmancha-prazeres.

Eu me tornei a chata. Nem sempre foi assim. Eu trabalhava numa produção como essa quando conheci o Joel. Um dava em cima do outro, aí paramos, depois acabamos ficando juntos. Bom, essa é a versão resumida. Na versão longa tem lugar para a Mitzi. Mas quando realmente ficamos juntos, eu o amei tanto, e com tanta vontade, que nunca me preocupei se ele não iria me ligar ou se ia enjoar de mim. A confiança que ele tinha no próprio taco fazia com que ele pudesse amar e ser amado generosamente. Eu usava as roupas dele e até o seu sorriso. No auge dos meus 27 anos e meio, me apaixonei pela primeira vez. Tinha aquela sensação gostosa de que sempre havia algo para eu aguardar ansiosamente. Eu queria rabiscar o nome dele na minha bolsa e andar com a minha mão no bolso dele. Parecia que eu tinha 17 anos. Mas não 17 anos de novo, como nos meus 17 anos, aquela idade foi horrível, insegura e cheia de angústia. Dezessete anos como vemos as pessoas terem nos filmes, cheias de otimismo, amor e possibilidades.

Não sei como conseguíamos trabalhar. Saíamos com nossos amigos de trabalho, que não paravam de dizer que éramos um casal perfeito. Aí íamos para casa e fazíamos sexo por horas, não devido a posições tântricas complicadas, mas ao fato de que não conseguíamos parar de falar. Eu adorava as histórias da infância boêmia dele, ele achava os meus contos da região norte fascinantes. Íamos dormir conversando e acordávamos conversando. Nossas bocas eram para conversar, beijar e sorrir. Volto à realidade graças a Lily.

— Ai, vamos, será que não dá para você, tipo assim, contratar uma babá?

— Lily, a babá não vai estar lá no dia seguinte, quando eu estiver de ressaca com dois meninos que não param quietos.

— Ah, então contrata uma que durma lá.

— Talvez.

Até parece.

O cheiro de cocô não sai das minhas mãos, não importa o quanto eu as esfregue enlouquecidamente. Começo a pensar em maneiras de culpar o Joel pelo que aconteceu de manhã. Se ele tivesse levado o Rufus ao colégio em vez de eu ter tido que levar ele e o Gabriel, isso nunca teria acontecido. Bom, talvez tivesse acontecido, mas não comigo. Se homens como ele compartilhassem da angústia maternal a respeito de cocô de cachorro, talvez as leis fossem colocadas em prática e os donos de cachorro fossem punidos. Se eu não tivesse tido que esfregar as manchas de leite que ele deixou na pia depois do café da manhã, eu não teria saído de casa tão apressada.

Decido sair e comprar chiclete para ver se o cheiro de menta ajuda a me livrar desse fedor de cocô de cachorro que parece estar grudado em mim.

E é aí que eu vejo Cara andando — não, deslizando — na minha direção. Preferiria encontrá-la na volta, já com o chiclete. Mas aí eu teria que falar com ela mascando chiclete, o que seria tão *déclassé*, para usar uma palavra que imagino que ela diria.

É tarde demais para me esconder, então me concentro em olhar para a frente e fazer cara de surpresa quando chegar perto dela. Ou será que devo olhá-la nos olhos e sorrir até que estejamos perto o suficiente para conversarmos? Mas aí terei que sorrir durante muito tempo, tenho minhas dúvidas se meus músculos faciais aguentariam. Fico pensando em tudo isso até que nos aproximamos.

— Bom dia, Mary — diz ela, ao me beijar nas duas bochechas.
— Oi, Cara, o que você faz por aqui?
— Eu moro e trabalho por aqui.
— Claro. Eu saí para comprar umas coisas.
— Que bom. — Ela sempre tem um ar de satisfação. Eu adoraria achar que o mundo é tão interessante em vez de tão irritante.

Acabo com o nosso silêncio.

— E como vai a Becky? — Me sinto como uma dessas repórteres enxeridas, cuja pergunta seria boba se fosse feita para qualquer outra pessoa.
— Como você acha que ela está? — responde ela.
— Ótima. — E por que que ela me perguntou isso?
— Então tá. Ela está bem. — Sua cara não muda.
— Meu escritório é aqui perto. — Parece que estou tentando impressionar alguma menina mais velha do meu colégio.
— Eu já sabia disso. A gente devia sair para beber um dia.
— Com certeza. Seria ótimo, vamos fazer isso. — Ai, Deus, tomara que não, sobre o que conversaríamos? Mal consigo manter uma conversa com ela na rua. Dá para entender como a Mitzi é amiga dela, mas por nada nesse mundo eu entendo como a Becky é namorada dela. Amante dela. Na teoria, acho que sei o que deve atraí-las, mas elas são tão diferentes que é difícil de imaginar que elas compartilham uma cozinha, muito menos um quarto. Apesar de ser um relacionamento do mesmo sexo, elas vêm de planetas diferentes.

— Gostei do seu casaco — comenta ela, ao tocar na manga dele.
— Sério? Este casaco velho? — Dou uma risada mas tenho minhas dúvidas de qual é a piada.

— Tenho que ir — diz ela. — Tenho um almoço de negócios. — Eu a imagino em um restaurante chique comendo um prato caro e tomando champanhe bem devagar.

— Adeus, então. — Vou andando e começo a apressar o passo. Que coisa ridícula. Ela é a namorada da minha melhor amiga, ela não é a primeira-ministra ou uma cirurgiã renomada. Eu sou uma mulher adulta, mãe de dois filhos, formada e sou responsável por orçamentos na casa das centenas de milhares e nunca cometi um erro grave na minha carreira; posso exigir serviço dos meus subordinados sem ofendê-los; consigo até controlar as manhas do Gabe em público, pelo amor de Deus. Que coisa ridícula, penso de novo.

Pondero sobre meu dia, um pouco tranquilo, um pouco tedioso, enquanto estou deitada na cama com o computador ao lado, atualizando A Lista, que está começando bem o mês.

Verifico qual é o código para a primeira infração do dia. **Subseção A [cozinha] número 16)** *Nunca limpa a sujeira na pia*. Odeio esse item. Talvez eu tenha que simplesmente acrescentar um ponto para isso todos os dias, já que duvido que ele vá mudar.

Dou uma olhada no quarto. **Subseção C [lavanderia]** *Larga as cuecas sujas mumificadas no edredom*. Ah, também tem a **D [quarto] número 4)** *Larga lenços usados nas gavetas*. Ele sempre larga esses lenços nojentos nos cantos das gavetas. Bom, na realidade, não é justo dizer isso, ele não os larga sempre nas gavetas. Às vezes, ele os esquece nos bolsos das calças e, quando eu as lavo, os pedacinhos dos lenços grudam em todas as roupas. O que é, claro, mais um ponto na Lista.

— Você tem passado muito tempo grudada no computador — diz Joel.

— Nem tanto.

— O que você está fazendo?

— Nada. — Imito Rufus da melhor maneira possível, quando ele responde o que fez no colégio hoje. — Umas coisas. Internet. A gente devia arrumar aquela conexão sem fio. Eu gostaria que tudo nas nossas vidas fosse sem fio — digo, me sentindo um pouco deprimida ao ver uma mancha de espaguete atrás da TV. Eu que vou ter que arrumar essa conexão sem fio. Como se não bastasse ser a diretora geral da casa, também sou consultora de tecnologia. E estou no controle das contas e de comunicação.

— Você não está tendo um desses casos virtuais, né?

— O quê? Claro que não.

— Eu estava brincando, Mary. Até parece.

— Até parece por quê? Você acha que ninguém se interessaria em ter uma relação comigo por e-mail? Eu poderia estar tendo um caso on-line.

— Você acabou de dizer que não está.

— E não estou.

— Então. Mas o que você está fazendo? Não sei o que seria pior: se você tiver um caso ou se você se viciar nesses sites de jogos on-line que esse bando de nerd adora, tipo *Dungeons and Dragons* ou *World of Witchcraft*.

— *Warcraft* — digo, corrigindo-o. — É *World of Warcraft*.

— Então é isso que você está fazendo. Você está passando tempo fingindo ser uma duende heroína com roupas mínimas que se chama Thorday. — Ele imita a voz dos narradores dos trailers dos filmes.

— Quem dera. Você é que parece saber tudo sobre isso.

Continuo a olhar os detalhes que anotei das infrações de hoje, pronta para colocá-los na Lista. Se eu fizesse um gráfico de como eu passo o tempo na cama, teria mais minutos trabalhando na Lista do que com o meu marido. Ou com qualquer marido. Por que o Joel achou tão absurda a ideia de eu ter um caso virtual? Eu poderia ter um avatar. Eu seria uma loira peituda de biquíni de couro, dando uns amassos num gostosão musculoso, que, na realidade, é um operador de telemarketing careca que mora com a mãe.

Embora, se eu fosse ter um caso, acho que seria um de verdade. Parece que não vale a pena todo o trabalho para ter um somente virtual. Um *affair* — digo mentalmente a palavra com um sotaque francês. *Femme fatale*, *passion*, *érotique*... Quando digo as palavras em francês parece que elas ficam bem mais eficientes, como no hidratante que promete *luminescence pour la peau*.

Não sei como as pessoas têm tempo para ter um caso. Da mesma maneira que não sei como os outros têm tempo para terem casas perfeitas. A única pessoa que conheço que tem empregados o suficiente para poder planejar um assassinato na hora do almoço é a Mitzi. E tudo que se precisa fazer para manter o corpo em forma? Quando alguém consegue tempo para fazer tudo o que é necessário para se embelezar antes de dormir com alguém pela primeira vez? E se eles fossem à sua casa, você teria que lavar os lençóis depois. E provavelmente antes também.

Acho que o Joel poderia ter um caso. Imagino o que ele deve gostar mais quando tem que "ficar até mais tarde no escritório" — o sexo ou não ter que lidar com a hora do banho e de dormir das crianças?

Vou ao banheiro e vejo que o Joel está escovando os dentes com uma escova amarela, meio velha.

— Essa escova é sua? — pergunto.
— É, por quê?
— Eu achei que ela era uma escova velha, só isso.
— Quem dá o que tem, a precisar vem. Você sabe por que ela estava na cozinha, perto dos sapatos do Rufus?
— Não, não sei, desculpe.

* * *

Tenho certeza de que esse domingo vai ser um dia de várias infrações na Lista, precisamente na **Subseção F [mulher invisível] número 7)**, que antes era chamada de *número 33: Fica do lado da mãe dele, em vez de ficar do meu.*

Respiro fundo quando estacionamos e retiro o troninho, os brinquedos, as roupas extras e, finalmente, as crianças do carro e vamos em direção à casa da Ursula. Preciso respirar fundo por dois motivos: a) para continuar calma ao ver o relacionamento de agressão passiva da família Tennant e b) porque a casa da Ursula cheira mal. Vou arrastando meus filhos pelo jardim malcuidado até chegarmos à porta que é decorada com adesivos que estão descolando e o aviso "não coloque anúncios". Eu tinha o hábito de imaginar como seria o visual de alguns alunos na universidade se eles tivessem a oportunidade de ter roupas estilosas e um corte de cabelo decente. Agora, eu imagino o que a Mitzi faria com a casa eduardiana de dois andares da Ursula. Como ela arrumaria os ladrilhos no hall de entrada, ou os pedaços que estão faltando no painel de vidro acima da porta. E como a pintura da casa seria diferente, sem falar em politicamente correta.

Bom, primeiramente, ela teria que limpar a casa. Há moscas mortas em todas as janelas, as lâmpadas são imundas e o vaso sanitário mostra o que acontece quando se passa uma vida sem dar descarga depois de fazer xixi. Sem falar nas manchas marrons calcificadas que parecem os dentes da Ursula, todos manchados pela nicotina. Pilhas de jornais velhos competem com livros e plantas artificiais cobertas de pó por um lugar nos vasos de metal, os móveis são uma mistura de herança de família de valor inestimável com loja brega dos anos 1970 — ou estilo chippendale ou meramente "Xi... lascado."

Ursula aparece no corredor, definitivamente a coisa mais animada na sala sombria, vestida de veludo roxo e com um colar feito por mulheres da Guatemala. Como o Rufus é bem-treinado, ele imediatamente senta na escada para tirar os sapatos. A última vez que ele fez isso, suas meias ficaram tão sujas que tivemos que jogá-las fora.

— Você não precisa tirar os sapatos, meu amor.

— Por que não, mamãe?

Enquanto penso em uma resposta educada para isso, a Ursula intervém.

— Porque sapatos são para serem usados, claro. E como vai minha nora predileta? — Ela sorri para mim. O Joel é filho único.

— Bem, obrigada. — Nos livros que leio, uma casa bagunçada é sempre uma casa aconchegante e cheia de amor. Uma casa arrumada é sempre fria e estéril. Não acredito mais nisso. Entro na cozinha, que tem armários marrons e pegajosos, com papel de parede laranja e branco. Hoje faz calor. A Ursula insiste que sentemos lá fora para bebermos. Lá encontro a Becky no quintal cheio de musgo, com uma bebida na mão. Ela se levanta para me abraçar.

— Becky, que bom te ver. O que você está fazendo aqui? — pergunto.

— A Ursula me convidou.

— Sim, mas... Bom, não importa, é bom ver você — digo. — É bom ter uma aliada — sussurro.

Parece que ela não entendeu.

— Também fico feliz de estar aqui — comenta ela ao levantar seu copo.

— A Rebecca — comenta Ursula — tem trabalhado em vários casos com uma grande amiga minha, a Suzannah Westernberg.

— Uma lenda na vara de família — explica Becky.

— Ela também te acha ótima — diz Ursula. Sinto que Becky seria uma nora muito melhor que eu, sem levar em consideração sua orientação sexual.

— O que você está bebendo, Ma? — berra o Joel da cozinha. Ele sempre a chama de Ursula ou de Ma. Nunca de "mãe", como todas as outras pessoas. — E você, Mary?

Ele já está enchendo a cara de gim, o que é a infração F3: *presume que eu sempre vou dirigir na volta para casa quando saímos.*

— Acho que algo suave. — Ele nem percebe o sacrifício. — Bom, na realidade vou tomar um vinho rosé. Você dirige na volta?

Ele engole correndo o resto de bebida no seu copo.

— Acho que é tarde demais. Você não se importa, né? Você nunca bebe mais que dois drinques. — Ele é um ótimo anfitrião na casa da mãe, sempre preocupado se todos têm bebida. É muito mais útil aqui do que em casa. E ele não reclama da comida servida aqui, apesar de não gostar muito.

— Eu encontrei a Cara outro dia — digo a Becky.

— Foi mesmo? Ela não falou nada.

— Bom, a gente não conversou muito. Foi perto do escritório.

— Você esteve recentemente com a Suzannah, Ursula? — A Becky mudou de assunto de repente. Queria saber por quê. Vou ter que perguntar mais tarde. Não quero me envolver tanto na lavagem de roupa suja da Lista a ponto de esquecer do problema da Becky. — Ela está com esse caso que vai para a Suprema Corte. Estão dizendo que vai criar condições novas para necessidades justificáveis em divórcios.

— Não coma esses biscoitos, Gabe. Joel, tira isso da mão dele, ele vai acabar com o apetite.

— E outras coisas que as mães dizem — diz Joel.

— Eu nunca disse isso — comenta Ursula.

— E para de jogar amendoim na sua boca. Os meninos vão te imitar e eles podem sufocar fazendo isso.

— Alergia — ri Ursula.

— Eles não têm alergia, mas é fácil sufocar com amendoim e uvas.

— Outras coisas que as mães falam — acrescenta Joel.

E isso é a G9: *nunca me apoia quando digo para as crianças fazerem algo razoável.*

— Você tem que relaxar em relação ao que eles comem.

— Ele está certo — diz Ursula. — Criança nenhuma passa fome. O Joel sobreviveu com cereal e suco de laranja até os 7 anos.

— Mas eu quero que meus filhos tenham uma dieta balanceada, com proteínas, carboidratos, vitaminas e minerais.

Gabe e Rufus continuam se entupindo de petiscos salgados, enquanto os adultos continuam bebendo. As flores já desabrocharam e o canteiro está cheio de tulipas. As crianças não estão enchendo o saco, graças ao poder do sal, e os adultos dividem as conversas entre os assuntos políticos e pessoais. É uma cena boêmia e cheia de charme da qual eu imaginei que participaria um dia. Eu me imaginava muito feliz em um lugar desses.

O almoço começa com os "aperitivos", segundo Ursula: azeitonas velhas, aquelas cebolinhas que se coloca em bebidas e biscoitos com queijo. Joel diz que tudo está delicioso. A carne assada está muito malpassada, e as batatas assadas estão duras feito pedra, parece que têm uma cobertura de borracha impenetrável. Os vegetais têm manteiga.

— Desculpe — diz Ursula. — Você sabe que eu sempre esqueço que você não come nada que tenha lactose. Joel, você não vai acreditar, mas os Moores se separaram.

— Os adultos ou os filhos? — pergunta Joel.

— Os adultos. Se é que você ainda é adulto quando está na casa dos 60 — diz Ursula, balançando a cabeça. — Não entendo por quê. Por quê?

— Se eles estavam infelizes... — digo. — Se ela estava infeliz...

— Sim, mas você tem que estar muito infeliz para se dar a esse trabalho todo. Convenhamos, eles não vão encontrar outra pessoa a essa altura, não é?

— Não estou entendendo — comento. — Você não se opõe ao divórcio por razões morais, mas por uma questão de praticidade?

— Claro que eu não sou contra por uma questão de moral. Estou longe de ser exemplo de uma família perfeita. — O pai do Joel está nos Estados Unidos e teve somente uma participação limitada na infância do filho, dando presentes exóticos. Até hoje o Joel se empolga demais com biscoitos Oreo e barras de chocolate Hershey, parece uma menininha faminta na época da Segunda Guerra, dando as boas-vindas aos soldados. — Tenho certeza de que a Rebecca concorda comigo, não é um trabalhão se divorciar? — pergunta Ursula.

— Sem falar nos gastos. — diz Becky. — E grande parte é gasta em pessoas como eu. E tudo indica que um ano após a separação o casal está mais infeliz do que quando os dois eram casados. Principalmente as mulheres, eu acho. — Ela me encara quando diz isso.

— Tudo isso é vergonhoso — diz Ursula. — Eu acho que eles pensam que não estão velhos demais para serem felizes. Que absurdo. Ai, meu Deus, Mary.

— O quê?

— Você não vai poder colocar molho na sua salada também, ele tem leite.

— Acho que Mary não colocaria de qualquer maneira — diz Joel, examinando a embalagem. — Mãe, eu sei que você faz de tudo para não desperdiçar nada, mas dessa vez você se superou. A data de validade venceu em fevereiro.

— Besteira — diz ela, dando uma cheirada no molho. — Completamente comível. Odeio esse papo de higiene. As datas de validade só existem para que os supermercados vendam mais coisas.

— Você está certa — diz Becky. — Eu vivo dizendo isso à Cara. Principalmente iogurte. Tem que estar um pouco bolorento.

— Ah, você está querendo me conquistar — diz Ursula. — E o presunto deve ter aquele brilho meio esverdeado. É isso que diz que ele está maduro.

— Exatamente — diz Becky, toda empolgada. — Quem não desperdiça é quem é verdadeiramente consciente com o meio ambiente. Não gente como a sua amiga Mitzi. — Ela faz uma cara de desprezo ao sibilar o nome da Mitzi.

— É isso que eu vivo dizendo para a Mary — acrescenta Joel. — A questão é comprar menos, não mais.

— Eu concordo — digo. — Você não tem que me lembrar essas coisas. Eu também acho isso. Aquele papo de comprar carro elétrico, de converter restos de comida em adubo numa máquina especial para isso também me deixa engasgada. — Embora não tão engasgada quanto fico com esse molho da Ursula que venceu há dois meses.

Eu limpo os pratos e levo-os para a cozinha. Coloco os restos em vasilhas para que ninguém possa me acusar de desperdiçar e procuro em vão por tampas para elas. A geladeira já está lotada, com panelas com restos de comida velha, vasilhas cheias de gordura. Estou louca para ir ao banheiro, mas detesto, pois nenhum tem tranca na porta. O Joel acha que esse meu comportamento é desconcertante, ele diz que eu devo simplesmente berrar "tem gente" se eu ouvir alguém se aproximar. Becky se aproxima.

— Isso aqui é o paraíso, não é ? Você tem tanta sorte, a Ursula é maravilhosa. Esta casa é meu ideal de paraíso.

— Como assim?

— Tudo aqui demonstra uma vida que foi vivida. O sofá afunda nos lugares onde os bêbados sentaram, e parece que só de sentar lá já é o suficiente para você ter sido parte do que eles viveram aqui. Adoro o fato de ter desenhos em todas as paredes, e que naquela porta estão marcadas as alturas dos seus filhos e do Joel também. É fantástico que nada foi pintado em trinta anos. Tem uma história por trás de qualquer coisa que a gente pegue aqui. Uma caneca que foi comprada no Natal, livros autografados pelos autores, livros de culinária sujos de comida.

— A Ursula não cozinha muito — respondo.

— E se essas paredes falassem...

— Elas estariam doutrinando sobre as coisas de uma maneira metida a intelectual e cheia de julgamentos.

— Bom, eu acho fantástico. Eu odeio como as pessoas hoje em dia se livram das suas cozinhas só porque não são mais a cor da moda, ou como jogam fora algo que não é muito bonito, mas que, por outro lado, tem uma linda história.

— A gente não está falando da casa da Ursula, não é? Você ainda está se sentindo desconfortável no apartamento da Cara?

— Acho que sim. — Ela segura um jogo americano antigo com o emblema de uma das faculdades de Cambridge. Ou, pelo menos, a faculdade de St. John, em um lamaçal, toda suja de molho de carne.

— Mas é tão perfeito — digo, pensando nas superfícies de aço galvanizado do apartamento da Cara.

— Isso mesmo. Perfeição não é para mim. Quando eu olho para o lugar onde moro... tá vendo, eu nem consigo dizer "minha casa", digo "o lugar onde moro"... eu me pergunto onde é que estão as coisas efêmeras.

— Efêmeras?

— As coisas, as lembrancinhas, os presentes, as cadeiras velhas que não combinam.

— Ah, você quer dizer o lixo.

— Não é normal que essas pessoas joguem fora tudo que não é visualmente agradável. Aí eu penso que eu sou a única coisa efêmera, ou lixo, como você diz, no apartamento inteiro. Eu sou a única coisa que não é nova e brilhante. A única que não combina com nada.

— Becks, a gente não está falando da maneira que a Cara decorou o apartamento, né? A gente se identifica com o nosso meio ambiente, não é? Se a minha casa está bagunçada, eu me sinto desarrumada também. Meu estado de espírito tem a ver com o estado da minha casa. É isso que está acontecendo com você?

— Você está certa.

— Bem que eu achei.

— Não, o que eu quero dizer é que você tem razão no que diz respeito a confundir o seu estado de espírito com o lugar onde você mora, mas eu acho que é o contrário. O estado em que se encontra a nossa casa não se reflete no nosso estado de espírito. É o nosso estado de espírito que se reflete em como nos sentimos em relação à nossa casa.

— Como assim?

— Você e o Joel, por exemplo. O problema não é que a sua casa está bagunçada, o problema é você. Da mesma maneira que não é porque eu não me visto de branco para combinar com o chão que eu não estou à vontade no apartamento da Cara, é que eu não combino com ela. Nós não combinamos.

Joel passa pela gente carregando uma pilha de pratos empilhados de maneira precária. O fato de que ele não coloca todos os restos de comida e os talheres no prato de cima realmente me irrita. Não que ele limpe a mesa em casa, nunca o faz, esse comportamento tão prestativo é reservado à mãe dele.

Becky olha para nós dois e segura o meu braço.

— Pensa nisso.

E eu penso. Já se passaram três dias e ainda estou pensando naquilo, quando eu poderia estar pensando nos orçamentos ou enrolando na frente do computador, como qualquer outra pessoa que trabalha com televisão.

— Pronto — diz Lily, olhando para sua página no Facebook. — Atualizei meu status. O Zak já era.

Eu nem sabia que ela tinha alguma coisa com o Zak.

— Que chato. E qual é o seu status agora? Não, não me diga. Por que você não me manda um *tweet*, já que eu estou sentada a 5 metros de distância?

— Porque você não tem conta no Twitter, lembra? Quer que eu crie uma pra você, vovó?

E pensar o quanto eu desprezava os meus pais cada vez que tinha que programar o videocassete para eles.

— Eu estava brincando. Solteira e feliz? Solteira e procurando? Virando freira?

— Solteira e pensando.

— Isso não combina com você.

— Qual parte, a solteira ou a pensando?

— Nenhuma.

— Muito engraçado. — Ela enrola a echarpe. Está vendo, a Lily pode usar uma echarpe e ficar com cara de supermoderna e indiferente. Se eu usasse uma echarpe, ficaria com cara de candidata do partido dos trabalhadores. Ou pior, com cara de Ursula. — É sério, estou de saco cheio desses meninos. Eu quero um homem. Alguém como o seu marido, ele tem cara de ser quente.

— Ai, por favor. — Não consigo imaginar alguém menos quente. Falar que o marido de qualquer pessoa ou o meu é atraente sexualmente, me embrulha o estômago. Quando nós erámos jovens e namorávamos, tudo bem, era quase que obrigatório dizer isso do namorado de qualquer uma, e fazer comentários sobre o tamanho do membro dele, mas, agora, qualquer tipo de comentário em relação a quanto algum homem casado é atraente me embrulha o estômago. Esse tipo de linguagem a respeito de sexo e dos homens já foi trocada por um celibato cômico e um desprezo comum.

— Não, estou falando sério — diz Lily. — Ele tem cabelo grisalho, braços fortes. Isso me atrai agora. Aqueles menininhos magrinhos já eram. Onde eu encontro um como o Joel? Talvez cortando madeira ou tosquiando ovelhas?

Começo a rir.

— Completamente o contrário. Ele é a pessoa menos prática ou à vontade ao ar livre que eu já conheci. Ele cresceu em Londres e ficou de queixo caído ao descobrir que as vacas vivem em pastos, e não em fazendas urbanas. Ele acha que, para acender uma chama, é só ligar o fogão.

— Você me entendeu — diz Lily, sem se dar por vencida. — Ele tem cara de que sobreviveria a um desastre mundial. E é isso que importa. Como vocês se conheceram?

— Detesto ter que te dizer isso, mas a gente não se conheceu fazendo rafting no Amazonas. Foi no trabalho.

Ela dá uma olhada nas figuras que trabalham conosco e treme.

— E?

— Ele começou como produtor de set e não tinham muitos homens heterossexuais lá, então a gente acabou ficando junto.

— Eu quero detalhes. Adoro histórias de quando os casais se conheceram.

— Ok. Sabe aquela minha amiga, a Mitzi? Ela já veio aqui algumas vezes me encontrar para almoçar, aquela que trabalhava com televisão.

— Loira, rica, magra, cheia de filhos. Botox.

— E como todo mundo sabe que ela colocou Botox menos eu? É porque você lê aquelas revistas de fofoca e eles circulam nas fotos as áreas que as celebridades fizeram cirurgia?

— Aquelas revistas são documentos sociológicos importantes — diz ela. — Continua, fala da Mitzi e do seu homem.

— Ela trabalhava no mesmo lugar que eu e o Joel. Ela era a fim dele, então eu presumi, todos presumimos, que ninguém mais tinha chance. Naquela época a Mitzi pegava todos que eram relativamente atraentes: os apresentadores, os executivos, o homem casado que era dono da companhia. — Todos sabiam que ela era a mais atraente entre as mulheres. Pernas longas, embora não seja muito alta, magra mas não magérrima, loira mas com um nariz grande o suficiente e um queixo proeminente o bastante para que ela não fosse sem sal. Sua aparência em si já chamava atenção, e também a maneira como ela se comportava. Seu cabelo esvoaçava ao vento, seus quadris balançavam, seus olhos tinham um brilho que fazia os homens sonharem que ela estava sempre pensando em sexo. O restante de nós aceitava a supremacia dela sem questionar. Seria como se um planeta questionasse se deveria girar em volta do Sol. — Eu não tinha certeza se gostava dele. Lembro que eu o achava meio gordinho — digo a Lily. — A Mitzi disse que ele não era gordo, ele era largo, o que significava que ele gostava de comer e beber, ou seja, gostava de viver e, consequentemente, gostava de sexo.

— Então ela pegou ele primeiro.

— Não, o Joel não era a fim dela. — Foi simples assim, é isso que eu repito sempre para mim. Mas para a Mitzi e para todos nós, isso não parecia uma explicação razoável. Foi como se a Terra tivesse parado de girar. Eu pensei que sapos iriam cair do céu e uma infestação de gafanhotos iria nos atacar.

— E ele era a fim de você?

— Sim — digo sorrindo, pensando no meu maior triunfo, cujo brilho ainda não havia diminuído desde então. — É um pouco mais complicado do que isso, ou pelo menos pareceu mais complicado na época.

— Continua, conta. A vaca da Mitzi te atrapalhou?

— Não, não mesmo. Mais ou menos. Acho que não de propósito. Ela meio que não me disse que ele gostava de mim, mas eu acho que foi porque ela não entendeu direito o que ele disse e achou que eu não era o tipo dele. Eu acho. Não sei se eu realmente soube quem disse o quê. Mas o que importa é que eu e ele ficamos juntos.

Foi isso que importou por anos depois. Quando eu me sentia por baixo ou não conseguia dormir, pensava em como nossa história começou e logo me animava. Segundo as minhas amigas, isso se tornou o meu "pensamento padrão", o que já foi substituído pelo momento em que o Rufus sorriu pela primeira vez ou quando eu estava no hospital com o Gabe no colo, um recém-nascido tão lindo, e o Rufus estava acariciando a cabeça dele.

Era irrelevante que eu nunca tivesse me questionado sobre a participação da Mitzi na nossa história. Eu não queria me aborrecer com ela naquela época, em parte porque eu estava tão apaixonada que não conseguiria ter a lógica ou o sentimento ruim necessário para isso e também porque eu queria que ela estivesse por perto, para ser testemunha da minha felicidade.

— Sabe do que mais, Lily? — digo. — Não tem nenhuma fofoca interessante nesta história. Foi um escritório, duas pessoas e muita bebida; não é assim que todo mundo fica junto?

Parece que foi fácil. A verdade é muito mais complicada que isso. A "nossa história" teve todos os mal-entendidos e confusões de uma novela. Ou talvez tenha sido simplesmente uma comédia romântica bem ruim, depende da sua referência cultural. Na época foi algo bem confuso, mas os anos de relacionamento delinearam uma história. Depois que nós começamos a namorar, gostávamos de recontar a nossa história para ver as diferenças entre as nossas visões, acrescentando detalhes para que ela ficasse mais perfeita.

Como tudo começou. O Joel entrou no escritório e me viu. Eu estava armando uma prateleira, já que a produtora para a qual eu trabalhava não conseguia se organizar para fazer reformas e eu era a pessoa mais apta para fazer isso lá. Eu estava em cima de uma mesa, com uma furadeira na mão. Desci da mesa para dizer oi e brinquei um pouco com a furadeira só para ser engraçada. Eu estava corada por causa do trabalho manual. Depois, quando nós estávamos na cama, Joel disse que naquele momento ele viu qual seria a minha aparência depois de fazer amor, com as bochechas vermelhas e aquele ligeiro brilho de suor. Ele diz que se apaixonou por mim naquele momento. Mas há muitos momentos do tipo "e foi aí que eu me apaixonei" da parte dele: quando eu pedi uma caneca de Guinness, quando ele soube que eu já tinha lido um livro da mãe dele, quando ele descobriu que eu posso viajar levando só a bagagem de mão.

Apesar da pança dele e daquele sombreado de barba malfeita, todas as mulheres no escritório se interessaram por ele e começaram a agir como se fossem um bando de operários de construção e ele fosse uma loira peituda. Só faltavam assobiar para ele. Eu acho difícil de imaginar o porquê disso agora, mas às vezes eu vejo o poder que ele ainda exerce sobre as mulheres. Acho que tem a ver com o contraste entre a aparência dele e como ele age. Ele era, é, um homem bem masculino, não como um Adonis, mas no estilo bem cabeludo. Porém, ele tem um lado bem sentimental, bem no estilo vamos-falar-dos-meus-sentimentos. Ele pergunta "e como vai você", não por educação, mas porque ele realmente quer saber, e não quer saber somente da sua saúde física, mas também como você está se sentindo — como você realmente está se sentindo, me conte tudo. Ele podia dizer coisas do tipo "nossa, adorei seu vestido da Missoni", mas com aquela voz profunda, aveludada que ele tinha. Ele podia discutir as diferenças nos tamanhos de salto dos sapatos, e ao mesmo tempo calçar os mesmos sapatos velhos. Ele tem valores políticos e se envolve nisso, ao mesmo tempo que gosta de ler revistas femininas e pode falar sobre as fofocas dos artistas famosos e dos nomes dos seus filhos.

— Gostosão — disse a Mitzi depois de uns dias, e as outras mulheres tentaram disfarçar a decepção ao perceber que aquele quadro caro não estava mais à venda.

— Ele realmente entende as mulheres — disse Mitzi depois de conseguir levá-lo para tomar café um dia.

— Dá só uma olhada — disse ela quando o convenceu a sair para beber.

— Ele é gay — anunciou, depois que saiu para almoçar com ele pela quarta vez.

— Sério? — perguntei. Eu podia jurar que ele estava dando em cima de mim, mas depois descobri que todo mundo também achava isso. O Joel, tal como o seu filho caçula, sabe olhar nos olhos das pessoas muito bem enquanto conversa com elas.

— Ele te disse isso? — perguntei.

— Humm — disse Mitzi. — Ele já viu *Chicago* duas vezes, no teatro.

— Mas ele fez aquilo que os homens gays fazem, de mencionar, meio que por acaso, o "namorado", ou falar sobre "nós, que somos gays", algo assim?

— Ele disse que o domingo ideal para ele seria ir ao mercado comprar queijos antes de almoçar com a mãe.

— Ah, que legal. Você sabia que a mãe dele é a Ursula Tennant, a escritora feminista? Mas isso não quer dizer nada.

— Ele sabe a diferença entre lã e caxemira.

— E você não acha que a sua definição de heterosexualidade é um pouco restrita, Mitzi? Ele não tem cara de gay.

— E olha quem tem uma visão restrita agora! Ele é o que chamamos de urso, todos os meus amigos gays querem um assim, é bem popular hoje em dia. Sinceramente, Mary, você acha que eu não sei se alguém é gay ou não?

Até o final do dia, todas as mulheres do escritório já tinham dito uma destas frases: "Que pena", "Todos os mais interessantes são gays", "Eu sabia que era bom demais para ser verdade." Ainda ficavam atrás dele, mas agora para conselhos sobre compras e cortes de cabelo.

— Você não percebeu que era isso que todo mundo pensava? — perguntei ao Joel, depois de um tempo que estávamos namorando. — Que todas as mulheres te diziam o quanto era legal conversar com você e que era uma pena que você não era para elas.

— Eu achei que elas sabiam que eu era a fim de você.

— Mas a Karen até te perguntou qual era a melhor maneira de se pagar um boquete.

— Mas eu achei que ela queria saber do ponto de vista de quem recebe, não de quem faz.

Mitzi e ele continuaram saindo para almoçar juntos e ela vivia nos contando sobre as inclinações dele ao sexo masculino. O fato de que ele era gay me liberou para admitir que eu também o achava atraente. Parecia que eu era uma maria vai com as outras, já que me juntara ao fã-clube dele tão tarde, eu que sempre tinha me orgulhado de gostar das bandas antes mesmo de elas fazerem sucesso. O fato de que ele era gay me poupou de perder a competição para Mitzi. Ter interesse em um homem gay dava uma aura adolescente à história. A minha obsessão com o George Michael continuou por um bom tempo, mesmo depois de ele ter se declarado gay. Na verdade, o fato dele ser inatingível para todas as mulheres só reforçou o meu amor por ele. Claro que o Joel era irritante de uma maneira que o George Michael nunca foi, ele era arrogante e convencido. Ele perambulava pelo escritório dizendo coisas do tipo "o meu padrinho, que é o chefão do canal 4" e "Quando eu estava na universidade, na Califórnia" Já que eu estava livre de ter que impressioná-lo, me sentia à vontade para tirar sarro dele por causa desses comentários, o que ele levava no maior bom humor. Eu gostava do pouco tempo que passava com ele, ainda mais agora que ele não seria mais um que a Mitzi levaria como prêmio. Como eu não tenho irmãos e estudei em colégio só de meninas, normalmente reajo com agressão ou fico tímida em relação aos homens heterossexuais.

— Você sabe — disse ele uma manhã, quando nos esbarramos de novo fazendo chá —, que meu melhor amigo na escola e eu gostávamos da época pré-rafaelita? A gente se chamava de "irmandade" e passava um bom tempo no museu, na ala de pinturas do século XIX.

— Uau — comentei. — E quantos anos vocês tinham?

— Uns 13.

Percebi que ele provavelmente estudara em uma daquelas escolas particulares caras para ter sido um menino de 13 anos que gostava do período pré-rafaelita.

— Com 13 anos, eu achava que gostava do Wham! e de comprar acessórios para o cabelo — comentei. — Mas, sabe como é, uma pintura famosa ou um elástico para cabelo com uma borboleta são a mesma coisa. — Ele riu. Eu adorava fazê-lo rir.

— Em algum lugar na casa da minha mãe eu tenho uma caixa cheia das lembranças daquela época.

— E o que aconteceu com a irmandade? A sua irmandade?

— Uma verdadeira tragédia. Tom, o meu amigo, queria ser artista, mas acabou se envolvendo com crack na faculdade de arte. Não sei o que ele faz agora. Perdemos contato quando me envolvi com a minha banda, e as únicas coisas que sobraram daquela época são as lembranças naquela caixa e uma tendência a gostar de ruivas.

Fiquei corada ao ouvir isso e não conseguia parar de mexer no meu cabelo. Claro que ele é gay, pensei comigo mesma. De onde eu venho, meninos adolescentes não se interessam por pintores vitorianos.

Eu gostava dessas conversas. Elas iam além do tradicional "O que você fez ontem à noite?". Ele era a única pessoa que perguntava o que você estava lendo em vez de qual programa de TV você assistiu. Uma vez respondi que estava lendo P.G. Wodehouse.

— Isso é maravilhoso — disse ele. — Não me lembro de ter conhecido uma mulher que tenha lido algo dele.

— Elas estão muito ocupadas lendo biografias da Nancy Mitford — respondi, dando de ombros.

— Acho que não, eu também adoro biografias.

— Acho que nunca conheci um homem que lia biografias.

— Está vendo — disse ele. — Um homem que gosta de biografias e uma mulher que lê P.G. Wodehouse. O par perfeito. A gente podia sair de férias e eu só teria que levar metade dos livros.

Essas brincadeiras acabaram em uma segunda pela manhã.

— Oi, Joel — falei animadamente.

— Ah, oi — disse ele e foi embora.

Eu poderia jurar que ele me esnobou. Mais tarde, encontrei-o na fila da cafeteria.

— E como foi seu final de semana? — Eu faço isso quando estou a fim de alguém, parece que sou a mãe do cara. Mais um pouco e eu iria perguntar quais foram as notas dele no colégio.

— Fantástico. Na verdade, ainda estou de ressaca. Dois dos seus melhores sanduíches de bacon, por favor. — Depois descobri que o Joel tem uma paixão por carne que só quem foi vegetariano um dia entende.

— E o que você fez?

Ele me olha com cara confusa.

— Dei uma festa. A festa na casa da minha mãe. Ela está fazendo uma turnê para divulgar o livro dela nos Estados Unidos.

— Uma festa — digo, tentando manter a voz animada, talvez a festa tenha sido só para os homens. — E foi muita gente?

— Muita.

— Ah, que legal. — Comecei a pensar que era um pouco grosseiro da parte dele ficar falando tão bem da festa dele para alguém que não foi convidada. Minhas bochechas começaram a arder de raiva. E dava para perceber que ele reparou isso, pois ele fez uma cara difícil de entender e foi logo embora, com seus sanduíches na mão.

— Você foi na festa do Joel? — perguntei a Mitzi, quando voltei ao escritório.

— Sim, pena que você não estava lá. Ele não quis convidar todo mundo do trabalho, não foi nada demais.

— Tudo bem. — Idiota, estúpido, menininho chique, metropolitano, que tem de tudo, idiota que é promovido sem merecer. Aquilo era o fim. Decidi que não iria ser mais simpática com ele.

E mantive a minha *froideur* por uma semana. Não é fácil ser fria quando estou pegando fogo por dentro. Hoje em dia eu não me importo se sou convidada ou não para festas, embora eu fique furiosa pelos meus filhos. Semana passada, o Rufus não foi convidado para a festa de 6 anos do Flynn, apesar de eles sentarem juntos. Ainda tenho sonhos de empurrar aquele pivete do patinete para ele cair.

Na segunda seguinte, nós éramos umas dez pessoas em uma reunião para novas ideias. Apesar de Joel não ter uma posição de destaque, ele foi convidado para a reunião graças às suas conexões familiares com o diretor.

— Já foi feito — falei da primeira ideia dele.

— É o tipo de programa que é caro para ser produzido e que não tem muita audiência — falei da segunda ideia.

— Não — foi tudo o que consegui comentar sobre a terceira.

Logo que a reunião acabou, fui à cozinha e me deparei com ele. Estávamos sozinhos. Não dava para eu sair, e a chaleira estava demorando uma vida para esquentar a água. Ele é gay, ele é gay, ele é gay, fiquei repetindo para mim mesma. Ele é terrível. Ele é gay e terrível. Na realidade, ele é gay, terrível e nem gosta de você o suficiente para te convidar para uma festa. E ele é gordo. Meu corpo inteiro fervia. Achei que ia passar mal.

— Como você gosta do seu chá? — Nossa, parece que estou numa novela de época. "Como você gosta do seu chá?" Logo, logo eu iria perguntar o que ele achava do tempo nessa época do ano e iria comentar que eu achava o tempo bastante agradável. Quanto mais eu me atrapalhava, mais ele se divertia. Tempos depois, ele me disse que rir é a reação defensiva dele, da mesma forma que ficar com raiva é a minha.

— Leite, uma colher de açúcar — disse ele.

Nós dois tentamos pegar a mesma caneca, nossas mãos se tocaram. Poderia ter sido o momento onde nós nos olhamos e percebemos toda a verdade, mas, em vez disso, eu peguei rapidamente a outra caneca, a que estava lascada e que tinha a imagem de uma mulher de biquíni que desaparece quando a caneca está cheia.

Nós dois ficamos encarando a chaleira.

— Você tem algum problema comigo? — perguntou ele, de uma maneira que deu a entender que ninguém jamais tivera um problema com ele.

— Não. — Tentei enfatizar minha resposta olhando para ele, mas as minhas bochechas estavam coradas demais. — Desculpe, eu não sei de onde você tirou essa ideia.

— Lá dentro, na reunião, você derrubou todas as minhas ideias.

A chaleira finalmente ferveu e eu fiquei observando-o colocar açúcar no chá. Até hoje eu me lembro os grãos de açúcar que ficaram na superfície da pia.

— Talvez não fossem ideias boas.

— É verdade — disse ele. — Bom, a gente se vê.

Não se eu te vir primeiro e correr para o banheiro para evitar mais uma conversa desconfortável como essa.

Fui falar com a Mitzi, para me assegurar de que tudo estava bem, e ela me disse, meio que friamente, que nunca o escutou dizer nada de ruim a meu respeito.

— E por que você se importa?

Consegui evitá-lo durante algumas semanas, até uma vez que todos foram ao bar depois do trabalho. Lá eu tentei evitá-lo, mas percebi que estava muito interessada nas conversas dele e do lado de quem ele se sentava. Os lugares que as pessoas sentavam acabavam mudando quando alguém se levantava para comprar mais bebida, mas eu nunca me aproximava dele. Parecia que ele era um daqueles arranha-céus que você vê da cidade inteira, mas nunca consegue chegar perto. Muito foi bebido, e boa parte por mim. Nosso grupo cresceu e ficou cada vez mais barulhento e convencido do seu próprio brilho e hilaridade, o que irritava as outras pessoas do bar. Isso foi na época em que ainda podíamos fumar em ambientes fechados e eu me levantei para comprar mais um maço. A máquina de vender cigarros ficava em um corredor sujo que levava ao banheiro dos homens e cheirava mal. Anos depois eu ainda me animava quando sentia cheiro de urina de homem concentrada, porque me lembrava daquela noite. Hoje em dia, isso me irrita e eu dou descarga.

— Saco — falei, quando a máquina engoliu minhas moedas e não me deu o maço de cigarro.

— Precisa de ajuda? — perguntou Joel, ao sair do banheiro. Deu para ver os mictórios.

Eu já estava bêbada.

— Está bem, Sr. Prático.

Ele deu uma boa olhada na máquina e deu um chute nela. Ele fingiu dar um berro e mexeu as mãos como se fosse um mímico. Eu peguei o maço de cigarro que o chute dele conseguiu fazer cair.

— Obrigada. — Eu sorri para ele. O corredor era estreito e nós estávamos bem perto um do outro. Eu estava bêbada demais para ter raiva dele, além de agradecida por ele ter me dado os cigarros.

— Você não gosta de mim, não é?

Eu dei de ombros, indiferente.

— E você com isso? — Eu estava muito bêbada. — Todo mundo gosta. Todo mundo te ama.

Ele balançou a cabeça concordando.

— Eu gosto que gostem de mim. Então do que você gosta, minha encantadora Mary?

— Ninguém nunca me chamou assim.

— Mary ruiva. Seu cabelo é lindo. — Ele levantou a mão em direção ao meu cabelo mas não o tocou. — Do que você gosta?

— Eu gosto...

Mas eu não conseguia pensar em nada. Bom, nada que não fosse a sensação dele tão perto de mim daquele jeito, com o corpo dele me esquentando.

— Eu gosto de bigodes de gato.

Ele riu.

— E pacotes de papel pardo amarrados com barbante?

Eu concordei e tentei completar a música de *A noviça rebelde*, mas nada saiu. Fiquei olhando para ele, de boca aberta, esperando para ver se a minha voz saía.

Em vez da voz, eu senti lábios vindo na minha direção. Ele é gay, eu disse a mim mesma. Senti um contraste delicioso entre a barba por fazer dele e os lábios suaves. Na mesma hora comecei a imaginar como seria sentir esse contraste em outras partes do meu corpo. Ele parou de me beijar e ficou me olhando.

Finalmente algumas palavras saíram da minha boca, mas eu nem percebi que eu é que estava falando, elas tinham vida própria.

— Eu gosto disso.

Ele sorriu e me beijou de novo. Ele não é gay. Eu o beijei com vontade. Eu queria devorá-lo, ele tinha um gosto tão delicioso de cigarro, comida, cerveja e dele mesmo. Eu achei que poderia ficar beijando-o para sempre, mas a gente parou para cair na risada. Nós nos olhamos e rimos até chorar, aí saímos pela porta de serviço do bar e fomos para o beco onde ficam as latas de lixo. Ali, eu me encostei na parede e nos beijamos mais — beijo, riso, beijo, riso. Senti que ele estava excitado, se esfregando no meu vestido, ainda mais excitado quando levantei minhas pernas e coloquei-as em volta da cintura larga dele. Eu estava tão bêbada e tão excitada que eu queria que ele levantasse meu vestido, rasgasse minha meia-calça e transasse comigo ali mesmo. Na verdade, isso teria acontecido se um dos funcionários do bar não tivesse saído para jogar o lixo fora e quase acertado a gente. Mas quando ele nos viu, berrou: "Arranjem um quarto." Rimos mais um pouco e voltamos para o bar, andando separadamente até a nossa mesa. Separadamente mas com a mesma sensação de desconforto, a minha calcinha úmida e minhas coxas doendo me impedindo de me concentrar em outra coisa.

A hora mais demorada da minha vida passou naquela mesa. Nós estávamos fingindo tão bem que nada tinha acontecido, que comecei a me questionar se algo tinha realmente acontecido. Mas aí ele olhava para mim e sorríamos da mesma maneira que antes, senti-me corajosa e acariciei o pescoço de Joel quando passei por ele a caminho de pegar mais uma bebida.

Quando voltei à mesa, os lugares estavam trocados de novo e agora eu estava sentada na frente dele. Senti um pé com meia no meu colo. Ele sempre vestiu meias finas, essas eram de seda, listradas. O dedão dele meteu-se no meio das minhas pernas e senti que minha calcinha ficou mais molhada, a minha boca se abriu involuntariamente e um "Ah" de prazer saiu. O dedão continuou a pressionar. Mais do que qualquer coisa, eu queria tirar aquela meia e colocar aqueles dedos na minha boca. No lugar, coloquei o meu dedo e olhei pra ele. Ele virou pro lado e começou a mexer no celular. Logo depois recebi um torpedo.

Só dizia uma coisa: LÁ FORA.

Evitei olhar pra ele e respondi: AGORA. Tentei achar o ponto de interrogação mas desisti e deixei assim mesmo.

Ele se levantou, deu tchau para todos. Eu contei até sessenta e fiz o mesmo. Saí correndo e vi que ele não estava ali. Era brincadeira, claro, ele é gay, nem gosta de mim, ele e Mitzi provavelmente estão olhando para mim e pensando o quanto eu fui iludida. Aí senti um par de mãos na minha cintura.

— Rápido, antes que mais alguém saia.

— Por falar em sair... — A chegada oportuna de um táxi me interrompeu.

— Para onde? — perguntou Joel.

— Eu divido meu apartamento com uma amiga — falei.

Ele deu um endereço ao motorista de uma área de que eu sempre gostei, mas onde nunca tive dinheiro para morar. Ficamos nos amassos que os pobres dos taxistas têm que aguentar e saltamos em frente a uma casa enorme de tijolos.

— É a casa da minha mãe.

— Ela não está aqui, né?

Ele riu.

— Não, ela está viajando. Mas eu meio que tenho meu próprio apartamento aqui.

Passamos por um corredor enorme cheio de vasos de flores secas e abajures. Eu estava dividida entre a vontade de segui-lo e a de explorar aquele lugar. Tinha uma cozinha com quadrinhos de jornais em quadros nas paredes e pilhas de panelas velhas, um escritório lotado de livros e uma poltrona brega, uma sala com um bar cheio de bebidas exóticas. Tudo tão diferente da casa onde cresci — ali só tinha tapetes persas, em vez de carpete.

Ele me guiou por uma escada em caracol até o andar de cima, que era basicamente um cômodo enorme com uma cozinha americana de um lado e um colchão no outro. Ver os lençóis todos bagunçados me deixou ao mesmo tempo excitada e alarmada. Uma porta abria para um banheiro pequeno bem lá no fundo. Olhei pela janela para ver as luzes da cidade na escuridão. Parecia que era bem tarde, já que estávamos bebendo desde as 17 horas, mas eram apenas 21 horas. Ele cozinhou um omelete com ervas que colheu de um vaso que ficava na janela. Eu comi tudo, uma vez que não estava tão bêbada assim para saber que precisava comer algo, embora não quisesse nada na minha boca que não fosse ele.

Acho que por um instante eu pensei se era uma boa ideia que aquilo acontecesse tão rapidamente, mas eu estava bêbada e excitada demais para me importar. Normalmente, nesse ponto eu já estaria sem graça, mas ele fez com que eu me sentisse em casa. Na realidade, parecia que a casa dele era a casa na qual eu deveria ter crescido, pois eu havia passado a adolescência convencida de que eu provavelmente tinha sido adotada por aquelas pessoas entediantes, e os meus pais verdadeiros eram artistas liberais que tinham discussões animadas em alguma metrópole exótica.

Nós nos beijamos e rimos e nos beijamos de novo. Bebemos e conversamos, contamos detalhes das nossas vidas que de repente pareciam tão interessantes. Eu queria engoli-lo junto com suas palavras, aí me deu vontade de comer mais, então fomos na cozinha da mãe dele e comemos amendoim velho e chocolate. A comida me deixou um pouco mais sóbria e eu pensei vagamente em não dormir com ele naquela noite. Mas acho que eu já sabia o que ia acontecer.

E foi maravilhoso. Ele entrou em mim com muita facilidade e ao mesmo tempo com a fricção perfeita. Eu queria tê-lo dentro de mim para sempre, mas eu queria dentro e fora. Ele gozou rápido, uma cena linda de se ver, nu, com as meias listradas e a camisinha. Eu ainda não tinha gozado, mas em mais alguns segundos ele deu um jeito nisso ao se abaixar e se levantar depois com o queixo brilhando. Na época em que eu fumava, às vezes eu pensava no prazer de fumar o próximo cigarro, enquanto ainda não tinha terminado de fumar o cigarro atual. Foi assim que eu me senti naquela noite quando gozei — eu estava impaciente para que ele ficasse duro de novo para me penetrar ou para esfregar o pau dele em mim até eu implorar para ele me penetrar. Mesmo na terceira ou quarta vez, eu comecei a pensar em como o sexo seria bom no futuro, já que tinha começado tão bem, já que a primeira vez é normalmente o suficiente para evitar algum desastre.

Eu me olhei e vi que estava com o corpo vermelho e com a pele das coxas irritada pela barba dele. Olhei o quarto, que estava tão bagunçado quanto eu, com manchas de vinho na parede, o lençol caindo da cama, uma poltrona com o formato do meu bumbum onde Joel havia pressionado por cima de mim.

Eu achei que eu nunca tinha sido tão feliz.

	Lista de Tarefas Domésticas de Abril
	Arquivo Editar Exibir Inserir Formatar Ferramentas Janela
	A	B
1	Débitos permitidos em abril	2 por dia, total de 60
2	Total de débitos de abril	82
3	Descrição das infrações	12 cozinha; 7 banheiro; 7 lavanderia; 8 quarto; 15 sala; 11 responsabilidades de pai; 7 meio ambiente; 9 incompetências gerais; 6 finanças
4	Infração do mês	Ele me disse para não usar a secadora de roupas, "por causa do meio ambiente". Eu disse que a uso exatamente por esse motivo, para melhorar o nosso ambiente evitando ter roupas penduradas pelos aquecedores. "Mas está um dia tão ensolarado." "Está bem, não uso se você pendurar as roupas." Obviamente ele não fez — elas ficaram dentro da máquina de lavar até eu precisar lavar mais roupas, então eu que tive que pendurá-las, e disse que o mínimo que ele tinha que fazer era dobrá-las quando elas estivessem secas (e duras, bem diferente de como ficam quando saem da secadora, tão macias e quentinhas, que dá vontade de me enterrar nelas, parecendo uma daquelas mulheres loucas em comerciais de amaciantes). Aí, claro, ele não as retirou do varal para dobrá-las, começou a chover e elas ficaram todas manchadas e acabaram de novo na máquina de lavar e depois na secadora. Por que qualquer coisa que reduz o trabalho das mulheres em casa é prejudicial ao meio ambiente ou moralmente errado? Não posso usar produtos bons de limpeza sem destruir o planeta. Não posso pagar uma mulher de um país em desenvolvimento para limpar a nossa casa sem ter medo de estar explorando-a.

5	Pontos positivos	5. três anedotas brilhantes sobre ex-companheiros de trabalhos mútuos e 1 elogio, sem falar que ele não reclamou de eu ter usado a escova de dentes dele para limpar os sapatos do Rufus. Embora eu não tenha confessado que fiz isso.
6	Débito de abril	17 (82 descontando no limite de 60 em abril mais os 5 pontos positivos).
7	Débito total de fevereiro, março e abril	59
8	Total restante	41 nos próximos 3 meses (100 menos 59)

7
Casas com telhados de vidro

Subseção E [sala] número 5) *Deixa eu fazer todas as malas sozinha. Bom, nem todas. Para falar a verdade, ele faz a própria mala (pequena, caindo aos pedaços, que era do avô dele e está cheia de adesivos de linhas de cruzeiro e da Pan Am) com alguns pares de cuecas e escova de dentes.*

E6) *Berra "Já acabei" quando ele acaba de fazer E5 e aí fica sentado suspirando enquanto eu faço as malas das crianças e arrumo o restante das coisas.*

E7) *Fala "cacete" quando vê a quantidade de coisas que eu coloquei na mala — comida para a viagem, fraldas para o Gabe, o troninho, quatro mudas de roupa por dia, roupas para todo tipo de tempo, o cobertorzinho de que o Rufus precisa para dormir — "Eu me lembro de quando você conseguia fazer uma mala de mão para passar duas semanas fora", ele suspira.*

I [incompetências gerais] número 12) *Deixa todas as gavetas dele abertas. Será que ele nunca lê aquela parte do jornal que fala dos acidentes domésticos que matam as crianças? Aquela que fala de decapitações devido às janelas elétricas nos carros, sufocamento devido a frutas secas e ser esfaqueado por uma faca que estava com a ponta para cima na máquina de lavar pratos que foi deixada aberta?*

— Será que você pode ao menos me ajudar a levar isso para o carro? — berro, ao me deparar com uma coleção de malas e mochilas que não combinam, e outras coisas que mal cabem em sacolas plásticas. Por que arrumar as malas é sempre assim? Começa dias antes, com anotações em pedaços de papel e envelopes para que certos itens não sejam esquecidos. Meses depois, ainda acho alguma anotação que parece ter sido feita em código, em algum dos livros dos meninos, algo que diz "monitor" ou "coelho". Também me esforço para separar as roupas que vamos levar na semana anterior à partida, mas ainda acabo lavando as coisas preferidas na véspera e esqueço de colocá-las na secadora, tendo que levá-las ainda úmidas dentro de sacos plásticos. Aí elas são penduradas no carro (a gente as deixava secando ao vento, fechando as janelas para prendê-las, até que o Gabe aprendeu a abrir as janelas no meio da estrada e um bando de roupas de baixo saiu voando) ou largadas na sacola até mofarem.

Na minha fantasia, fazer as malas envolveria entrar em um armário gigante, cheio de roupas dobradas que seriam colocadas perfeitamente dentro de um conjunto de malas de rodinha. Um dia, eu penso, serei o tipo de pessoa que guarda os sapatos na caixa onde eles vieram, com fotos deles do lado de fora para serem facilmente identificados.

A Mitzi disse que já tem tudo arrumado para a casa de verão e pode "colocar tudo no carro em dois minutos". Eu acho que ela se ajudou nesse sentido, ao comprar duplicatas de tudo, inclusive das bicicletas e patinetes, conseguindo então evitar a pilha de coisas que está no nosso carro.

Gabe está batendo no irmão com uma colher de madeira. Rufus rola no chão exagerando a dor e começa a fazer manha. Uma equipe de TV poderia, a qualquer hora do dia, ter filmado o suficiente para os segmentos do estilo "A família Tennant está tendo dificuldades em lidar com dois meninos", daqueles programas que as babás vêm na sua casa e dão um jeito na sua família.

— Por favor — berro com o Joel. A gente só usa palavras assim aos berros.

— Será que a gente não pode fingir que está doente? — pergunta ele.

— Não começa. Vai ser legal. — Isso foi dito no mesmo tom que uso ao falar com os meninos sobre uma excursão a uma mansão antiga.

— Vai ser tão legal quanto um coquetel de botulismo com um pouco de antrax.

— Você tem alguma ideia melhor para o feriadão?

— Eu gostaria que fosse só um final de semana. Não acredito que você disse que a gente vai ficar até quarta.

— É como se fosse um final de semana prolongado.

— Um final de semana superprolongado.

— São as férias do meio do semestre. Você tem alguma ideia melhor?

— Eu prefiro ficar aqui.

— Você sabe que a gente iria enlouquecer até amanhã e você iria arranjar alguma desculpa para ir trabalhar. Olhe para isso como se fosse férias de graça.

— Você sabe que nada nunca é de graça com a Mitzi. — Ele suspira. — No mínimo vamos ter que ficar puxando o saco a respeito de, sei lá, todas as características originais da casa, e como eles deram sorte de encontrar mastros para bandeiras feitos dos ossos de órfãos orgânicos, e uma banheira feita à mão por padres hindus e cheia de água sagrada do rio Ganges.

— É um preço pequeno a ser pago. Você já viu o preço dos aluguéis na época de férias?

— Todos aqueles amigos horríveis...

— A Becky vai estar hospedada lá perto e vai nos visitar. Você vai ter companhia.

— Graças a Deus.

— Anda, vamos colocar as coisas no carro.

— Eu achei que a gente ia passar apenas algumas noites fora, não que íamos nos mudar.

— Muito engraçado. Agora entra no carro antes que eu vá sem você.

— Oba.

Já passamos do limite de tempo que a nossa família consegue ficar dentro do carro sem se matar. Eu e Joel já discutimos se vamos escutar música ou ouvir programas de rádio, os meninos já discutiram sobre quem vai segurar o aparelho portátil de DVD.

— Quanto tempo Mitzi disse que demora para chegar lá? — É uma coisa rara o Joel ficar visivelmente irritado, mas uma longa viagem de carro consegue tirar até ele do sério

— Umas duas horas.

Ele ri.

— A gente está dirigindo há duas horas e meia. Por que é que quem tem casa de veraneio sempre mente em relação ao tempo que demora para chegar lá?

— Talvez eles peguem um atalho.

— Na máquina do tempo deles.

— Provavelmente na Ferrari do Michael.

— Então é isso. O Michael deve ter feito esse percurso em duas horas e meia uma vez, à 1 da manhã, 50 quilômetros por hora acima do limite e agora Mitzi fica falando para todo mundo que a casa deles fica a umas duas horas de distância. É isso que o povo que tem casa de veraneio faz. Isso e dizer que é só uma hora de trem e que "demora mais para atravessar Londres". E se eles se mudam para lá, sempre falam que você "tem que ir passar uns dias, a gente provavelmente vai se ver mais agora". Eis as leis imutáveis de quem compra casa fora da cidade.

Joel tem mais experiência com pessoas que têm casas de veraneio que eu, já que a maioria dos amigos da mãe dele tem alguma "casinha" que eles herdaram ou compraram barato no interior, na época que ser intelectual era equivalente a ter uma vida de banqueiro.

Chegamos quase quatro horas depois que partimos, em um celeiro de pedra e tijolos convertido, cercado de campos. Além deles um brejo, e além do brejo, o mar. O charme rústico do lugar é um pouco destruído pelos painéis solares que chamam muita atenção, pelo gerador que funciona com a força do vento e por ter por volta de meio milhão de libras em carros na frente da casa. Isso e o som de dois meninos fazendo manha no nosso Golf, e do meu coração pesado ao ver que a calça do Gabe está molhada.

Mitzi vem em nossa direção vestindo um casaco de chuva, calça jeans *skinny* e botas de chuva limpas. Dois dos seus filhos aparecem logo atrás, vestindo a versão infantil dessa roupa, seguidos por dois cachorros. Rapidamente percebo que a minha família não tem as roupas ou os animais domésticos necessários para passar uns dias na costa inglesa.

— Mil desculpas pelo atraso, demorou mais do que a gente esperava.

— Quase quatro horas — acrescenta Joel.

Já começou a troca de alfinetadas entre ele e Mitzi.

— O quê? Vocês vieram pela Escócia? — pergunta Mitzi.

— Não, viemos pelo mesmo lugar no tempo e espaço onde a maioria de nós mora.

— Bom, se você tivesse me ajudado a fazer as malas, a gente teria saído mais cedo e não teria ficado preso no trânsito.

— Não fui eu quem disse que demorava duas horas.

— Esse lugar é maravilhoso — digo a Mitzi.

— Não é? Você quer dar uma olhada por aí?

— Prefiro comer — reclama Joel.

— Não estressa com ele, acho que ele é hipoglicêmico. Por que não pega umas barrinhas de cereal na minha bolsa para você e os meninos? — Suspiro. — Você sabe como eles são, precisam de carboidratos e/ou açúcar a cada duas horas.

— Então, nós aumentamos a entrada para dar uma aparência mais imponente e ela agora também serve como sala de jantar — comenta Mitzi. — E, claro, a cozinha era tão apertada que nós derrubamos ela toda. — Chegamos a uma área enorme toda iluminada com vista para o campo e o céu.

— Nossa, olha só esse granito — digo, ao passar a mão em uma bancada maior que a cozinha da maioria dos mortais.

— Não é granito, tem oitenta por cento de vidro reciclado. E o chão é feito de pneus velhos que foram derretidos e entrelaçados. Maravilhoso, não é?

— Olha essa vista — digo, embora meus olhos estejam mais fixados nas portas corrediças de quase 4 metros de altura que nos separam do exterior e que devem ter custado uma verdadeira *fortuna*. — Foi difícil planejar essa extensão?

— Sim, foi superdifícil. A madeira dela é reconstituída de armários de farmácia da época vitoriana e a madeira da escada é das tábuas dos navios que naufragaram aqui perto. Confesso que a geladeira é nova, mas aquele azul bebê não é lindo? Ah, e aquela parede de vidro é feita de garrafas de leite.

Atrás do vidro embaçado da parede tem uma área cheia de sofás com estofamento parecido ao de colchões, em volta de uma mesa de centro enorme de vidro.

— É ótimo ter uma lavanderia com chuveiro para quando as crianças entram em casa todas sujas e cheias de lama. Elas podem simplesmente se limpar aqui. — A área do chuveiro em si é maior do que o nosso banheiro. Há botas de chuva e roupas para pesca arrumadas uma ao lado da outra, e casacos e capas de chuva pendurados. — Vocês querem ver o seu quarto? Quero dizer, quartos.

Aceno com a cabeça. Acho que a inveja me impede de falar. Eu não quero as minhas coisas, eu quero *essas* coisas. Eu quero que a minha vida seja organizada. Eu quero um lugar para tudo. A Mitzi é tão à vontade com a riqueza dela que transmite a sensação de um merecimento, de que tudo isso é inevitável, e isso é maior do que o fato de que ela cresceu pobre ou nunca ganhou o próprio dinheiro trabalhando. Será que ela pensa que, se tivesse casado com outro homem, alguém como o Joel, ela não estaria se dividindo entre escolas particulares e consultas com especialistas em decoração ambiental? Ela estaria vivendo uma vida que, embora confortável, não seria essa.

— Bom, como nós queremos ter as famílias dos nossos amigos aqui como convidados, fizemos esta parte como se fosse uma ala separada da casa, com sua própria escada. Está vendo como a escada parece aquele tipo que tem em barcos?

— Sim, eu estava pensando nisso. — Continuo seguindo-a pelo que deve ser chamado de escada de serviço, embora sejam maiores e mais grandiosas que as escadas principais de muita gente. Elas acabam em uma área com dois quartos e um banheiro enorme.

— Eu achei ótima a ideia do banheiro ter a melhor vista, já que os convidados podem tomar banho de banheira e apreciar a vista ao mesmo tempo.

— É lindo.

Já estou pensando na possibilidade de tomar um banho de banheira que não está frio e sem ter que dividi-lo com um dos meus filhos ou suas coleções de brinquedos sujos.

— A banheira é feita de pedais de freio reciclados, e os azulejos, de garrafas de plástico.

— Nossa! — As prateleiras repletas de produtos de beleza me distraem, sem falar nos roupões de banho. A Mitzi então arruma os produtos em pares de xampu e condicionador, loção de banho e de corpo. Eles ficam obedientemente nas prateleiras. É como estar em um daqueles hotéis caros que não podemos pagar. Olho pela janela e vejo Molyneux e a Mahalia brincando com uma pipa, enquanto os gêmeos andam de bicicleta, tudo isso capturado pelas lentes bem grandes de um fotógrafo.

— Ele trabalha para as revistas de domingo nos jornais.

— Ah, certo.

— Eles estão fazendo uma matéria sobre como é possível ter uma casa de veraneio que não custa uma fortuna nem é prejudicial ao planeta. Achei que era uma boa publicidade.

— Para quê?

— Estou pensando em abrir meu próprio negócio. Produtos para a casa que são superchiques e, ao mesmo tempo, bons para o meio ambiente. Produzidos com toda ética no exterior. Já tenho o nome do site e tudo, então a matéria pode mencioná-lo quando for publicada no final do ano.

Fico olhando o fotógrafo, que pede para as crianças jogarem pedaços de grama umas nas outras, como se fosse confete.

— Ele vai embora logo? — pergunto. — Eles não vão querer fotos dos seus convidados, não é? — Logo que faço a pergunta, já sei a resposta. Claro que vão mencionar como a Mitzi e o Michael gostam de que a casa "esteja sempre aberta para que os amigos e suas famílias também possam aproveitá-la tanto quanto eles". Dou uma olhada na minha roupa, que está desarrumada.

— A gente vai ter que trocar de roupa para completar o visual?

— Hã — disfarça Mitzi.

— E teremos que estar mega-arrumados?

— Deixa de bobagem, nunca esperei que sua família estivesse arrumada. Eles já tiraram as fotos do interior da casa ontem. Hoje eles querem fotos de um grande almoço de família no terraço.

— Com crianças adoráveis jogando frutas na boca, adultos sorridentes passando garrafas de vinho, vasilhas enormes de uma comida tão simples, porém tão deliciosa?

— Isso.

— Nossa, Mitzi, como você consegue? Como você consegue decorar uma segunda casa inteira enquanto eu nem consigo pintar a minha? E ainda consegue tempo para organizar um banquete rústico para uma revista de decoração.

Ela acena com a mão, e eu olho pela janela e vejo que as crianças estão sob a vigilância não só da babá de Londres, mas também da segunda *au pair*, enquanto uma senhora robusta arruma a mesa de madeira ou, me arrisco a dizer, a mesa talhada do casco de um galeão recuperado.

Quando descemos, Michael está criticando a rota que Joel pegou e fazendo piada sobre o estado do nosso carro.

— Você está certa. Eles são bem conscientes com o meio ambiente — diz Joel enquanto nós dois tiramos as bagagens do nosso carro que, segundo Michael, é o tipo de carro que só uma professora de enfermagem de 20 anos poderia dirigir. — Até a conversa é reciclada.

Depois de sobrevivermos ao almoço, um casal vizinho deles cuja esposa é convenientemente uma afro-americana muito fotogênica, com uma filha linda, se junta a nós. Os meus filhos estão vestindo roupões de banho listrados que pertencem aos filhos da Mitzi, o que é mais apropriado para a cena que o fotógrafo quer capturar do que as camisetas do Ben 10 que eles vestiam. O repórter, o estilista e o fotógrafo da revista se retiraram e penso ter ouvido um suspiro de alívio por não precisarmos mais fingir que somos perfeitos.

— Posso fazer um chá? — pergunto a Mitzi. — Mais alguém quer chá?

— Aquele tipo de erva africana?

— Não, o tipo comum.

Ligo a chaleira elétrica e sou interrompida por Michael.

— Você sempre deve usar água fresca na chaleira — explica ele. — Caso contrário, está simplesmente fervendo a água de novo. E use o fogão novo, é para isso que ele existe.

— Ok.

Tiro a chaleira da tomada e a levo ao fogão.

— Não põe essa chaleira no fogão, sua idiota — berra ele. — Você vai estragá-la. Usa a outra chaleira. Será que você nunca usou um fogão elétrico moderno?

— Para falar a verdade, não. — E não me chame de idiota.
— Eu estava brincando. Claro que eu não ia pôr a chaleira elétrica na boca do fogão elétrico. Até parece.

Vejo uma chaleira de cromo e começo a enchê-la.

— Essa torneira é de água filtrada, tem que usar a outra — diz ele.

— Está bem.

Ele continua me observando. Pego três canecas e estou prestes a colocar saquinhos de chá nelas quando ele me interrompe de novo.

— Na chaleira. Você deve sempre fazer chá na chaleira. Será que não percebe a diferença no sabor? Você tem que usar o chá com as folhas soltas, e não em saquinhos, e tem que beber em xícaras de porcelana. — Ele está na minha cola só esperando eu cometer mais um erro. — Mary, você precisa esquentá-lo primeiro.

Essa é a conversa mais demorada que nós tivemos e é sobre como fazer chá.

— Michael é muito exigente com o chá dele — diz Mitzi, ao entrar na cozinha. Não existe um tom crítico na voz dela. Ela já comentou comigo uma vez sobre a importância de não menosprezar ou rir dos nossos maridos. — E realmente faz diferença. Você me ensinou tudo sobre chá — diz ela a Michael, beijando o nariz dele.

Eu já teria jogado a chaleira com água fervendo no meu marido, e agradeço mentalmente por ele não encher meu saco com isso. Por outro lado, Mitzi já está com um pano na mão, para limpar a bagunça que eu possa ter feito nesse processo tortuoso de fazer chá.

Michael é o tipo de homem que se dá ao trabalho de chamar o sommelier nos restaurantes para discutir os méritos das safras de um *Châteauneuf-du-Pape*. Eu ainda não tinha percebido que ele também era assim com chá. Ele cheira a xícara primeiro e toma um gole pequeno. Fico esperando para ver se ele vai girar o líquido na boca e cuspir na pia ao lado, mas parece que aprovou. Não deixo que me veja colocando leite de soja no meu chá, o que provavelmente é contra as regras de fazer chá. Fico me questionando se Joel não tem razão ao dizer que às vezes o preço que se paga por um final de semana prolongado de graça é alto demais. A Mitzi pega a minha caneca e a limpa embaixo antes de colocá-la na pia de vidro reciclável.

— O almoço estava delicioso — digo a ela. — Obrigada.

— Hum — fala, distraidamente. — Você não achou que tinha muito roxo e vermelho, que eles meio que não combinaram? Afinal, berinjela, repolho e sementes de romã?

Até então, a nossa estadia aqui não tem sido relaxante. Não sei se devo me preocupar mais com o comportamento do Joel ou do Gabe. Por outro lado, estou muito orgulhosa do Rufus, que está demonstrando suas habilidades matemáticas e sua predisposição natural para multiplicar e dividir, ao ponto que o Michael fica perguntando se ele aprendeu isso "naquela escola pública" e a afro-americana indaga se eu já cogitei que ele possa ser autista.

Gabe está conseguindo transformar qualquer coisa em um revólver ou uma espada, para horror dos gêmeos. Joel está encorajando esse comportamento ao inventar um jogo no qual se deve colocar pinhas na parede do terraço e tentar derrubá-las jogando pedras e gravetos, tudo isso com efeitos sonoros. Não adiantou nada Ursula não deixá-lo brincar com revólveres de brinquedo quando ele era criança. Estou correndo atrás dos três para garantir que não estamos fazendo nenhuma bagunça, a não ser nos nossos quartos, que agora parecem um campo de refugiados para pessoas que foram deslocadas de suas casas, repletos de roupas desbotadas.

Depois de fazer outra viagem ao segundo andar para repatriar nossos pertences, eu resolvo dar uma volta nos quartos da outra ala. Rufus está fazendo o mesmo, sendo observado de perto pela Mahalia.

— Você não pode entrar no quarto do Molyneux — diz ela —, você vai pegar os brinquedos dele e não vai colocar no lugar certo.

— Eu vou — diz ele —, eu só quero brincar um pouco.

— Os brinquedos não são para brincar — declara ela, ao dar um tapa na mão dele, que ia na direção do avião de madeira da década de 1950 pendurado no teto.

Vai ser um dia longo. Não consigo lembrar o que se faz em uma casa de campo. Normalmente existe uma visita nesses finais de semana a algum santuário de pássaros ou alguma reserva florestal da área que demora três horas. Eu cresci na divisa de uma cidade com campos e um rio, mas não me lembro de nenhuma aventura do estilo *Island of Adventure* da Enid Blyton, estava mais para um tédio imenso e a descoberta de que o tempo anda muito mais rápido se você passar a tarde toda lendo.

— Por que não damos uma caminhada? — digo com entusiasmo, enquanto a guarda-costas do Rufus pega uma das galochas do trem Thomas do meu filho e a coloca na sala de botas, onde ela fica em posição de sentido em meio às fileiras ordenadas de calçados.

— Onde? — pergunta Rufus, agora que foi banido do reino encantado dos quartos da Mahalia e do Molyneux.

— Sei lá. Por aí. Até o mar?

— Dá para eu comprar uma revista lá?

— Não, lá não tem lojas.

— Ah — diz ele, com voz de desencanto. — Dá pra eu jogar Wii então?

Já percebi que os jogos eletrônicos não educativos ficam guardados em um quarto sem janelas, uma parte da casa que não me mostraram e nem fez parte do ensaio fotográfico.

— Está um dia lindo.

Consigo ouvir a falsidade na animação da minha voz e, pior, ouço as mesmas palavras que minha mãe tanto repetia. Nós odiávamos os conselhos inevitáveis para aproveitar o dia e ir colher plantas selvagens para colocar em quadros, ou ver se encontrávamos insetos ou girinos no rio. Apesar de toda a conversa a respeito das diferenças dessa geração de crianças para a nossa, fico impressionada ao ver que tenho com os meus filhos as mesmas conversas que eu tinha com a minha mãe, tipo: "mas ketchup é feito de tomate" e "batata frita é feita de batata". É como se eu estivesse sendo possuída por ela a cada vez que vou encher as boias de braço quando elas já estão nos braços deles, ou cada vez que coloco um recibo de estacionamento na boca enquanto dou ré no carro para estacionar. O interessante em relação a meninos é que eles fazem exatamente o que você imagina que eles vão fazer, e tem sido assim sempre. Eles pulam em poças de lama, chutam folhas, colocam as cabeças nas grades da escada e as mãos dentro das calças. Até mesmo as coisas que eu achava que eram exclusivas deles, como a obsessão do Rufus com os elásticos que o carteiro coloca nas cartas, eu descobri que é um hábito dos meninos da vizinhança, que gostam de amarrar esses elásticos nas bicicletas e nos patinetes.

Joel me ajuda a vestir os meninos com roupas apropriadas para o campo, na sua maioria emprestadas pela Mitzi, e ela arruma a Mahalia e o Molyneux que, para minha alegria, estão fazendo manha para jogar o videogame tanto quanto o Rufus. Bem na hora de sairmos, Merle, a gêmea, tropeça no pé da cadeira do Michael e arranha o joelho. Ele nem se mexe. Até parece que ele não a escuta chorar, como se o choro fosse na frequência dos apitos para cachorro e só nós conseguíssemos ouvir. Aí a *au pair* aparece e abraça Merle com aqueles braços búlgaros tão fortes, enquanto Michael continua lendo todas as partes do jornal que eu ignoro.

— O Michael se envolve muito com as crianças? — pergunto a Mitzi, enquanto vamos em direção ao mar e as focas marinhas, e ela começa a colocar algas em uma cesta. — Por que você está fazendo isso?

— É um tipo de erva-doce, é o aspargo do mar. Ainda não é a temporada dele, mas fica uma delícia com manteiga derretida, e o melhor de tudo é que é completamente grátis e natural. Estou pegando de graça tudo que é possível.

— É, li sobre isso. As únicas coisas que eu conseguiria pegar de graça na minha área são carrinhos de supermercados, chiclete grudado no chão e latas grandes. E qual a cara de alho selvagem? E a diferença entre cogumelo venenoso e comestível?

— Você acaba aprendendo — diz Mitzi. — É como escolher um amante.

— Então, o Michael. Não parece que ele faz muito com as crianças.

— De uma maneira bem doméstica, no estilo de trocar fraldas, é mesmo — diz ela. — Ele trabalha tanto e é tão bem-sucedido que sinto que seria injusto preocupá-lo com assuntos domésticos. E ele é muito envolvido na educação das crianças.

— Ele paga por ela.

— Não, mais que isso. Ele quis ter certeza de que o Molyneux e a Mahalia já saberiam ler antes de ir à escola, e que já saberiam um pouco de francês. Isso é muito importante para ele.

E por pensar nisso, ela não consegue descer as escadas com os filhos sem ter que contar em voz alta os degraus, e os gêmeos que só têm 2 anos são interrogados constantemente a respeito de cores e formatos.

— Mas e as outras coisas? — pergunto.

— Bom, ele não empurra ninguém no balanço, nem joga ninguém para o alto, se é isso que você quer saber. Casar com o pai perfeito não é para todas, sabia? Você foi quem casou com o Joel.

— Não foi isso que eu quis dizer.

— Todas nós sabemos que foi você quem pegou o Joel. Eu adoraria que você não tivesse que esfregar isso na minha cara sempre.

— Desculpa, não sabia. Deixa eu te ajudar com a sua erva.

— A gente poderia ter um jantar completamente de graça — diz Mitzi, com o entusiasmo que ela antigamente tinha para remédios e bebidas. — Poderíamos pegar caranguejo.

— Ou carangos, como nos velhos tempos.

Ela ri e, naquele momento, longe do Michael e dos empregados, ela é a mesma pessoa que eu conheci há 13 anos.

— Você não pode falar besteira na frente do Michael.

— Ele acha que você era virgem quando vocês se conheceram?

— Claro que não, mas ele não sabe exatamente como foram os meus 20 anos. Foi tudo tão caótico.

— Nem tanto — digo, pensando naquele tempo —, os meus foram menos empolgantes, porém mais caóticos que os seus. As suas aventuras foram planejadas. Acho que você até disse isso uma vez. Que iria se divertir ao máximo e aí iria se casar com um homem rico. E foi isso mesmo que você fez.

— Eu nunca disse isso. É uma coincidência que Michael seja bem-sucedido. Eu me apaixonei por ele, não pelo dinheiro dele. O tipo de homem poderoso e inteligente pelo qual eu me apaixonaria era provavelmente o tipo de homem que seria bem-sucedido na carreira dele.

— Talvez, mas que tipo de conselho profissional você daria a Mahalia e a Merle?

— Você está insinuando que o meu casamento foi uma jogada profissional?

— Não, claro que não — digo. Claro que estou. A história nunca foi revisada tão descaradamente desde que Trotsky foi apagado das fotos da Rússia revolucionária. A Mitzi usou reservas abundantes de sexo e diversão para pagar por um bom casamento com um homem tão inflexível como o Michael.

— Eu queria segurança — admite ela —, não necessariamente financeira. Você sabe sobre a minha mãe. Eu não queria isso para a minha família.

As crianças estão cobertas de lama e gritando de alegria. Elas se jogam no chão, escorregam e esbarram umas nas outras, sem se importar que as conchas às vezes arranhem suas peles. Gostaria de ter esse instante para sempre, parece que pelo menos por um dia meus filhos têm a infância que merecem. Às vezes momentos como esse acontecem, quando estamos todos cantando com o rádio e inventando umas letras de música bem bobas, e contribuo ao inserir os nomes deles nas músicas, e eles insistem em repetir as palavras "cocô" e "bunda". É nessas horas que eu sei, em vez de simplesmente ter de me lembrar o quanto eu os amo e o quanto eu amo passar tempo com eles. Essas passagens raras de perfeição familiar me deleitam, como agora, ao ver os cabelos deles cheios de lama e os corpos magrinhos camuflados e irreconhecíveis. Quase tenho vontade de chorar de tão adorável que isso é, e me pergunto se é sempre assim para a Mitzi, essa fantasia, a vida que o artigo sobre a casa de campo dela nos vai mostrar que temos tanta sorte de vivenciar.

Na manhã seguinte da minha primeira noite com Joel, eu não só acordei na casa da Ursula como também não tinha dormido nada. Nós transamos e rimos e bebemos, aí cochilávamos por alguns minutos e fazíamos tudo de novo. Nós nos abraçávamos e ficávamos ensopados de suor, eu me xinguei por ter dois braços, já que um deles sempre criava uma barreira entre a gente. Parecíamos duas meninas de 8 anos dividindo o quarto. "Dorme primeiro", "Não, você dorme primeiro", "Já dormiu?"

— Eu me interessei por você no momento em que entrei no escritório — disse Joel, enquanto debatíamos o que comer de café da manhã e o quarto se enchia de luz. — E ali estava você, uma ruiva linda, em cima de uma mesa, e quando você se esticou para colocar as prateleiras, uma parte da sua barriga ficou à mostra... essa parte. — Ele se abaixa para beijar a minha barriga e me sinto molhada de novo. Como quando se está resfriada, e se fica sem saber de onde vem todo aquele líquido.

Fiquei envergonhada. Não esperava esse tipo de conversa tão cedo. Ele não se fez de difícil, já que não precisava disso.

— Mas...
— Mas o quê?
— Eu achava que você era gay.
— Alguns amigos meus são, mas por que você pensou isso?
— A Mitzi que me disse.

Ele franziu a testa.

— Mas ela sabe que eu sou a fim de você.

Fiquei vermelha ao ouvir isso, e não consegui parar de pensar em como eu não tinha desconfiado de nada.

— Talvez eu não tenha entendido bem. Ou talvez ela não tivesse entendido.

— Um erro comum, já que Mary é um nome masculino. — Ele colocou a cabeça mais para baixo e passou a língua em mim. Levantou a cabeça para falar. — Ainda bem que Mary não é um homem. — Ele voltou a passar a língua em mim.

— E ainda bem que você é — falei e puxei-o na minha direção e para dentro de mim.

Poderíamos ter passado o dia assim. Fiquei pensando se eu deveria dizer que tinha algum compromisso fantástico para uma manhã de sábado. Ele deu um pulo de repente.

— Eu sou um idiota — berrou ele ao fazer uma dança exagerada para colocar a cueca e a calça.

— O que foi? — perguntei. Era bom demais para ser verdade; ele deve ter se lembrado de que tem mulher e filhos.

— Tenho que estar em Bruxelas no almoço para encontrar a Ursula. Onde estão as passagens de trem?

O quarto estava bagunçado quando chegamos, agora parecia uma piada de tão desarrumado. Comecei a ficar nervosa. Tenho pânico de perder voos e trens. Enquanto ele jogava as coisas para o alto procurando passagens, passaporte e meias, tentei me acalmar dando uma olhada na escrivaninha dele. Ele precisa conseguir chegar a tempo. Se não conseguir, tudo estará arruinado. Eu ficarei marcada para sempre como a mulher que o fez perder o trem — não qualquer trem, o Eurostar. É surreal, pensei, que exista um homem que consegue esquecer que tem uma viagem para o exterior. Um homem que em vez de ficar em casa na véspera arrumando as roupas e repetindo o mantra passaporte-passagem-dinheiro, sai para beber e seduzir uma mulher.

— Achei — gritei —, passagens e passaporte.

— Eu te amo — disse ele e me beijou.

Não foi um "eu te amo" de verdade, foi do tipo que você fala para quem achou seu passaporte e suas passagens. De qualquer maneira, percebi como eu me sentiria se ele tivesse falado isso de verdade.

Eu também te amo, disse a mim mesma. Amo o fato de você ser tão bom de cama e de me deixar à vontade com a sua segurança, de você perder coisas e eu poder te ajudar a encontrá-las, e adoro o fato de você lidar com viagens de trem de um país para o outro como as outras pessoas lidam com ônibus.

Joel está sempre falando de vários momentos do tipo "e foi nesse momento que eu vi que te amava"; mas quando ele me mandou um torpedo do trem, agradecendo e dizendo que me amava, eu também tive um momento assim.

Mantivemos o nosso relacionamento em segredo na semana seguinte no trabalho, nos encontrando nos banheiros para deficientes físicos do segundo andar que ninguém usava. Trocávamos e-mails e torpedos quando não estávamos juntos, embora nos encontrássemos com a maior frequência possível. Não me fiz de difícil. Eu estava bem fácil.

Aí alguém nos viu em uma lanchonete na esquina e eu percebi que teria que contar para a Mitzi.

— Que legal — disse ela ao ouvir a novidade —, bem legal.

Fiquei tão aliviada que nem analisei a reação dela.

— Ele não é gay.

— Não — disse ela. — Bom, pelo menos esperamos que não.

E isso foi tudo. Ela e sua amizade perderam a intensidade, e eu me tornei apenas uma de suas discípulas, e continuo assim até hoje. Ela e Joel começaram com essa história de dar alfinetadas um no outro, um relacionamento de amor e ódio no qual ninguém tem certeza qual é a proporção de cada sentimento. Ele às vezes insistia para que a evitássemos, o que me fazia insistir no oposto. Eu não queria que ele reclamasse muito. Mais ou menos um ano depois disso ela conheceu o Michael e embarcou numa história épica de amor, maior que a de qualquer pessoa, com feriados em ilhas particulares nas Maldivas e um casamento que deixou a cerimônia de entrega do Oscar no chinelo.

— Será que dá para disfarçar um pouco que você não queria vir para cá? — berro com o Joel ao ensaboar os meninos na banheira de pedais de freio reciclado, limpando a lama dos seus corpos. Ele está brincando com os meninos, fingindo colocar a lama na boca.

— Eu não sei o que você quer que eu faça. Você está sempre reclamando de como é irritante o fato de que eu queira que as pessoas gostem de mim. Como se eu devesse querer que me odiassem.

— Só não dá para entender como você, que precisa fazer com que as pessoas te adorem, possa estar se esforçando para ser grosso e antipático com o Michael e a Mitzi. Será que não existe um meio-termo?

— Não tem como eu vencer, não é? Ou eu te irrito porque quero que as pessoas me adorem, ou porque quero que elas não gostem tanto assim de mim.

— Não se preocupe; eles acham você maravilhoso, e eu tenho tanta sorte de ser casada com você. Todo mundo ama o Joel.

— Menos a minha mulher, que me odeia.

— Eu não te odeio — digo ao olhar nervosa para os meninos, que estão se limpando com um sabonete caro. Ele não acredita muito. — Às vezes eu odeio as coisas que você faz.

— Becky, que bom te ver — diz Joel, que acabou de sair do banho, indo na direção dela. Os dois são altos e têm ombros largos, com tendência a engordar, e braços feitos para abraçar. Ela sussurra algo para ele e o vejo relaxar pela primeira vez desde que chegamos aqui.

— Como é o seu hotel? — pergunto.

— É bom.

— É lindo — diz Cara, que está cheirando a capim-limão quando me beija. — Mitzi, você acertou em cheio quando encontrou esse hotel para a gente.

— É maravilhoso, não? — exclama Mitzi. — Foi a única coisa que nos fez conseguir lidar com aquelas reuniões entediantes do planejamento da casa e discussões com os construtores na época das obras.

Tudo que Mitzi descobre para as férias é sempre maravilhoso. Somos convidados a admirar não só a capacidade do Michael de pagar por todo esse luxo, mas também a astúcia dela em descobrir esses hotéis fantásticos e cheios de empregados para realizar todos os seus desejos. O fato de que ela e Michael viajam de vez em quando sem as crianças para algum hotel chiquérrimo no Caribe não é simplesmente uma indicação de que eles têm mais dinheiro do que os outros, mas também de que eles têm mais perspicácia e estão mais apaixonados. Para ela, ter bom gosto é uma forma de moralidade. Mesmo quando tínhamos 20 e tantos anos, ela sempre preferiu lençóis de cama de algodão egípcio, chocolate com 85 por cento de cacau e vinho bem seco. Ela até gosta realmente de fazer ioga.

— Por que vocês não estão hospedadas aqui? — pergunto a Becky. — Tem vários quartos sobrando.

— Ai, Deus, por nada nesse mundo a Cara iria ficar na mesma casa que meia dúzia de crianças com menos de 8 anos que acordam muito cedo. Ela dorme com máscara nos olhos e uma camisola combinando. — Imagino a Cara com uma máscara para os olhos de seda verde-clara e uma camisola da mesma cor. Penso na calça de moletom e na camiseta que fazem parte do meu pijama.

— Não a culpo. Se eu fosse você, não iria querer passar as férias com a minha família. Na verdade, se eu fosse eu mesma, eu também não gostaria.

A chegada de Daisy e de seu marido, que está sempre calado, nos interrompe.

— Não sabia que vocês vinham — digo —, embora fique feliz em vê-la.

— Meus sogros têm uma casa aqui perto. Sempre tiveram. Uma casa de campo como esta. Embora eu fale como esta, é difícil de imaginar uma casa mais diferente desta. Na verdade, está mais pro brega que para o chique.

— Aqui é muito bonito. Estou ficando até com inveja — digo. — Ei, Mitzi, quero a sua casa.

— Ai, Deus, não quer — fala Daisy —, é um saco ter uma casa de campo, mesmo que seja uma feia como a dos pais do Robert.

— Uma casa de campo me enche de pranto — cita Joel, dando um bom exemplo de seus conhecimentos musicais e um dos motivos pelos quais achávamos que ele era gay.

— Não, é sério — fala Daisy —, o aquecedor não funciona, os canos dão problema, essas coisas. Um pesadelo. Eu mal aguento com uma casa só.

— É verdade — concordo —, também me sinto assim em relação à minha casa.

— Embora eu tenha descoberto o segredo para ser feliz dentro de casa — fala Daisy.

— Conta.

— Não ter expectativas altas. — Ela ri. — Faço o mesmo com a minha aparência. Você pode na verdade misturar os dois e ter somente espelhos sujos na sua casa. E nenhum espelho de corpo inteiro.

Eu adoraria ser assim.

— Sem esquecer de beber muito — acrescenta ela. — Eu preciso de um drinque depois do dia que tivemos.

O Michael, que é um macho alfa, está fazendo drinques e distribuindo bebidas elaboradas, nada parecidas com as latas de cerveja e taças de vinho que temos como aperitivos na nossa casa. Todos o elogiam por sua habilidade de preparar bebidas. Está mais quente do que o normal e estou bebendo esses drinques como se fossem o vinho lá de casa. A Becky está fazendo o mesmo.

Depois de tomar alguns, começo a me sentir tonta e vou ao banheiro dar uma olhada nas minhas bochechas.

— Você estava falando sério? — pergunta Becky, encurralando-me quando saio do banheiro.

— O quê?

— O que você falou a respeito de não querer estar do lado dos seus filhos.

— Não, claro que não. Não muito. Foi só uma piada boba.

— Ter filhos faz uma pessoa feliz?

Ai, Deus, aí vamos nós. Por que é que a Becky nunca quer conversar sobre programas de TV e celebridades? Estou me sentindo tão superficial quanto uma praia na maré baixa.

— Sim, às vezes. Também me deixam ansiosa. Estressada, mas feliz, normalmente, eu acho. Sei lá.

— Você tem que saber. O Gabe e o Rufus te fazem feliz, Mary?

— Não posso imaginar viver sem eles. Meu maior medo é que algo aconteça com eles. Eu nunca voltaria no tempo para evitar tê-los. Daria a vida por eles mas, ao mesmo tempo, tenho esse medo terrível de não estar presente na vida deles.

— Mas eles te fazem feliz?

Penso na maneira que às vezes sou acordada bem cedo e a primeira coisa que me vem à cabeça é, ai, Deus, mais 13 horas até eles irem dormir de novo. Ou como eu preferiria enfiar alfinetes nos meus olhos a ler outro livro do trem Thomas. Ou como meus momentos preferidos do dia são quando longe deles — ir ao cinema, tomar um café, até mesmo ir trabalhar. Penso no caos eterno que me sobrecarrega.

Mas aí penso em quanto eu sinto a falta deles quando eles vão dormir. Ou em como eu admiro a beleza do Gabe. É verdade aquela história de que todo recém-nascido é feio e toda criança pequena é bonita. Principalmente o meu caçula, que tem a pele morena do Joel e os meus olhos claros. Sabe quando você conhece uma mulher linda e tem vontade de colocar óculos escuros para poder ficar olhando para ela sem ser percebida? Quando você tem uma criança pequena, você pode olhar à vontade, e todos eles são lindos.

E no zelo afetuoso do Rufus, nas coisas engraçadas que ele diz e na sua capacidade de aprender, isso me faz feliz. Adoro que ele passe o dia multiplicando qualquer número que ele veja por cem, só porque gosta de fazer isso. Amo quando ele fala coisas do tipo "na verdade", faz desenhos de aparelhos domésticos, e acha que as histórias que eu invento quando estamos sem livro são melhores que as dos livros. Amo o fato de ele me ensinar que cada idade é melhor que a anterior. Eu achava que nada era melhor que um bebê que conseguiu sentar ou que está falando as primeiras palavras, mas eu não imaginava o quanto conversar com uma criança pode ser bom, como isso poderia me agradar tanto quanto aqueles papos que eu e o Joel tínhamos de madrugada sobre as biografias que havíamos lido.

— Você nunca vai conseguir uma resposta direta vinda de um pai ou de uma mãe — digo para ela finalmente. — Não tem como se expressar racionalmente, nem você conseguiria. Eu dou graças a Deus que os tenho, de verdade, mas não acredito que no geral quem tem filhos é mais feliz do que quem não tem. Tenho certeza de que até já li algo a respeito. — Tenho que dizer isso à Becky, não importa o que eu realmente pense, porque eu sei que existe a possibilidade de que ela nunca tenha filhos. Preciso conseguir um meio-termo entre encorajá-la a tentar e não se importar se isso não acontecer.

— Ainda estou tentando decidir — suspira ela.
— Você está pensando muito nisso. Você sempre pensa muito.
— Eu sei.

Sentamos para aproveitar a elegante tradicional culinária britânica, com muito levístico e carne esquisita, sem falar na erva-doce que colhemos hoje. Acho tudo isso nojento, mas parece que todo mundo adora.

— O que é isso? — pergunto ao cutucar algo parecido com um mingau.
— É um leite coalhado de limão — fala Mitzi.
— Parece o leite coalhado que os bebês vomitam. — E parece mesmo.
— É como num daqueles casos em que uma mesma palavra tem significados opostos. Tem até um nome para isso — diz Joel.
— Bom, esse leite coalhado é uma maravilhosa receita britânica antiga, com creme de leite, limão e açúcar. Divino, não é? — comenta Mitzi.
— Ai, que pena, tem lactose — falo. Joel pega logo o meu prato e pela primeira vez no dia todo, ele parece feliz.
— Você quer competir amanhã? — Michael pergunta ao Joel.
— Competir em quê?
— Em regatas.

— Como assim?

— É em botes. Mas precisa de dois homens e eu já me inscrevi em uma das categorias para amanhã. E você daria um ótimo peso. — Ele aponta para a barriga do Joel.

— Ok. Pode ser engraçado.

— Não é engraçado — diz Mitzi. — Essas regatas são levadas muito a sério aqui.

— Vou logo te avisar, Michael, Joel não nasceu para competir. — No começo isso me chocou. Ele perdia para mim no tênis e simplesmente me dava parabéns e um abraço, sem nunca ter insistido para que jogássemos de novo até ele ganhar ou culpado a raquete pelo seu desempenho ruim.

— Eu vou ter que acordar cedo? — pergunta Joel.

Olho para ele de cara feia.

— Acho que o que ele quer dizer é se isso vai fazer com que ele não precise tomar conta dos filhos por um bom tempo.

— Dá uma folga para ele — diz Michael. — Pelo que eu vi até agora, tudo que ele faz é tomar conta dos filhos. Não se preocupe, belo adormecido, a maré alta é só lá para 1 da tarde.

— Claro que você tem que ir — falo, fingindo ser magnânima. — Vou descobrir algo para fazer para ficar longe das crianças de manhã enquanto você toma conta deles. Nós somos um time.

— Tem umas lojinhas legais na cidade — diz Mitzi —, cheias de listras e quadrados em objetos de decoração.

— Cheias de doces caros — fala Becky. — A Cara insistiu em ir lá hoje. Até vi uns pesos para portas lilás em forma de cachorro, mas não me deixaram comprar.

— Eu vou andar até a ilha de manhã cedo quando a maré estiver baixa — fala Cara. — De manhã bem cedo, antes dos turistas.

— Aqui eles são chamados de dragões — comenta Mitzi. — Não é divino? — Não sei exatamente quando ela começou a falar como se fosse personagem de um livro de Evelyn Waugh.

— Por que você não vem comigo? — pergunta Cara.

— Ótima ideia — digo.

Andar na minha própria velocidade. Aproveitar o passeio sem me preocupar se os meninos vão aguentar andar o caminho de volta, ou se vou ter que carregar um deles, ou se eles vão entender o nosso destino. Nesses anos, eu só pude aproveitar a vida indiretamente.

— Cedo que horas? — pergunto.

— Bem cedo. Adoro as manhãs, são tão eficientes. Umas 7 horas?

— Isso é praticamente à tarde. Vou adorar. Você se vira no café da manhã, não é Joel?

Uma pergunta retórica. Ele vai passar a tarde toda ouvindo o Michael berrar com ele e eu vou passear de manhã com a Cara. Ganhei.

Sonho que estou abrindo um armário lá em casa e descubro uma ala inteiramente nova da casa, com piscina coberta e academia que eu nem sabia que existia. Estou falando com meus amigos que se reuniram para admirar isso. "Eu sei, não é incrível?", "Acho que demos sorte." Acordo bem na hora em que comecei a me estressar com a limpeza da piscina, especialmente porque não consigo achar meu maiô.

— O que você tá fazendo? — reclamo com o Joel, que está procurando uma camiseta para colocar por cima da cueca.

— Estou com fome.

— Não, você está é bêbado. Volta para a cama.

— Estou morrendo de fome. Devemos comer em pequenas quantidades — comenta ele, que já está vestido.

— Você não pode descer. Coma uma barrinha de cereal.

— Não, eu quero carne. Vi que tem um presunto inteiro na despensa.

— Você não vai lá embaixo sozinho.

— Prometo que não vou brincar com facas.

— Eu não confio que vá limpar a sua bagunça. Que saco, Joel, por que não consegue dormir a noite toda sem ter que beliscar nada? Você é pior que um bebê. Um recém-nascido estranhamente carnívoro.

Descemos a nossa escada, passamos pela lavanderia e vamos em direção à cozinha.

— Quieto — falo. — Que barulho é esse?

— Parece um fantasma.

— Para de ser bobo — repreendo-o, embora o barulho pareça um gemido.

— Você vai na frente.

Abro a porta da cozinha. O gemido se transformou em vozes que vêm de trás da parede de vidro que divide a cozinha e a sala de televisão. Joel está ao meu lado e nós olhamos, transfigurados, conscientes de que deveríamos voltar ao nosso quarto e nunca mais falar disso, mas não conseguimos sair de lá. Estamos no escuro, mas as silhuetas estão iluminadas graças à grande ideia da Mitzi de iluminação baixa e alta. Elas brilham através da imperfeição do vidro, como carros em uma pista quente, o que dá uma aura de sonho às suas ações. A princípio, é difícil de ver quem são, mas meus olhos se acostumam rapidamente ao escuro, como se eu estivesse usando óculos com o grau errado e minha visão tivesse se adaptado. A curvatura do vidro e o espelho grande acima da lareira só contribuem para a atmosfera de circo. Um abajur da década de 1930 ilumina a cena, que parece saída de um filme pornô. Embora eu nunca tenha assistido a algo assim.

Mitzi está nua, somente com sapatos e um avental que não cobre nem seus peitos nem sua virilha. Ela tem uma embalagem de produto de limpeza na mão. Michael está vestindo uma blusa e gravata, e está nu da cintura para baixo. Ele fala calmamente, mas como ele tem uma daquelas vozes graves, de quem foi treinado para fazer discurso, a voz dele ressoa longe.

— Você é uma puta suja — ele diz a Mitzi.

— Desculpa.

— E você sabe como as putas sujas são punidas, não é?

— Fazemos com que elas aprendam a limpar.

Nessa hora, ele sobe na mesa de centro de vidro enquanto ela está deitada embaixo da mesa. Fico preocupada que o móvel não aguente o peso, mas esqueço tudo depois do que acontece em seguida.

Ele se agacha. Começa a fazer força. Se agacha mais.

— Ai, meu Deus — sussura Joel.

Não acredito no que estou vendo. Devo estar dormindo ainda. Quero desviar o olhar mas não consigo.

— Merda!

— Exatamente isso — diz Joel, se controlando para não rir de horror.

— O que você está vendo, minha putinha suja? — solta Michael.

— É lindo, é o maior que já vi — responde Mitzi, ao sair de debaixo da mesa com uma facilidade que indica uma grande prática nisso. Aí ela pega um lencinho úmido e limpa a bunda do marido.

— Cheira — manda ele.

Ela geme com se estivesse cheirando Chanel Nº 5.

— Agora limpa.

Olhamos perplexos para o jeito como obedece, tal como uma dona de cachorro no parque, com a diferença que de vez em quando, ela dá umas mexidas com o bumbum, como uma mulher fantasiada de empregada. Ela parece cúmplice dele. Tem certamente uma expressão mais feliz no rosto do que eu quando limpo a cozinha depois de uma das sessões de bolo do Joel. Os pequenos detalhes, tais como as embalagens de fralda convenientemente usadas para colocar o que o Michael fez, é que me deixam sem palavras.

— Ai, meu Deus, de novo — fala Joel, ao vermos o Michael fazer xixi em forma de M na mesa. — Eles realmente gostam de monogramas.

— Ai, mas quem é um cachorrinho sujo agora? — pergunta Mitzi. — Vou ter que pegar um pano para limpar. Ele vai ficar ensopado. E o que eu devo fazer com o pano ensopado?

Não ouvimos a resposta, já que ela começa a andar na nossa direção e percebemos que seremos descobertos. Subimos as escadas disfarçadamente. Só respiramos quando já estamos no quarto e de porta fechada. Nós nos enterramos debaixo do edredom e começamos a rir. Cada vez que nos olhamos, começamos a rir de novo.

Ficamos uns cinco minutos em silêncio, agarrados, dividindo o nosso pavor daquela situação.

— Ai, meu Deus — digo finalmente.

— Ele não tem mais o que fazer.

— Todo aquele papo de religiosidade e limpeza.

— Você acha que Deus não gosta de putinhas sujas? — fala Joel, imitando a voz do Michael. Rimos de novo, o mais silenciosamente possível.

— Não sei o que me choca mais — digo —, o Michael ser um depravado ou a Mitzi não ter usado produtos de limpeza bons para o meio ambiente.

— Nada disso me surpreende.

— O Michael parece tão certinho.

— É, certinho como um político.

— Nossa, parece uma história de revista de fofoca sobre celebridades, não é? Mesmo assim estou chocada.

— Estou mais chocado com a raspadinha da Mitzi.

— Adoro que você saiba o que é uma raspadinha — falo ao Joel, e sinto uma afeição inesperada por ele. — Você gosta?

— Claro que não. Por que ia querer que minha mulher parecesse uma menina antes da puberdade?

A imagem de Mitzi completamente depilada e do seu corpo todo torneado pelas aulas de pilates vem à minha cabeça de novo. Não dava para ver seus olhos, mas imagino que eles estivessem tristes. Ou alegres. Não a conheço mais.

— Uma vez ela me disse que o Michael tem umas necessidades muito importantes que ela tem que saciar. Só não imaginava que isso queria dizer que ele... ai, Deus, nem consigo falar... Engraçado é que ela também me disse que ela nunca faz cocô na frente dele para não estragar o mistério.

— Bom, pelo visto ela nunca faz porque ela tem que limpar o dele.

— Nem fala.

— Eu sei. Ai, meus pobres olhos — diz Joel ao esfregá-los de maneira dramática.

— A gente não deveria ter espiado. Deveríamos ter saído de lá logo que os vimos. Se eles são pervertidos, nós somos voyeurs.

— Mas somos hóspedes aqui.

— Talvez seja por isso que temos nossa própria ala.

— Mas e os empregados?

— Eles ficam em cima da garagem.

— Não é culpa nossa termos visto aquilo. Eles devem saber que alguém poderia descer. Talvez até gostem disso. A culpa é toda deles. Podemos até processá-los. Quem tem teto de vidro não atira pedra nos telhados dos outros. Quer dizer, telhado de vidro reciclado.

— Quer dizer o quê? Que quem tem teto de vidro não pode ser um pervertido sexual? — pergunto.

— Mais ou menos isso. Não deveriam gostar de coprofilia. Acho que esse é o termo técnico.

— Detesto que você saiba o que é coprofilia. Não acho que ele seja gay, embora na maioria das vezes eles façam esses tipos bem machões, acho.

— Não, Ma. Essa é a palavra que eu não consegui lembrar mais cedo. É quando uma palavra tem dois significados completamente diferentes. Como aquela sobremesa de leite e o leite que os bebês regurgitam.

— Aquilo era nojento. Ainda mais agora, que fico pensando onde as mãos dela andaram. Ai, Deus, Joel, como vamos sobreviver até quarta?

— Não é você que vai fazer regata com o menino-cocô amanhã. E não fui eu quem quis vir para cá. Eu sabia que não valeria a hospedagem de graça. É a mesma coisa que ir à igreja porque você quer uma vaga numa escola religiosa para o seu filho. A hipocrisia é sempre punida — suspira ele. — O pior de tudo é que ainda estou com fome.

— Nem pense em ir lá embaixo para comer aquele presunto. Tenho até medo de imaginar o que eles podem estar fazendo com aquilo.

Dou uma barrinha de cereal para ele. Ele abre a embalagem e faz uma cara de pavor ao ver os pedaços marrons dela. Olhamos um para o outro e rimos de novo.

Levanto incrivelmente descansada. Demorei a dormir, pensando no que vimos. A princípio, tentamos dormir abraçados, a primeira vez que fizemos isso em anos, mas as risadas e as câimbras nos impediram, então nos separamos, mas não paramos de rir. Viro para o lado e vejo que Joel não está lá.

Nosso quarto tem cortinas bem grossas, então a luz do amanhecer do verão que se aproxima não nos perturba. Dou uma olhada no meu celular, com medo de descobrir que são 4 horas da manhã, mas me surpreendo ao ver que já são 8 horas. Eu deveria me levantar, mas estou sem coragem. Não me lembro da última vez que acordei tão tarde. Oito horas. Eu tinha algo para fazer essa manhã.

Cara, claro, Cara. Coloco uma roupa correndo e vou até a cozinha, onde encontro meus homens, em um raro momento de perfeição familiar, sem contar o cereal jogado pelos cantos.

— Por que você não me acordou? — pergunto. — Eu tinha que sair.

— Você continuou dormindo mesmo depois que os meninos acordaram, eu achei melhor te dar uma folga. Achei que estava cansada — diz ele, tentando abafar uma risada. — Desculpa, eu esqueci que você ia sair. Você deveria ter colocado o despertador.

— E desde quando precisamos de despertador?

Olho para a sua barba por fazer e por um momento me sinto agradecida não só por ele ter me deixado dormir mais um pouco, como também por ele não ser o Michael. Mas por que será que a única vez que meu marido decidiu me dar uma folga espontaneamente é a única vez que eu não queria uma?

— Onde estão nossos anfitriões?

— Os rebentos estão ao ar livre, com a *au pair* tomando conta deles, e os pais ainda não desceram. Eles devem estar cansados.

Começamos a rir de novo.

— Michael! — exclama Joel segundos depois, com uma animação forçada.

Michael está vestindo short, camisa polo e sapatos para velejar. Ele tem a mesma aparência de respeito de todas as outras vezes que o vimos, só que agora eu o imagino com uma máscara de carcereiro, sendo chicoteado por guardas.

— Dormiu bem? — pergunta Joel.

— Com certeza. Pronto para a regata?

Joel balança a cabeça concordando, sem poder falar.

— Chá — digo —, feito na chaleira e tudo mais.

Michael cheira o chá e me lembro inevitavelmente da Mitzi e do lencinho úmido.

— Você não usou água fresca, água que não foi fervida antes, não é? — Ele olha a bagunça de caixas de cereal e as tigelas com crostas de cereal seco nelas. — Cadê a Radka? Por que ela deixou essa bagunça aqui?

— A bagunça é nossa — fala Joel. — Desculpe, nós fomos uns meninos muito sujos, não é, meninos? Meninos sujos. Malvados, perversos.

Ele dá um tapa no próprio pulso. Ele tem que parar com isso. Aí ele pega todas as caixas de cereal e as coloca no armário, e eu sei que Mitzi vai reorganizá-las por ordem de altura. Começo a pensar em maneiras de irmos embora mais cedo.

Mitzi entra na cozinha, com uma aparência tão limpa e adorável. Ainda nem escovei meus dentes. Pensei que tudo ficaria na boa, mas percebo que não consigo encará-la. Parece que nós é que somos os pervertidos aqui, por termos descoberto o segredo deles, em vez de eles por a) fazer esse tipo de coisa e b) fazer esse tipo de coisa com convidados em casa.

— A caminhada foi boa? — pergunta Michael.

— Adorável — responde ela.

De alguma maneira vamos levando as coisas nos dias seguintes e Joel consegue dar uma desculpa sobre o trabalho dele para que possamos ir embora na terça, um dia antes do combinado. Passamos por todo aquele caos de novo para arrumar nossas bagagens, com as mesmas brigas sem fim de sempre de "Você viu a câmera?" e "Você que pegou por último o carregador". Os meninos estão fazendo manha para voltar para casa desde que chegamos, mas agora a manha é para não ir embora e deixar seus melhores amigos, os cachorros, para trás. Conseguimos finalmente arrumar tudo e, quando o som da voz do Michael, que estava dando dicas do melhor trajeto, fica para trás respiramos pela primeira vez.

— Vocês se divertiram? — pergunto animadamente. — Foi legal, não é?

— É, foi — responde Rufus —, principalmente o videogame.

— Amei o mar. Estava tão salgado — digo.

— Nossa, citando Oscar Wilde, eu gostaria de ter dito isso — fala Joel.

— Que Oscar? Oscar da minha turma? — pergunta Rufus. Essa é a qualidade das nossas brincadeiras.

A perda de liberdade ao se ter filhos é gradual. Se tudo acontecesse ao mesmo tempo, nós afogaríamos nossos bebês no rio, como se fossem cachorrinhos. Os pais de primeira viagem ficam assustados com a quantidade de concessões que eles têm de fazer quando nasce o primogênito, mas eles não têm ideia de quanto vai piorar, de que a liberdade é tomada aos pouquinhos, de uma maneira que você nem se dá conta — na verdade, você ainda tem mais filhos. A falta de liberdade que, nesse momento, me faz falta é a de poder conversar no carro sem ser interrompida pelos meus filhos, que querem saber de quem estamos falando. A grande vantagem de Rufus estar atrasado em seu nível de alfabetização é que ainda podemos "esse ó ele é tê erre á erre" as palavras que são tabu, como sexo, caso e chocolate. Tenho certeza de que em alguns meses vamos perder isso também.

Finalmente os meninos adormeceram.

— Não sei como aguentamos — falo.

— Para você não foi tão ruim. Dá para imaginar como foi para mim estar no mesmo barquinho que o Michael? Com cara de quem está fazendo força toda vez que ele berrava "Estamos prontos, Leo". — A imitação que ele faz da cara tensa do Michael é de embrulhar o estômago.

— O que leva uma pessoa querer fazer essas coisas? Será que tem alguma coisa a ver com quando eles aprenderam a ir ao banheiro? Será que a mãe dele fez isso cedo demais? Ou tarde demais? Será que eu estou fazendo tarde demais com o Gabe? Ou talvez eu dê importância demais a isso. Isso é tudo muito estranho porque eu sempre os imaginei como tão contidos, e a única coisa certa sobre ele é que é um desarranjado. Aliás, o que será que isso significa? — Joel está quieto. — Sua mãe deve saber; vou perguntar na próxima vez que a virmos. Será que é alguém desorganizado e que está sempre perdendo as coisas?

— Um pouco como eu, você quer dizer?

— É.

— E a alternativa seria o Michael?

— Deve existir um meio-termo, você não acha? — Ele volta a ficar quieto. — Não acha?

— O que é uma alternativa para uns pode ser loucura para os outros.

— O que significa isso?

— Significa que o seu padrão de organização e arrumação pode ser o que outra pessoa acha uma loucura. Só isso.

— Eu não sou assim, se é o que você quer dizer. A Mitzi e o Michael tudo bem, são praticamente obsessivos. Eu sempre admirei como ela é organizada, mas a maneira como ela mexeu nos meus sapatos que estavam perto da porta, para que o pé esquerdo ficasse na esquerda e o direito na direita, foi um tanto quanto demais para mim.

— E quando ela levantava correndo para limpar no minuto em que a gente acabava de comer. Sem falar em jogar fora os jornais só porque eles eram do dia anterior.

— Não, Joel. Isso é normal.

— Não, é obsessivo.

— Então eu sou obsessiva.

Ele fica quieto.

— Não sou. Você que é um largado, é só. Você pensa que é normal e que eu sou obsessiva ou consegue admitir que eu sou normal e você é um largado?

— O que eu quero dizer é que tudo isso é relativo, como a Daisy estava dizendo. Tenho certeza de que a Mitzi e o Michael se acham normais. Quer dizer, que a maneira como eles se comportam em relação à arrumação é normal. Nem tenho certeza se eles não acham que defecar em uma mesa de vidro é normal. E com certeza você acha que a maneira como você se comporta em relação à bagunça é normal.

— Eu sou é tolerante demais. Obviamente não sou obsessiva, haja vista que a casa está sempre no limite.

— Bom, agora que você mencionou isso — fala Joel —, você tem sido mais tolerante ultimamente. Bem mais tolerante.

— Como assim?

— Não sei, agora que percebi isso. Você tem estado com menos raiva das coisas ultimamente. A gente não briga todo dia sobre as caixas de cereal e as roupas sujas.

— Se concentra na estrada.

— É, você tem sido mais legal comigo. Não sei, acho que por uns dois meses, por aí. Não está na minha cola por qualquer coisa. Percebeu isso?

— Não percebi qualquer mudança no seu comportamento dentro de casa, isso sim.

— Eu não deveria ter falado nada. Devia simplesmente aproveitar o fato de ter a minha velha Mary em casa, minha adorável relaxada *pelirroja*.

Ele dá um tapinha complacente no meu joelho.

— Mamãe — fala uma voz no banco de trás —, o que é obsessivo?

— Vamos ver um DVD? — Com as crianças distraídas, resolvo finalmente fazer a pergunta que me inquieta há quase nove anos. — Eu sempre tive curiosidade de saber se você alguma vez pensou no fato de que a Mitzi era a fim de você quando você foi trabalhar com a gente.

— Não. Deveria?

— Não. Acho que você poderia ficar pensando no que teria acontecido.

— Depois de ontem à noite, não preciso pensar em nada.

— Não te culparia.

— Pelo quê?

— Por pensar a esse respeito. Ai, Deus, eu não estou dizendo que não o culparia por ter um caso.

— Eu não estou tendo um caso — diz ele e se inclina para olhar a estrada. — Tem uma quantidade enorme de animais mortos por aqui, não é?

— Eu nunca disse que você estava tendo um caso. Eu sei disso. Acho que o Michael deixa a Mitzi bem ocupada.

— Ela é exatamente o tipo de mulher que teria um caso. Ela não suporta ver que alguém tem algo que ela não tem.

— Mas ela ficou na boa quando soube da gente. Isso me surpreendeu na época. Lembro que eu estava com medo de contar pra ela, mas ela ficou na boa.

— Eu tentei te avisar, mas você nunca quis escutar. Ela não ficou na boa — suspira Joel.

— Como assim?

— Ela deu em cima de mim.

— É, eu sei. Ela ficou a fim de você primeiro.

— Não, depois que nós começamos a namorar.

— Tem certeza de que foi depois que ela soube que nós estávamos namorando?

— Absoluta.

— Conta.

— Foi numa noite, mais ou menos um mês depois da nossa primeira noite, ela disse que precisava conversar. Como eu sou idiota, concordei em sair pra beber. Ela colocou a mão no meu joelho, estava com uma blusa decotada, todos os clichês a que tinha direito. Eu disse que não, que eu estava apaixonado por você, ela disse que você não precisava saber, e eu disse que eu não queria, e aí ela parou. Implorou para eu não te contar, me contou da criação dela e de como isso a torna insegura e me fez prometer que não contaria nada.

— E por que você nunca me contou?

— Porque eu fiz uma promessa.

— Joel, seu idiota, esse é o tipo de promessa que a gente não cumpre.

— Eu sei. Foi uma estupidez. Achei que ia te magoar mais saber disso, então não contei e foi um erro. Isso me deixou numa posição em que eu e ela guardamos um segredo de você, e eu não gostava disso. Mas aí eu pensei que você iria ficar imaginando por que eu não te contei logo que aconteceu, então achei mais fácil continuar guardando segredo.

— Por nove anos?

— Eu já tinha esquecido isso, para falar a verdade.

— E todos aqueles olhares misteriosos entre vocês dois e sua antipatia em relação ao Michael?

— Não existem olhares misteriosos. Estão mais para caretas. E eu não gosto do Michael porque ele é um inútil. Por que você achava que eu não gostava dele?

— Sei lá. Vou ter que repensar muita coisa a respeito da Mitzi depois desse final de semana.

Lista de Tarefas Domésticas de Maio

<u>A</u>rquivo <u>E</u>ditar E<u>x</u>ibir <u>I</u>nserir <u>F</u>ormatar Fe<u>r</u>ramentas <u>J</u>anela

	A	B
1	Débitos permitidos em maio	2 por dia, total de 62
2	Número de débitos de maio	87
3	Descrição das infrações	19 cozinha; 11 banheiro; 5 lavanderia; 7 quarto; 8 sala; 21 responsabilidades de pai; 6 sala; 5 incompetências gerais; 5 finanças
4	Infração do mês	Fez costela de porco grelhada e não só não limpou o grill, como deixou escondido dentro do forno, e quando eu liguei o forno para assar batatas, a cozinha ficou cheirando a gordura de porco reaproveitada.
5	Pontos positivos	Embora ele tenha um total enorme nas três primeiras semanas do mês, a última semana foi só de pontos positivos e sem débitos. Desde aquela noite na casa da Mitzi que passo os dias num estado constante de gratidão que o Joel a) não é o Michael e b) que ele faz piada daquilo. Não coloquei nenhum ponto positivo na Lista, mas estou acrescentando um supercrédito único de 10 pontos por "não ser Michael".
6	Débito de maio	15 (87 descontando o limite de 62 de maio e o bônus de "não é Michael")
7	Débito total de fevereiro, março, abril e maio	74
8	Total restante	26 nos próximos 2 meses (100 menos 74)

8
Piolhos e pessoas

Parece que vivo em uma daquelas casas medievais cheias de doentes com a peste negra. Não entendo por que eu simplesmente não pego a caixa de pinturas do Gabe e desenho uma cruz vermelha na porta. Levo isso para o lado pessoal; parece que eu também estou infestada. A Jennifer, aquela estudante de psicologia do nosso clube do livro, me diria que eu estou "intoxicada".

Mas no trabalho ninguém sabe da pestilência que carrego comigo. Afinal, eles também têm suas próprias doenças: clamídia, maconha e drinques baratos. Estamos todos infectados com a importância que achamos que temos a cada vez que estamos trabalhando na produção de um programa, correndo de um lado para o outro berrando com os colegas como se A VIDA DEPENDESSE DISSO, embora na verdade o fruto desse trabalho será somente mais um reality show.

Tenho até medo de olhar meus e-mails. Virei as costas e já tem sete reuniões novas acrescentadas ao meu calendário, e todas estão marcadas como urgente. Tenho 102 e-mails para responder, embora eu ache que a maioria nem é para mim, estou apenas na lista das pessoas que recebeu uma cópia, só para livrar a cara de quem enviou. Nada disso leva a lugar algum; é o equivalente profissional da cozinha que precisa ser limpa mas que será suja minutos depois.

— Você perdeu uma noitada, Mazza — diz Lily, que está com um lenço Hermès amarrado na cabeça, como se estivesse em Woodstock. Mais uma coisa que eu nem sabia que estava na moda, isso com certeza entra na lista de "acessórios que ficam um amor na Lily e dão o maior charme nela, mas que me fariam parecer louca". Estou começando a me preocupar que meus vestidos florais também fazem parte dessa categoria, ou seja: tia solteirona no casamento/professora de história que sacaneamos.

— Por quê?

— Todos fomos comemorar o sucesso do primeiro episódio e o Matt fez os executivos pagarem os drinques. Ele é um cara ótimo.

O Matt tem a minha idade e 50 por cento a mais de filhos. Mas ele é homem.

— Eu não sabia.

— Nem tinha como. Você não estava de folga na semana passada?

— Sim.

— Eu adoraria ter folgas — suspira ela. — Estou exausta.

— Eu também. Justamente porque tenho folgas.

— E o que você fez?

— Sabe a minha amiga Mitzi?

— Aquela que é a fim do seu marido?

— Não é.

— Não mais.

— Fomos para a casa dela. A casa de férias dela.

— Legal, casa na praia. Surfaram?

— Não dá para surfar em Norfolk. Não que eu saiba. E não é simplesmente uma casa na praia. É do tamanho de umas quatro casas normais. Só a despensa dela é maior que a maioria das cozinhas.

— O que é uma despensa? É onde se guarda as calcinhas?

— A Lily cresceu em uma casa grande no sul de Londres e tenho certeza de que ela sabe muito bem o que é uma despensa.

— E tem lavanderia e tudo mais.

— Também não sei o que é isso. Imagino que seja onde você coloca as coisas que são da cor lavanda, terninhos e aquelas botas Louboutin de cadarço — suspira ela. — Eu adoraria ter um cômodo só para as futilidades, onde as pessoas seriam obrigadas a relaxar e não fazer nada a não ser ouvir música e conversar umas com as outras, mas conversar de verdade. Hoje em dia todo mundo está tão estressado, não é?

— Sei exatamente como é.

— Você deve ter relaxado nessa folga, né?

— Sim, claro, foi ótimo. As crianças andaram de barco, nadaram, cataram conchas e moedas na praia. Tudo era tão amplo e iluminado. Sabe, parece que o céu é maior lá. Foi ótimo.

Acho que eu nunca quis tanto voltar para casa quando fugimos da casa da Mitzi. Estava louca para ter a liberdade de largar meus sapatos em qualquer lugar e deixar meus óculos de sol pela casa sem ter medo de que eles sumissem. A princípio, na manhã seguinte daquela noite na qual a vimos com o marido, eu evitei olhar para ela, já que a minha mente ainda estava queimando só de lembrar dela naquela fantasia pornô de empregada. Mas aí eu percebi que não conseguia mais tirar os olhos dela. Ela normalmente me fascina, mas dessa vez eu senti que, pela primeira vez desde que ela se casou, eu a via como ela realmente é.

Antes daquela noite, eu só via o cisne, mas nos dois últimos dias na casa dela, eu percebi que ela também era o patinho feio. Ela está sempre limpando alguma coisa. Mesmo tendo empregados, ela está sempre limpando, mandando-os limpar ou fazendo com que alguém se sinta culpado por não limpar. Dava para imaginar que a última coisa que ela gostaria de fazer quando estivesse realizando alguma fantasia do marido fosse colocar sapatos e limpar cocô.

Quando ela não está limpando, ela está colocando a vida em ordem. Apaziguando Michael quando ele reclama que nunca existe paz e tranquilidade na casa deles, por que as crianças têm que fazer tanto barulho sempre, e onde está a Birgita, Radka, qualquer que seja o nome dela? E não é por acaso que o quarteto de crianças parece com as que vemos em catálogos que vendem bandeirolas e casas para árvore sob medida. A Mitzi está sempre com uma embalagem de lencinhos úmidos biodegradáveis na mão, limpando os rostos das crianças ou apressando a babá ou a *au pair* para tirar os filhos da sua frente quando estão chorando ou reclamando que querem jogar no PlayStation.

Nem todos os produtos de limpeza verde desse mundo conseguiriam apagar da minha mente a imagem dela e do Michael, muito menos a traição dela para comigo, sua amiga. Bem que eu achava que existia um segredo entre ela e Joel, só não imaginava qual era.

Além da minha felicidade de estar em casa, eu também me sentia mais calorosa em relação ao Joel. Até declarei uma moratória na Lista, ou seja, quando ele largou as malas na entrada, eu decidi não acrescentar isso ao número **D7**: *Com o tempo, ele até que desfaz a mala, mas nunca guarda itens como câmera, livros, sabonete, condicionador etc., porque eles também são usados pelos outros membros da casa, inclusive ele mesmo.*

Na cozinha, descubro que deixamos uma maçã pela metade e que agora o pedaço foi quase todo comido por formigas, as quais ainda estão passeando pela nossa pia. Não era exatamente o que eu esperava ao voltar para casa, mas isso não era nada comparado à outra coisa que encontrei.

— O que é isso? — pergunto ao Joel, apontando para os pontinhos marrons embaixo da pia.

— Não sei.

Eu estava louca para comer algo doce depois de quatro dias comendo comida alheia, então fui pegar meus ovinhos de Páscoa de chocolate meio amargo, que eu estava comendo aos pouquinhos. Estão escondidos, bem longe das mãos das crianças, porém, infelizmente, não longe o suficiente das patas de bichos nocivos. A maior parte do papel alumínio tinha sido removida e havia marcas de dentinhos em todo o meu chocolate caro, sem lactose.

— Temos ratos — falo ao largar a embalagem horrorizada.

— E como você sabe? — pergunta Joel. Ele tenta manter a calma, mas eu sei bem que ele está mais apavorado do que eu.

— Aqueles pontinhos marrons eram cocô de rato. Gabe, larga isso, lava as mãos, agora! E eles acharam meu chocolate.

— Chocolate! — exclamam os meninos ao mesmo tempo.

— E sabe-se lá o que mais. Isso é nojento. Estou me sentindo suja.

Joel começa a gargalhar. Quando será que a palavra suja vai se tornar normal de novo?

— E o que fazemos?

Ele dá de ombros.

— Vou pesquisar na internet e dou um jeito, já que não tenho nada mais pra fazer.

— E pesquisa sobre formigas também.

Isso me irritou, mas eu ainda estava sob o efeito do que tínhamos acabado de ver. Novamente em casa, era só me lembrar da Mitzi usando luvas de limpeza para eu me sentir bem e benevolente. Essa sensação durou o primeiro dia todo do nosso retorno, apesar dos ratos e das formigas. Fizemos sexo naquela noite; sexo normal, claro; e comecei a pensar se não dava para consertar nosso casamento.

Mas aí ele voltou a trabalhar, enquanto eu tirei uns dias de folga para tomar conta dos meninos até o final das férias deles na escola, e ele voltou a largar as roupas e qualquer tipo de pedido nas minhas costas de novo.

— Vou precisar do meu terno para a reunião na segunda — disse Joel logo na primeira manhã.

— Ok.

— Dá para você pegá-lo na lavanderia?

— Tudo bem, onde está o recibo?

— Não sei. — Ele gesticulou procurando nos bolsos. — O cara lá é gente boa, ele não vai pedir o recibo, ele me conhece.

— Então por que você não vai lá?

— Não tenho tempo.

Eu e o cara gente boa da lavanderia passamos uma hora procurando o terno, enquanto Gabe tentava colocar sacolas de plástico na cabeça e o Rufus dizia que até a escola era menos entediante que aquilo.

— Talvez não tenha sido naquela lavanderia — falou Joel. Ele deu uma olhada em sua carteira. — Aqui está o recibo. Ah, não é naquela lavanderia, é naquela outra, perto do meu trabalho. Não se preocupa — disse ele, tão generoso. — Eu passo lá e pego.

Aí então, na minha primeira manhã de volta ao trabalho, ele se despede de mim dizendo:

— Acho bom você olhar as cabeças das crianças. O Rufus tem coçado a cabeça que nem louco.

— Ah, pelo amor de Deus — berro com ele, que já deu as costas para mim. — Parece que a gente vive numa trincheira da Primeira Guerra Mundial.

— Não é culpa minha — berra ele, respondendo e já apressando o passo.

Dei uma olhada na cabeça do Rufus e me convenci de que, se não vi nada pulando, então eu poderia dar uma penteada melhor mais tarde. E que opção eu tinha? Queria ver a reação do Matt se os meninos não fossem ao colégio e à casa da babá e eu não pudesse ir trabalhar, principalmente depois do que ele chamaria de "todo aquele tempo de folga durante as férias escolares".

Na última vez que vi o Rufus antes de ir trabalhar, ele estava coçando a cabeça com vontade e uma das mães deu uma olhada suspeita para ele. Ao mesmo tempo me senti culpada e com raiva. Por que isso não pode ser problema do Joel? Tentei deixar de lado minha antipatia em relação a ele ao pensar na Mitzi e no Michael, mas o poder daquele pensamento já acabou, ele não consegue mais proteger o Joel da minha ira.

Tenho três minutos entre uma reunião e outra, apenas o suficiente para olhar alguns e-mails e decidir se algum deles precisa ser respondido agora ou nunca. Aí o telefone na minha mesa toca.

— O que é agora? — reclamo antes de atender. — Alô.

— Oi, Mary. — É a voz de quem conseguiria diferenciar o sabor de um pepino em um coquetel de frutas.

— Oi, Cara. Não sabia que você tinha meu número do trabalho.

— Eu lembrei onde você trabalhava.

Estou me sentindo importante.

— Mil desculpas sobre a nossa caminhada lá em Norfolk. Eu realmente queria ter ido.

— Não estressa.

— Eu nunca furo, ainda mais se realmente quero fazer algo.

— Eu disse que você não precisa se estressar com isso.

— E vocês se divertiram lá em Norfolk? É lindo, não é? — Pareço uma tagarela. — A casa da Mitzi é fantástica, você não acha?

— Ela tem um ótimo gosto.

— É mesmo.

— E a Becky?

— Está lá em Newcastle.

— Claro, aquele caso. E quanto tempo vai durar?

— Um mês, talvez dois.

— É mesmo, acho que ela me disse, depende se vão chegar a um acordo. Tadinha, deve ser muito tumultuado. E para você também, imagino, embora seja uma cidade bem legal... Bom, tem tempo que não vou lá, mas sempre foi uma cidade legal, tenho certeza de que ainda é. Pessoas muito simpáticas, não é o que dizem? Mas não é como estar em casa, né? Se bem que dessa vez ela tem um apartamento mobiliado e empregada, não é? Você vai para lá?

— Talvez. Ela vem para cá toda sexta-feira. — Ela faz uma pausa. — Você quer tomar um drinque um desses dias? Seu escritório é perto daqui.

— É mesmo. Sim, quero. Seria ótimo. — Algo bem gelado em um ambiente todo branco em vez de chá em uma cozinha bagunçada.

— Hoje à noite?

Um dia de semana, não uma sexta ou um sábado à noite? Penso que tenho que escovar a cabeça do Rufus e fico tentada a dizer sim, mas eu sei que o Joel não vai chegar em casa antes das 20 horas.

— Hoje não dá. Amanhã?

— Não, amanhã não posso.

— Quem sabe no final de semana? — Quando a Becky vai estar de volta.

— Não. Outro dia.

Penso em todas as vezes que o Joel chegou em casa depois de as crianças terem tomado banho e de eu tê-las colocado para dormir, e como isso não foi problema, porque eu tenho que ser a pessoa que tem que estar em casa no horário, a não ser que eu implore por uma folga. Estou quase aceitando a oferta da Cara só por causa disso, mas é tarde demais, ela já desligou o telefone. Me sinto culpada, como se eu a tivesse ofendido, como se fosse grosseiro não estar disponível para beber, quando somos convidados em cima da hora. Fico na dúvida se ela vai me ligar de novo.

Passar pente-fino nos cabelos dos meninos é como ser hipnotizada. Ao lado do sofá tenho o pente-fino, uma tigela com água e um condicionador barato. Ninguém mais usa aqueles remédios de antigamente, bem tóxicos, não porque somos o tipo de pais que não vacinam os filhos ou que só usam homeopatia, mas porque as pestinhas tornaram-se resistentes aos venenos. Claro que estou me referindo às lêndeas, não aos meus filhos. Parte de mim não quer achar nada na cabeça deles, e a outra parte quer ter a satisfação de pegar algumas ainda vivas.

— Fica quieto, Rufus, por favor. — Em outras circunstâncias, ter tanto cabelo seria uma coisa boa, mas agora é um problema. Onde vivemos, os pais gostam de deixar os cabelos de seus filhos crescerem, quase tanto quanto os das meninas. Os cabelos do Rufus e do Gabe cobrem os olhos deles e estão na altura dos ombros. Não importa se o seu pai está sempre de terno e vai ao barbeiro todo mês. O cabelo do Molyneux, filho da Mitzi, é longo como o de uma princesa.

O pente-fino vai passando pelo cabelo ruivo do Rufus e pelo cabelo quase preto do Gabe. E sou premiada com 11 piolhos ainda vivos, umas duas dúzias de ovos e alguns ovinhos vazios. Olho satisfeita para a tigela, mas aí me desanimo quando lembro que terei que fazer isso todo dia por uma semana. Aí finalmente vai chegar o dia que não acharei mais nenhum bicho, mas não saberei se é devido ao fruto do meu trabalho ou se é porque não estou mais me esforçando tanto.

Desligo a TV e me jogo no sofá. Os meninos foram ao banheiro. Eu sei que deveria ir atrás deles ou então usar esse momento para jogar fora o conteúdo da tigela, ou para guardar o Playmobil, mas desisto. A casa está quieta. Aproveito esse momento.

Eu nunca devo aproveitar um momento assim.

— Mamãe, mamãe — berra Rufus. — O Gabe fez um cocô enorme e está tudo espalhado.

Corro para cima.

— Onde? Onde? — Entro no banheiro, que parece um banheiro de prisão. O Gabriel está usando um pedaço redondo e muito duro do cocô dele como se fosse um lápis e está rabiscando as paredes. Tenho que admitir que está conseguindo pegar no "lápis" de uma maneira melhor do que antes. Ele cutuca o rosto com um dos dedos e se suja mais ainda.

— Para, para de fazer isso agora — berro.

— Foi isso que eu disse, mamãe, eu disse isso para ele. Mamãe, eu disse para ele parar, eu disse, sim. Isso não é certo. É nojento.

— Assim você não ajuda, Rufus. Vá pegar uns lencinhos úmidos. Larga o cocô, Gabe, larga o cocô.

Ele ri e sai correndo.

— Não! — berro. Agarro ele tão forte que deixo marcas em seus braços. Me sinto triunfante. Jogo ele no chuveiro de roupa e tudo enquanto jogo o lápis de cocô na privada e saio limpando as paredes e o chão. Tiro ele do chuveiro e ele está ensopado, a roupa grudada no corpo. Gabe está berrando e chorando. Luto para tirar sua roupa e então eu o mumifico com uma toalha.

— Fique exatamente aqui!

Vou procurar pijamas e quando volto ele está esvaziando um frasco de autobronzeador em cima dele, deixando listras cor de laranja em seu corpo. Isso tudo parece a teoria da evolução da rainha de copas, de *Alice no país das maravilhas*, onde quanto mais rápido você corre, mais rápido o chão se move no sentido oposto, e você não sai do lugar. Nesse caso, eu não consigo arrumar tudo na mesma velocidade que meus filhos bagunçam. Eu o jogo de novo no chuveiro.

— Eu nunca fiz isso quando era bebê — fala Rufus.

— Por favor, vá colocar seu pijama.

— Mamãe, diz isso pro Gabe, diz que eu nunca fiz isso quando era pequeno.

— Você ainda é pequeno.

— Não sou. Já estou no primeiro ano.

— Está bem. Saco. Não tem mais fralda. Rufus, por favor, vá pegar uma fralda lá na cozinha.

Ele se joga no chão.

— Eu estou tão cansado. Por que eu tenho que fazer tudo aqui?

— Está bem, eu vou.

Quando volto, vejo que o Gabe se deu ao trabalho de sair do banheiro, cujo chão é de cerâmica, para fazer xixi na entrada, que tem carpete claro. Isso parece um sábado à noite com o Michael. Mas de uma maneira não erótica.

— Basta. Para a cama, os dois.

— Mas a gente não tomou banho nem ouviu histórias.

— O Gabe tomou banho e você está limpo, então coloquem os pijamas. Ai, Gabe, por que você molhou os pijamas? Anda, para o quarto agora.

— Mas eu quero uma história, a gente sempre ouve histórias.

— Seu irmão deveria ter pensando nisso antes de fazer cocô pelo banheiro todo.

— Mas não é justo...

— A vida não é justa!

Gabe começa a chorar. Acho que devo oferecer uma opção para ele, para que ele pense que é independente. Então me agacho para ficar à altura dele, como fui ensinada a fazer.

— Meu amor, vamos escolher seu pijama.

Ele pega um pijama, mas decide jogá-lo no chão, como se estivesse ofendido que eu tenha gostado da escolha dele. E faz isso de novo e de novo. Até parece que no momento que ele escolhe algo, aquela coisa se torna nojenta e ele tem que se livrar dela. Ele é a própria metáfora para o consumismo e como ter mais opções nos deixa mais insatisfeitos.

Ok, então ter opções não é bom. Eu o agarro e o visto com um pijama de listras azuis e brancas. Ele berra como se o pijama fosse feito de agulhas.

— Esse não, ai que nojo. Não, não, não.

— Sim! — berro, ao decidir me tornar a mãe nervosa, já que a mãe boazinha não conseguiu nada. — Você vai vestir essa droga desse pijama.

Consigo finalmente colocar a calça do pijama, depois de ter enfiado as duas pernas no mesmo lado, e de ele tê-las arrancado imediatamente. Isso me irrita muito, já que ele sempre diz que não consegue se vestir sozinho. Fazemos cada vez mais barulho e imagino que os vizinhos devem estar fechando as janelas para não nos escutar.

Rufus está tampando os ouvidos com as mãos e reclamando.

— Por que eu tenho que ouvir isso?

— E você acha que eu gosto? — berro mais alto que o choro. Eu adoraria adiantar o tempo para quando eles já estivessem dormindo e eu com uma taça de vinho nas mãos. Não sei como vou chegar lá. Parece que existe um muro de 3 metros de altura, repleto de manha, respostas malcriadas e escovação de dentes para ser escalado, até eu conseguir chegar ao meu santuário. — Anda logo. — Agarro os dois, um em cada mão e os arrasto para o quarto. Eu sei que os estou segurando muito forte, mas me convenço de que é a única maneira de levá-los até lá. Jogo-os nas camas e fecho a porta, sem largar a maçaneta. Entro em transe para ignorar o choro e as batidas na porta. Finalmente tudo fica calmo. Sinto-me triunfante, embora um pouco envergonhada.

Desço para finalmente beber a taça de vinho. Já passou meia hora do horário deles dormirem. Já perdi meia hora da minha noite, tempo que poderia ter sido gasto arrumando os brinquedos deles, cozinhando o jantar, preparando o almoço que o Gabe come na casa da Deena ou simplesmente vendo TV. Pego meu vinho e sento numa cadeira na cozinha. Posso jurar que vi um rato passando, mas estou cansada demais para me importar. Logo a imagem do rato é substituída pela das marcas que deixei nos braços dos meninos, junto com a lembrança dos meus berros e da minha inconsistência, uma hora toda carinhosa, outra toda enlouquecida. Estou tão triste que chego a me sentir mal, posso sentir o gosto de bile na minha boca.

Fico olhando para as paredes, até ser interrompida pelo Joel. Já passa das 21 horas.

— Taça de vinho, que maravilha. — É como ele me cumprimenta. Ele cheira a álcool. — Os meninos já estão na cama? Que pena, queria vê-los. Teve um bom dia?

Não consigo falar. Não consigo nem mexer a cabeça. Simplesmente tomo mais um gole de Merlot. Ele nem percebeu que não respondi, ou talvez não se importe. Fico imaginando que existem câmeras escondidas aqui e então todo o mundo vai me ver arrastando meus filhos de uma maneira tão violenta que os braços deles podem se deslocar. E pelas câmeras do quarto deles, todos verão as mãozinhas deles batendo na porta, pedindo para sair. Será que os vizinhos vão chamar a polícia para mim? Eu teria chamado, se tivesse ouvido aquele barulho todo vindo do quarto deles.

Joel olha a tigela cheia de piolhos.

— Perdi a escovada de cabeça? Saco, eu até que gosto disso. E de quem eles pegaram isso?

Dou de ombros.

— Deve ter sido dos filhos da Mitzi — fala ele.

O choque da acusação me acorda do meu transe.

— Duvido.

Os filhos dela não têm piolho.

— Como você sabe? Eu achava que piolhos gostavam de cabelo limpo.

— É o que falam aos pais para se sentirem melhor. Acho que vou ter que falar com a Mitzi para ela dar uma olhada nos meninos. E o Michael vai fazer piada que os nossos filhos levaram doenças de colégio pobre para lá.

— E como você sabe que os nossos não pegaram deles?

— Duvido que exista piolho em escola particular.

Ele olha a tigela.

— Olha, esses aqui estão vestindo blazers roxos listrados e atormentando os outros que não têm duas casas, então devem vir de escola particular.

Fervo de raiva porque ele chega em casa na hora de fazer piadinha, mas não está aqui para me ajudar quando preciso. Ele sobe e eu vou atrás. Queria puni-lo por não estar aqui hoje, por sempre chegar quando já é tarde demais, por estar com pena de ter passado pouco tempo com os meninos, enquanto eu passei tempo demais. Quero puni-lo por ter me colocado em uma situação na qual eu acabo punindo os meninos. Eu deveria agarrar os braços dele, não os dos meninos. Observo-o entrar no quarto, sabendo que o ritual dele ao chegar em casa significa pelo menos três débitos na Lista, a única maneira que tenho de puni-lo.

O primeiro é fácil.

Subseção C [lavanderia] número 1) *Joga as meias todas enroladas mais ou menos na direção da cesta de roupa suja. Mas nunca dentro dela.*

Então ele se dirige ao gaveteiro. Anda, Joel, você sabe o que fazer. Isso, muito bem!

Subseção E [hábitos] número 3) *Esvazia os bolsos cheios de moedas dentro das gavetas (e na mesa da cozinha, nos móveis, perto da porta onde deixamos as cartas etc., criando montinhos de moedas pela casa).*

Uma vez que ele retirou todas as moedas dos bolsos, começa a tirar todo o resto que está lá dentro. Com certeza alguns recibos que não serão cobrados como despesas de trabalho, algum bilhete de metrô, lenços. Ele para por um instante e se vira para me olhar. Então, o que ele faz em seguida me deixa mais chocada que as aventuras da Mitzi e do Michael na mesa.

Ele pega a pilha de moedas, olha pra ela e guarda tudo na carteira. Ele coloca os recibos na gaveta de cima. Aí, recolhe os lenços que havia deixado largados, passa por mim e joga-os na privada.

Fico olhando para as costas dele. Até parece que A Lista está funcionando devido a alguma alquimia ou por osmose. Vou ao quarto dos meninos e afago suas cabeças, murmurando desculpas.

— Cala a boca, menino do lápis de cocô — fala Rufus ao Gabe, em retaliação a um beliscão.

— Não se diz isso — falo.

— Mas ele me beliscou. — Ele pronuncia o *ou* com ênfase, como se fosse um diálogo em alguma peça de Shakespeare.

— Não belisca ele, Gabe — falo, desatenta. Estou exausta, acabei dormindo no chão do quarto dos meninos, e depois não consegui dormir de novo na minha cama. Quando eles acordaram, eu dei bom dia superanimada, mesmo ainda não sendo 6 da manhã. Eles me olharam assustados, até pensei a princípio que era por terem se lembrado de ontem à noite, mas deve ter sido pelo choque de me ver de tão bom humor tão cedo de manhã. Eu pedi desculpas e eles não se importaram muito. Só uma psicóloga para me dizer se fiz a coisa certa ou não.

Prometo a mim mesma que, de hoje em diante, vou agir como se tivessem câmeras escondidas aqui em casa. Serei paciente e consistente. Não vou ficar conversando no celular, olhando e-mails ou lendo jornal enquanto estou com eles. Estarei completamente presente. O fato de que o nosso dia começa com o café da manhã não ajuda muito, já que essa hora é como um barril de pólvora para nós. Toda a confusão dos cereais espalhados, a procura de livros e o fato de sair de casa correndo.

Prometo que vou cuidar muito bem deles, na mesma proporção que eu os amo. E eu os amo demais, amo mesmo, é só às vezes, quando estou cansada, que eu não gosto muito deles.

— Por que você está chamando ele de menino do lápis de cocô? — pergunta Joel ao Rufus, rindo um pouco.

— Não dá trela — falo.

— O Gabe fez cocô e usou o cocô para desenhar.

— O quê?

— Nada. Ele disse que eram monstros, mas os desenhos não eram nada parecidos. Eu desenho muito melhor.

— Não, eu quis dizer onde ele desenhou?

— Nas paredes perto da banheira.

Joel se vira para mim.

— É verdade?

— É.

Parece que ele vai cair na gargalhada.

— E por que você não me contou?

— Não achei que valia a pena.

— Mas vale. Será que não devemos ficar felizes porque a habilidade motora dele melhorou?

Dou de ombros.

— Você está bem? — pergunta ele.

— Sim.

— É meio estranho você não ter me contado nada. Não dá para esquecer algo criativo assim. Normalmente você reclamaria disso.

Continuo limpando o cereal seco das tigelas.

Estou começando a sentir que eu e Joel não existimos mais de verdade, só existimos na Lista. Parece que ela guarda tudo sobre nosso casamento, as coisas que acontecem ou são ditas fora dela parecem uma miragem. Ele estava certo quando disse que eu estava mais legal com ele. Não estamos nos entendendo mais, estamos discutindo menos. Minha raiva está se transformando, já que ele passa mais tempo no escritório e menos tempo me irritando. E quando ele está em casa, tem agido de uma maneira bem diferente. Serelepe seria a palavra antiga que eu usaria para descrevê-lo. Ele se tornou uma pessoa animada, do tipo que bate palmas e diz "tudo ok".

A contagem está chegando perto dos cem pontos e eu começo a ensaiar como direi "Joel, eu quero o divórcio".

Ensaio em voz alta para ver como é. Sinto-me mal. Não é isso que eu quero. Gostaria que voltássemos a ser da maneira que éramos antes de ter filhos; mas, claro, com as crianças. Mas não tenho certeza de que a maneira como nos amávamos é compatível com filhos. Amar alguém não é um ato de desapego. Na realidade, o que você realmente ama é ver um pouco de você naquela pessoa. Minha eficiência e a desorganização dele tinham uma química perfeita antes de termos filhos, mas nossos meninos são como um ingrediente que, se for colocado em uma receita, apesar de ser delicioso, vai estragar tudo.

Tento me esforçar para imaginar o Joel mudado, para que eu ache que ele é tão útil quanto um dia o achei sedutor. Se ele não passar do limite dele na Lista, vou ter que encontrar uma maneira de tornar realidade esse *shangri-la* que eu gostaria de ter em casa, embora ache isso impossível. Se ele passar do limite, só existe uma alternativa.

Ensaio as palavras de novo e a repetição faz com que elas percam o poder de fazer com que eu me sinta mal.

— Joel, eu quero o divórcio. — Olho no espelho ao dizer e fico imaginando a reação dele.

Ele vai ficar chocado, vai me imitar quando digo: "Mas não é justo."

Ah, é sim, direi e entregarei A Lista como prova do quanto sou justa. Vou mostrar ponto por ponto para ele ver como fui escrupulosa. Talvez eu devesse começar a tirar fotos com meu celular para servir de provas visuais.

Tenho noção de que pedir o divórcio não deve ser fácil. É o oposto de uma comédia romântica. É normal sonhar com um pedido de casamento, mas não com um de divórcio.

Quando namorávamos, antes de nos casarmos, teve uma época em que eu imaginava como ele me pediria em casamento.

Hoje em dia morro de vergonha disso. Eu tinha uma expectativa alta, já que ele era todo romântico. Nada de aliança escondida em alguma comida, ou uma banda tocando em um restaurante, ou pétalas de rosa na cama. Eu tinha certeza de que ele faria um pedido de casamento para entrar para a história.

Prestei atenção em tudo que ele fazia por uns seis meses, para evitar ser pega de surpresa. Estava sempre maquiada, como uma indicada ao Oscar, e com uma expressão de quem estava verdadeiramente agradecida. Se ele parecia pensativo, eu não falava nada. Deixei ele fazer todos os planos para nossas saídas.

Depois de seis meses, cansei de agir passivamente.

— Você não quer se casar? — perguntei em uma manhã, enquanto tomávamos café, ainda com a maquiagem da noite anterior e um pijama velho.

— Adoraria — disse ele dando um sorriso enorme. — Achei que você nunca ia pedir. — E foi assim, a história mais curta de um pedido de casamento.

Já que eu sugeri nos casarmos, nada mais justo que eu também sugerisse o divórcio.

Só faltam dois meses. Contagem regressiva para as duas dúzias de crédito.

Depois de mais uns dois convites e umas conversas educadas, finalmente estou no apartamento da Cara. Acho estranho que ela só marque as coisas de última hora, já que ela é tão organizada, mas dessa vez resolvi deixar um recado para o Joel informando que vou sair direto do trabalho e falando para ele pegar os meninos na casa da Deena e não chegar tarde. E depois não atendi mais o telefone, só para evitar falar com ele e ele me convencer de que tem algo mais importante para fazer.

Ouço a voz dela pelo interfone. Dá praticamente para sentir o cheiro dela. Cheiro de Givenchy que não é mais fabricado e que só pode ser encontrado em uma lojinha em Paris. Eu sei que a Becky ainda está em Newcastle, embora não tenhamos falado dela.

— Entra. — A roupa dela é verde e eu resolvi variar e estou de salto alto. Dei uma escapada e comprei esses sapatos em uma das lojinhas perto do meu escritório, aquelas moderninhas que dizem que têm uma "mistura eclética de roupas antigas e novas". Eu tinha panturrilhas mais compactas, perfeitas para sapatos altos, mas parece que elas se alongaram, e agora só me sinto confortável em sapatos baixos.

— Oi, tudo bem? — falo. — Mais uma vez desculpa pela nossa caminhada lá em Norfolk, e por não ter tido tempo antes para te encontrar.

— Não se preocupe com isso.

— Adoro seu apartamento. É tudo tão branco, até um urso polar poderia ficar perdido aqui.

— Obrigada, acho.

— Sério. Branco é lindo. Antigamente ter pele bem branca era sinônimo de riqueza, já que entendia-se que você não precisava trabalhar na lavoura, não é? Hoje em dia ter um sofá branco é mais ou menos a mesma coisa, o que quer dizer que você não precisa se preocupar que alguém vá sujá-lo, ou se preocupar com dedos sujos, ou com a conta da lavanderia. — Acho melhor eu me calar. — E esses móveis. São mais ou menos da década de 1950, não é?

— Alguns são. Aquela é Barcelona, do Mies van der Rohe — diz ela, ao apontar para uma cadeira com jeito de ser escorregadia, que temo que me derrotaria se eu tentasse sentar nela

Em uma vida paralela, eu moro em um apartamento como esse.

— E é tão silencioso. — Ela não diz nada, o que não ajuda. Ela e Becky conversam sobre o quê? Não existe nenhum vestígio da Becky à volta. É difícil de acreditar que ela mora aqui. É difícil de imaginar que ela um dia fez uma visita aqui.

A Cara está no canto da sala de aço galvanizado.

— Você quer algo para beber?

— Sim, claro. — Talvez eu deva dizer o que quero beber. Uma taça de vinho? Ou quem sabe um coquetel? Os únicos que consigo pensar têm uns nomes no estilo "Sex on the beach", então prefiro ficar quieta.

— Eu vou tomar um martíni. — Claro que ela vai tomar um martíni.

— Está ótimo.

— Eu gosto do meu bem seco, com casca de limão.

— Eu também.

Observo-a fazer o drinque com a facilidade que a maioria das pessoas ferve água na chaleira.

Tomo um gole. Cristo, seria mais fácil injetar gim direto nas pessoas. Teria o mesmo efeito. Minha boca ferve com o álcool. Fico com vontade de tampar o nariz para conseguir beber tudo. Acabo bebendo tudo de uma vez para ver se me livro do gosto. Cara levanta uma sobrancelha. Ela faz isso muito bem.

— Eu estava com sede. — Até parece coisa de cinema, beber tudo de uma vez só nesses copos de triângulo invertido. Sinto-me mais corajosa, devido ao álcool ou ao gesto.

— É bom estar aqui, de verdade. — Nada de ela responder. Já que não consigo pensar em outra coisa, digo o que me vem à cabeça. — Por que você me convidou para vir aqui?

— Você é bem direta.

— Desculpa.

— Sem problema. Bom... eu queria conhecer você melhor.

— É? Por quê?

— Porque você é uma das pessoas mais enfezadas que eu já conheci.

— Então você não deve conhecer muita gente enfezada.

— Não sei por que você vive tão enfezada.

— Não vivo. Tenho saúde, minha família tem saúde, nós vivemos bem. Falando sério, não sou enfezada.

— Você tem um bom casamento?

E quem está sendo direta agora?

— Está bem. — Olho em volta dessa máquina para viver que é o apartamento dela e reparo em como tudo combina tão perfeitamente. — Por quê? A Becky te disse alguma coisa?

Ela balança a cabeça negando e na mesma hora eu me arrependo de ter mencionado a Becky. Tento ganhar a confiança dela de novo com uma confissão.

— Meu casamento não é perfeito. Minha vida é caótica e eu não sei o que fazer para organizá-la. Tudo está largado. Todos os carregadores estão largados pela casa, e eu não sei de onde eles são. Essa é a minha vida. De verdade e metaforicamente, entende?

— Não muito. Isso parece horrível.

Ela está falando sério?

— Eu sei, sei muito bem que o Joel é maravilhoso e que eu tenho muita sorte.

— Ele não pode ser tão maravilhoso assim se você não está feliz. — Ela é uma das poucas pessoas que conheço que já questionou se Joel é mesmo maravilhoso. Estou com vontade de chorar. — Ele deve estar te fazendo infeliz — continua ela —, você não nasceu enfezada assim.

— Você não acreditaria.

— Você deveria ser feliz, e se não é, faça algo para mudar. Você é uma mulher inteligente, adulta, passe a controlar a sua vida. Eu não suporto nada que me deixe infeliz.

— Eu acho que devo mudar. Obrigada. Parece que estou enlouquecendo. Mas quando você chega à minha idade, à nossa idade, as coisas não são fáceis. Quando você é jovem, você se livra do homem ou da mulher com quem está ou se livra do emprego e vai viajar pelo mundo. Tem coisas que não mudam tão facilmente. Eu não desejaria não ter tido meus filhos por nada nesse mundo. E eu realmente tenho sorte. Milhares de mulheres não podem ter filhos, então eu deveria ser agradecida pelos meus. E eu sou. Isso é parte do problema; tantas mulheres sem poder tê-los que parece grosseiro reclamar. E eu não estou reclamando, não mesmo. — Ela estremece ao fazer outro martíni para mim, acho que é tarde demais para dizer que não gosto desse drinque e que prefiro uma taça de vinho, qualquer vinho. — Você quer ter filhos? — Penso na Becky mas a tiro da minha cabeça.

— Deus me livre.

— Você sempre soube? Que não queria ter filhos?

— Com certeza. Nunca brinquei de bonecas nem dei a elas aquelas mamadeiras de brinquedo. Enquanto as outras meninas colocavam toalhas nas cabeças e fingiam que eram noivas, eu estava construindo casas perfeitas com Lego. Meu futuro sempre girou em torno de morar sozinha.

Mas você não mora sozinha, penso.

— Engraçado, eu também era assim. Eu planejava morar em uma casa grande, no estilo colonial, cheia de gatos e com um jardim lindo. Acho que isso não quer dizer muito.

— Eu sabia, eu sempre soube. E eu estava certa, ainda bem, porque agora é tarde demais.

— Sério? Você aparenta ainda ser nova.

— Obrigada. — Preciso aprender a fazer isso, agradecer quando alguém me elogia e simplesmente aceitar o elogio. A Cara é a personificação de como ser graciosa.

Engulo o segundo martíni da mesma forma que o primeiro. Sinto minha garganta arranhar. Estou louca para beliscar algo, uns salgadinhos, mas duvido que ela tenha algo assim. Talvez ela tenha sashimi; esse é o tipo de petisco que se encontraria aqui. Nada à vista. O salto alto está fazendo com que eu perca um pouco o equilíbrio, então resolvo me sentar em uma espreguiçadeira com estofado de seda. Ela parece mais para se deitar do que para sentar, então me deito.

— E você sempre soube? — pergunto.

— O quê?

— Que não iria se casar?

— Que eu era gay, é isso?

Aceno com a cabeça.

— Sim, sempre. Tão cedo quanto é possível saber isso. Talvez até antes. — É bem a cara dela já saber disso e não ter passado por aquela fase supercaótica por fazer sexo com homens como a Becky passou. Embora todos nós tenhamos passado por uma época caótica por fazer sexo com homens, com ou sem o problema da identidade sexual.

Já me sinto tonta depois de dois drinques. Que coisa patética, só dois drinques. Talvez tivesse algo a mais nesses drinques. Embora eu ache que não dá para colocar mais nada em martínis já que nada é mais forte do que o que já está no copo. Com a exceção de um Boa noite, Cinderela, claro.

— E o que vocês fazem?

— Como é? — De novo, ela levanta só uma sobrancelha.

— O que vocês realmente fazem na cama? — Estou muito bêbada.

— Você não sabe como é sexo entre lésbicas?

— Sim. Não, quero dizer, obviamente eu sei o que as mulheres fazem, na teoria, mas ao mesmo tempo, na minha cabeça, é como cozinhar uma refeição vegetariana e não ter nada para substituir a carne. Eu sei o que vocês fazem, mas quando penso nisso não sei exatamente como isso acontece.

— E você pensa muito nisso?

— Não, não, nunca. Quer dizer, não com frequência, às vezes. Como é? Eu sou do interior — explico.

— O que eu faço? O que nós fazemos — pondera ela. — Bom, depende.

— Do quê?

— Depende de quem está comigo, de como estou me sentindo, de onde estou, se eu quero dar uma trepada rapidinha ou não. — Fico assustada ao ouvir ela usar essa palavra, eu uso sem problema, mas não parece algo que combine com ela, nem com um tipo de sexo no qual não existe penetração. Mas será que não tem penetração? Será que elas usam algum tipo de brinquedinho? Eu realmente não fico pensando em duas mulheres transando, mas agora não consigo pensar em outra coisa e cruzo minhas pernas ao perceber que estou ficando excitada.

— Uma trepada rápida ou algo bem mais demorado — continua ela, estendendo a pronúncia da última palavra.

"Hoje, por exemplo — continua Cara —, estou bem relaxada, me sentindo meio devagar. Com certeza é o tipo de dia para uma demorada. Hoje eu ficaria vestida por mais tempo, para criar uma expectativa maior, quase inocente. Quase, mas não muito."

Ela sorri para si mesma.

Estou morrendo de sede, mas não tenho coragem de cortar o assunto e ir beber água. Cara continua com a mesma cara relaxada, mas eu já sinto o suor escorrendo pela minha pele.

— Hoje, se eu fosse fazer algo, começaria por passar os meus dedos pelo pescoço dela — fala ela ao demonstrar isso nela mesma —, principalmente pela clavícula. Ninguém dá importância à clavícula, não é verdade? Eu passaria meu dedo por lá e iria descendo, mas não muito, pararia aqui. — Ela para no meio dos seus seios. — Aí então eu afagaria o rosto e colocaria meu dedo nos lábios e dentro da boca dela. — O dedo em questão está impecável, pintado de um cor-de-rosa clarinho, e é longo como o de um pianista. — Aí, eu seguiria o mesmo caminho com a minha língua para que ela soubesse o que viria pela frente, até eu beijá-la. Mas beijá-la suavemente, mal tocando os lábios, mesmo que ela estivesse louca e me puxasse, eu fugiria.

Meu telefone toca, é o Joel. Ignoro a ligação.

— E então? — pergunto.

Ela me olha com malícia.

— Acho que depois eu iria para os seios, eu passaria a mão neles, mas ainda de roupa. A fricção pode ser muito gostosa. Os mamilos dela ficariam duros, e eu faria a mesma coisa de antes, mas com a minha língua. Só que dessa vez sem as roupas. Eu passaria a língua neles bem devagar e ao mesmo tempo eu abriria — diz ela, olhando para mim, que estou com um vestido de botões na frente — os botões. Nessa hora os mamilos estariam praticamente se movendo na minha direção, loucos para serem tocados. — Ela passa a mão nos próprios seios, dá para ver os mamilos duros pelo tecido.

"Finalmente eu me moveria para baixo, bem devagar, deixando que ela imaginasse, ficasse esperando onde eu iria, mas aí eu pararia. — Ela para de falar. Tenho medo de que minha respiração esteja muito alta e pareça um gemido. — E iria direto para as coxas, deixando ela louca de frustração."

Mudo de posição, bem consciente de que estou toda molhada. Pensamentos aleatórios passam pela minha cabeça. Ela chama os peitos de seios, como se tivesse aprendido no colégio. Os meus eu chamava de peitinhos, depois viraram peitos. Peito é um nome que não parece muito sensual, não é ameaçador. De que será que ela chama o resto? Tomara que chegue logo lá.

— Passando a mão, bem de leve. Então — continua ela, de repente falando mais alto e mais rápido —, eu meteria meu dedo na boceta dela, bem forte.

Sinto meu corpo se contrair como se ela tivesse mesmo feito isso. Então é assim que ela chama. Fico pensando na minha. O Joel não se incomoda com o estado da minha depilação, ele diz que gosta de mulher ao natural. Eu usava biquínis e fazia depilação, mas hoje em dia uso apenas maiô, o traje de banho da mulher que já teve filhos e não me depilo mais. A Becky não tinha me dito uma vez que Cara gosta de mulher depilada? Eu não estou. A Mitzi com certeza está. A periquita dela é depilada, a gente já sabe disso.

— Eu meteria o dedo dentro e fora, duas vezes. E o tiraria de repente e ela ficaria pensando se isso realmente aconteceu ou não, mas ela ficaria louca para que acontecesse de novo, excitada como nunca ficou antes.

Eu quero isso, quero mesmo. Primeiro eu quero me depilar e passar hidratante, e usar uma lingerie de seda. Mas isso não é para mim. Não mereço isso. Eu quero mas tenho que fugir. Por favor, não fale nada que eu vou explodir. Por favor, fale outra coisa, continue, fale, por favor me toque, faça essas coisas comigo. Cara se levanta.

— Aí eu usaria o mesmo dedo e o passaria nas coxas dela, indo em círculos até um pouco embaixo do umbigo dela, fazendo círculos molhados que iriam cada vez mais para baixo. Até que, finalmente, eu chegaria lá e começaria a passar o dedo exatamente no lugar certo. Eu sempre acho o lugar certo. Um pouco mais para cima e mais suavemente. Eu sei fazer melhor que ela mesma.

O telefone toca de novo. É o Joel novamente. Eu o ignoro mais uma vez e já estou para desligá-lo quando ele toca mais uma vez.

— O que foi? — pergunto com raiva.

— O Gabe, ele está quente.

— Ele está com febre?

— Não acho o termômetro.

— Está no armário do banheiro.

— Eu olhei lá, mas só encontrei a fita métrica.

— A fita métrica? Então procura o termômetro no lugar da fita métrica.

— E onde é isso?

— No armário em cima da máquina de lavar. Liga de novo.

Olho para a Cara e vejo um olhar de decepção. Não decepção dela, mas em relação a mim. Como se eu tivesse me decepcionado.

— Desculpa, tenho certeza de que vamos descobrir o que está acontecendo. Ele vai ligar de volta.

Sentamos em silêncio. Meu corpo seca por dentro e por fora. O telefone toca de novo.

— Achou? O que diz?

— Quarenta. O que é isso em Fahrenheit?

— Dobra o número e acrescenta trinta. Cento e dez graus. Não pode ser. Muda o botão para Fahrenheit. — Anda logo. — Cento e quatro graus? Isso não é bom. Você já deu Tylenol para ele?

— Eu tentei — diz ele com a voz em pânico. — Mas ele vomitou. Ele está meio abatido.

— Ele está com brotoejas? — Por favor, Deus, diz que não.

— Sei lá, aparentemente não. Deixa eu olhar. Tem na barriga.

— Faz o truque do copo — digo, tentando manter a calma. — Você passa o copo pela barriga dele.

— E depois?

— Desaparece.

— O copo?

— Não, as brotoejas. Se não for nada demais, desaparece. Eu acho. Ai, merda, Joel. Dá uma olhada nos livros. Ou na internet.

— Já fiz isso, mas nada faz sentido.

— Você já ligou para o médico? O que o seu instinto te diz, você acha que ele está realmente doente? — Nenhuma resposta. — Então?

— Acho.

Respiro fundo. Tenho que manter a calma. Não adianta perder a calma. Tenho que ficar calma para ajudar o Gabe.

— Chama um táxi, leva o Rufus para a casa do vizinho e vá de táxi para a emergência. Eu te encontro lá. Vê se ele consegue tomar mais um pouco de Tylenol. Leva o seu celular. Eu chego lá o mais rápido possível.

Pego minha bolsa e falo qualquer coisa com a Cara, nem sei o quê. Não consigo nem olhar para ela. É culpa minha. O Gabe deve estar com meningite ou com septicemia e a culpa é minha. Eu sou uma mãe terrível. Estou sendo punida por beber martínis e ficar de papo com uma mulher sedutora, falando de sexo. Estou sendo punida por ter gostado tanto disso.

— Aí estão vocês. — Corro em direção a Joel e Gabe, que estão sentados numa cama na ala pediátrica da emergência.

— Como ele está?

Gabe está dormindo no colo do Joel. Fico com vontade de pegá-lo e abraçá-lo. Sou eu que cuido das crianças quando elas estão doentes. É no meu colo que elas dormem.

— Ele adormeceu. Ele não deveria dormir, não é? — A voz do Joel está cortada e seus olhos se enchem de lágrimas. Eu gostaria de chorar, mas não consigo e sinto inveja da capacidade dele de chorar.

— Já são 8 da noite, ele estaria dormindo se estivesse em casa. Algum médico já o examinou? Viram as erupções dele? Cadê todo mundo?

— Uma enfermeira fez triagem e disse que chamaria alguém.

Nesse exato momento, chega uma médica. Ela tem um cabelo brilhoso, está de rabo de cavalo e parece uma atriz bonita que faz papel de médica em um seriado, e não uma médica de verdade que trabalha na emergência.

— Sou a Dra. Harcourt, a pediatra. Este deve ser o Gabriel.

— Você já viu que ele está com erupções? Na barriga — digo. — Você falou disso? — pergunto ao Joel.

Ele acena com a cabeça sem conseguir falar.

A Dra. Harcourt mede a temperatura do meu menino e olha a barriga dele.

— É meningite?

— É possível, mas não é provável — diz ela, e eu me sinto uma idiota. — Temos que fazer um teste para eliminar essa probabilidade, vamos fazer uma punção lombar e uns exames de sangue

— Punção lombar? — Começo a me sentir mal.
— Não é tão ruim quanto parece. Volto já.
— Isso é bom ou ruim? — pergunta Joel.
— Não sei. Acho que bom. Provavelmente bom.
— Ursula fala que meningite é a doença mais erroneamente autodiagnosticada que os hospitais veem.
— E o que isso quer dizer? Por que você estava falando com ela sobre isso?
— Eu liguei para ela.
— Por que cargas d'água você fez isso?
— Porque eu não conseguia falar com você. A propósito, onde você estava?
— Eu saí.
— Nem atendeu o telefone.
— Ah, então isso é culpa minha?
— Não.
— Você poderia ter vindo aqui antes.
— Então a culpa é minha?
— Eu não disse isso. Mas você poderia ter visto a temperatura dele.
— Difícil fazer isso se eu não achava o termômetro.
— E é por isso que eu estou sempre dizendo que você deve colocar as coisas no lugar. Dessa maneira é mais fácil de achar da próxima vez.
— E você sempre coloca tudo no lugar?
— Na maioria das vezes, sim.

Ficamos sentados em silêncio com o coitado do Gabe ainda dormindo no colo do Joel, todo letárgico. Os cílios dele encostam nas bochechas. Ele vai ficar bem. Claro que vai. As coisas sempre ficam bem. Ele geme um pouco.

— Ele ficava falando que estava com dor de cabeça e queria ficar no escuro — fala Joel.

Finalmente vamos para uma sala onde ele acorda e por um momento está alerta demais, mas seu bom humor vai embora quando chega a hora da punção lombar e dos exames de sangue. Seguro seus braços com força para que coloquem as agulhas e me lembro da última vez que fiz isso e me envergonho de novo. Quando as agulhas penetram a pele dele, os olhinhos dele ficam cheios de lágrimas, como se dissessem "Como você pode fazer isso comigo?" e seus lábios fazem bico. Seu corpinho está espalhado pela mesa de exame, os médicos examinam a erupção, que já desapareceu quase por completo, e examinam seus olhos também. Agora os berros são ouvidos por toda a emergência. É culpa minha, penso novamente, é tudo culpa minha.

Finalmente o médico repete aquela frase famosa de "É somente um vírus", seguida de "Ele tem que beber muito líquido e tomar Tylenol a cada quatro horas. E fiquem de olho para algum comportamento fora do normal."

— Então com certeza não é meningite? — pergunto.

— Pelo que tudo indica, não. Acho muito difícil — fala a Dra. Harcourt.

— Mas não é bom mantê-lo aqui essa noite para observação?

— Acho que vocês ficarão melhor em casa do que aqui. Vocês moram perto, podem voltar se notarem qualquer coisa preocupante.

— Mas e todas aquelas histórias de que ouvimos falar nos jornais? Que os pais vão ao médico, o médico diz que é só um resfriado, eles continuam voltando lá e por fim era mesmo meningite.

— A minha mulher é obcecada com essas histórias — diz Joel. Eu realmente o odeio nesse momento.

— Como eu já disse — fala a médica, que agora soltou o cabelo —, se vocês estiverem preocupados com outra coisa, devem voltar aqui, mas temos toda a certeza de que o Gabriel tem um vírus, e vai melhorar sem tratamento.

— Obrigado — agradece Joel.

— Sim — repito, meio que confusa. — Obrigada.

Gabe está dormindo na nossa cama e estamos na cozinha. Tenho dor de cabeça e parece que já estou de ressaca. Estou incrivelmente exausta, mas com a sensação de que tomei muito café e não vou conseguir dormir tão cedo. Olho o meu telefone e não há recados. Penso na Cara e na mesma hora fico com vergonha por ter pensado nela depois de tudo que aconteceu. Sei que ela nunca mais vai me ligar. Ela se decepcionou comigo.

— Ele está bem, Maz. Vamos dormir.

Balanço a cabeça.

— Temos que dar uma olhada nele a cada duas horas.

— Está bem, a gente olha. Vou colocar o despertador, já que você está preocupada.

— Claro que estou preocupada. Nosso filho ficou letárgico com suspeita de meningite hoje.

— Mas ele está bem. Você ouviu a médica. Não entendo por que você não relaxa.

Estou prestes a dar uma bela de uma resposta, mas as palavras não saem. No lugar delas, ouço um barulho esquisito e meus olhos começam a coçar. Começo a chorar como há muito tempo não fazia. Choro com vontade, destruída, cheia de ranho. Queria dizer algo que pudesse parar essas lágrimas, mas não consigo. Eu não sou do tipo que chora, berro por dentro. Mas agora estou chorando, e não consigo falar. Eu não sou assim.

As lágrimas continuam a rolar. Não sei de onde vem tanta água. Como é possível que eu consiga ficar molhada com meus próprios fluidos, de maneiras tão diferentes, em um único dia? Joel fica chocado ao ver essa cena mas se levanta e me abraça. Os braços dele são tão grandes, sinto-me pequena e vulnerável neles, tal como o Gabe quando estava no colo dele no hospital.

Parece que todas as lágrimas que estavam aqui dentro nos últimos vinte anos finalmente resolveram sair. Sou um barril transbordando de água, um rio, uma embalagem de iogurte espremida pelo Rufus. Estou tão cansada. Esses seis anos de cansaço estão finalmente vindo à tona e nunca mais vou me sentir descansada. Isso me faz chorar mais ainda. Joel me levanta no colo, me leva para cima e me coloca na cama ao lado do nosso filho, e dormimos ininterruptamente até de manhã.

Não atualizo A Lista nessa noite. Engraçado que eu não tenha acrescentado um débito para mim pela infração: *pensou em fazer sexo com uma morena gostosa.*

Lista de Tarefas Domésticas de Junho	
Arquivo Editar Exibir Inserir Formatar Ferramentas Janela	
A	B
1 Débitos permitidos em junho	2 por dia, total de 60
2 Número total de débitos em junho	89
3 Descrição das infrações	14 cozinha; 15 banheiro; 11 lavanderia; 4 quarto; 14 convivência; 15 mulher invisível; 12 obrigações de pai; 4 incompetências gerais
4 Infração do mês	Banho das crianças e hora de dormir. Nunca esteve presente
5 Pontos positivos do Joel/meus pontos negativos	Noite dos martínis-meningite, 20 pontos positivos para ele
6 Débitos de junho	9 (89 descontando o limite de 60 em junho e 20 pontos positivos)
7 Total de débitos de fevereiro, março, abril, maio e junho	83
8 Total restante	17 para o próximo mês (100 menos 83)

9
Noite de núpcias do Ruskin

Estou deitada no sofá com meu laptop, anotando as infrações. O limite que eu dei para o Joel foi de cem infrações por um período de seis meses, bem acima dos dois débitos diários a que ele tem direito. Ele já teria passado desse limite se não fossem os 20 pontos positivos que eu lhe dei para compensar o que quase aconteceu naquela noite. De alguma maneira, acho que se pode dizer que a minha quase trepada com a Cara ou o Gabe ter escapado por pouco de uma doença grave salvou o nosso casamento.

Na verdade, isso ofereceu uma moratória, não salvou exatamente. Ainda tem um mês pela frente e a cota dele é pequena. Ele está quase no limite. Isso me dá medo e me assusta às vezes. Mas também me dá uma sensação de que, finalmente, as coisas vão mudar. Algo tem que mudar.

Sinto-me aliviada que esse algo não envolveu uma criança com uma doença grave ou eu me deliciando em alguma aventura erótica lésbica com a namorada da minha melhor amiga. E sei bem que a Cara nunca mais vai me ligar, independente de qualquer outra calamidade que possa acontecer.

— Você está bonita — diz Joel ao entrar na sala. Olho surpresa para a minha calça jeans e minha blusa manchada. — Você fica bem ao natural — continua ele. Será que "natural" é algum eufemismo para largada, da mesma maneira que "cheia de curvas" é para gorda? — Quer uma massagem nos pés? — pergunta ele.

— Obrigada. A que devo a honra?

— Nada. Será que não posso fazer uma massagem na minha mulher?

— Claro que pode. Hummm, que delícia. — O laptop está na minha barriga e tomo cuidado para ele não ver a tela.

— Comprei umas vieiras na peixaria perto do trabalho. Pensei em fritá-las com bacon para o jantar.

— Que delícia.

Olho para o computador e vou na seção de pontos positivos, acho o código para elogios, massagens nos pés e culinária e acrescento **P1**, **P3** e **P8** na data de hoje. Pela primeira vez os pontos positivos dele são equivalentes aos negativos, um dia neutro. Como se ele tivesse viajado de avião mas tivesse plantado uma floresta inteira para compensar as emissões de carbono. Desligo o computador e aproveito a massagem, na expectativa pelos meus mariscos.

— Vamos sentar lá fora — diz Becky. — Estou fumando.

— Você está bem gostosona — digo.

— Haha, que engraçado, estou caindo aos pedaços. — Está mesmo. A aparência dela é entre bonita e esquisita, então qualquer coisa como não lavar o cabelo há dias ou ficar doente já piora as coisas.

— E desde quando você voltou a fumar? Você não estava fumando em Norfolk, não é?

— Não.

— Foi a viagem a Newcastle que te fez voltar a fumar? Foi tão estressante assim?

— Não, foi a volta para casa que fez isso comigo. Há quanto tempo a gente não se vê?

— Tem mais de um mês. Não, acho que mais, a ida a Norfolk foi no final do feriado bancário de maio, naquela semana em que tirei folga.

— E o que aconteceu com o nosso encontro semanal às segundas? — pergunta ela.

— Você é que estava viajando a trabalho, eu estava aqui.

— Mas agora já voltei.

— É, voltou. E voltou a fumar.

— Ai, Deus, para com isso. Você parece a Cara. Ela não suporta me ver fumando. Bom, nem sei se é o cigarro em si que ela não suporta, acho que hoje em dia ela não me suporta.

— E o que você quer comer? Eu entro e compro. Você espera aqui, sem problema, com certeza estou te devendo.

— Então me surpreenda.

Compro algo chamado "salada de superalimentos" e um suco de erva de trigo para surpreendê-la. Imagino que ela precise de uma injeção de vitaminas.

— Acho que posso compensar depois tomando café e comendo bolo — comenta ela ao olhar desconfiada para os brotos de feijão.

— O trabalho está muito estressante? — pergunto.

— Não exatamente.

— Todo mundo está meio para baixo hoje em dia. Um bando de gente resfriada, não é mesmo? Tenho me sentido meio resfriada há semanas.

— Eu não estou doente.

— A gente ainda não fofocou sobre Norfolk. Parece que foi há séculos. — Fico tentada a contar o que eu e Joel vimos. Na minha mente começo a história com a gente descendo as escadas, mas aí penso em como vou descrever o que vimos e decido que não devo tocar nesse assunto.

— Foi ok.

— O que você achou da casa da Mitzi? Lugar incrível, não é? Ela tem muito bom gosto.

— É isso que a Cara diz.

— É mesmo? Bom, acho que podemos concordar que a Mitzi tem bom gosto.

— Eu acho idiota. A casa dela é idiota, pretensiosa e praticamente imoral.

— Imoral? — pergunto.

— Fingir que ter duas casas é um grande presente ecológico ao planeta quando na verdade é o oposto.

— É isso que o Joel fala.

— Talvez devêssemos trocar de parceiros.

Dou uma risada nervosa.

Ela acende um cigarro em vez de dar uma garfada no abacate e suspira.

— Mas acho que isso já aconteceu.

— Como assim? — Tento manter minha voz bem normal.

— Acho que a Cara está saindo com alguém.

— E por que você acha isso?

— Ela tem estado tão ausente, parece que nem notou que eu voltei. Não fazemos mais sexo. Achei que, como eu estava fora durante a semana, isso iria animar nossa vida sexual, pelo menos nos finais de semana. A princípio pensei que era só aquela fase de estagnação pela qual todos os casais passam, mas agora não sei mais. Ela parece mais animada do que nunca. Exatamente como ela era quando começamos a namorar. Ela está fazendo sexo, só que não comigo.

— Mas você não está tirando conclusões apressadas?

— Eu passo a minha vida profissional dizendo para as pessoas não tirarem conclusões apressadas.

— Isso mesmo.

— Mas só porque a conclusão foi apressada, não quer dizer que não esteja certa.

— Você vai comer o resto da salada — pergunto —, ou devo ir comprar o café e o bolo? Bolo de cenoura conta como uma porção de legumes, eu acho.

Ela coça a cabeça enlouquecidamente.

— Você está bem? — pergunto.

— Minha cabeça está coçando. Deve ser um tipo de tique nervoso ou algo do gênero. Deve ser uma manifestação física das coisas que estão acontecendo agora.

— Sinto muito, Becks. — Coço a minha cabeça também. Espero que eu não tenha lêndeas.

— Pelo quê?

— Por você estar passando por uma época tão ruim agora. Mas não deixe seus sentimentos sobre outras coisas influenciarem o que você pensa sobre a Cara. Provavelmente você vai descobrir que ela não fez nada. Talvez ela só tenha pensado em fazer.

— Dá no mesmo.

— Sério?

— Talvez não. Mas posso dizer que ela não fica com aquela cara só de pensar em sexo.

— Você já perguntou?

— Eu sei, eu deveria conversar com ela. Perguntar diretamente o que ela anda fazendo. Mas estou com medo.

Não digo nada. Parece que vou vomitar minha "salada de superalimentos".

— Ela é casada — fala Becky.

— Cara?

— Não, a vaca que está transando com ela.

— Como você sabe?

— É o que a Cara gosta. Heterossexuais, parece. Ou pelo menos que tenham curiosidade de ver como é. Deus, tem um bando de mulher heterossexual que é meio a fim dela, chega a ser ridículo. Um bando delas e todas loucas para dar uma com a minha namorada. E ela louca para dar uma com elas. Principalmente se forem casadas. É um desafio mais excitante. Assim a chance de alguma delas querer ir morar com ela e bagunçar o apartamento dela é menor. Eu sou exceção, e Cara deve se arrepender disso. Ela precisa morar sozinha.

— Algumas pessoas precisam morar sozinhas, elas sabem que querem ficar sozinhas. Sabem disso desde pequenas.

— É isso que ela diz. Ela sempre soube. Bom, ela não precisa mais morar comigo, estou indo embora.

— Não se apresse.

— Não estou me apressando. Vou embora mesmo que ela não esteja trepando com a mulher de algum cara. Estou cansada de achar que sou apenas uma mancha no chão de pedra polida. Eu dei duro para chegar onde estou e parece que estou andando para trás.

— Você vai voltar para o seu apartamento?

— Eu o vendi.

— Não sabia. Achei que você não faria isso. Para ter como seguro.

— Eu achei que você iria dizer isso. É o que eu teria dito a qualquer outra pessoa. Foi um ato de fé, tal qual meus clientes que se recusam a ter um contrato pré-nupcial. Idiotas — diz ela com raiva. — Mas tenho alguns planos na cabeça. — Ela sorri e volta a ser bonita. — Mas ainda não os disse em voz alta, não tive coragem. Mas sabe o que mais? Não me sinto mal de falar que quero largá-la. Não tem como eu me sentir pior do que tenho me sentido.

— Ai, Becks, estou me sentindo mal. Eu não tinha ideia. Sinto muito mesmo. Eu estava tão envolvida com meus problemas que tenho sido uma péssima amiga. Péssima mesmo. — Acho que vou chorar de novo. Agora que meus olhos aprenderam a chorar, creio que nunca vão parar. É como se eu estivesse de pé bem na borda de uma prancha. A única coisa que tenho que fazer é sair da prancha. O que conta é aquele milésimo de segundo em que saio da prancha, a entrada na água não conta. Se eu falar algo, vou falar tudo. Respiro fundo e pulo. — Eu fui tomar um drinque com a Cara no apartamento de vocês, ela te disse?

A Becky está procurando algo na bolsa e pega o celular.

— Olha só isso.

Dou uma olhada.

— É um torpedo da Cara. Para a Cara. Achei no telefone dela e enviei para o meu. Leia a mensagem.

— Não tinha um nome relacionado ao número?

— Dizia Encanador. Mas eu sei que não é o encanador, é só um apelido. A não ser que ela esteja dormindo com o encanador, o que eu acho difícil, já que ele é um ucraniano gordo.

— E você não reconheceu o número?

Ela balança a cabeça, negando.

— Eu deveria ter anotado, mas achei que iria aparecer quando eu enviasse a mensagem para mim. Celular idiota. Eu consegui dar uma olhada no celular dela no dia seguinte mas ela tinha apagado a mensagem. Leia.

Seu cheiro está nos meus dedos.

— Ai, que nojo — falo. A Becky me olha com cara de quem não acredita. — Não, não é pelo cheiro de mulher. Eu adoro isso. Bom, não literalmente. Ai, ler esse tipo de mensagem erótica dos outros é esquisito.

— Também tinha uma foto.

— De quê?

— De uma perereca superdepilada. — Ah, então é assim que a Becky chama aquilo. — Tão depilada que era difícil saber o que era. Até achei que era uma orelha. Não é meu estilo. Embora a Cara esteja sempre bem tratada naquela área.

— Você sabe quando a mensagem foi enviada?

— Duas ou três semanas atrás.

Sinto um pouco de ciúmes. Mas aí olho para a Becky e fico com vergonha de me sentir assim. Mais uma vez me envergonho de ter pensado em fazer algo com a Cara. E me sinto mais aliviada ainda que nada tenha acontecido, mais pelo fato de ter descoberto que eu não era a única mulher de quem a Cara andava atrás, do que por ter quase traído meu marido e minha melhor amiga. Quase coloquei minha vida familiar em risco só para fazer sexo quente com uma mulher e descubro que ela dá em cima de qualquer uma. Becky pega o celular e me mostra a foto, que é mais ginecológica do que pornográfica, completamente lisinha e sem pelos. Não é intimidante e é bem limpa, a não ser por uma cicatriz bem onde os pêlos pubianos começariam, caso existisse algum.

— Uau — digo ao colocar o telefone de cabeça para baixo. Não dá para saber qual o lado de cima. — É realmente muito depilada. — Imagino que a Cara teria se surpreendido se tivesse me visto nua da mesma maneira que dizem que o crítico de arte John Ruskin se surpreendeu ao ver os escassos pelos pubianos da esposa dele na noite de núpcias.

— E você acha que ainda está acontecendo algo? — pergunto.

— É irrelevante, você não acha? Algo já aconteceu e vai acontecer de novo. Não vou ficar surpresa se descobrir que tem mais de uma pessoa. É a cara dela fazer isso.

— Mas você quer jogar tudo para o alto sem pelo menos conversar com ela?

— E quem é você para me dar conselhos nessa área?

— O que você quer dizer com isso?

— Você queria se divorciar do Joel porque ele deixa a tampa do vaso levantada.

— Isso não é verdade. O meu problema não é com a tampa estar levantada, é com a urina que cai por todos os lados

— Mary — fala Becky, ao olhar para mim repentinamente —, estou indo embora porque o meu relacionamento não funciona. Você tem um relacionamento que vale a pena salvar, sem falar nos dois filhos. Você sabe disso, não é?

Eu sorrio para dar uma força a ela.

— Não sei se você realmente fala sério a respeito do seu casamento — continua ela —, ou se só quer um pouco de atenção, tal como uma adolescente que toma uma dúzia de comprimidos de paracetamol.

— Acho que nunca dá para saber o que realmente acontece no relacionamento alheio.

— É verdade — diz Becky —, é bem verdade.

Volto ao escritório com a certeza de que estou repleta de vergonha, praticamente com o A de adúltera pintado na minha roupa. Mesmo que eu não seja a outra mulher da Cara, por um momento eu quis ser. Passa pela minha cabeça a imagem da Becky, do Joel e dos meninos sentados em volta da mesa da cozinha e me perguntando "Como você teve coragem?". Como, de fato?

Matt está encostado na mesa da Lily de maneira que a virilha dele fica em cima da mesa. Se ele fosse mulher, estaria sempre com sutiã do tipo *push-up*.

— Esquisito — fala ele com a Lily —, que depois de meses sem ouvir resposta sobre a ideia do programa sobre casa suja, finalmente nos disseram algo.

— E? — pergunta Lily.

— Não gostaram. Mas a Jane do Documentários viu e adorou.

— Sério?

— Não exatamente. Ela acha que tem como desenvolver algo ali, mas que o formato de reality show estraga um pouco. Ela disse que o canal quer programas mais inteligentes agora, mais sérios de novo, o tipo de coisa que eu não esperava escutar. Ela disse que queria reformatar o programa para que ele fosse um tipo de análise mais séria sobre as relações entre homens e mulheres no século XXI, quem faz o que hoje em dia, um documentário em duas partes, entrevistas com psicólogos etc.

— Mas foi isso que eu sugeri desde o começo — digo.

— Foi? — pergunta Matt.

— Sim, a ideia era minha, lembra?

Ele faz cara de quem não sabe do que estou falando.

— Foi mesmo — disse Lily. — Com certeza. Ela sabe de todos aqueles lances domésticos. Foi ela quem escreveu a introdução do discurso de venda.

— Foi dessa parte que a Jane gostou — fala Matt.

— Sério? — Sinto uma empolgação que não sentia há anos.

— É, ela disse que a introdução nem parecia que fazia parte do resto do documento e queria usá-la para desenvolver uma ideia alternativa. Lily, eu estava pensando em você para fazer isso.

— Para ser sincera, acho melhor que a Mary faça.

— Obrigada, Lily. — Minha introdução foi a melhor parte do discurso de venda, oba!

— Você quer desenvolver a ideia?

— Claro.

— Mas você vai ter que fazer isso no seu dia de folga, preciso de você para os outros trabalhos no seu horário normal.

— Sem problema. Eu dou um jeito.

Olho para o laptop e franzo a testa. Dependo do meu mundo virtual para ter a organização que não tenho no mundo real. A Lista me dá uma estrutura racional para superar a anarquia. Já viu aqueles desenhos para crianças que não fazem o menor sentido até você colocar um decalque em cima e a imagem se formar de verdade? É exatamente isso que A Lista faz comigo. Ela dá sentido à minha vida. Aquele saquinho de chá que está manchando a pia não é mais apenas um saquinho de chá, é um ponto que vai levar a um objetivo final. A toalha molhada que foi largada para mofar vira um número na planilha do Excel, uma coisa racional em vez de algo que não faz sentido.

Mas as coisas mudaram. A Lista também não faz mais sentido. O limite do Joel, que já estava quase no final, hoje em dia flutua para cima e para baixo sem padrão. Antigamente era tudo tão previsível. Existia um padrão para o quanto ele era desarrumado. Mas se A Lista não faz mais sentido, nada mais faz sentido. Não me resta nada, e minha mente vai acabar virando uma bagunça tal como a nossa casa. Parece que A Lista é um robô que começou a funcionar mal, repetindo as tarefas ou andando em círculos. Não é assim que deveria ser.

Ontem, por exemplo, Joel tirou a roupa antes de se deitar e jogou tudo, peça por peça, na direção do cesto de roupa suja. Eu já estava quase anotando isso, quando ele foi até lá e colocou tudo dentro do cesto. Aí ele tirou tudo de dentro e colocou tudo lá dentro de novo. Várias vezes.

Talvez seja bom que só falte um mês. Vou sentir sua falta. Falo da Lista.

Hoje é o meu "dia de folga" segundo Joel, algo que me irrita profundamente, pois ele vê o dia de hoje como uma oportunidade para me encher de pedidos do tipo "dá para você pegar minhas roupas na lavanderia no seu dia de folga" e "você pode levar o carro para revisão no seu dia de folga". Tento demonstrar o quanto trabalho no meu "dia de folga", às vezes ligo para ele bem quando o Gabe está se comportando que nem louco e coloco o telefone perto para ele ouvir os berros.

Mas nunca ligo para ele quando estou relaxando, olhando para um jardim e meu filho mais velho está no colégio e o caçula está com a babá da Mitzi. Não quero que ele tenha a ideia errada.

— Isso é o paraíso — digo a Mitzi. Eu pensei em evitá-la por um tempo, mas aí ela me liga chamando para vir aqui e me lembro de que a casa dela tem os melhores brinquedos, uma piscina enorme para as crianças e regadores de jardim. O que é bem mais interessante que a outra opção: ir ao supermercado.

— Acho que o jardim está com uma cara melhor. Encontrar um jardineiro que tenha noção do que fazer é um pesadelo. Ou algum que saiba a diferença entre as plantas.

— Por mim, você poderia ter um jardim cheio de grama artificial que eu acharia ótimo. A grande maravilha é ter outra pessoa cuidando do Gabe para mim. — Olho e vejo um dos gêmeos chorando e o Gabe por perto com cara de preocupado. Decido ignorar e me volto para a Mitzi. É incrível como podemos voltar ao normal com alguém que vimos ceder a coisas repugnantes.

— Mas preciso podar mais alguns arbustos.

Tenho que me controlar para não rir. *Quase* de volta ao normal.

— Mais uma vez, obrigada pela estadia em Norfolk.

— Lá é maravilhoso, não? Aproveitamos tanto, não é mesmo? Parece que você se entrosou um pouco mais com o Michael, né?

— É, acho que passei a saber muito mais sobre ele.

— Ele é fantástico, não?

— É, fantástico mesmo.

— As pessoas sempre se surpreendem quando o conhecem porque estão esperando aquele tipo de banqueiro engravatado, e acaba que ele é tão lindo.

— Ele é muito bonito mesmo. Uma beleza madura.

Mitzi ri.

— Mas ele não é tão velho assim.

— Mas parece. Não de uma maneira ruim, mas porque ele impõe respeito. Eu não gostaria de aprontar com ele.

— Ah, não gostaria mesmo. Qualquer um que trabalha com ele pode dizer isso. Sem falar que todas as secretárias voam em cima dele. Sei muito bem. Dei muita sorte em tê-lo, muita sorte.

— É, você se deu bem.

Não dá para ver os olhos dela por trás dos óculos de sol caros. Mas posso jurar que ela está procurando ter certeza disso.

O celular dela apita com um torpedo. Ela olha e sorri. Quando lê a mensagem, sorri mais ainda. Ela fica vermelha quando percebe que estou olhando para ela.

— De quem é a mensagem?

— Ninguém — diz ela, sem conseguir disfarçar o sorriso. — De uma amiga.

— Pelo visto, uma bem engraçada.

— Não diria engraçada. Ser engraçada não é a dela. — Ela continua olhando para a mensagem. Ela larga o telefone e a tela volta ao normal com a foto dos filhos dela, todos sorridentes e abraçados. Mal consigo que meus dois filhos sorriam ao mesmo tempo.

— Maldição — diz, coçando a cabeça. — Radka! — berra ela, chamando a babá. — Você tem passado pente-fino na cabeça das crianças todo dia como eu pedi? — Ela se vira para mim. — Saco de lêndeas, isso é nojento, não estamos conseguindo nos livrar disso. Acho que deveria simplesmente raspar as cabeças deles, mas eles têm cabelos tão lindos, não é? Morro de inveja desses pais que têm filhos com cabelo fininho; mas os meus têm tanto cabelo, e é um cabelo tão grosso e eles têm tanto. A Radka demora uma eternidade para passar o pente-fino em todos eles. Sinceramente, não sei por que gastamos tanto dinheiro naquela escola se eles ainda voltam para casa com piolho.

— Peraí, você acha que eles pegaram piolho dos meus?

— Provavelmente. Eles estão assim há meses.

— Os meus só pegaram depois da viagem para Norfolk, então acho que foi ao contrário — falo me defendendo. — E eles não têm mais nada, me livrei de tudo bem rápido. — Olho e vejo que o Gabriel está com a cabeça abaixada bem na direção do Merle.

— Deve ser muito mais fácil se os seus filhos têm cabelo fino.

— Os dois tiveram muitos.

— Piolhos? Que horror, não? Minha cabeça coça só de pensar.

— Será que você também não pegou? — pergunto, ao coçar a minha cabeça.

— Claro que não! Tenho certeza de que não. Isso é que nem catapora, só as crianças que pegam.

— Acho que as crianças pegam porque estão sempre bem perto umas das outras, os adultos não são assim. Se eles deitarem na sua cama acho que você pega, e aí pode passar para o Michael.

— Você acha que eu posso ter pegado piolho? Não vou poder ir ao cabeleireiro. Dá uma olhada para mim? Ai, não, esquece, é muito nojento.

— Você pode pedir pro Michael olhar.

— Ai, Deus, não, nunca pediria isso. É humilhante.

E por acaso vestir minifantasia de empregada e limpar o cocô dele não é? Concordo e penso em como eu pediria sem pestanejar pro Joel dar uma olhada na minha cabeça. Na verdade, já fiz isso algumas vezes.

— Você pode fazer isso sozinha; eles gostam da área perto do pescoço mas também aqui na frente — digo, apontando para a minha testa e olhando a dela.

— Você sabe muito sobre isso.

Dou de ombros.

— Me dá licença — diz Mitzi e desaparece para dentro do "armário para casacos dos convidados", como diriam os corretores imobiliários.

Gabe está arrancando as pétalas das rosas. Estou quase alertando sobre os espinhos, quando decido ficar quieta. Vai ser uma boa lição. A Mitzi deixou o telefone no chão. Dá para alcançá-lo sem me levantar. Olho para a Radka, que está levando as crianças para o trampolim, que fica escondido pelos canteiros bem no final do gramado. Olho na direção da casa e de novo para o telefone. Tenho que ser rápida.

É um desses novos, com milhares de coisas. Onde está a mensagem de texto? Olho de novo para a casa. Ai, por que essas coisas são tão complicadas? Achei, caixa de entrada, última mensagem, do "jardineiro". Jardineiro? Leio: "Às 3. Tenho lubrificante, vibrador e punho. Agora você."

Será que isso tem algo a ver com jardinagem? Coloco o telefone no lugar. Ela disse que era difícil achar um jardineiro bom.

— Encontrou algo — pergunto a Mitzi — no seu cabelo?
— Nem olhei. Eu te disse que tenho um compromisso às 3?
— Não.
— Desculpa, não tenho como desmarcar.
— Sem problema, eu tenho mesmo que pegar o Rufus na escola. Algum lugar legal?
— Nada, um saco, dentista. Lá na rua Harley.

Não é nada, penso. Será que ela está tendo um caso com o jardineiro? Qual será o próximo, o encanador?

O encanador. Claro, o encanador. Mal consigo conter um suspiro. O encanador e o jardineiro. Mitzi e Cara. A lésbica que não resiste a uma mulher casada e a mulher casada que não resiste a uma novidade. A Mitzi não teria a falta de criatividade de ter um caso com um homem. Para quê? Ela precisa do oposto do Michael, com sua personalidade dominante. Ela quer o anti-homem; da mesma maneira que eu também quis isso, mas por razões diferentes.

É tão óbvio que tenho vontade de gritar "Eureka!" A caminhada em Norfolk, a Mitzi foi no meu lugar. A Cara deveria estar cortejando nós duas. Até jogando com nós duas. Piolho. A Becky coçando a cabeça. Não era um tique nervoso. A

Mitzi está com piolho, passou para a Cara, que passou para a Becky, quase que numa versão infantil de sífilis em uma peça de Ibsen. E a foto da vagina depilada, a cicatriz é da cesariana que a Mitzi teve que fazer quando os gêmeos nasceram (depois de ter tido os outros partos sem problema e, segundo ela, sem a mínima dor, graças à ioga que ela vive fazendo). Só alguém tão vaidoso como a Mitzi para tirar uma foto da própria vagina e enviar para a amante dela. Nenhuma outra pessoa faria isso por achar que a sua vagina é feia, que nem um joelho ou os pés. A Cara está dando prazer à Mitzi, e vice-versa. Sinto uma ponta de inveja. Fico triste por saber que isso nunca vai acontecer comigo e aliviada ao pensar que, com isso, evitei a chance de ter alguém colocando um punho dentro de mim, o tipo de coisa sobre a qual nunca pensei muito a respeito, mas que me arrepia o suficiente para eu cruzar as minhas pernas. Imagino que não seja algo para se fazer na primeira vez que saímos com alguém, então Becky estava certa, isso está rolando há algum tempo. Será que aconteceu lá em Norfolk, quando a Mitzi foi na caminhada no meu lugar? Ou será que começou depois daquela noite que fui tomar martínis com a Cara? Qual de nós era a primeira opção dela? Será que elas saíram de manhã cedo em Norfolk e se deitaram na grama, longe do pessoal andando com seus cachorros e das crianças? Quem tomou a iniciativa? Será que elas só se beijaram ou será que o gosto da Mitzi se misturou à salinidade do ar? A grama era áspera? Será que tudo teria sido diferente se eu tivesse ido?

— Vou me arrumar em uns dez minutos — fala Mitzi.

— Para ir ao dentista?

— Sabe como é, é sempre bom dar uma bela escovada e passar fio dental antes de ir ao dentista.

— Claro — concordo. — Ela está com uma cara tão feliz que a pele dela brilha, como se tivesse voltado de uma caminhada no campo. Ela está com a mesma cara que tinha quando nos conhecemos. Eu achava que tinha sido a idade e a academia que tinham envelhecido ela, mas foi o Michael.

— Mitzi?

— Sim.

— Numa hipótese completamente louca, você largaria o Michael?

— Não, claro que não. Como assim?

— Sei lá, se ele quisesse que você fizesse algo horrível ou se ele te tratasse mal, você se separaria dele? Eu sei que ele nunca faria isso, obviamente, mas você é uma daquelas pessoas que continuariam casadas a qualquer custo?

— Eu nunca me separaria.

— Por nada?

— Não sei em qual motivo que você está pensando, mas não. Eu consigo lidar com infidelidade, sei que nós conseguiríamos nos virar com menos dinheiro, a gente se entende bem. Mas não consigo imaginar algo que me fizesse destruir a vida dos meus filhos. Você sabe sobre a minha infância, não é, sobre a minha mãe? Por que eu arriscaria colocar um pouco de instabilidade em tudo isso... — ela gesticula em direção à casa e ao jardim — ... nessa vida que eu dei duro para construir?

— Claro. — Ela é a estilista, os filhos são os acessórios e a vida dela é uma reportagem de seis páginas de uma revista. Como ela aguentaria que as pessoas percebessem que isso tudo não é perfeito?

— Bom, deixa eu escovar os dentes. — Ela sorri, mostrando os dentes que já são perfeitos.

— Claro, é melhor. Gabe, a gente vai embora em cinco minutos. Boa sorte no dentista. Espero que não doa muito — falo — no dentista.

A Lista se tornou tão complexa, com pontos positivos e negativos, que tenho que atualizá-la toda noite. Estou na seção de "incompetências gerais" para cruzar os números na minha planilha.

	I
8	Não abre a correspondência dele
9	Acaba abrindo a correspondência, mas acredita que, só porque fez isso, tudo já está resolvido
10	Depois de um mês, tira a correspondência do envelope e larga o envelope pela casa para eu jogar no lixo
11	Me lembra que os envelopes têm que ser jogados no lixo reciclado e não no comum
12	Mas somente se eu antes remover a janelinha de plástico dos envelopes

Tudo isso está interconectado com vários pontos da seção de "finanças", já que são relacionados à incapacidade dele de ter um orçamento e da sua falta de compreensão de que, se ele teve algum gasto de trabalho e foi reembolsado, isso não é um "dinheiro de graça", que ele não trabalhou para receber. E aí percebo o número 115.

Não coloca o telefone sem fio de volta na base.

Não me lembro de ter escrito isso. Joel que vive me acusando, injustamente, de fazer isso, pois eu mal uso nosso telefone de casa.

A bagunça chegou ao limite semestral no qual eu começo a gritar que nem louca que eu não aguento mais, tá me ouvindo? Não aguento mais, estou enlouquecendo, e Joel pega os meninos e os leva para passear em alguma atração turística cara, enchendo-os de doce para que eu passe o dia arrumando tudo. E quando ele encontra alguém conhecido nessas horas, ele sempre diz que está fazendo isso "para dar um descanso para a Mary", ou "para que ela possa fazer as coisas dela", e todos suspiram, admirando-o.

Espero ansiosa por esses domingos de limpeza, embora eu sempre fique desapontada que nunca consigo fazer tudo que quero e que a minha vida não melhora como num passe de mágica só porque eu passei a ter prateleiras de brinquedos arrumadas.

Meus homens saem pelo mundo armados apenas com alguns sucos de caixinha e uma embalagem de damascos secos, enquanto eu dou um jeito em casa. Demoro pelo menos meia hora só para arrumar a bagunça do café da manhã, seguidos de 15 minutos de culpa ao ler o jornal. Então não tenho mais como adiar e vou para a área atrás da televisão, em vez de arrumar meu próprio armário. Ou, para chamá-la de maneira correta: A Área Atrás Da Televisão, para que o efeito de filme de terror, tipo *Psicose*, dê o verdadeiro valor a essa área tão problemática e esquecida.

Há pilhas de embalagens de CDs, além de vários CDs espalhados. Tento organizá-los, mas quando percebo que não existe relação alguma entre essas duas pilhas, jogo tudo em uma caixa de plástico que vai acabar no purgatório do nosso sótão. Começo a organizar os livros, mas me distraio com um programa de rádio enquanto tento colocá-los no lugar de novo, por ordem alfabética. Nessa pilha há vários livros de Amis, Ballard e Cartwright, o que quer dizer que todos os livros de McEwan, Rushdie e Tyler têm que mudar de lugar para que tudo ainda continue em ordem alfabética.

Depois, vou para as caixas de DVD, a maioria nem acabamos de assistir, depois de passar noites assistindo aos primeiros episódios de algum programa americano atual, para fingir que estamos atualizados em cultura pop. Levanto para esticar as costas e penso em fazer um chá, mas percebo que nunca vou acabar essa arrumação se eu me distrair. Mordo os lábios para tomar coragem para a próxima tarefa: os videocassetes. A tecnologia está conspirando contra mim, para que eu tenha vários cemitérios de caixas plásticas. Faço uma pilha com a dúzia de fitas cassete e luto com os cabos vermelhos e azuis atrás da televisão para reconectar nosso videocassete. Lembro-me de como a minha família ficou empolgada quando compramos nosso primeiro videocassete, que ainda era Betamax.

Se eu conseguir fazer o videocassete funcionar, vou conseguir tocar essas fitas de três horas cada e posso decidir o que vale a pena guardar ou não e fazer duas pilhas com elas. Uma para o que vale a pena e levarei para o trabalho para passá-las para DVD. A outra vai para o lixo. E se eu conseguir fazer tudo isso, posso me livrar do aparelho de vídeo e, como consequência, ter menos cabos. Aí teremos menos cabos até comprarmos algum aparelho de videogame para os meninos.

Bingo, funciona. A primeira fita tem alguns episódios antigos de programas que adorávamos. A segunda, por incrível que pareça, é a gravação do nosso casamento, feita por um amigo em comum que trabalhava com a gente, uma presença constante nas nossas vidas durante dois anos, mas que hoje em dia é tão obsoleto quanto essa fita, pois ele ainda fica bêbado, usa drogas e faz sexo com qualquer uma. O que será que aconteceu com ele? Essa gravação é mais do que a versão do diretor, é a superversão dele, já que a maioria das cenas são zooms dos decotes das mulheres e algumas cenas dos nossos discursos.

As próximas três vão para o lixo. Tem uma com o nome "Bob Dylan". Estou quase jogando fora mas decido dar uma olhada. Odeio Bob Dylan. Ele parece um gato miando, mas descobri bem cedo que é melhor ficar quieta no que diz respeito à opinião pessoal sobre Bob Dylan e seus colegas chorões (é, estou falando com você, Leonard Cohen). Tem um tipo de homem, de uma certa idade, que não gosta de ouvir que você não gosta de Bob Dylan.

A imagem está meio embaçada, aí aparece uma placa com a inscrição "O blues da Mary". Continuo assistindo e vejo Joel de pé, segurando várias placas. Ele está mais magro do que hoje e o macacão que ele veste já virou pó. Enquanto a música toca, ele mostra as placas, uma por uma, como naquele vídeo famoso do Dylan. As placas são escritas à mão em hidrocor, da mesma maneira que as do vídeo do Dylan, mas não tem como esconder que ele está nervoso. A sequência das placas é:

"Mary", diz a primeira.

"Eu estou feliz", diz a segunda.

"Com você"

"E muito infeliz"

"Sem você"

"Você é engraçada e inteligente demais"

"Para mim"

"Mesmo assim"

"Quer casar comigo?"

Levo minhas mãos à boca, sorrindo, e meus olhos se enchem de lágrimas. Dá para sentir um pouco da emoção que eu teria sentido se ele tivesse rodado esse vídeo para mim, ou se tivesse me deixado encontrá-lo. Todo o ressentimento que eu tenho dele por nunca ter me pedido em casamento, sem falar da maneira como nos casamos, poderiam ter sido evitados. Esse foi o pedido de casamento que eu queria, para combinar com a nossa história. Deus o abençoe; não sou religiosa, mas gostaria de passar a mão na testa dele. O carinho que eu sentia por ele em todas as horas, de todos os dias, vem à tona ao assistir esse vídeo; a mistura de vontade de pegá-lo no colo e de que ele me comesse que nem louco na cozinha. Éramos tão jovens e ele era tão bonito. O vídeo ainda está pausado na tela e me dá vontade de rebobinar a nossa vida e parar ali. Nosso mundo era como uma tarde de sexta-feira eterna, sempre na antecipação do que iria acontecer de excitante, ao contrário de hoje, uma noite de domingo eterna. Resolvo ligar para ele.

— Estou arrumando as coisas atrás da televisão.

— Lá não.

— E acabei de achar o seu vídeo do Bob Dylan.

— É?

— Aquele com o pedido de casamento. — Eu gostaria de viver um pouco daquele momento que era para ter acontecido agora.

— Sei. Gabe, não saia de perto de mim. É a mamãe no telefone, quer falar com ela? Não, tá bem.

— Quando você fez o vídeo?

— Sei lá. Acho que uns seis meses antes de a gente casar.

— E quando você ia me mostrar? Ou não ia fazer isso? É lindo.

— Sei lá. Sim, eu ia te mostrar, eu já tinha tudo planejado. Ia fingir que era uma daquelas fitas dos programas que você gosta, começar a passar, esperar até você começar a me xingar porque não era e aí ver a sua reação quando percebesse o que estava na fita.

Como eu teria ficado feliz. Três maneiras diferentes de felicidade: para mim, para nós e uma dose extra para anunciar aos amigos e familiares.

— E por que você não fez? Por que se dar a esse trabalho e nem me mostrar?

Quase que dá para ouvir ele dar de ombros, como se tivesse desistido.

— Não sei.

— Sabe sim. Por quê?

— Você sempre falava que acreditava que casamento era uma instituição falida da qual você não queria participar, então eu fiquei com medo de você dizer não. Era isso que eu entendi de você e da Ursula. Mas aí você tocou no assunto e eu não tive que me preocupar mais.

— Mas é tão legal. Uma pena você não ter me mostrado.
— Será que ele mostrou para outra pessoa? Às vezes eu penso que todos esses gestos românticos dele não são só para mim.
— Bom, mesmo assim, nós chegamos lá. — Até parece que o nosso casamento é um parque de diversões em uma área isolada do país e tivemos que nos virar para conseguir chegar lá.

— É, acho que sim. Bom, deixa eu desligar, os meninos sumiram.

Desligo o telefone e a animação acabou. Acho que ter passado a fita serviu para reacender alguns sentimentos em mim, mas eles não são recíprocos. Parece que ele não gostou. Não sei se foi porque eu vi a fita, ou porque ele não teve a chance de me mostrar na época. Dentre nós, ele não costuma ser o teimoso, ele é aquele que não muda, de quem você sempre pode depender, o leal. Eu sou a emocional, que tem raiva e guarda rancor. Assisto de novo à fita, mas não sinto mais o amor de cinco minutos atrás, e sim uma tristeza, por um relacionamento que poderia ter sido diferente.

Só me resta ir adiante. Pelo menos terei uma casa limpa e arrumada. Acabo de dar uma olhada nas fitas e jogo fora o aparelho de vídeo e os seus cabos. Então decido arrumar as gavetas dele. Talvez eu já esteja querendo eliminá-lo, antecipando o resultado final da Lista. Em cima do gaveteiro, encontro a coleção normal de moedas, recibos e lenços. Olho na primeira gaveta e acho mais duas dúzias, misturadas com papelada de trabalho e um envelope com mais recibos. Resolvo dar um jeito rápido nesses recibos todos, nem que seja para dar um jeito no nosso saldo bancário. Cada recibo que ele não foi reembolsado é mais ou menos o preço de uma excursão escolar.

Jogo todos eles no chão e começo a empilhá-los de acordo com as datas. Os que têm mais de três meses vão em uma pilha não adianta mais pedir reembolso. Joel vai ganhar um ponto negativo na Lista para cada 10 libras que não foram reembolsadas, para aprender a não jogar dinheiro fora.

Esqueço da vida analisando os recibos e ouvindo rádio, me consolando que pelo menos essa bagunça vai ter um fim, ao contrário dos meus dias repetitivos, sempre fazendo as mesmas coisas, lavando e esfregando tudo. A pilha do mês de maio é de 100 libras, a de junho é ainda maior. Ele gastou bem menos em abril. Começo a pensar nesses meses ao olhar os recibos. Toda a minha noção de tempo hoje em dia está relacionada à Lista, da mesma maneira que o desenvolvimento dos meus meninos está relacionado às coisas que eles conseguiam fazer em cada data especial de acordo com as fotos nos nossos álbuns.

Em abril, ele foi para perto de Manchester por uma semana devido a uma produção nova. Em maio, uma semana antes da semana de férias das crianças, ele ficou na rua até tarde todas as noites, me deixando sozinha para lidar com o banho e a hora de dormir das crianças, ao mesmo tempo que eu tentava arrumar tudo para ir para a casa da Mitzi. A pilha de junho está crescendo bastante, e começo a me lembrar de todas as vezes que ele chegou em casa meio alegrinho ou completamente bêbado. Esse não foi um mês bom.

Pego o recibo de 4 de junho. Aquela noite foi horrível, foi a noite que Gabe espalhou cocô pelas paredes e eu adorei agarrá-los com força e arrastá-los para a cama. Joel só chegou em casa bem depois das crianças terem ido para a cama, todo feliz da vida. Ele disse que saiu com a equipe da produção. Mas no recibo, em vez de várias cervejas para os homens e vinhos para as mulheres, vejo quatro taças de champanhe e uns aperitivos de um hotel superchique, com o total de 70 libras. Fico pensando com quem ele pode ter trabalhado, alguém que tome champanhe, mas isso não combina com nenhum deles. Com exceção do Joel, todos os outros fazem o tipo bem macho, esse negócio de tomar champanhe seria "gay" demais para eles. Eu quase não saio mais à noite, e esse é o tipo de bebida para comemorar uma comissão ou se você estiver tentando convencer uma celebridade a assinar um contrato para participar em algum reality show. Não consigo imaginar qual teria sido a produção na qual ele estava trabalhando.

Fico olhando para o recibo, com a sensação de que ele está tentando me dizer algo que não estou conseguindo decifrar. Dou uma olhada na Lista para ver o que tem naquele dia. Quase nada, mas me lembro de que pensei em puni-lo por ter me forçado a punir os meninos. Olho para a tela, mas ela não me diz nada. Ele chegou em casa todo feliz naquela noite, até demonstrando pena por ter perdido a chance de passar o pente-fino no cabelo dos meninos. Será que ele não fez nada para compensar? Normalmente ele faria algo, como jogar fora todos os lencinhos que ele deixa largados, ou arrumar os recibos na gaveta, mas nada. E é aí que está a minha pista. Ele colocou o recibo em um envelope e o guardou na gaveta. Ele não queria que eu visse o recibo.

Olho de novo para o recibo. Isso não é recibo de uma noite de bebidas com seus colegas de trabalho. Esse é o tipo de recibo que você tem depois de ter saído com uma mulher. Olho para A Lista na esperança de achar mais uma pista. E algo chama a minha atenção.

Deixa as embalagens das lentes de contato descartáveis em qualquer lugar.

Ele não usa lentes de contato. Eu uso.

Tem mais um.

Compra Tupperware em excesso.

Joel jamais comprou um recipiente transparente de plástico para guardar comida. A próxima coisa que vejo confirma de vez as minhas suspeitas das últimas semanas.

Suspira dramaticamente quando está limpando a casa.
Ouço a porta da frente se abrir e passos subindo a escada. Os meninos pulam no meu colo e me mostram o que compraram no museu, pelo visto passaram mais tempo procurando o que comprar do que olhando as coisas no museu. Joel vê que A Lista está aberta e eu o encaro.

— Você descobriu, não é? Você leu? — pergunto.

— E você descobriu as minhas contribuições. A próxima coisa que eu ia acrescentar era "faz listas para criticar o comportamento do marido sem olhar para os próprios defeitos".

— Não acredito que você está fuçando o meu computador. É a mesma coisa que ler o diário de alguém.

— Deixa disso, Mary. Você não se esforçou muito para esconder. De certa forma, eu acho que você queria que eu visse.

— Da mesma forma que você queria que eu encontrasse isto — digo, sacudindo o recibo. Ele dá uma olhada e fica sem graça.

— Ah — diz ele, bastante sem graça, e isso me dá certeza de que acertei. — Onde você achou isso?

— Você não se esforçou muito para esconder, não é? — imito ele. — De certa forma, eu acho que você queria que eu visse.

Ele balança a cabeça.

— Temos muito o que conversar — digo.

Conseguimos chegar até a hora de colocar as crianças na cama sem nos matar.

— Qual foi a melhor parte do seu dia, Gabe? — pergunto.

— É, Gabe — fala Joel —, foi andar de ônibus, o museu ou o almoço?

— Você comeu bem, Gabe? Você não está comendo muito agora.

— Rufus, passa esses pratos para a sua mãe, por favor. Muito bem.

Limpamos a mesa em silêncio enquanto os meninos veem TV.

— Meninos, querem que a mamãe ou o papai dê banho em vocês? — pergunto. — Que tal a mamãe, já que vocês passaram o dia com o papai?

— E eu leio as histórias para vocês — diz Joel.

— Rufus, por que você não mostra pro papai como você está lendo bem?

Normalmente eu não vejo a hora de eles irem dormir, mas hoje estou tentando esticar esse momento o máximo possível, pego duas taças enormes de vinho para me preparar. Já estou na taça do Joel quando ele desce depois de ter colocado os meninos para dormir. Ele está tentando adiar isso tanto quanto eu.

— Não te esperei para começar — falo.

Ele bebe uma taça toda de uma vez só para compensar.

— Vamos conversar sobre isso — digo, sacudindo o recibo.

— Não, vamos conversar sobre a sua lista.

— Eu falei primeiro.

— Cara ou coroa...

— Cara, deu cara, ganhei. Vamos conversar sobre o recibo.

— Não entendo o que você quer dizer com isso — exclama ele.

Ele nunca soube mentir, eu adorava isso no começo do nosso namoro.

— Sabe sim. O que está acontecendo? — pergunto, sacudindo de novo o recibo.

— Eu tomei uns drinques com alguém do trabalho.

— Alguém. Com uma pessoa.

— É. Isso não é crime.

— Uma mulher? — Ele não responde. — Deixa eu ser mais específica. Uma menina?

Ele finalmente concorda.

— Eu não fiz nada. O que você está insinuando?

— Não sei. Nada. Bom, eu achava que nada, mas pela maneira que você está se comportando, parece que estou errada.

— Sobre o quê?

— Sei lá. Sobre o que você faz com essas meninas que trabalham com você depois de ter bebido uma champanhe cara e comido uns aperitivos.

Ele suspira bem alto e começa a falar com sotaque de alguém do sul dos Estados Unidos.

— Eu não tive relações sexuais com aquela mulher. — Ele ri de nervoso.

— Não acho graça. Essa imitação horrível de Bill Clinton não tem a menor graça. Clinton estava mentindo, é isso que você está me dizendo? Que não transou com ela mas que ela te chupou?

— Não! — Ele parece furioso. Como se eu que estivesse errada.

— Vamos parar com o jogo de palavras, me conta o que está acontecendo.

— Não está acontecendo nada.

— Você está fazendo isso de novo. Falou "está" para não mentir, mas algo aconteceu, não é?

— Não exatamente.

Ele abaixa os ombros, como se tivesse perdido a luta. O clima muda. Agora tenho que parar com a interrogação agressiva e começar a fazer perguntas com mais calma. Não gosto de ter que esconder a minha raiva, mas quanto mais eu conseguir me controlar, mais saberei.

— Conta.

— Tem uma menina no trabalho, uma das pesquisadoras.

— Nome.

— Kitty.

Claro que tinha que ser um nome assim.

— Ela ri das minhas piadas.

Tenho que me segurar para não rir disso.

— E então?

— Eu não sou a fim dela exatamente. Fisicamente eu ainda sou mais atraído por você. Eu nunca me senti atraído por ninguém da maneira que eu era, que sou, atraído por você.

— Ela é jovem, né?

— Tem uns 23, 24 anos.

Meu estômago chega a doer.

— Continua.

— Eu me sinto fantástico perto dela. Como se eu não fosse o homem mais irritante do mundo, como se eu fosse engraçado, inteligente, agradável. Quase tudo que ela dizia começava com "é mesmo", ou ela simplesmente ria. Com você, tudo começa com "por que que você não..." ou "e quando você vai..."

— E?

— Assim era mais fácil voltar para casa, já que eu estava animado para ir trabalhar no dia seguinte. Ter alguém que fazia eu me sentir especial. Como se eu estivesse nadando numa piscina aquecida em um dia frio. Eu tinha medo de ter que sair e encarar o frio que era estar com você.

Então a culpa é minha, me controlo para não dizer.

— E o que aconteceu?

— Eu comecei a passar mais tempo com ela. Sair para almoçar, tudo bem inocente.

— Inocente — repito.

— Não aconteceu nada, Mary, não exatamente. — Ele tenta segurar as minhas mãos.

Tiro minhas mãos de perto dele.

— Algo aconteceu.

— Eu nunca arriscaria perder a nossa família, os meninos. Eu nunca faria isso.

— Mas você fez?

— Não, você fez, Mary.

— Como assim?

— Eu achei a sua lista, aquele catálogo dos meus defeitos.

— Isso eu sei. Mas como?

— Naquela noite em que o Gabe ficou doente, quando você não atendeu o telefone. Eu achei melhor dar uma olhada na internet para ver o que fazer. Como eu deixei meu computador no trabalho, peguei o seu. Você nunca deixa ele jogado por aí, mas naquela noite você deixou. Por erro cliquei no último documento que foi aberto e algo chamado "Lista de Maio" apareceu.

— Tarefas Domésticas de Maio.

— Essa mesmo. Vi esse documento do Excel todo esquisito e vi algo sobre toalhas molhadas, mas aí entrei na internet para pesquisar sobre a brotoeja e esqueci disso. Até numa outra noite quando vi você olhando para mim e digitando algo. Aí quando você saiu, eu fui olhar.

— Umas três semanas atrás — digo, ao pensar na mudança de comportamento dele, a enxurrada de pontos positivos.

— É.

— E você teria lido o diário de alguém, se tivesse achado no armário?

— Você poderia ter colocado uma senha. De certa forma você queria que eu visse.

— De certa forma, eu não sei mudar a senha do meu computador. Aquele documento estava escondido em várias camadas de documentos.

— Mas eu achei.

— Da mesma forma que eu achei o recibo da sua saída com a Kathy, desculpa, com a Kitty.

— Não desvia a conversa.

— Não estou desviando. A gente estava falando dela, depois a gente fala da Lista.

— Mas uma está ligada à outra, né? Eu entendi que era um teste para mim, embora eu não tenha entendido bem o sistema de pontos ou o que aconteceria comigo se eu não passasse nesse teste. O que aconteceria, hein?

Dou de ombros.

— Não sei.

— Ou se eu passasse? Você ia ser boazinha comigo de novo?

— De volta à menina. — digo.

— Será que você não sabe o que iria acontecer ou não quer me dizer?

Percebo que realmente não sei. O que teria acontecido se ele passasse é uma questão mais complicada do que se ele não passasse no teste. Não vou falar que pensei em divórcio porque acho que, na verdade, nunca pensei mesmo nisso.

— Olha só, vamos falar dela e aí a gente fala da Lista.

— Ok. A princípio, eu tentei fazer todas as coisas boas na sua lista, te elogiar, cozinhar, brincar com os meninos. Arrumar a bagunça, claro. Mas aí eu verificava a sua planilha para ver se você estava percebendo isso.

Balanço a cabeça.

— A Lista é muito justa.

— Mas percebi que nada fazia diferença. Pelo menos em comparação a todas as coisas que eu estava fazendo errado. Quanto mais eu me esforçava para ser legal, mais eu cometia algum crime só por estar respirando. Aí eu pensei, que se dane, vou fazer tudo mesmo e vejo o que vai acontecer.

— Então foi aí que você começou a fazer tudo errado ao mesmo tempo, colocando os pontos negativos nas alturas.

— Isso.

— Para que então você tivesse permissão para se envolver com essa menina, Carly.

— Kitty.

— Para se envolver com a Kitty.

— Como assim?

— Com aquele velho truque de se comportar tão mal a ponto de sua namorada te largar, aí você age como se estivesse muito magoado com isso.

— Eu não queria que você me largasse. Eu não quero que você me deixe. Tem os meninos.

— Você dormiu com ela?

— Não.

— Mas você se envolveu com ela?

— Uma vez. Naquela noite da champanhe e dos aperitivos. Tudo tinha muito alho e eram porções pequenas, sabe como são esses hotéis chiques.

— Não, não sei. Só aquela vez? — Estou tentando entender a cronologia dos acontecimentos. — Isso foi antes de você encontrar a Lista?

— Duas vezes, foram só duas vezes. Isso, eu não queria que nada mais acontecesse depois daquela noite, eu fiquei tão envergonhado. Mas aí eu fiz de novo depois de ter lido a lista.

— E fez o quê? Beijou, passou a mão? Fez sexo oral? O quê?

— Beijei.

— De língua?

— Claro!

— Não se atreva a ser sarcástico comigo.

— Eu sou sarcástico? Você passa a vida sem conseguir esconder a raiva que tem de mim.

— E não tenho que ter? Com você pegando adolescentes?

— Ela já tem mais de 20 anos, e foi só uma vez. Ok, duas.

— Não interessa quantas vezes. O que interessa é que você quis ficar com ela. Você quis ficar com ela e não comigo. O que interessa é que não dá para achar você engraçado quando eu estou exausta. O que interessa é que você adorou quando viu a minha lista porque aí você passou a ter permissão para dormir com ela, não é? A Lista te absolveu de ter culpa por ficar com ela, te deu carta branca para dormir com ela. E por que não fez?

Ele dá de ombros.

— Ela não quis? — Ele nega com a cabeça. — Você não teve tempo para fazer, né? Estava esperando a oportunidade certa? Ai, Deus, Joel, será que tenho que ficar feliz por você nunca terminar algo que começou? Ou será que teria acontecido se eu não tivesse achado o recibo?

— Não sei.

— Então teria acontecido. E tudo porque eu escrevi A Lista. Você achou que isso te dava direito a fazer qualquer coisa?

— Não dá?

— Não.

— Então o que ela faz? Não entendo. É um teste para o nosso casamento?

— É um teste menor do que esse, de ver se o nosso casamento sobrevive a você ficar com outra mulher. — Estou berrando, acho, nem consigo mais escutar a minha voz nem a dele, acho que perdi o controle do volume.

— Eu sei, eu sei. Desculpa. — Ele começa a chorar, um truque que não sei se tem muito valor, já que o vi chorar no final de semana ao assistir *Sublime obsessão*. — Eu não sei o que eu estava pensando. Todas as coisas que eram boas entre a gente agora são horríveis. Você mudou.

— E você não. Esse é o problema, Joel. Você ainda é aquele menino que quer agradar a todos, que precisa ser amado por todos. E se eu não consigo fazer isso, você devia procurar alguém que consiga. Sempre vai existir alguma mulher no escritório.

— O que você vai fazer?

— Não sei. O que você vai fazer?

— Eu perguntei primeiro.

— Eu preciso de tempo para digerir isso. — Estou me sentindo enjoada. — Não consigo olhar para você agora.

— Eu vou embora.

— Para onde?

— Para a casa da minha mãe, acho.

Ele está me deixando?

— Se é isso que você quer.

— Se é isso que você quer.

Dou de ombros. Não consigo falar.

— O que você vai dizer para os meninos? — pergunta ele.

Que o papai nos largou?

— Que você viajou a trabalho.

Vejo-o arrumar a mala, apenas alguns jeans e umas camisas. Ele sempre teve uma escova de dentes na casa da mãe, aguardando a sua volta, como se isso fosse inevitavelmente acontecer um dia.

Ele olha para mim.

— Tchau.

— Tchau.

Eu queria dizer algo para melhorar as coisas, mas não sei o quê, nem se existe algo para ser dito. Essa situação embaraçosa acaba quando ele vira as costas. Estou achando que ele vai abrir a porta, quando ele se vira e vai até o banheiro. Sigo-o e vejo-o colocar a escova de dentes amarela e velha no bolso. Minhas pernas tremem e sinto um gosto ruim na boca. Meu Deus. Ai. Meu. Deus. A escova amarela está indo embora, saindo de perto da escova do Homem Aranha e da escova da Disney, e está indo para uma caneca suja no apartamento que uma menina de 20 e poucos anos divide com alguém, em algum bairro esquisito, onde ela, Kitty, e outras meninas andam só de roupa de baixo e meninos fumam maconha e discutem sobre Xbox, onde ninguém enche o saco a respeito da bagunça nos pés da escada, não só porque não existe escada, mas porque ninguém está nem aí para isso.

— Tchau — diz ele de novo.

Não consigo falar. Parte de mim pede "fica, por favor". A outra parte diz "vai se foder", furiosa ao pensar que nossas descobertas acabaram dando permissão para ele fazer o que realmente queria com a Kitty, desde o começo. Não era para isso acontecer, isso não era parte da Lista, ele vai conseguir o que queria o tempo todo; caos e sexo; coisas que combinam.

Depois de ele partir, pego o computador e fico olhando para A Lista. Por força do hábito, tento organizar meus pensamentos digitando algo. Resolvo acrescentar seu crime mais recente à coluna de débitos, para ver se consigo entender o que isso realmente significa.

Tem um caso afetivo com uma menina do trabalho e acaba beijando-a, me deixando para lidar com os detritos da sua ausência, emocional e atual, enquanto foge para a casa dela para fazer sexo.

Olho para o que digitei por algum tempo, mas ainda não consigo entender o seu significado ou o que devo fazer a seu respeito. Continuo a digitar, mas dessa vez na parte dos meus pontos negativos.

Escreve uma lista de cada coisa irritante que ele faz ou fala para que possa usar como prova contra ele, ao mesmo tempo que deseja a vida arrumada e as coxas da namorada da melhor amiga.

Deleto as duas observações. Arrasto o arquivo inteiro de "Administração da casa" para o lixo. Mas aí o arrasto de volta. Não posso deletar os últimos seis meses, da mesma forma que não posso deletar a Kitty.

Ele me deixou, ele realmente foi embora. De todas as coisas que eu imaginava que poderiam acontecer quando criei A Lista, nunca imaginei isso.

10
A Lista versão 2.0

Não quero trabalhar e também não quero sair para almoçar com a Becky. Tento ignorar as ligações dela, mas ela é bem insistente, tal como uma criança puxando a manga da minha blusa.

— Desculpa, eu estou superocupada. Estamos com uma produção louca etc., sabe como é, né? — falo com ela ao telefone.

— Mesmo assim você tem que comer.

— Como um sanduíche em frente ao computador.

— Mas eu achava que você odiava os farelos que caem no teclado.

Ela não vai desistir.

— Está bem, mas tem que ser rápido.

Desligo o telefone e vejo Matt se aproximar, sem dúvida procurando a Lily para que eles troquem ideias sobre as atualizações das suas páginas no Facebook e vejam vídeos engraçados.

— Ela ainda não chegou.

— Eu quero falar com você. — Ele joga um documento na minha mesa. É a minha proposta sobre as tarefas domésticas.
— Ela a-m-o-u.

— Quem? A Jane?

— Claro que a Jane. Disse que isso é exatamente o que ela quer. Que todas as mulheres vão adorar, é um Viagra feminino.

— Ótimo.

— Ela quer se reunir o mais rápido possível. Quer dar mais uns retoques nele e parece que ela está disposta a encomendar o programa em três partes. Exatamente o que precisamos agora. Ideia genial.

— Obrigada.

Ele olha para mim para enfatizar que usou a palavra genial não exatamente para definir a minha grande contribuição para o triunfo da ideia, mas sim de uma maneira generalizada.

— Você consegue fazer isso?

— Claro, dou um jeito.

— E se, ou melhor, quando a gente conseguir isso, dá para você trabalhar nele?

— Se você quer dizer quando a gente conseguir o contrato, sim, claro, adoraria. Afinal de contas, é o meu projeto.

— Ótimo. Mas acho bom você dar uma repensada nas suas horas. Você não é a única aqui que tem filhos.

Nem o Matt consegue acabar com o meu entusiasmo. Já tinha me esquecido de como era. Claro que eu amo meus filhos, eles são a base da minha vida, mas essa adrenalina do trabalho é como um lençol de seda que me envolve. Eu já tinha me esquecido disso, mas sou bastante inteligente, faço meu trabalho melhor que muita gente. Consigo fazer a parte interessante e a chata também. Quero ligar para alguém para contar. Aí percebo que quero ligar para o Joel. E isso acaba com meu bom humor. Meus olhos começam a arder logo depois de estarem sorrindo de satisfação.

Eu já chorei por causa dele, mas não ontem à noite, quando ele foi embora. A princípio, estava tão chocada com o que aconteceu que não consegui fazer nada, nem pensar. Então li um romance bem bobinho até adormecer com as luzes acesas, tentando de tudo para não deixar o efeito do álcool tomar conta de mim. Eu queria dormir para sempre, sem sair da cama por meses ou anos, mas como os meninos não sabiam disso, pularam na minha cama no horário de sempre, nem perceberam que o Joel não estava lá, devem ter pensado que ele estava no banho ou na cozinha.

Não chorei até o café da manhã, quando os meninos finalmente perceberam que um quarto de nossa família estava ausente e perguntaram onde o papai estava. Perdi o controle devido à comoção cinematográfica da pergunta deles misturada com meu desejo de esconder de meus filhos qualquer coisa que seja ruim.

— Cadê o papai? — perguntaram sem parar. — Eu tô com saudades do papai — continuaram a falar até que não aguentei mais. Fui me esconder no banheiro para que eles não vissem as minhas lágrimas. Eles ficaram batendo na porta até que eu berrei "estou fazendo cocô", para que fossem embora. Essa última parte não foi muito cinematográfica.

Quando eles pararam de ser agradáveis, passaram a se queixar sobre como sentiam a falta do pai, como nunca fazem quando o Joel viaja a trabalho. Parecia até que sabiam o que estava acontecendo. Mais um pouco e acho que imitariam o sotaque americano e diriam "por que a mamãe e o papai não se amam mais?". Foi uma visão do que será no futuro, quando tivermos que contar para eles o que aconteceu. Mas o que é mesmo que vou dizer?

— Que bom que você veio. — diz Becky quando nos sentamos na lanchonete baratinha de comida rica em fibra na qual almoçamos. — Estava achando que você quer me evitar.

— Não, imagina. — Olho para o meu relógio. — Eu só pensei que não teria tempo. E não posso ficar aqui muito tempo. Daqui a pouco me ligam do escritório me mandando voltar.

— E você quer me dizer qual é o problema?

Decido contar tudo.

— Joel. Ele foi embora.

Ela balança a cabeça como se estivesse esperando isso.

— Por quê? Foi por causa da sua lista?

— Em parte. Mas não completamente. Ele descobriu no arquivo há algumas semanas.

— E ele leu?

— Tudo.

Ela faz cara de pavor.

— Ele leu a lista que detalha tudo que você não gosta nele? — Balanço a cabeça confirmando. — Bom, não me surpreende que ele tenha ido embora.

— A lista não é nem a metade do problema. Por favor, não conta para ninguém o que vou te contar agora. — Ela balança a cabeça dizendo que sim. — Ele se envolveu com alguém do trabalho. O nome dela é Kitty. — Becky me olha com a cara de uma criança que acabou de descobrir que Papai Noel não existe. Quase que o defendo, explicando que não é culpa dele e pedindo para ela não julgá-lo, mas aí penso na escova de dentes amarela. — Ele não dormiu com ela, pelo menos foi isso que disse e eu acredito nele. Ele saiu com ela, se beijaram. E ele queria dormir com ela. Talvez estivesse planejando fazer isso. Acho que não aconteceu mais nada, mas a questão é descobrir por que não aconteceu mais nada. Ainda. Ou naquela oportunidade. — Não sei se isso ainda é verdade. Sabe-se lá que tipo de apoio moral a Kitty deve ter oferecido naquela noite. Ele pode até ter dito que me largou para ficar com ela, que ele fez esse sacrifício enorme. Talvez essa seja a verdade.

— Mas ele nunca arriscaria destruir a família de vocês.

— Era o que eu pensava. Acho que estávamos enganadas. — Mas eu e Joel também estávamos enganados. Os dois. Será que nós dois temos razão?

— E o que vai acontecer?

— Não sei. Lembra que você disse que todas as suas decisões estavam interligadas e você acabou sem saber por onde começar? É assim que me sinto.

— Você vai precisar escrever mais uma lista — fala Becky.

— Era para A Lista ajudar a dar sentido às coisas, mas agora está tudo uma bagunça. A vida está tão bagunçada quanto o raio da minha casa e nenhuma planilha linda de Excel vai dar jeito nisso.

— A gente pode dar um jeito nisso. Vamos começar pela sua lista.

— Foi isso que o Joel disse. Como se a lista fosse pior do que a menina. — E será que eu não sentia, de alguma maneira, que o fato de ele insistir em entupir o ralo da pia com cereal era um problema tão grande quanto ele ficar atrás dessa mulher?

— A questão não é o que é pior. Você tem que parar com isso de "não é justo", Mary.

— Olha só, a negociadora.

— A mediadora. Tenho treinamento o suficiente para mediar problemas conjugais. E cobro muito, portanto agradeça a Deus e cale a boca. O que você achou que conseguiria com a lista?

— Clareza de pensamento.

— Para fazer o quê? Se ele falhasse — fala Becky ao abrir e fechar aspas com os dedos —, qual seria a punição dele? — E ela abre aspas de novo com os dedos.

Dou de ombros. Ela me encara. Parece até que estou prestando depoimento no tribunal.

— Bom, se ele acabasse provando que era tão inútil quanto eu achava, então esse seria o fim.

— O fim de quê?

— Você sabe.

— Mas eu quero que você diga.

— Eu iria me divorciar. Quer dizer, eu iria ameaçar pedir o divórcio. Pelo menos eu iria falar sobre isso. A gente iria conversar sobre isso. De verdade.

— Eu me lembro de você ter dito algo assim — fala Becky — e na hora não acreditei. Fala sério, Mary, você realmente pensou em sentar para conversar com ele, mostrar a lista e dizer "então, vamos pedir falência e traumatizar as crianças para sempre porque em 4 de março você espremeu o tubo de pasta de dentes bem no meio"?

— Isso não está na lista, hoje em dia a pasta de dentes vem em tubos de plástico, então isso não importa. A gente até compra às vezes aquelas que vêm com as válvulas especiais.

— Não muda de assunto. — Ela está com a corda toda agora e agradeço a Deus que está do meu lado. Supostamente. — Você realmente pensou em se divorciar por causa de uns probleminhas domésticos? Pense em como seria essa conversa, Mary.

Eu nunca tinha pensado além do momento no qual eu o deixaria chocado ao revelar a prova da incompetência dele. Mas fiquei envergonhada quando ele descobriu A Lista sozinho. Naquela época, tudo isso fez sentido, mas analisando isso agora, parece que estava louca. Sim, eu estava louca, tanto no sentido de fúria quanto no de insanidade. Isso sempre acontece. Ele faz algo irritante, eu tenho razão de ficar com raiva, mas quando me expresso, acabo fazendo de uma maneira que permite que ele saia como o rei da moral. Mas eu tive motivos para fazer isso, repito para mim mesma.

— Fala sério, Mary, você realmente iria se divorciar?

— Não — admito finalmente. — Eu queria que as coisas mudassem. Eu não sabia o que iria acontecer, mas eu sabia que as coisas não poderiam continuar como estavam sem que eu me matasse ou o matasse. Não teria como mudar as crianças, nem eu queria isso, também não parecia que dava para mudar a casa, não teria como eu conseguir outro emprego trabalhando só meio expediente, quem iria me contratar? Joel era a única coisa que eu conseguia controlar na minha vida. Como a comida para uma adolescente.

Ela balança a cabeça.

— Se você tivesse ideia do que eu vejo no meu trabalho, nunca teria deixado a palavra divórcio passar pela sua cabeça, muito menos esses pensamentos ridículos sobre o quanto a sua vida melhoraria se você se divorciasse.

— Melhorar. É isso. Eu só queria que minha vida melhorasse, mas não sabia o que fazer.

— Bom, sua vida melhorou, né? O Joel se envolveu com outra mulher e não mora mais com você, e imagino que as crianças estejam sentindo a falta dele. Ponto positivo para a sua lista, não é Mary? Ela realmente melhorou a sua vida.

— Eu sei, eu sei. — Suspiro. — E estou me sentindo muito mal, e ele tem a desculpa perfeita para morar com a Kitty, a menina que trabalha com ele, e ter tudo o que quer. Não consigo parar de pensar nele morando com ela.

— Quando foi isso?

— Ontem à noite. Ele foi para a casa dela, ele está morando com ela.

— Não seja idiota, Mary, ele está na casa da Ursula.

— E como você sabe? — Não tem como ela saber. Ela não viu que ele levou a escova de dentes. Por favor, tomara que ela saiba o que está dizendo, tomara que seja verdade.

— Porque eu o vi lá ontem à noite e ele disse que ia ficar lá por uns dias.

— O que você estava fazendo lá?

— Ajudando a arrumar umas coisas. Não muda de assunto.

— E como ele estava?

— Muito mal.

— Sério?

— Arrasado.

— Ele disse o que aconteceu?

— Disse apenas que vocês brigaram feio. Ele praticamente não parava de chorar.

É um alívio saber o quanto ele está infeliz e onde ele esta.

— Eu imaginei que tinha sido algo sério quando ele começou a me fazer umas perguntas como profissional.

— Tipo o quê? — Meu otimismo vai embora.

— Quais as ramificações legais por ele ter saído de casa.

— E quais são?

— Para ele não são boas. Isso prejudica a chance de ele dividir a custódia das crianças se ele sair da casa onde elas moram.

— Sério?

— É. Tudo o que ele faz nos primeiros dias pode ter um impacto grande no futuro.

— Não, o que quero dizer, é sério que ele perguntou sobre custódia e residência e leis? — Penso nele em uma quitinete, onde os meninos irão visitá-lo, isso é quase pior que imaginá-lo na casa da Kitty.

— Perguntou sim.

— Mas essas coisas são quando o casal se separa ou se divorcia.

— É. — Parece que ela está com pena de mim. — Sinto muito, Mary. Na hora eu não entendi bem, mas agora que sei o que aconteceu, consigo entender. Ele meio que teve um caso, você escreveu uma lista de tudo que odeia nele e ele leu. Já vi gente se separar por muito menos no meu trabalho.

— Você acha que eu estraguei tudo, não é?

Ela fica calada.

Acho que estraguei tudo.

Todas as mães acham isso:

— De alguma maneira — dizemos umas às outras — é mais fácil lidar com as coisas quando ele não está aqui. — Eu mesma já disse isso milhões de vezes. Acho até que acreditava nisso.

O problema é que nesses últimos dias eu descobri que isso não é verdade. Não importa o quanto Joel seja inútil; e ele é bastante; ter outra pessoa para tirar a criança da banheira dá uma grande ajuda, e é bom ter alguém para servir o cereal enquanto eu tomo banho. Sinto falta de ter alguém para falar do sucesso do Rufus no ditado ou comentar a coisa engraçada que o Gabe falou. A coisa que mais odiei em ter filhos é o quanto não se tem flexibilidade para fazer nada, o que fica ainda pior se você está sozinha. Claro que já fiquei sozinha antes. Teve uma vez que ele viajou por um mês. Mas dessa vez é diferente porque, além de inflexível, essa vez parece que não vai ter fim, uma combinação assustadora.

Tudo o que eu queria era ver TV bebendo um vinho, mas a Jemima está chegando com seu novo namorado para comermos uma pizza. Eles se conheceram na internet, ele trabalha com computação e parece que ela está apaixonada depois de menos de dois meses.

O destino é cruel mesmo, penso, ao abrir a porta para a minha irmã, que está mais feliz do que nunca. Será que só existe certa quantidade de alegria amorosa que podemos dividir, igual a chocolate no Natal?

— Esse é o Dan — diz ela toda orgulhosa.

Dan, o homem gordo que assobia, penso ao cumprimentar esse homem todo sorridente. Cadê a barriga tanquinho e o rosto lindo do tipo que ela gosta? Faço o possível para melhorar o humor, o que é bem fácil, já que Dan deixa as pessoas bem à vontade. Ele se entusiasma com a nossa casa, elogia as fotos dos meninos e diz que o Rufus escreve bem para a idade dele. Jemima não para de sorrir.

— Cadê o Joel?

— Saiu, compromisso de trabalho. Uma pena.

— Uma pena mesmo — fala Jemima. — Você iria adorar ele, Dan. O Joel é ótimo. — Eles gostariam um do outro. Finalmente a Jemima tem um namorado com quem o Joel gostaria de conversar.

Acho bom que estamos comendo fatias de pizza com as mãos, em vez de algo que necessite de garfo e faca, pois parece que Jemima e Dan precisam estar de mãos dadas o tempo todo. Eles falam no plural o tempo todo e já pensam em vender seus apartamentos e comprar um para os dois.

— Eu disse, não é? — fala ela com ele quando eu vou colocar os pratos na máquina de lavar louça. — Minha irmã tem a vida perfeita.

Parece que alguém apertou um espartilho em mim. O telefone toca e saio de perto do casal apaixonado.

— Sou eu.

Sinto um pavor ao mesmo tempo que me arrepio, como no começo de um namoro, só que com mais terror.

— Oi, Joel.

— Eu queria dar boa-noite para as crianças, mas não consegui ficar sozinho e não queria fazer isso na frente de outras pessoas.

— Não tem problema.

— Como eles estão?

— Nem um pouco bem. Estão com saudades de você.

— É mesmo?

— Claro que sim, eles têm saudades. Onde você está?

— Na casa da Ursula. — Tento ouvir a voz da mãe dele, mas não consigo. Também não dá para ouvir barulho de gente jovem se divertindo. — Eu pensei em ir para a casa de algum amigo, mas aí percebi que não conseguia pensar em nenhum. Os únicos que eu tenho têm filhos e eu não quero ficar perto dos filhos dos outros agora.

— Achei que você estaria se divertindo, fazendo todas aquelas coisas que falamos que faríamos se não tivéssemos filhos; beber à vontade, ir ao cinema, essas coisas.

Silêncio.

— Joel?

— Estou aqui. — A voz dele falha.

— Você quer passar aqui e colocá-los para dormir? Amanhã? — Parece que estou me arriscando ao perguntar.

— Quero.

Desligo o telefone e tento me controlar. Ainda bem que a Jemima está ocupada demais brincando com os cachinhos do Dan para ter prestado atenção na minha conversa e no que isso fez comigo.

Dan anuncia que vai "dar uma mijada". Jemima sempre saiu com meninos, mas o Dan é um homem. Nem acredito que ela está com alguém que fala tão abertamente sobre o que vai fazer no banheiro, mais do que isso, já que quando ele disse isso, ela olha para ele como se ele tivesse dito que iria aceitar o prêmio Nobel.

— Então?

— Então o quê?

— O que você acha dele?

— Ele é ótimo — digo. — Parece que nos conhecemos há tempos.

— Não é? Também sinto o mesmo.

— Ele é bem diferente dos outros caras.

— Melhor, você quer dizer.

— Isso. E não se parece com os outros.

Ela sorri.

— Ele é lindo, né?

Não tem como não sorrir.

— É mesmo. — Parece que ela realmente não percebeu que nesse sentido ela fez uma troca para pior. Ela fez o melhor tipo de concessão, o tipo que se faz sem perceber. De novo eu gostaria de poder deletar tudo o que eu sei e toda a minha irritação e voltar a ser assim, voltar a ter essa inocência quase infantil a respeito do meu marido.

— Estou muito feliz — diz ela.

— Estou vendo. Fico feliz por você.

— Eu sempre tive inveja de você e da sua vida, e agora sei que eu tinha motivos para isso. Eu quero ter tudo isso com o Dan.

O retorno dele me livra de ter que fazer algum discurso. Acho que, se fosse possível, eles sentariam na mesma cadeira. Como estou velha.

Estou maquiada, de salto alto dentro de casa e fiz escova no cabelo. Ouço risadas vindas do quarto mas não posso ir lá. Ou eu ou o Joel passamos tempo com as crianças. Nós nos separamos em duas unidades distintas, como em um diagrama circular no qual a parte em comum são as crianças. Reparo que a borracha da porta da geladeira está suja e começo a limpar, pensando que a sujeira é a Kitty, e estou tentando me livrar dela. Em todos os lugares vejo o fantasma dela, de como eu imagino que ela seja, até quando me olho no espelho ou quando estou com meus filhos, imaginando que ela pode ser a namorada superdivertida do papai, ou quando estou limpando a privada, esfregando com força. Consigo limpar logo a sujeira da borracha, mas claro que isso e a Kitty são duas coisas bem diferentes.

— Quer um vinho? — pergunto a ele quando ele desce para a cozinha, pelo menos 15 minutos mais tarde do que o horário das crianças dormirem. Ele está com a barba por fazer e com cara de quem não tem dormido bem. Sinto como se a Kitty estivesse do meu lado e imagino que ela o acharia desleixado e atraente. Eu também.

— Acho melhor eu ir embora.

— Tudo bem. É, pode ir. — Pelo visto ele não vê a hora de ir embora. — Mande lembranças à Ursula. — Se é que você está indo para lá.

— Está bem.

— Ela sabe?

— O quê?

— Da gente.

— O que sobre a gente?

— Não sei.

Esse diálogo todo nem parece que foi dito pelo casal que não parava de falar.

— Mary?

— Sim.

— Estou indo.

— Claro, vai.

— Então tá.

Estamos em pé e não sei qual a etiqueta para me despedir do meu marido em uma situação como essa.

— Então, tá, tchau. — Eu queria um pouco de contato físico e acabo estendendo a mão. Ele olha e aperta a minha mão. Nos olhamos surpresos e começamos a rir. Já tinha me esquecido do som de uma risada. Tem som de esperança.

Não consigo dormir. O quarto está estranho. A cesta de roupa suja não tem mais aquele monte de meias e cuecas. Pego um par de meias dele na gaveta e uma camiseta e jogo na cesta Pronto, agora consigo dormir.

No café da manhã, estou prestes a jogar fora a embalagem de leite que está praticamente vazia, quando mudo de ideia e decido colocá-la de volta na geladeira. Deixo os farelos de torrada em volta da torradeira e o saquinho de chá em cima da pia.

Jogo umas toalhas no chão do banheiro mas a pia ainda está limpa, sem as pontas da barba dele. Decido deixar o sabão debaixo d'água por algum tempo para ele ficar bem pegajoso e soltar pedacinhos dentro da pia.

Na hora de levar os meninos para o colégio, encosto no casaco de inverno dele. Há meses que venho pedindo para ele guardá-lo no outro quarto, e logo já será frio de novo. Percebo que ele deixou um par de sapatos aqui. Agora consigo ir trabalhar.

A semana se arrastou. Joel passou aqui na outra noite e eu fiquei na cozinha fingindo ler uma revista. Não ter que colocar as crianças para dormir não foi tão bom quanto eu imaginava. Fico ouvindo os barulhos e as risadas de praticamente uma festa lá em cima, só que não fui convidada. Aposto que ele está alagando o chão, digo a mim mesma, mas isso não faz com que eu me sinta melhor.

Mais uma vez ficamos sem saber direito como nos comportar na hora de ele ir embora. Ofereci algo para comer, mas ele não aceitou. Parece que ele estava com pressa. Fiquei animada nas duas vezes que ele passou aqui, mas no final fui rejeitada.

Os dias durante a semana foram difíceis, mas esse sábado está sendo horrível. Faz seis dias que ele foi para a casa da mãe dele. Ainda não tive tempo de lavar meu cabelo, que cheira a cloro depois da aula de natação dos meninos, para estar mais apresentável quando ele chegar. Dou uma olhada no espelho e vejo que estou bem magra. Normalmente isso é o suficiente para me animar, mas agora acho que está me envelhecendo.

Ouço Joel abrindo a porta e tudo se transforma. Minhas pernas começam a tremer e entendo de uma vez por todas que o quero de volta. Essa é a casa dele. Eu preciso ter certeza de que ele tem a chave daqui e que toda noite vai voltar para cá. Vai jogar seu casaco no chão e abraçar os meninos. Talvez até me abrace. Ao mesmo tempo que odeio ter a casa repleta do barulho e da bagunça dele, preciso disso. Preciso dele. Se ele conseguir me perdoar, se eu conseguir perdoá-lo também.

Ele está lutando com a fechadura, acho que não percebeu que passei o outro trinco também por medo de estar sozinha aqui. Ele entra e eu sorrio, mais ainda quando ele pendura o casaco. Nesse momento consigo entender melhor do que nunca. Eu preciso dele em casa, mas também preciso que ele pendure o casaco. A Lista não foi em vão.

O sorriso que ele dá me enche de coragem. Ele que colocou o orgulho de lado para que ficássemos juntos no passado, nada mais justo que eu faça o mesmo agora.

Ele se vira em direção à rua.

— Anda Ursula, você pode olhar para as flores do vizinho depois.

Minha decepção é tão grande que tenho vontade de chorar. O plano de pedir para ele voltar vai por água abaixo. Ele não deve querer que a gente volte a ser uma família se traz a mãe como apoio. Mas também, como eu faria isso? Acho que já passamos do ponto de vestir uma lingerie sexy e surpreendê-lo na mesa da cozinha. Fico imaginando nós dois fazendo exatamente isso e começo a sentir um calor no meio das pernas. Eu sinto tesão pelo meu marido, mas bem na hora que não posso mais tê-lo para mim. Como foi que deixei passar todas as oportunidades quando estávamos na cama e ele se virava para mim, e agora é possível que nunca mais aconteça nada?

Ele faz cara de quem está pedindo desculpas. Ursula entra e me abraça, apertando demais os meus braços.

— Desculpa — diz ele quando subimos com os meninos. — Ela disse que precisava conversar com a gente.

— Sobre o quê?

— Não sei.

— Não tem nada a ver com a gente, né?

— Não, não. Imagino que não.

— Bom.

— Mary, o que nós somos agora?

Balanço a cabeça e saio do quarto.

É bem mais fácil de entender a Ursula do que entender os livros dela. Ela se sente segura ao usar brincos enormes e echarpes coloridas. As entrevistas na televisão já são coisa do passado, mas naquela época ela sempre vestia vermelho ou roxo, com brincos enormes de papagaios de madeira, que se balançavam como loucos quando ela mexia a cabeça para dar ênfase ao que dizia.

Mesmo com o calor de julho, ela está usando roupa de veludo roxa. Seus brincos são um cacho de uvas que vão quase até os ombros. Ela tem algo a dizer. Sirvo três taças de vinho bem grandes, pois os meninos estão dormindo.

— Tenho uma proposta — anuncia ela. Esse é o tipo de discurso de quem frequentou colégio particular e fez faculdade boa. Muita gente ainda fala da apresentação que ela fez para apoiar a ideia que "Esta casa precisa de um homem como um peixe precisa de uma bicicleta."

Joel a conhece bem e está ficando nervoso.

— Uma proposta?

Penso de maneira inadequada sobre como normalmente essa palavra é usada em um contexto sexual. Tenho certeza que a Mitzi e o Michael fazem propostas. Chego a ficar arrepiada ao pensar na Ursula e no Michael juntos.

— Não é aquele tipo de proposta — diz Ursula, quase que lendo a minha mente. — A palavra proposta não está relacionada somente àquilo.

De novo penso inadequadamente no tipo de proposta que gostaria de fazer para o Joel.

— Mas hoje em dia ela é usada dessa maneira — sugere Joel.

— Talvez eu devesse ter usado a palavra oferta — concorda ela.

— É simplesmente um plano, é isso? — pergunta Joel.

Ai, Jesus, isso vai demorar horas. Eu adorava como eles discutiam o significado real de cada palavra, usando até o dicionário, que ficava sempre na mesa da cozinha.

— Por que você não diz logo o que quer e a gente arranja um nome para isso depois? — O que quer que seja que ela queira falar não tem a mínima importância comparado com o que eu e Joel não estamos dizendo.

— Bom, a gente dá um nome depois, ok — fala Joel. — Se precisar de um nome.

Respiro fundo: um, dois, três, um, dois, três.

Ela finalmente começa a falar.

— Como vocês sabem, minha casa está caindo aos pedaços.

Eu já sabia disso, os vizinhos dela também, tanto que já fizeram abaixo-assinados pedindo para ela reformar a casa, pois eles têm medo que a casa dela diminua o valor dos outros imóveis da rua. Mas eu não sabia que ela sabia.

— A casa é perfeita — fala Joel. — Quem disse que não é?

Joel adora a cozinha superlotada da Ursula e as flores mortas na lareira. Ele faz piada a respeito de "destruir a parte de trás" para dar mais espaço entre os cômodos. Sempre que fantasiamos sobre o que faríamos se morássemos na casa dela, ele nunca entende por que eu gostaria de mudar a cozinha de lugar, por que eu a tiraria do corredor escuro dos fundos, onde os empregados ficavam. Na mente dele, qualquer um que se mude para lá vai adorar ter uma casa tão tradicional, já eu chego a ouvir a mulher de um banqueiro gabando-se para as amigas sobre como a casa "estava caindo aos pedaços. A louca que morava aqui não fez nenhuma reforma nos últimos quarenta anos, tivemos que começar do zero."

— Joel — diz Ursula —, ela está caindo aos pedaços.

— Mas eu achei que você gostava dela assim — argumenta ele. — Eu gosto. — Logo, logo ele vai começar a reclamar se ela ameaçar jogar fora algum desenho que ele fez quando era criança, ou o seu presente de aniversário de 7 anos.

— E por que eu gostaria? É prejudicial à saúde. — Estou sentindo mais respeito pela Ursula agora. — O teto precisa ser trocado, os encanamentos também, a fiação é perigosa.

— Mas você nunca teve problemas.

Quando eu conheci o Joel, ele não achava estranho que as tomadas da casa da mãe dele fossem as mesmas que ninguém mais usava desde o final da Segunda Guerra Mundial. Na lavanderia dela há caixas cheias de adaptadores.

— Para de besteira, Joel, vivo tomando choque. Eu sei que é uma zona. Tento não pensar nisso porque é deprimente, mas acho que não dá para adiar mais. A Mary sabe, não é? Eu vejo bem a maneira com que você olha para as coisas lá e limpa a cadeira antes de sentar.

— Imagina. Mas se a casa está com problemas na estrutura, então você está certa de querer consertar.

— Há anos me preocupo com isso e tento fazer vista grossa — admite Ursula. — Finalmente chamei alguém para estimar quanto vai custar. Quase desmaiei com o preço, então chamei outra pessoa e o preço que me deram era maior ainda. Aí, resolvi continuar fazendo vista grossa.

Começo a pensar em qual será a proposta dela. Será que ela quer que a gente se mude para lá e pague a reforma? Não sei se teríamos condições financeiras ou emocionais, já que nem sei mais se ainda somos um casal. Não consigo imaginá-la vendendo a casa e se mudando.

— Então, qual é o plano? — pergunto, já que Joel não tem coragem.

— Rebecca. Ela é o meu plano.

— A Becky?

— Sim. Ela está precisando de um lugar para morar e tem dinheiro. Eu tenho uma casa enorme e não tenho dinheiro. Uma combinação perfeita.

— Vocês estão morando juntas? — pergunto. Será que o Joel vai passar a chamar a Becky de mamãe?

— Não nesse sentido! — exclama ela, ao ver a cara do Joel, ele parece que vai evaporar de tanto alívio ao ouvir a resposta dela. — Já temos tudo acertado. A Rebecca é ótima com dinheiro. Dá para ver por que ela é tão boa no que faz. E por que ganha tanto dinheiro. Ela vai pagar pela reforma e para converter a casa em dois apartamentos: um para mim no térreo, com jardim, e o outro para ela, no andar de cima e no sótão.

— O meu quarto — reclama Joel.

Há algum tempo isso não seria nada, mas agora aquele é realmente o quarto dele.

— Parece uma ideia boa — digo. — Sem querer parecer mercenária, mas você sabe que aquela casa vale muito, né?

— Sei bem, Mary, obrigada. Sempre passo pela imobiliária no centro do comércio. Esse é um dos problemas. Eu sei que deveria vender, mas não tenho coragem. Minha ideia original era que vocês se mudassem para lá e pagassem pela reforma com o dinheiro da venda da casa de vocês, mas fiquei com medo de que não fosse o suficiente para pagar por tudo. A Becky é sócia na empresa dela e conseguiu muito dinheiro vendendo o apartamento dela, sem falar que ela não tem dependentes. A minha casa é grande demais para mim, mas não sei se seria grande o suficiente para vocês quatro e eu. Vocês precisam de independência, e eu também. Dessa maneira, terei uma renda maior, pois não terei mais tantos gastos, sem falar que a Rebecca pode molhar as minhas plantas quando eu viajar. — Tenho noção de que isso é um eufemismo para aquelas situações que os idosos passam quando caem escada abaixo e ninguém descobre isso por semanas.

— E como você vai decidir a parte financeira? — pergunto.

— A Rebecca vai ter uma parte na casa, o equivalente ao que ela vai gastar.

— Uma proporção ou simplesmente um valor estipulado?

— Ainda não sei. Claro que ainda precisamos ajeitar os detalhes, mas o importante é que você concorde com isso. Afinal, estou vendo parte da casa onde você cresceu.

Joel faz cara de quem vai chorar e fico com vontade de consolá-lo como faço com os meninos quando eles caem do escorrega no parquinho. São momentos assim que transformam os eternos adolescentes que somos em adultos: a morte de nossos pais, o nascimento de nossos filhos, e o momento que não podemos mais chamar a casa dos nossos pais de nossa. Olho para a Ursula e percebo que a conheço muito pouco. Eu achava que ela não conseguia perceber que a casa estava caindo aos pedaços, mas ela não só sempre soube disso, como também sempre soube do seu valor.

— Então — digo para quebrar o silêncio. — O que você quer de nós? — Joel olha para mim. — Do Joel e de mim.

— Eu preciso saber que tudo vai ficar bem — responde ela, olhando para mim.

Uma vozinha vem da porta da cozinha.

— Mamãe — fala Rufus. — Será que o papai pode ler mais um livro?

— Claro — fala Joel e sai da cozinha.

— Tudo vai ficar bem? — pergunta Ursula para mim.

— Não sei. Espero que sim.

— É o suficiente para mim — fala ela. Existe uma compreensão e um carinho no nosso olhar que nunca houve antes. — Estou indo embora. Diga para o Joel que eu já fui.

— Ele vai te ver mais tarde?

— Vocês é que vão decidir isso.

Nunca uma história demorou tanto. Finalmente ele volta para a cozinha, onde eu continuo a esvaziar a garrafa de vinho. Imagino qual será a desculpa dele hoje, mas ele senta e começa a beber.

— Então — falo.

— Então? — pergunta ele desconfiado.

— Você está bem? — Ele dá de ombros. — Você está triste porque a casa onde você cresceu vai mudar?

— O quê? Claro que não. Quantos anos você acha que eu tenho? Oito?

— Então o que foi?

— Você sabe. Tudo.

— Joel.

— O quê?

Estou apavorada. Não tenho noção do que ele está pensando. Ele saiu de casa e estava perguntando para a Becky sobre divórcio. Mas parte de mim me diz que ele sente falta da gente assim como eu sinto falta dele.

— Volta pra casa. Pra cá.

Ele começa a sorrir e já imagino a resposta.

— Sério? Mas e a Kitty?

— Não importa a Kitty. Importa? — Por favor, diz que não.

— Claro que não.

— Promete?

— Prometo. E você sabe que eu levo minhas promessas a sério. Eu acabei de escrever uma ótima carta de recomendação para ela procurar emprego em outro lugar. — Começo a sentir um pouco de pena dela. Sempre são as mulheres que se dão mal nesses casos. — Eu sinto muito mesmo, Mary, eu fui um idiota.

— Foi mesmo. Se envolver com alguém do trabalho. — Balanço a cabeça. — Eu também sinto muito. Eu estava com tanta raiva — acrescento.

— Você está falando da lista?

— Sim. Eu estava com tanta raiva de tudo. Tão furiosa que não tinha mais lugar para te amar. A sujeira dessa casa estava me consumindo, cada vez que eu limpava algo, sentia que você tinha tirado um pedaço de mim. É como se tivesse mofo até no meu coração. Nosso amor ficou de lado.

— Desculpa. Eu também sentia que você não me dava valor.

— Vou me esforçar para rir das suas piadas. Desculpa, esse foi um golpe baixo.

— Você podia se interessar mais por mim. Eu vou tentar dar mais valor às coisas que você faz

— Eu não quero só que você dê valor, eu quero que você também faça.

— Eu vou fazer.

— Embora eu até tenha achado que essa casa estava arrumada até demais desde que você foi embora.

— Posso ter isso por escrito?

— Claro que não. — Mas aí eu percebo que existe uma maneira de ele voltar e de não jogar fora tudo o que eu fiz nos últimos seis meses. — Na verdade, acho que talvez seja uma boa ideia colocar no papel algumas coisas. Tenho uma ideia para outra lista.

- *Nem M nem J podem fazer piada a respeito da incompetência doméstica masculina, nem como desculpa nem como uma maneira de denegrir o outro.*
- *O J está proibido de falar "fica relax".*
- *Nem M nem J podem referir a si mesmos na terceira pessoa como na frase: "A mamãe está cansada porque o papai fez uma bagunça na cozinha e é ela que tem que limpar tudo."*

Penduramos a lista na geladeira para que todos possam ver. Essa é a versão 2.0 da Lista.

— Não acho que a gente deveria chamar de A Lista — falo, quando começamos a escrevê-la. — Afinal de contas, ela é um novo começo.

— A promessa?

— Assim parece algo das reuniões dos Alcoólatras Anônimos.

— Ou daquelas meninas que fazem voto de castidade.

— Eu realmente não estou a fim de pensar em adolescentes e em suas vidas sexuais frustradas toda vez que olhar para a geladeira.

— Eu quero.

— Se a gente não conseguir decidir como vamos chamá-la, como é que vamos decidir o que vamos escrever?

— Eu nunca fui do tipo que se preocupa com isso. Ou com estudar na véspera das provas.

— Eu me preocupava. E passava muito tempo fazendo isso.

— Quem diria.

— Você, que estudou em colégio caro, não tinha com que se preocupar mesmo — respondo com raiva.

- *J tem que arrumar ou jogar fora cinco coisas todo dia antes de ir dormir.*
- *J tem que ver se existe alguma bagunça nos pés da escada.*

— Peraí — diz ele. — E por que é tudo a meu respeito? Por que não tem nada que você tenha que fazer?

— Tipo o quê?

— Mary não pode ler catálogos de lojas na cama.

— Mas eu não faço isso.

— Isso também vale para revistas de decoração. A Mary não pode sugerir uma reforma em nenhum cômodo que não precisa ser reformado. A Mary não pode sugerir que precisamos reformar a cozinha, se tudo na cozinha funciona bem. A Mary não pode...

— Está bem, já entendi. Obrigada.

— Mary tem que dizer obrigada com mais frequência. E por favor também.
— Dá um tempo. Por favor.

*

- *Duas cestas de roupas sujas. Uma para roupas brancas, outra para coloridas.*

— E se a roupa for cinza? Ou de listras, ou seja, branca e colorida ao mesmo tempo?
— Deixa de ser irritante, Joel.
— Estou falando sério.
— Eu te ensino.
— Aprendendo a lavar roupa.

*

- *M não pode dizer "não é justo".*

— Mas isso não é justo — digo.
— Olha. — Ele balança o dedo em sinal de não.
— Mas é sério. Se eu não posso dizer que a vida não é justa, então você tem que fazer com que ela seja, aí eu paro de falar. E não se atreva a dizer "a vida não é justa".

Eu nunca falei isso para o Joel, mas a vida realmente não é justa — não se você tem filhos, um emprego e uma casa. Você vai enlouquecer se tentar fazer com que tudo funcione, isso eu já aprendi. Mas só porque a vida não é justa, não quer dizer que você tem que desistir dela.

*

- *Nos dias em que ambos, M e J, trabalham ou não trabalham, as responsabilidades com as crianças têm que ser divididas de maneira igual, no que diz respeito a pegá-las no colégio ou na casa da babá, cozinhar a mesma comida de todos os dias, levantar-se para preparar o café da manhã.*

- *Cada um tem o direito a ter trinta minutos de manhã para tomar banho, se lavar etc.*
- *Cada um vai ter o direito de ter uma noite livre por semana, sem a obrigação de chegar em casa a tempo de dar banho e colocar as crianças para dormir.*
- *Outras noites nas quais um ou outro pode chegar mais tarde terão que ser analisadas.*
- *Tanto um quanto o outro vai ter direito a um tempo predeterminado para seus hobbies, como por exemplo: a "banda", ir à academia, fazer compras.*

— Pode tirar as aspas.

— E é você quem diz que eu não peço por favor.

— Por favor, tira as aspas da palavra banda na lista. Obrigado.

— Mas eu achei que a gente não iria chamar de lista. Por causa da outra lista.

— Será que o nome importa mesmo?

— Claro que importa.

Ele suspira.

— Talvez a gente precise de ajuda.

Concordo. E sei exatamente quem pode ajudar.

As crianças foram passar o final de semana na casa dos meus pais e, no lugar delas, veio a Becky. Ela até dormiu na cama de cima do beliche e disse que gostou das estrelas que brilham no escuro.

— Pelo que dá para ver — diz ela, ao dar uma lida nas anotações que fizemos —, há três áreas ativas no seu casamento.

Joel ri.

— Não — fala Becky —, eu não estava falando disso.

— Ah, isso é verdade — lamenta ele.

— Será que dá para se concentrar nisso? Assim a gente nunca acaba. Então, Becks, quais são as áreas?

— Finanças, cuidar das crianças e trabalhos domésticos. E elas têm que ser tratadas igualmente.

Joel bufou.

— Igualmente — repete ela. — Então, quero que vocês escrevam tudo o que vem à cabeça e que esteja relacionado com cada uma dessas áreas e eu volto daqui a uma hora.

— Parece um daqueles dias de trabalho que te mandam para um seminário — reclamou Joel.

— Ou um dia de prova na escola — falei, virando a ponta do meu papel para ele não copiar as minhas respostas.

— Consultas médicas, festas de aniversário, compra de presentes, medir os pés para comprar sapatos novos, vacinas... Tem tanta coisinha envolvida em ter filhos — exclama Becky ao ler a minha lista completa de atividades que dizem respeito a cuidar das crianças. A contribuição do Joel consistiu de três palavras: "parque, zoológico e etc."

— É preciso um exército para cuidar de uma criança — digo. O Joel estava certo. No colégio eu era o tipo de aluna que praticamente tinha que apoiar o braço na régua, de tanto que minha mão levantava para participar na aula.

— Joel, você tem algo mais a acrescentar?

Ele olha para os sapatos.

— Vamos começar com a seção de cuidados com as crianças.

— Posso acrescentar — pergunto — que cuidar das crianças não é somente tomar conta delas? Também é arrumar a bagunça delas ao mesmo tempo em que a gente tem que lidar com o resto da casa.

— Isso mesmo, Mary. Posso continuar? — Ela dá uma olhada nas nossas contribuições. — Vou fazer um leilão. Aqui está o dinheiro de vocês.

Ela nos entrega uma pilha de peças de Lego.

— Cada um tem cinquenta peças. Há 25 tarefas. Se um quiser alguma tarefa, fale. Se os dois quiserem, vão ter que comprar com a sua peça de Lego. Primeira tarefa, ser o responsável por receber ligações do colégio ou da Deena quando os meninos ficam doentes.

Joel mantém a mão o mais baixo possível.

— Por que isso não pode ser dois pontos? Um para a escola, um para a Deena — sugiro.

— Muito bem, Mary. — Eu sou a aluna predileta. — Qual você quer?

— Eu fico com o colégio, o Joel pode ficar com a Deena. Você pode começar por ter o número da Deena no seu telefone.

E por aí foi, pelas festas dos amiguinhos deles, acompanhar a turma em excursões e palestras. A Becky sabe o que faz. Ela começou logo com a parte mais polêmica da nossa trindade profana.

— E quem diria — disse Becky, quando finalmente dividimos nossas responsabilidades — que existe tanta coisa envolvida em cuidar de crianças?

— É mesmo, quem diria — concordou Joel.

— Eu sabia disso — falei. — E por falar nisso, Becks, você já decidiu o que vai fazer? Crianças, bebês, você vai ter ou não?

— Acho que já decidi. O assunto está pendente. Mas se levarmos em consideração a minha idade e o estado do meu corpo, isso é praticamente uma decisão.

— De não ter?

— Isso, de não ter. Cheguei à conclusão que só porque eu posso ter, ou talvez não possa, não quer dizer que eu deva ter. Tudo isso estava misturado com meus sentimentos em relação a Cara. — Joel finge assobiar. Ele não sabe da metade da história, da Cara e da Mitzi e de mim e da Cara. Ele e Becky nunca vão saber. — Acho que crianças são o oposto da Cara. Entende o que quero dizer?

— Claro que sim. — Eu sabia exatamente o que ela queria dizer. — Espero que a gente não tenha te desanimado.

— Não exatamente. É que acho que nem todo mundo deve ter filho — disse ela.

— Eu pensava isso sobre a Ursula — disse Joel.

Fiquei surpresa.

— Sério? Você nunca me disse isso.

— Já superei essa fase. No final das contas, fico feliz que ela me teve. É que ela não era exatamente uma boa companhia para uma criança quando eu era pequeno.

— Mas eu achava que vocês faziam tudo juntos.

— Tudo o que ela queria fazer, nada do que eu queria fazer. Você tem noção de como é um saco ser arrastado para as festas dela para ouvir aquele bando de adultos entediantes, nunca conseguir dormir cedo e ter que comer canapés em vez de nuggets de frango? Eu odiava ter que abandonar o colégio por semestres inteiros porque ela resolveu sair de licença para algum lugar distante.

— Mas ela com certeza te ama e adora estar ao seu lado.

— Mais agora. Acho que conforme a vida dela foi ficando mais entediante, eu me tornei mais atraente. Sabe como falam que não existia história até que as pessoas passassem a escrever? É assim que a Ursula se sente em relação às crianças. Até eu aprender a ler, eu não tinha valor. Vejo você e os meninos, e tudo é tão diferente para eles. Você está sempre com eles. Eles têm muita sorte.

— Está brincando, né?

— Não, claro que não. Você é uma ótima mãe, e sabe disso.

— Mas não faço projetos de arte o suficiente com eles, nem ensino matemática de uma maneira interessante ou faço diários cheios de flores secas e desenhos.

— Você leu muitos livros sobre como cuidar de crianças. Também canta canções inventadas e joga futebol como se quisesse ganhar.

— Mas eu quero ganhar, o Rufus é que tá ficando melhor que eu.

— O que importa não é o que você faz, é o fato de estar do lado deles. Eles não dão valor, mas de uma maneira boa. Eu nunca pude contar com a Ursula.

— Obrigada, é bom ouvir isso. E você é um ótimo pai. Eu sei que todo mundo fala isso, mas é verdade. Principalmente levando em consideração que não teve o seu pai por perto quando era pequeno. Pelo visto nem a sua mãe. É uma grande vitória ser bom em uma coisa que nunca tivemos.

— Mesmo sabendo que você acha que eu sou inútil dentro de casa.

— Apesar disso. Às vezes até devido a isso. Você deixa eles medirem os ingredientes quando está cozinhando, mesmo sabendo que isso pode estragar a receita, passa horas fazendo escorregas nas escadas e estações espaciais, tira todos os brinquedos ao mesmo tempo para que eles inventem algo onde os Legos, os dinossauros e os trens possam coexistir. Está certo que não arruma nada depois, mas eles se divertem horrores com você.

— Obrigado. É muito bom ouvir isso.

Sorrimos um para o outro.

— Que lindo — diz Becky ao rabiscar mais uma coisa na lista dela.

- *M e J têm que achar cinco coisas para agradecer um ao outro no final do dia.*

— Cinco! — exclamo. — Todo dia?

- *M pode voltar a trabalhar com produções, o que quer dizer que às vezes ela terá que trabalhar cinco dias na semana e o J vai ter que pedir folga ou trabalhar em casa para cobrir esses dias para ela.*

— Sério — diz Joel. — Você quer voltar a trabalhar como produtora?

— Produtora-diretora — respondo. — Eu não tinha dito nada porque a gente não estava se falando, mas eu desenvolvi uma ideia recentemente e eles adoraram e existe uma grande chance de que isso vire uma comissão. Não quero ninguém trabalhando nesse projeto, ele é meu.

— Mary, que ótimo! — Ele me abraça. — Quero saber tudo, deveria ter me contado. Você é muito inteligente, ninguém está conseguindo fechar nenhum contrato agora. Caramba, podia trabalhar para mim. É sobre o quê? Nem acredito, você é meu cavalo azarão, minha menina inteligente.

Mal podia esperar para mostrar todas as minhas ideias para ele. A opinião dele é mais importante para mim do que a de qualquer outra pessoa. Eu passei esse tempo todo tendo problemas para desenvolver o formato do programa, enquanto tinha meu próprio consultor aqui.

—Não vai ser fácil, Joel, eu vou trabalhar em tempo integral e você vai ter que ajudar mais em casa, mas não existe razão para eu trabalhar mais se não for para fazer algo de que gosto, e eu não gosto de trabalhar como assistente de gerente. O Gabe vai começar a ir ao maternal o dia todo, então acho que é uma época boa para ver se isso dá certo. Se não der certo, aí eu vejo se posso trabalhar como professora ou terapeuta ou qualquer outra coisa, mas eu quero tentar. E só vou conseguir com a sua ajuda.

— Muito bem, Mary. Agora vamos à parte financeira — disse Becky. — Imagino que você ganhe menos.

— No momento, sim, mas quando a gente se conheceu eu ganhava mais, e quando posso trabalhar...

— Todo o dinheiro que vocês fazem deve ser guardado junto e usado para pagar as contas da casa, as despesas com as crianças, babá etc. e aí cada um pode ter um "salário" para fazer o que quiser. — Ela escreveu tudo isso rapidamente.

— E ele precisa fazer o orçamento dele. Toda semana, não é?
— Isso mesmo.
— Toda semana...
— E todo mês vocês vão poder dar uma revisada nisso tudo. De uma maneira calma e racional e com algumas regras básicas. Nada de discutir na frente das crianças ou dos outros. Nada de críticas ou olhares atravessados. Nada de berros ou de não dizer nada. — Ela olhou para nós dois ao dizer isso. — E se vocês não conseguirem fazer isso sozinhos, então a gente marca uma reunião mensal para que eu os ajude.
— A gente vai conseguir — dizemos eu e Joel ao mesmo tempo.
— E nada de ficar dando uma revisada na lista antes do tempo, e quando você fizer isso, nada de se distrair com TV ou rádio.
— Ou ficar mandando e-mail pelo BlackBerry — acrescento. — O que me faz lembrar... — Penso em sexo e em como não temos tempo para isso, tem as crianças e etc., mas sempre temos tempo para olhar nossos e-mails e nossos catálogos de lojas.
— O que foi? — pergunta Becky.
— Nada — falo, me sentindo envergonhada.

A lista das tarefas domésticas demorou mais que as outras. A minha lista tinha mais de cem itens, alguns bem detalhados.
— Levar o lixo para fora — comenta Joel. — Tendo cuidado para separar o que é reciclável.
— Limpar a secadora de roupas — contra-ataquei.
— Pego a sua limpeza de secadora e coloco... — comenta ele, ao dar uma pausa — ...uma ida ao supermercado.
— Limpar o compartimento de sabão em pó da máquina de lavar roupa.
— Ai, pelo amor de Deus, você está inventando isso — fala Joel.

— Concordo com o Joel — diz Becky. — Não acredito que ninguém faça isso.

— Faz sim. Uma vez ao mês, com água fervendo e vinagre. Espere um instante.

Vou até a máquina e retiro o compartimento para mostrar para eles. É um prazer fazer isso.

— Parece uma gosma do começo dos tempos — disse Joel. — Estou até enjoado.

— O que é isso? Todo mundo tem? — pergunta Becky.

— Não tenho ideia de onde isso vem. Deve existir verdadeiros lixões repletos de poeira, cabelo, e pedaços de pele morta e sujeira de privada...

— Ai, para com isso. — O Joel está cobrindo os ouvidos.

E por aí foi. Eu adorei essa experiência, como se finalmente pudesse provar ao Joel tudo o que eu digo desde que o Rufus nasceu. Talvez tenha sido a presença da Becky, mas ele estava aberto a essas ideias como nunca foi.

— As coisas não podem funcionar só de uma maneira — falou ele, logo que concordamos em mais um item. — Se eu tenho que elevar os meus padrões, então a Mary tem que abaixar os dela. Nem oito nem oitenta, né?

— Não exatamente — falou Becky. — Algo como sessenta por quarenta por cento. Mas de certa forma você está certo. Se você se preocupa menos com a casa, você fica mais feliz.

— Bem que o Quentin Crisp estava certo — disse Joel.

— O quê?

— Aquele escritor que disse que depois de alguns anos a poeira não ficava pior.

— Você é revoltante. Poeira é composta de células mortas.

— Mas se forem as suas células eu vou amar a poeira mais ainda, meu amor.

Becky continuava escrevendo mais um item na lista.

- *M não deve se estressar tanto com o estado da casa e deve ser mais tolerante se o padrão cair um pouco.*

Tal como uma mulher de certa idade que resolve colocar uma lâmpada mais fraca no banheiro para mascarar as imperfeições, pensei que eles até que tinham razão. Se eu conseguir parar de ver a minha casa pelo que eu imagino que os outros veem, poderei relaxar mais um pouco. Deixar a casa meio bagunçada talvez até seja um método eficiente de não perder tempo. Se eu começar a limpar as coisas apenas no final do fim de semana, em vez de fazer isso depois de cada refeição, vou economizar uns trinta minutos de limpeza.

Quando digo que quero parar de ver a minha vida como eu imagino que os outros a veem, estou falando da Mitzi. Durante anos parece que tudo na minha vida é relacionado ao que eu acho que ela faria no meu lugar. Mas agora eu já sei a verdade: ela passaria por humilhações na frente do marido enquanto se envolveria com a namorada de uma de suas amigas.

Esse assunto sempre esteve no ar, mas eu mantinha a esperança de que ninguém falasse nada a respeito.

— Ai, sou uma idiota — disse Becky. — Há quatro áreas no seu relacionamento. Finanças, cuidar das crianças, tarefas domésticas e... alguém sabe?

— Ver TV — sugeri.

— Alguém mais? Joel? Ninguém sabe? Vocês dois, seus idiotas.

— Eu? — perguntei.

— Os dois. O relacionamento de vocês como um casal. Quantas vezes em média vocês fazem sexo?

— Mas você não pode perguntar isso. Com certeza isso não entra na lista.

— Não fazemos o suficiente — respondeu Joel. Ele não fica sem graça de falar disso. Ele fica completamente à vontade para falar de sexo. Bem no começo do nosso namoro, uma vez ele me disse: "Sabe que você fica com o gosto diferente depois que come curry" e eu, inocentemente, disse que poderia escovar os dentes. "Isso não vai fazer diferença", comentou ele, logo antes de parar de comer para testar essa teoria.

— Você não pode programar sexo — reclamei com a Becky.

— Mas eu não vou dizer que vocês vão ter que fazer aos sábados à noite.

— Obrigada.

— Mas vocês têm que fazer pelo menos uma vez por semana. Sem falta. — Tive uma visão dela aparecendo na cama ao nosso lado e apontando para o relógio e dizendo que já tinham se passado seis dias.

— Mas Joel, você que disse que isso estava com cara de contrato.

— Mas se a Becky diz que a gente tem que fazer, então a gente tem que fazer.

— Mas e se eu não estiver no clima? E se a gente não estiver no clima?

— Você arruma um jeito de entrar no clima — falou Becky.

— Dei uma olhada atravessada para ela. — Não olha para mim assim, essa não é a minha área. Sei lá, um faz massagem no outro, dá uma saída, sei lá, usem a mesa da cozinha...

— Encher a cara.

Ela me ignorou e continuou falando.

— Façam sexo por telefone durante o dia, falem das fantasias, algo sadomasoquista, use uma lingerie sexy.

— Se eu posso me livrar de todos os meus discos — falou Joel —, você pode se livrar dos sutiãs para amamentação e comprar uns mais atraentes.

— Não sabia que você tinha notado.

— Nunca imaginei que aquelas janelinhas eram para mim — falou ele.

— E vocês precisam de um tempo juntos, sem as crianças.

— Sair sem as crianças? — perguntei.

— Sabe o que a Ursula diria disso? — perguntou Joel.

Falamos juntos: — Vocês estão muito americanizados.

— Então vamos ficar sentados em um restaurante, imaginando outros assuntos que não sejam as crianças, para acabar desistindo e ficando em silêncio — falei. — É, parece que isso vai realmente ajudar o nosso casamento.

— Não vai ser tão ruim assim — argumentou Joel. — Podemos ir ao cinema, a um show. Nunca mais fomos a uma exposição.

Antes de nos casarmos, uma vez fomos a uma exposição sobre as representações da nudez na história e ele ficou falando sacanagens no meu ouvido até o momento que eu não aguentei mais, e acabamos dando uma rapidinha bem satisfatória no banheiro de deficientes físicos. Sempre que eu me lembrava disso, morria de culpa, pensando em alguém que pode ter tido necessidade real de usar o banheiro. Mas agora que a Becky falou de sexo, até que me lembro disso de outra forma e com uma certa vontade. Talvez isso funcione.

— Poderíamos fazer um clube de leitura — falei.

— Eu não vou à reunião do seu clube de leitura.

— Não, só a gente. Eu adorava quando a gente vivia trocando ideias sobre livros antes de as crianças nascerem. Você até lia em voz alta para mim. — Ficávamos deitados abraçados por horas, e ele lia trechos dos últimos livros de sucesso da época, parecia o meu próprio livro em CD. Então acabávamos discutindo sobre o livro. Não leio mais.

— Muito bem — falou Becky, ao olhar para o relógio. — Muito bem, gente, vamos descansar.

— Você aprende isso na escola de meditação? — perguntou Joel.

— Sim, eles ensinam isso. Dez minutos para descansar, comer algo e refletir. Vamos para a cozinha.

Joel estava dando uma olhada no jornal e nos encartes do final de semana. De repente, ele para e começa a fingir que vai vomitar.

— O que foi? — perguntei.

— Isso — falou ele, apontando para uma revista. — Se você gosta de dunas de areia e de uma salinidade no ar, você vai adorar a casa de praia de Mitzi Markham em Norfolk, a prova de que casas de temporada também podem ser chiques.

— Ai, meu Deus, esse é o artigo que eles estavam fazendo quando estávamos lá? Tem alguma foto nossa?

— Acho que nos tiraram das fotos.

— Não devemos ser ecologicamente elegantes o suficiente, mesmo depois de ela ter feito os meninos vestirem aquelas roupas de algodão orgânico que coçam.

Ele virou a página.

— Eles estão aqui, a gente é que não está.

— Olha só eles. — Nossos filhos estão com a cara pintada, como se estivessem brincando de índios. — Becky, me diz se eles não são as crianças mais bonitas nessa foto?

— Com certeza. Mas convenhamos, isso não é difícil. As crianças dela parecem que saíram daquele filme *A cidade dos amaldiçoados*. — Em uma das fotos os quatro filhos dela estão de pé e os cabelos deles são tão loiros que se misturam com a cor da areia ao fundo.

— Escuta só isso — disse Joel, ao ler o artigo. — "Os convidados da família são premiados ao entrar na sala de TV com uma vista panorâmica do céu de Norfolk, sem falar da variedade de coisas que a Mitzi tem nesse cômodo, blá-blá-blá... O vidro da mesa de centro veio de uma igreja que estava caindo aos pedaços, que por acaso Mitzi encontrou em uma viagem à Île de Ré. As crianças adoram olhar por debaixo da mesa e ver como o vidro distorce os seus rostos, comenta Mitzi, rindo, completamente relaxada no que diz respeito ao estresse de ter quatro filhos". — Joel virou os olhos antes de continuar: — E eu e meu marido achamos que a mesa é perfeita para nossas fantasias sexuais nojentas. O Michael nunca cagaria em uma mesa de vidro que não tivesse uma história.

— Ai, isso não está escrito — comenta Becky.

— Claro que não. Mas deveria.

— Como assim?

— Você nunca contou para ela? — perguntou Joel. — Becky, Becky, Becky, se prepara para a melhor história do mundo.

Então contamos a história, com o Joel encenando tanto a parte da Mitzi quanto a do Michael, usando a mesa dos nossos filhos como apoio para se agachar. Eu narrei e ele fazia comentários. Rimos até chorar e nossas barrigas começaram a doer. Cada vez que a gente tentava se controlar, o Joel imitava a "cara de fazer força do Michael" e desabávamos na gargalhada de novo. Ri como se eu fosse jovem de novo.

— Acho que nunca mais vou conseguir olhar para eles — falou Becky.

— Não acredito que você precise — comentei. — Eu não pretendo vê-la de novo, então não tem por que você encontrá-la. — Desde que fiz minha descoberta sobre o encanador e o jardineiro, só encontrei a Mitzi uma vez, em um clube de leitura, tudo a mesma coisa, o mesmo povo que foi na reunião, os mesmos aperitivos metidos a besta, as mesmas conversas, mas eu estava diferente. O mais engraçado é que, depois daquela noite na casa dela, eu consegui olhá-la nos olhos, eu consegui perdoá-la por ter tentado ficar com o Joel, mas o caso dela com a Cara foi a gota d'água para mim. Até tentei ouvir os planos dela sobre a linha de produtos ecológicos ou o seu orgulho por seus filhos e suas conquistas, mas não aguentei. Mais uma vez, ela fez comentários sobre a vida sexual dela e sobre como Michael é um marido fantástico. A vida dela é uma mentira, com apenas uma verdade: ela nunca vai deixá-lo, não importa o que aconteça.

— O quê? — perguntou Joel. — Você não vai vê-la mais? Nunca mais?

Balancei a cabeça negando. Olhei para a Becky e disse com muito cuidado.

— Ela não é uma pessoa boa.

— Finalmente — falou Joel. — O que venho dizendo há todos esses anos?

— Eu nunca gostei muito dela — comentou Becky. E você nem sabe a história toda, pensei, mas não vou te contar.

— Na verdade, ela deve ser muito insegura.

Joel riu.

— É, também disseram isso sobre Hitler.

— Mas é verdade. Ela não teve uma infância fácil. Embora seja irrelevante se ela é ou não uma pessoa boa, o que importa é que ela faz com que eu não me sinta bem. Não quero mais ficar me comparando a ela. E isso não vai acabar se eu tiver contato com ela. Ela instiga isso. Posso continuar falando com a Daisy e quase nunca vejo os nossos amigos antigos, e agora que tenho todos esses dias para arrumar o que fazer com meu marido, posso me envolver mais na associação de pais e mestres do colégio e ficar amiga de outras mães. Há várias coisas melhores para eu fazer do que ser amiga da Mitzi. Sem falar das amigas dela. Ai, Jesus, vai ser ótimo não ter que ver a Alison de novo. — Os dois concordaram. — Mas não coloque "nunca mais ver a Mitzi" na lista. Embora eu não queira que eles entrem na minha vida de novo, nem na minha cozinha bagunçada.

E como diz a Becky, quem diria que um casamento dá tanto trabalho assim? Quem diria que ele precisa de estratégias e planos e pontos de ação? Que precisaria de agradecimentos, sexo semanal e reuniões mensais? Que todos os domingos à noite nós decidiríamos quem vai levar qual criança para o jogo de futebol, quem vai acordar tarde e trabalhar, a diversão de quem vai ser mais importante? Quem diria que precisaríamos de uma mediadora profissional, um tipo de consultora de casamento, para mostrar nossos problemas e ajudar a coisa a funcionar?

Mas a nossa declaração de codependência está ali pendurada na geladeira. Em uma folha A3 com a fonte pequena, na cara de qualquer pessoa que nos visite, com todos os detalhes desse nosso acordo. Ela está pendurada do lado do convite da festa de 50 anos do Michael, que será em um desses clubes exclusivos para homens. Já respondi ao convite dizendo que não iremos, mas gosto de vê-lo junto das outras datas importantes do colégio e das listas de compras. Também pendurado, mas não tão à mostra, está o convite da festa de 35 anos da Jemima, aquela idade que é um divisor de águas na vida de uma mulher, mas que agora já passou. Ela e Dan passam o tempo todo agarrados, como dois adolescentes, e ela já me disse que eles decidiram que ela vai parar de tomar anticoncepcionais. No futuro, ele provavelmente vai acabar irritando ela, mas deixa pra lá.

- *Joel não pode se empolgar com a atenção das mulheres do trabalho dele, nem pode beijá-las (ou qualquer outra coisa que possa ter acontecido).*
- *Mary não pode ter fantasias a respeito de morenas sofisticadas de lingerie de seda verde com um vibrador na mão.*

Bom, não exatamente. Esses últimos dois itens não estão na lista para o mundo e os nossos filhos verem. Mas estão no meu coração e na minha mente.

Eu e o Joel falamos muito sobre a Kitty e cada vez que ele chega em casa tarde eu mando umas indiretas. Mas acabo me sentindo culpada por fazer isso, já que penso na Cara, e até penso em contar para ele sobre ela, embora eu não saiba exatamente o que devesse contar. Nada aconteceu. Digo a mim mesma que não existe nada para contar, e embora eu saiba que Joel me perdoaria — afinal, depois da Kitty, ele não tem opção — não sei se a Becky faria o mesmo.

Eu acredito no Joel quando ele diz que nunca se sentiu tão atraído pela Kitty quanto ele é por mim. E também sei que nunca amarei outra pessoa como eu o amo. Ele tem que entender que o meu temperamento é o ponto negativo de tudo aquilo que fez ele se apaixonar no começo, da mesma maneira que eu tive que aprender que ser desleixado e descolado nem sempre é uma qualidade boa. Talvez todos os relacionamentos sejam assim, as coisas boas podem se tornar ruins se você não tomar cuidado.

Outro dia encontrei a Daisy. Ela perdeu muito peso desde a última vez que a vi. Perguntei se estava se exercitando, mas claro que ela respondeu que não se dava ao trabalho de fazer isso. Ela disse que leu um livro que a fez examinar seus hábitos alimentares. Que a parte mais difícil de perder peso foi escrever uma lista de tudo que fazia com que ela comesse demais, "demorei semanas para fazer isso, no final eu estava exausta". Como por milagre, simplesmente escrever essa lista já fez com que ela perdesse peso. Não acreditei, mas acho que eu e o Joel fizemos o mesmo. Simplesmente por termos escrito a nossa lista; a nossa declaração de igualdade dos pais, como a Becky diz; nós praticamente chegamos lá. Joel e Becky ficavam perguntando o que eu imaginava que iria conseguir com A Lista versão 1.0, e eu nunca soube responder, mas agora já sei. Eu achava que iria conseguir curar todos os nossos problemas ao colocá-los no papel. E no final das coisas, talvez eu tenha conseguido.

Não que eu queira insinuar que foi fácil. Ainda tenho vontade de matá-lo frequentemente. Segundo ele, ainda faço o que ele chama de "o suspiro", ainda falo que a vida seria mais fácil se eu fosse mãe solteira e ainda digo coisas do tipo "claro que não me importo de colocá-los para dormir sozinha pela terceira noite consecutiva". Ainda digo "não tenho tempo para isso" antes mesmo de me dar conta; tenho mais tempo para sexo e para ser mais educada, embora esteja trabalhando mais. Ele ainda coloca resto de comida dentro da pia e joga panelas que só foram usadas para ferver água na máquina de lavar louças.

Aprendi uma coisa com a dieta milagrosa da Daisy. Ela disse que quando quer comer um bolo ou um biscoito, espera cinco minutos. Quando passam os cinco minutos, ela percebe que já teria acabado de comer. E de alguma maneira isso é suficiente para ela não comer essas coisas. Eu faço o mesmo. Espero uns momentos antes de fazer alguma crítica, e aí já achei a nossa declaração na geladeira e mudo de ideia.

Não, essa vida nova não é fácil. Mas não é tão difícil quanto a época em que descobri sobre a Kitty e que o Joel estava lendo A Lista. Estávamos paralisados pelo medo e pela solidão, a ponto de eu sentir saudade da época que era só agressão e irritabilidade.

— Você ainda não disse que estou com TPM — falo.

— Porque você não tem estado assim — responde ele. — Já me perdoou?

— Sim. E você, já me perdoou?

— Então você entende que existe algo para ser perdoado?

— Claro.

Ele sorri.

— Então você está perdoada. — Nós nos beijamos, e não é porque a lista na geladeira diz que devemos fazer isso.

Estamos andando em um campo bem amplo fora da cidade. A Becky e a Ursula estão olhando as crianças nessa tarde para escapar um pouco do caos que está a casa delas, com as reformas. A Becky, Deus a abençoe, usa todas as oportunidades para ajudar na nossa reconciliação, nos usando como cobaias para as suas teorias e técnicas de meditação. O Joel trocou os gestos românticos do passado por um desejo de seguir todos os itens da lista. Por exemplo, hoje de manhã, o buquê de rosas dele foi convertido em dar café da manhã aos meninos e limpar tudo depois que eles acabaram.

— Nunca imaginei como seria agradável andar na minha velocidade — falo a ele.

— Sem ninguém falando "me carrega".

— Ou então "falta muito?"

— E "andar é um saco".

Continuamos andando em silêncio por alguns minutos. Existe uma igualdade maravilhosa entre silêncio e conversa nas caminhadas. Ainda bem que as atividades que devemos fazer sozinhos também podem ser diurnas, e que estamos aqui em vez de estarmos em um restaurante, comendo e a caminho da próxima ressaca. Nunca imaginei que ter essas caminhadas seria uma das coisas das quais eu mais sentiria falta depois de ter filhos.

Ele segura a minha mão. Sinto um arrepio. Isso é mais íntimo que sexo. Qualquer um faz sexo e, quanto a isso, estamos obedecendo ao item da nossa lista. Para continuar com a comparação entre perder peso e a restauração do nosso casamento, descobri que ir à academia e fazer sexo são coisas bem parecidas, já que a parte mais difícil é começar a fazer, mas sempre vale a pena, uma vez que você fez.

As pessoas só andam de mãos dadas se têm 5 anos ou se realmente gostam uma da outra. Você não anda de mão dada com um carinha que acabou de conhecer no bar. A Mitzi e a Cara não andam de mãos dadas.

Continuamos andando e no começo isso é meio esquisito. Quero me soltar dele e já penso em ajeitar meu casaco ou coçar o nariz. Começo a sentir falta do meu braço balançando do meu lado. Com o tempo, sinto que ele está me levando adiante, como se nossos braços juntos nos dessem mais energia. Balançamos os braços juntos como se estivéssemos com uma criança brincando entre nós. Começamos a andar mais rápido até corrermos colina abaixo no ar do inverno que se aproxima.

Estamos nos jogando no futuro.

Agradecimentos

Desde que esse livro era nada mais que uma ideia, Arabella Stein tem me encorajado e me guiado nesse processo. Ela reinou nas minhas loucuras e nas de Mary; me fez rir; deu sugestões importantes e me encorajou quando eu estava desanimada. Ela é mais que simplesmente minha agente, ela é uma leitora e uma amiga incrível.

Também sou muito grata à minha editora, Carolyn Mays, cujas mudanças inteligentes e sensíveis ajudaram a melhorar este livro mais do que eu imaginava. Sua colega, Francesca Best, e Caryn Karmatz-Rudy também contribuíram enormemente, tal como Amber Burlinson. Foi um prazer trabalhar com todos na Hodder & Stoughton.

Ao longo dos anos, Jackie Strawm, Debbie Perera e Renata Zakrocka cuidaram não só dos meus filhos como também do lugar da bagunça. Agradeço também aos pais e mestres da Little Ark and Thornhill Primary School, especialmente às mães que compartilharam seus problemas e ajudaram a cuidar dos meus filhos. Nossas famílias também tiveram ofertas generosas de ajuda, vindas especialmente das avós Sylvia Hopkinson e Jenny Carruthers.

Muito obrigada, David Barker, meu "ídolo" que criou a trilha sonora para o bebê.

Bini Adams e Francis e Charlotte Hopkinson me ensinaram sobre o mundo da produção de TV, seus vários estágios, da mesma maneira que também ajudaram lendo o manuscrito do livro.

E finalmente, agradeço a William, Celia e Lydia Carruthers por todas as ideias que vocês me deram, mesmo sem saber.

Este livro foi composto na tipologia Sabon LT Std,
em corpo 10/15, e impresso em papel off-white
no Sistema Cameron da Divisão Gráfica
da Distribuidora Record.